I0641734

BIBLIOTHÈQUE

DE

Monsieur JEAN MAÎTRE

OEUVRES

DE

HENRI FONFRÈDE.

Bordeaux, Imprimerie de SUWERINCK, Bazar Bordelais.

ŒUVRES

DE

HENRI FONFRÈDE,

RECUEILLIES ET MISES EN ORDRE

PAR CH.-AL. CAMPAN,

SON COLLABORATEUR.

TOME SECOND.

BORDEAUX,

CHAUMAS-GAYET, || LAWALLE JEUNE,
LIBRAIRE, || LIBRAIRE,
fossés du Chapeau-Rouge. || allées de Tourny.

PARIS,

FAYÉ, LIBRAIRE,
quai Voltaire, 15.

1844.

De la Société, — Du Gouvernement,

ET

De l'Administration.

—

TOME II.

—

DE LA SOCIÉTÉ,

DU GOUVERNEMENT

ET

DE L'ADMINISTRATION.

———————— ✥ ————————

LIVRE IX.

DES FONCTIONS ET DES PRÉROGATIVES DE LA ROYAUTÉ DANS LE GOUVERNEMENT DES TROIS POUVOIRS.

═══════

CHAPITRE PREMIER.

De l'Esprit dynastique et de l'Esprit de nationalité.

—

ENTRE la monarchie constitutionnelle et la république, la différence fondamentale, c'est que, dans la première, la magistrature suprême est *héréditaire* et *inviolable*, tandis que, dans la seconde, le chef de l'État doit être *électif* et *responsable*.

Les adversaires de la monarchie ont ainsi posé la question, et je l'accepte.

Il en découle, selon eux, un fait nécessaire, que j'accepte aussi.—C'est que, dans tout gouvernement monarchique, quelque règle constitutionnelle que l'on impose à l'exercice du pouvoir royal, il résulte de son·hérédité et de son inviolabilité, un *esprit dynastique*; c'est-à-dire une tendance inévitable et forcée dans le chef du gouvernement, et dans le gouvernement lui-même placé sous son influence, à veiller à la conservation du pouvoir central et héréditaire dans la famille royale.

Mais voici la difficulté. On prétend ensuite, et c'est sur cette assertion que repose tout le système républicain, que cet esprit dynastique est essentiellement contraire à l'*esprit de nationalité*; qu'entre les deux, il y a guerre à mort par différence et antagonisme essentiel dans leur principe, dans leur but, dans leurs moyens; et que, par conséquent, l'esprit de nationalité devant avoir naturellement la préférence, il faut qu'on lui sacrifie l'esprit dynastique, c'est-à-dire l'inviolabilité et l'hérédité du pouvoir royal, pour arriver ainsi aux institutions républicaines.

Moi, je prétends et j'affirme le contraire.—J'affirme que dans une monarchie constitutionnelle, c'est-à-dire dans celle où le pouvoir royal est soutenu dans son action par l'opinion publique électoralement exprimée, et ne peut agir que par ministres responsables, l'esprit dynastique est essentiellement conservateur de l'esprit de nationalité; que leur union, toute naturelle et native, existe même dans la monarchie absolue, et que c'est précisément cette union qui conserve si long-temps, chez certains peuples, la monarchie absolue elle-même, malgré les vices intérieurs qui tendent à la détruire.

On le voit donc, je ne biaise pas, je ne veux pas tourner la difficulté, je l'aborde de front; et moi, défenseur volontaire et complètement indépendant de la monarchie, je plaide sa cause dans les termes mêmes où l'ont posée ses adversaires les plus positifs, les plus avoués, les plus habiles.

L'esprit dynastique qu'on dénonce avec acharnement à la vindicte des patriotes abusés, leur est représenté comme un esprit d'égoïsme étroit, qui porte le roi, héréditaire et inviolable, à ne voir dans l'État que la destinée royale elle-même, à tout sacrifier à sa sécurité, à son bien-être, à sa satisfaction personnelle. Certes, s'il en était ainsi, si les abus de la royauté pouvaient être considérés comme étant la royauté elle-même, nous en désespérerions : dévoué avant tout au bonheur, au progrès du peuple, nous dirions avec nos adversaires que l'esprit dynastique est incompatible avec l'esprit de nationalité; que la royauté doit être brisée, advienne que pourra.

Mais je prétends, au contraire, que cet esprit dynastique est essentiellement national et progressif. Je veux montrer comment les usurpations des rois sur la liberté et sur la fortune des peuples n'ont point eu pour cause l'esprit dynastique, mais l'ignorance des temps, la brutalité de civilisations peu avancées ou corrompues, qui auraient amené les mêmes résultats funestes sous tout autre système de gouvernement ; et l'on verra comment l'esprit dynastique introduit, au contraire, même dans les monarchies absolues encore existantes, un ensemble d'ordre, de paix, de conservation qui lutte contre les abus, reliques fatales d'un passé qui, grâce à Dieu, s'éteint et s'efface chaque jour. Je démontrerai sommairement que l'administration de détail, celle qui touche le peuple lui-même, est plus libérale et plus féconde chez certaines nations encore soumises à l'absolutisme royal, que chez nous, qu'en France même ! Non que notre régime constitutionnel ne vaille certainement mieux que la monarchie absolue, sous ce point de vue comme sous tous les autres; mais parce que nous portons encore le poids des égarements démocratiques qui se sont mêlés à notre régénération, parce que l'esprit dynastique n'est pas encore assez raffermi, assez généralisé en [France.

Dans cette discussion, ma volonté ne fléchira pas, car je la sens vivifiée par la profonde conviction qui m'anime, par cette conviction qu'aucun intérêt personnel ne prédomine et n'influence, par cette conviction qui me dit que le bonheur de la patrie, de notre généreuse patrie, si grande et si bienveillante, mais si agitée, si préoccupée, si mobile dans ses desseins et dans ses désirs, repose tout entier sur la consécration, sur l'adoption nationale des vérités que je vais établir. Je ne crains ni réfutation, ni raisonnement, ni ridicule; il n'en existe pas contre moi, parce que *je crois* et parce que *je veux*. Fussé-je seul à défendre, en France, la cause de l'esprit dynastique, je la défendrais comme si tout le monde m'approuvait, sans adoucir une expression, sans affaiblir une nuance, sans modifier une seule des vérités dont les préjugés de notre monde politique pourront être choqués.

La première assertion que j'ai émise est incontestable; ce n'est ni à l'hérédité, ni à l'inviolabilité des couronnes, que les peuples monarchiquement gouvernés ont dû jusqu'à présent leurs malheurs. Il faudrait être bien dépourvu de philosophie historique, pour admettre que, dans les temps privés de lumières générales et d'instruction particulière qui ont précédé et suivi la renaissance de la civilisation en Europe, une autre forme de gouvernement aurait épargné aux peuples les malheurs qu'ils ont subis sous leurs rois.

Supposez, dans ces temps de ténèbres, de passions brutales, de fanatisme religieux, tel gouvernement que vous voudrez; détruisez en France, en Espagne, l'hérédité et l'inviolabilité des rois; supposez-y en pratique les formes républicaines et la souveraineté populaire : qu'y auriez-vous gagné, si ce n'est un redoublement d'hostilité, de persécution, de réactions politiques et religieuses? Croyez-vous que le peuple espagnol eût détruit l'inquisition qu'il défend et regrette encore? Croyez-vous que l'influence monacale n'y eût pas été plus forte que sous la forme monarchique? Croyez-vous qu'en France, le peuple qui coupait en morceaux et mangeait le maréchal d'Ancre, eût été un législateur bien doux et bien pacifique? Hélas! et n'avez-vous pas vu, en 1832, ainsi que je vous l'ai déjà rappelé, ce même peuple, quoique bien perfectionné depuis ce temps de barbarie, se ruer sur les médecins qui voulaient le guérir du choléra, étouffer, étrangler, déchirer dans les rues de Paris les simples passants contre lesquels s'élevaient ces mots absurdes : « c'est un empoisonneur! »

Sans doute les rois, dans toutes ces périodes fatales, se trouvant élevés en puissance et revêtus d'une grande force d'action, étaient les instruments obligés des malheurs de l'espèce humaine : ils mettaient la main à la manivelle de cette exécrable machine qui broyait les générations, et remplissait le monde de crimes juridiques ou d'attentats convulsivement arbitraires. Mais ils n'étaient point la cause efficiente du mal; rien ne serait plus étroit, plus stupide que d'attribuer à la royauté elle-même le résultat des passions et des erreurs générales qui la faisaient mouvoir.

En étudiant l'histoire humaine avec un impartial dis-

cernement, on voit au contraire que, par l'inévitable conséquence de sa nature intime, par son esprit dynastique, la royauté a souvent mis obstacle à ce débordement
de maux ; qu'elle a graduellement contribué à l'amélioration morale des peuples, enfin, qu'elle a toujours et partout, constitué et défendu la nationalité des peuples,
qu'elle lui a servi de ralliement dans les moments de
tourmentes et d'invasion, en s'incorporant fortement avec
elle.

On n'attendra certainement pas de moi qu'à l'appui de
ces assertions, je fasse ici un cours complet et détaillé
d'histoire générale ; je vais raisonner, qu'on applique aux
faits les conséquences de mes raisonnements ; ils coïncide-
ront nécessairement, car la raison humaine ne se ment
pas à elle-même quand elle est consultée sans passion. Et
pour ne rappeler qu'un fait que j'ai déjà mis sous les
yeux des lecteurs, n'a-t-on pas vu la nation polonaise
commençant plus grande et plus forte que la Russie, et
sortant des mêmes peuplades slaves, s'éteindre et disparaître, faute d'esprit dynastique et de stabilité, tandis que
la Russie a grandi et s'est développée précisément parce
que le pouvoir royal s'y est consolidé et s'est transmis
héréditairement, quoiqu'avec moins de régularité que
dans les autres États européens ; aussi s'est-elle civilisée
plus tard qu'eux, et remarquez que les écarts accidentels
de l'hérédité du pouvoir en Russie ne détruisait pas son
effet, tandis qu'en Pologne, l'hérédité monarchique était
constamment et légalement détruite : c'est là qu'était le
mal ! Et des esprits prévenus appellent ce désordre la liberté !...

Il ne faut qu'un peu de réflexion pour voir que l'héré-

dité de la couronne lie le sort royal à l'avenir de la nationalité; on ne compromét pas, on n'expose pas volontairement le patrimoine de sa race. Lequel des deux est le
plus dissipateur, à votre avis : le célibataire possesseur
viager, ou le père de famille qui calcule pour ses enfants?

Aussi les ennemis d'une nation achèteront-ils, quelquefois facilement, la parjure adhésion d'un ministre, d'un
chef passager, l'eussiez-vous encore revêtu du titre de roi.
Mais un roi héréditaire qui consentirait à détruire la nationalité du peuple dont il veut transmettre la couronne
à sa race, est une de ces monstruosités éventuelles que
notre esprit ne peut admettre.

Il y a donc cohésion intime, inévitable, entre la nationalité d'un peuple et l'hérédité de la couronne qui constitue principalement l'esprit dynastique. — Que si, dans
des temps de ténèbres, les rois se sont fait un intérêt à
part, consistant à conserver la nationalité du peuple qu'ils
gouvernaient, mais dans le but de l'exploiter à leur profit, cela tient, je le répète, à l'extrème ignorance des
temps, surtout en ce qui touche les plus simples données
de l'économie politique. Mais aujourd'hui les rois comme
les peuples savent fort bien que les populations ne peuvent fournir de ressources à la puissance royale, qu'en
raison de l'ordre, de la liberté d'industrie, de la stabilité
des lois, du développement général des forces sociales;
et, par conséquent, l'intérêt intérieur des rois dans leurs
États, comme l'intérêt extérieur de leur défense contre
toute attaque, les pousse impérieusement à s'unir de plus
en plus à la nationalité de leur pays.

Et c'est là précisément ce qui rend le sort des peuples
qui vivent encore sous les monarchies absolues, en Prusse,

en Autriche, par exemple, infiniment moins malheureux
que nos jeunes démocrates ne le croient; eux, qui suppo-
sent ces populations monarchiquement opprimées, comme
si elles vivaient encore sous les fléaux du moyen-âge.
Toutes ces exagérations ne sont que d'énormes anachro-
nismes, et l'examen un peu attentif des faits le démontre
suffisamment.

On doit bien se pénétrer de cette idée fondamentale,
que le libre progrès du bien-être dans toutes les classes de
la société, est incompatible avec l'instabilité du pouvoir
politique sur lequel s'appuie tout l'édifice social. Pour
arrêter, pour suspendre et allanguir l'aisance publique,
les moyens de travail physique et intellectuel, il n'est
même pas nécessaire que le pouvoir politique soit détruit:
qu'il soit seulement incertain, qu'on mette son existence
en question, que l'influence ardente des partis, au lieu de
débattre son mode d'action, puisse agir sur l'existence
même de ce pouvoir politique, faire un problème de cette
existence, et faire dépendre la solution de ce problème du
choc des factions qui doivent, par leur nature même, en
appeler à la force pour dernier argument, cela suffit pour
que la société tout entière soit ébranlée dans ses fonde-
ments. Avec l'existence du pouvoir, toutes les existences
sont mises en doute. Tout s'agite et tremble dans l'État.

C'est pour éviter cette fatale et périodique agitation que
l'hérédité de la couronne a été établie. C'est pour éviter
le retour plus brusque, plus fréquent, plus fatal encore
de ce tremblement de terre politique, que l'inviolabilité
de la couronne a été constitutionnellement décrétée : en
un mot, c'est à ce but salutaire et national, que tend l'es-

prit dynastique de la monarchie, de la monarchie constitutionnelle surtout.

Cet esprit dynastique est tellement indispensable à la France, que dans les moments mêmes où les nécessités de la révolution nous ont obligés à y faire une exception rapide et momentanée, cette exception, que motivait impérieusement l'esprit rétrograde de la branche aînée des Bourbons, a pourtant ébranlé tout l'organisme social de la France, a réveillé les espérances délirantes de toutes les factions, a ôté aux lois de détail leur force tutélaire, a excité toutes les méfiances, toutes les craintes, toutes les convulsions populaires, par cela seul que l'avenir du pouvoir politique pouvait être mis en question. Que l'on se rappelle de l'état d'anxiété qui a rempli notre monde commercial, qui a suspendu l'action industrielle, qui a resserré les capitaux, qui a laissé deux ans presque entiers le peuple sans travail, et par conséquent poussé par ses souffrances à augmenter encore l'agitation générale que la révolution traînait nécessairement à sa suite comme toutes les révolutions possibles. — Ce trouble, cette anxiété, ce désordre moral qui pouvait enfanter de si déplorables malheurs, c'est à la suspension momentanée de l'esprit dynastique qu'il faut l'attribuer..... Cette exception au principe fondamental de la monarchie était nécessaire, et le plus grand reproche que mérite la branche aînée aux yeux de la postérité, c'est précisément d'avoir créé pour nous cette nécessité, par son obstination dans les voies d'un passé auquel la France ne pouvait ni ne devait revenir. — Eh bien! toute nécessaire, toute utile et salutaire que cette exception au principe dynastique était en 1830, et certes personne plus que moi ne l'appelait de ses vœux hautement et fermement manifestés, voyez cependant quels maux elle a causés, à quel avenir de trouble et de désordre elle nous a exposés !....

Et pourquoi ces maux disparaissent-ils, maintenant? Pourquoi l'avenir s'éclaircit-il? Pourquoi le commerce reprend-il une action générale malgré le maintien des systèmes d'économie qui lui sont contraires? Pourquoi l'activité des fabriques a-t-elle redoublé? Pourquoi les produits de l'agriculture se vendent-ils? Pourquoi les lois civiles reprennent-elles leur vigueur et leur influence? En un mot, pourquoi tout notre organisme social semble-t-il retrempé, régénéré par une sève généreuse et nouvelle?... Pourquoi?.... Parce que l'esprit dynastique renaît dans notre système constitutionnel, transportant l'application de son principe à une race nouvelle; parce que le trône de Louis-Philippe s'est consolidé; parce que l'inviolabilité de sa couronne, l'hérédité de son pouvoir, ne sont plus mis en question que par une minime, une imperceptible fraction de la société; parce que l'esprit général des masses s'est imbu de l'idée que la fixité du pouvoir monarchique était de nouveau raffermie; parce que les factions subversives de ces grandes vérités politiques, n'ont plus à leur service que des sophismes et des mots; parce que chaque jour les forces populaires leur échappent, et se rallient autour du pivot central qui soutient toute notre charpente politique.

Eh bien, si l'on veut ouvrir de nouveau la carrière des troubles, de l'inaction commerciale, d'une agitation convulsive et sans cesse renouvelée, qui ôtera à la nation tous les moyens d'aisance, de progrès, d'ordre, de repos, et par conséquent de vraie liberté, — la chose est facile et simple; que l'on décrète que le pouvoir royal est viager, que le roi n'est que le locataire passager d'un palais d'où sa race sera chassée après lui; que l'on décrète que les fautes du gouvernement pourront être imputées au roi, et que les factions pourront le rendre responsable des actes de son pouvoir; que la France tout entière, vaste comice rassemblé, multiplié, divisé, dans toutes les villes et les villages, jugera le gouvernement dans la personne du roi, élira son successeur, sauf à le détrôner de nouveau pour en choisir un second, un troisième, selon l'occurrence et les caprices de la foule tumultueuse, et bien longtemps avant de mettre à exécution ces folies souveraines de l'absolutisme républicain, du moment qu'elles seront seulement présumables et possibles, on verra le commerce cesser, l'agriculture languir, les capitaux disparaître, les lois devenir impuissantes, les partis se faire justice de leurs propres mains, les intrigues et l'or de l'étranger envahir le forum et la tribune, la liberté périr et la nationalité s'éteindre.

Remontons par la pensée jusqu'au 18 brumaire, et souvenons-nous de l'état de délabrement et de dispersion dans lequel l'organisme social était tombé en France faute de fixité dans le pouvoir, faute de pouvoir inviolable et héréditaire, faute d'établissement dynastique. — Napoléon paraît, et malgré les commotions révolutionnaires, il entreprend de reconstituer cet esprit dynastique, pour sa personne et pour sa race. — En un clin d'œil tout renaît, tout se pacifie, tout rentre dans l'ordre, et la prospérité du pays se rétablit. — Sans doute, entraîné par les exigences de son génie indomptable, Napoléon poussa la force du pouvoir trop loin, et la détruisit par son excès

même. — Mais ces erreurs de son génie ne sont point inhérentes à l'esprit dynastique. — Bien loin de là vraiment !... Car si la dynastie napoléonienne s'était établie,
il est certain, pour tout homme qui comprend l'avenir,
que, par la force des choses, Napoléon II aurait modifié
ce qu'il y avait de trop énergique dans l'action du pouvoir impérial ; ce que des causes circonstantielles, des
causes passagères, y avaient introduit de vicieux. A la
seconde génération impériale, le mal se serait atténué ; à
la troisième, il n'en serait plus resté vestige. On n'aurait
plus eu que les bienfaits d'ordre, de légalité, de fixité, de
repos, de travail et de progrès, que l'esprit dynastique
avait produit.

CHAPITRE II.

Continuation du même sujet.

Jusqu'à présent nous n'avons considéré l'esprit dynastique que dans sa nature même. Nous devons maintenant
faire voir comment il se combine avec les institutions représentatives, comment il en emprunte une nouvelle force
pour s'unir à l'esprit de nationalité, et travailler de concert au bonheur de la patrie. Il suffit de changer un seul
mot à l'axiome républicain que nous combattons, pour le
rendre monarchique et vrai ; car s'il est faux de dire que
l'esprit dynastique soit opposé à l'esprit de nationalité, il
est profondément vrai, au contraire, de reconnaître que
l'esprit dynastique est essentiellement opposé à l'esprit de

faction que la liberté politique tend sans cesse à enfanter, même dans les pays où elle est le mieux acclimatée. — Hélas! c'est une triste condition de la race humaine, que, tout en ne pouvant se passer de liberté, elle en fasse cependant, par ses vices ambitieux, un levain perpétuellement corrupteur de la paix sociale, si de sages institutions n'y apportent remède! Nous acceptons donc, sous cette forme, l'axiome que nous combattons sous sa forme primitive. Oui, l'esprit dynastique est essentiellement contraire à l'esprit de faction, et c'est précisément son plus grand mérite à nos yeux. C'est par là qu'il est intimement uni à l'esprit de nationalité, que l'esprit de faction énerve et corrompt sans cesse, jusqu'à ce qu'enfin il l'ait entièrement anéanti.

En défendant la royauté et l'esprit dynastique qui en est inséparable, qui est indispensable à sa conservation, je n'ai point l'intention de soutenir que cette institution politique soit exempte de toute imperfection, ne présente aucun inconvénient. Si l'on ne s'arrêtait dans les innovations gouvernementales que lorsqu'on aurait trouvé une forme de gouvernement qui n'eût ni dangers ni défauts, on courrait le risque de vivre dans une perpétuelle anarchie, et de se passer de gouvernement jusqu'à la bienheureuse éternité. Je conseillerais fort aux utopistes qui courent après cette chimère, de commencer par rendre la race humaine parfaite : ils auraient tout aussitôt fait.

Mais les défauts inséparables de la royauté et de son esprit dynastique ne sont pas à comparer à ses immenses avantages, ces défauts sont complètement atténués par nos institutions représentatives. D'où nous devons conclure que la royauté dynastique, soutenue par des institutions

représentatives (notez bien que je ne dis pas *républicaines*), est le meilleur gouvernement que nous puissions
espérer.

Nous avons déjà vu que la royauté dynastique, loin
d'être antipathique à l'esprit de nationalité, n'en était sé-
parée que par la barbarie générale des mœurs et des esprits dans les temps d'ignorance où elle naquit. Nous
avons vu qu'elle avait, pour son intérêt même, une tendance perpétuelle à s'en rapprocher, à s'y incorporer. Cependant, nous devons avouer aussi que l'esprit de personnalité peut quelquefois s'emparer d'une royauté dynastique, et la pousser, dans certaines circonstances, pour son
malheur et celui du peuple, à se faire un faux intérêt
distinct de celui de la nation, ce qui met le trouble et la
désunion dans l'État.

Mais cet inconvénient, que les raisonneurs démocrates
enflent et exagèrent outre mesure, ne peut être mis de niveau avec les moyens d'ordre, de paix et de civilisation
qui naissent de la stabilité monarchique. Rarement verrez-
vous un peuple pouvoir s'en passer. Plus rarement encore,
verrez-vous un peuple primitif se civiliser lui-même par
l'exercice de sa propre souveraineté ; et la chose même
est impossible, car un peuple barbare ne pourrait se
faire à lui-même que des lois barbares ; tandis qu'une
volonté forte, éclairée, toujours plus facile à trouver dans
un individu que dans une masse tumultueuse et sauvage,
peut lui imposer des lois qui commenceront et perfection-
neront sa civilisation. Depuis Lycurgue jusqu'à Numa,
depuis Numa jusqu'à Pierre-le-Grand, c'est ainsi que l'humanité a toujours procédé. Je ne puis imaginer, quelque
complaisance que j'y mette, un peuple ignorant et barbare,

produisant au scrutin universel une assemblée législative
éclairée et raisonnable; et l'application de la souveraineté
du peuple, en un tel cas, démontre, plus que tous les raisonnements possibles, combien cette doctrine est fausse.
Plus la représentation d'un peuple barbare serait exacte et
fidèle, plus mal il serait gouverné.

Ce n'est donc pas un reproche sérieux à faire à la
royauté dynastique, que d'avoir été plus ou moins impré-
gnée de l'esprit d'égoïsme ignorant qui l'entourait, qui
la pressait de toute part. Mais comme par royauté dynastique, nous n'entendons pas le pouvoir arbitraire d'un
seul, mais un pouvoir régulier, modéré par des tempéra-
ments et des institutions, nous ferons voir qu'à toute
époque, l'inconvénient personnel de la royauté a été mitigé par des contre-poids, et que dans notre monarchie de
la charte il ne présente plus aucun danger.

Le véritable problème politique est donc, en conservant l'inviolabilité et l'hérédité de la couronne, à cause
de leurs immenses avantages, d'avoir des garanties contre les défauts inséparables de l'institution monarchique,
défauts inévitables dans tout espèce de gouvernement, par
cela seul que tout gouvernement est confié aux mains des
hommes.

Dans notre ancienne monarchie, les états généraux n'a-
vaient point d'autre but. Mais mal définis, trop rarement
rassemblés, remplis eux-mêmes de l'ignorance et des préjugés du temps, ils ne pouvaient atteindre que très-im-
parfaitement ce but. Les parlements qui les suppléaient
spontanément et sans pouvoirs précis et limités, confon-
dant dans leurs attributions le pouvoir judiciaire et la
haute police politique de l'État, devaient nécessairement

passer d'une trop grande résistance à une trop grande
soumission, ce qui n'était pas le moyen d'établir un véritable équilibre gouvernemental. C'est par l'effet de cette
mauvaise organisation politique, que les bons résultats
de la royauté dynastique se sont trouvés souvent altérés
et corrompus. Mais ce n'est ni à l'hérédité, ni à l'inviolabilité de la couronne qu'il faut s'en prendre; car, étudiez
bien notre histoire, et vous verrez dans l'influence de la
couronne le principal levier qui commença l'affranchisse-
ment de la population.

Quant à la nationalité, il faudrait donner un démenti à
l'histoire, pour ne pas avouer que pendant nos trois dynasties, en exceptant la révolution de 89 et la restauration
de 1814 et 1815, la royauté a toujours fait cause commune avec elle. Si une fois, le roi Jean, captif des Anglais, consentit à un traité anti-national pour racheter sa
personne, ce fut une faiblesse d'égoïsme momentané, et
non pas un vice dynastique : car le Dauphin et les États
du royaume rejetèrent unanimement le traité, dont la
nation ne souffrit pas, puisqu'il ne reçut aucune exécution.

Or, aujourd'hui que notre royauté dynastique ne peut
céder une part quelconque du territoire, ne peut lever un
soldat ni un écu, ne peut faire une loi, sans le consentement de nos chambres législatives, nécessairement assemblées tous les ans, est-il possible d'imaginer que les inconvénients du pouvoir royal soient les mêmes qu'ils
étaient autrefois?.... Non, et l'esprit dynastique est tellement constitué maintenant, que nous devons en recueillir
tous les avantages sans souffrir de ses défauts.

Ce résultat peut être obtenu par l'effet des institutions

représentatives, jointes au principe dynastique de la monarchie constitutionnelle : au contraire, ce résultat est impossible si, au lieu d'institutions représentatives, on essaie d'étayer la monarchie constitutionnelle sur des institutions républicaines.

Je l'ai déjà démontré, le principe des institutions républicaines diffère essentiellement, par sa nature, du principe des institutions constitutionnelles de la monarchie; les institutions républicaines jointes à la monarchie tendent inévitablement à la détruire au lieu de la tempérer, au lieu de la modérer et de la conserver; les institutions représentatives concilient à la fois la conservation de la monarchie inviolable et héréditaire avec tous ses avantages de stabilité, et l'action populaire avec tous ses moyens de progrès et de liberté.

L'histoire de la restauration de la branche aînée des Bourbons est l'argument dont on s'appuie le plus souvent, pour prétendre que le principe de la royauté héréditaire ne peut s'accorder avec les institutions représentatives, et qu'il y a une opposition réelle entre l'esprit dynastique et l'esprit de nationalité.

Sans doute, dans cette dynastie restaurée, la royauté ne s'est pas identifiée avec la cause du peuple, avec la cause nationale. Le fait est bien clair et bien certain. — Mais aussi cette dynastie n'a pu supporter le jeu des institutions représentatives, et le mécanisme de ces institutions constitutionnelles a occasioné sa chute. Preuve évidente que la garantie qui naît de ces institutions est suffisante, puisqu'il faut que la royauté s'y conforme ou qu'elle tombe.

Mais je trouve encore dans ce grand drame politique

dont nous avons fourni le sujet, les acteurs et les specta-
teurs, un bien plus grand argument pour la cause de la
monarchie.

Ce n'est point en effet par les conséquences du principe
de l'hérédité et de l'inviolabilité de la couronne, que la
branche aînée des Bourbons a été poussée dans la voie fatale où elle s'est perdue. C'est uniquement par les aberrations personnelles de ses membres, résultant de leur fausse
position. Car je l'ai déjà dit : tout le vice de la restauration était dans ses hommes, et non pas dans les institutions de la charte ; tellement que pour donner cours aux
aberrations de ses hommes, elle était forcément entraînée
à détruire la charte. Or, cet esprit rétrograde, cet esprit
nobiliaire, cet esprit sacerdotal, cette royauté héritière des
préjugés gothiques qui lui faisaient croire que la nation
lui appartenait comme une métairie à son propriétaire,
et que c'était offenser la divinité même que de nourrir
d'autres pensées d'organisation personnelle dans le gouvernement, tout cela a disparu. Ces vices politiques tout
personnels, ces faiblesses toutes spéciales, cette position
éminemment fausse, qui faisait que la branche aînée ne
pouvait avoir confiance dans la nation, parce que la nation ne pouvait avoir confiance dans la branche aînée,
cette lutte opiniâtre et sans terme qui existait entre la révolution et la contre-révolution dont la branche aînée
était le symbole couronné ; tout cet ensemble désastreux,
qui semait le trouble et le désordre dans l'État, n'existe
plus. Les institutions représentatives de la charte sont
donc rendues à toute leur pureté législative, et quel peuple sur la terre a jamais joui d'une liberté plus officielle
et plus complète, jointe à la stabilité profonde que cet

heureux état de choses acquerra chaque jour par la consolidation de la monarchie nouvelle, aussitôt que l'esprit dynastique sera rétabli dans toute sa force, par la conviction nationale; aussitôt que tout le monde comprendra bien que l'hérédité et l'inviolabilité de la couronne de Louis-Philippe sont le gage, le mobile, la garantie nécessaire de tout l'avenir de la nation française!

Sur ce trône, que la nation a constitué par elle et pour elle, la dynastie représente non pas le pouvoir des temps passés, pouvoir détruit par l'opinion bien plus encore que par la force, mais l'intérêt même de la nation, sa civilisation moderne, ses principes libéraux, son intelligence industrielle et féconde. C'est dans sa conformité seule avec l'état intellectuel et moral de la nation que la dynastie trouve sa force intime et ses moyens d'action, tant pour le présent que pour l'avenir.

Ainsi donc les faits et la théorie, tout est d'accord. Stabilité, liberté, calme et repos intérieur qui permettent à la nation de marcher hardiment dans les voies du progrès social, force extérieure qui naît de l'indépendance de la dynastie et de la liaison intime qui existe entre ses intérêts et ceux du peuple : voilà le triomphe de la véritable nationalité. Elle sera inattaquable et triomphante, le jour où toutes les factions qui menacent l'ordre auront perdu l'espoir de briser ou d'avilir la couronne nationale sur la tête du prince qui, pour nous, s'est dévoué à toutes les amertumes dont les factions criminelles l'abreuvent chaque jour !

CHAPITRE III.

Des Apanages.

—

L'institution régulière des apanages date de la troisième race de nos rois. L'hérédité du trône étant alors fixée, le fils aîné seul en étant investi, il parut convenable de donner aux autres princes un établissement spécial, afin qu'ils ne restassent pas isolés, dépossédés, sans influence et sans dignité dans l'État. Conçoit-on, en effet, le frère d'un roi de France, apte à devenir roi à son tour si le monarque mourait sans enfant, et n'ayant, à côté du trône, pour lui et sa famille, aucune fortune, aucun établissement, aucune indépendance personnelle, vivant en quelque sorte au jour le jour des dons de la bienveillance fraternelle?.... Rien ne serait plus impolitique, rien ne serait plus opposé à la véritable constitution d'une famille monarchique. Ce serait la décomposer, la fractionner, la démoraliser dans son essence même. La distance qui sépare l'héritier du trône de ses frères est déjà si grande dans l'ordre politique, qu'il ne faut pas l'accroître encore démesurément dans l'ordre moral. Il ne faut pas réduire en quelque sorte au néant, des princes qu'un accident du sort peut tout à coup faire rois. Il ne faut pas réduire à si peu ceux qui, d'un instant à l'autre, ont chance de monter au premier rang.

Aussi c'est une loi constante de toute monarchie héréditaire, que les princes qui entourent l'héritier présomptif du trône aient, comme *fils de l'État,* une fortune indépendante et personnelle, le fils aîné absorbant à lui seul tout l'héritage royal, c'est-à-dire la couronne. Appelez cette fortune *apanage, dotation apanagère*, peu importe, pourvu que cet établissement soit national, possédé dans un but national, et consacré par la munificence nationale, qui ne pourrait le refuser sans manquer à la nation elle-même. Aussi je me plais à citer les propres paroles de M. Dupin, dans son *Traité des Apanages :* — « C'est » payer aux princes, dit-il, *la dette de l'État, comme fils* » *de France*, et leur procurer les moyens de pouvoir en- » tretenir leur maison selon la dignité de leur rang. »

Si l'on a cru que les apanages sont essentiellement empreints de féodalité, c'est une erreur qu'il est bien facile d'expliquer. Les apanages étaient concédés en fonds de terre, et la propriété foncière étant autrefois sous le régime féodal, les apanages participaient à la féodalité comme la propriété elle-même. Mais du moment que la féodalité a été détruite, elle a disparu des apanages en même temps et au même titre que toutes les propriétés foncières, et ils sont possédés par le titulaire selon les règles de gestion et de jouissance qui sont établies par nos lois actuelles.

Cela est si vrai, que M. Dupin fait observer que la féodalité et tous les droits qui s'y rattachaient furent abolis par les décrets de 1789, et que cependant les apanages subsistaient encore en 1792. C'est ainsi, ajoute-t-il, que les mêmes lois, en supprimant les droits féodaux, ont néanmoins laissé aux seigneurs la propriété de leurs terres, *dégagée seulement de toute prééminence sur la terre d'autrui*. En un mot, les apanages ne sont plus que de vastes domaines territoriaux qui assurent aux princes un revenu immuable en fonds de terre, à la décharge perpétuelle du trésor public, comme l'avaient demandé souvent les états généraux.

Enfin, et ceci est à remaquer, Napoléon, l'*empereur-peuple*, lui qu'on a si bien nommé dans un vers pittoresque le *roi de l'armée et de la populace*, — et je ne prends pas ici le mot *populace* dans son mauvais sens, — lui qui, avec un tact si sûr, allait chercher dans les institutions du passé tout ce qui pouvait reconstituer la monarchie et lui donner force; lui qui, loin de vouloir placer à côté du trône des puissances féodales, des influences princières capables de lui porter ombrage ou de gêner son action, aurait plutôt tout fauché autour de lui pour ne laisser debout que son sceptre belliqueux et sa propre main de justice; Napoléon, enfin, qui aurait inventé dans son cerveau le cardinal de Richelieu, si ce grand centralisateur politique n'avait pas déjà existé dans l'histoire; eh bien, Napoléon lui-même rétablit l'institution des apanages pour les princes français. Ce fut l'objet spécial du 4ᵐᵉ titre du sénatus-consulte du 30 janvier 1810, intitulé : *Du douaire des impératrices et des apanages des princes français*; et lorsqu'ensuite, ainsi que le fait observer M. Dupin, des sénatus-consulte ont réglé la composition des apanages des frères de Napoléon, personne n'a prétendu que ces actes fussent illégaux, inconstitutionnels, sujets à révision, comme ressuscitant une institution féodale ! ! !

Dans notre temps, on a fait une opposition peu sensée à l'institution des apanages, on n'a pas compris combien cette question est intimement liée à celle de la royauté.

Le roi n'est pas, en effet, un individu isolé, parce qu'il est un roi dynastique, parce qu'il a des prédécesseurs naturels et qu'il aura des successeurs naturels. La royauté n'est pas représentée par le roi seul, mais par sa famille. — Dire qu'on n'a pas à s'occuper des fils du roi, c'est *isoler* le roi, c'est en faire un président de république. Les fils du roi font partie de la royauté. Or, l'entretien de la royauté est à la charge de la France. Le principe sur lequel repose la liste civile est absolument le même que celui sur lequel reposent les dotations et les apanages.

CHAPITRE IV.

De l'Inviolabilité Royale.

Dans l'ordre des faits politiques, la vindicte publique, qui doit réprimer les fautes, les délits, les crimes, contre la bonne gestion des affaires nationales, ne doit pas agir seulement en considérant la nature et la réalité de ces fautes, de ces délits, de ces crimes; mais elle doit principalement agir en considérant de quelle utilité il est pour la nation, que ces crimes, ces fautes, ces délits, soient poursuivis et punis. Et dans le cas où il serait infiniment plus nuisible à la nation de poursuivre la punition de ces actes que de les laisser sans châtiment, la vindicte publique doit nécessairement fermer les yeux et les tolérer, car si elle punissait le coupable au détriment de la nation outragée, elle se mentirait à elle-même, elle irait contre son propre but.

Or, comme dans les quatre-vingt-dix-neuf centièmes des cas, il serait plus nuisible à la nation de juger les

fautes de son roi et de les punir, que de les tolérer, il faut
nécessairement que, dans toute monarchie, la personne du
roi soit inviolable. Serai-je obligé de démontrer la vérité
qui sert de base à mon assertion? Me faudra-t-il prouver
que si pour toutes les fautes commises par le gouvernement royal, le roi pouvait être mis en cause, sous prétexte
qu'il y a participé par son influence, il n'y aurait plus ni
royauté, ni gouvernement, ni société, ni repos, ni sécurité
pour qui que ce fût dans l'État, par l'effet des commotions
perpétuelles dont l'État serait déchiré?.....

L'inviolabilité royale découle donc de cette grande nécessité de l'ordre politique, et point du tout de cet *impossible néant* auquel des métaphysiciens politiques ont voulu
condamner la personne du roi : en quoi ils ont mis à
découvert leur propre impuissance; car, de même qu'ils
ne peuvent faire quelque chose de rien, de même ils ne
peuvent réduire à rien ni une chose, ni un homme quelconque dans l'État, — encore moins le roi que tout autre.

Il faut cependant que la vindicte publique ait un cours
quelconque : ici se présente justement la *responsabilité du
ministre*. Car, si le roi lui a ordonné un acte injuste, impolitique, illégal, de deux choses l'une : ou lui, ministre,
l'a *approuvé*, et l'a *exécuté*, alors il est coupable au même
titre que le roi; ou il l'a désapprouvé, et néanmoins l'a
exécuté, au lieu de *s'y refuser* et de *donner sa démission* :
alors parjure à sa conscience et à tous ses devoirs politiques; à ce titre encore il est coupable, et, dans les deux
cas, il doit être justement puni; il n'y a pas d'obstacle à
ce qu'il le soit, car la punition d'un ministre n'a point,
pour la nation, les dangers qu'aurait la punition du roi
lui-même.

Oui, le roi, pour rester inviolable, ne doit pas agir par lui-même. Oui, il doit toujours agir par des ministres responsables. Et alors le ministre, je l'ai déjà dit, est justement responsable quoiqu'il n'ait fait qu'exécuter la volonté du roi, parce que c'était à lui à peser mûrement les conséquences, à refuser d'exécuter cette volonté, et à déposer sa démission, s'il trouvait l'ordre donné illégal, impolitique, dangereux pour la patrie.

Le roi est inviolable, non point parce qu'il n'a pas eu d'opinion, non point parce qu'il n'a pas eu de volonté, non point parce qu'il n'a pas fait prévaloir son opinion et sa volonté, mais parce qu'il s'est conformé aux lois fondamentales en faisant exécuter sa volonté par un ministre responsable; et la constitution lui accorde cette inviolabilité, parce qu'il serait mille fois plus dangereux pour la patrie de mettre le roi en cause et de le punir de ses erreurs, que de les tolérer dans sa personne, sauf à les poursuivre dans ses agents. — Alors, il ne faut pas dire que le roi *ne doit rien faire;* loin de là, il doit faire beaucoup, la constitution même lui en impose la nécessité : mais, par fiction, elle ferme les yeux sur son action personnelle, et punit l'acte qu'il a ordonné dans la personne ministérielle qui l'a exécuté.

Ainsi la stabilité de l'État ne sera point troublée par les déchirements perpétuels qu'occasionerait la mise en cause personnelle du roi. Et cependant justice sera faite, et cependant la nation aura garantie suffisante contre l'absolutisme royal, car lorsqu'une fois un ministre aura été justement et sévèrement puni, ses successeurs pèseront les conséquences des décisions royales, et donneront leur démission plutôt que de les exécuter quand elles seront illégales ou dangereuses pour l'État. Certainement il n'est pas difficile de prévoir bien des cas où le roi reculerait alors, faute d'instruments pour exécuter ses volontés.

Sans doute, malgré cela, l'inviolabilité royale souffrirait à travers les siècles quelques exceptions. Les dynasties ne sont pas éternelles. Les institutions humaines ne sont pas impérissables. Jacques Stuart et Charles de Bourbon ont été détrônés malgré leur inviolabilité; mais ces exceptions ne détruisent pas la règle, au contraire elles la confirment. Tel est l'axiome fondamental de toutes les lois, et nos plus grands juristes n'en ont jamais contesté la force virtuelle.

Il n'y a qu'un cas où l'inviolabilité royale peut être détruite, non pas par exception, mais par la règle elle-même: c'est celui où le roi, sortant de la constitution, agirait *lui-même* contre elle, sans ministres intermédiaires entre lui et la nation. — Alors il détruirait lui-même sa propre garantie en détruisant toutes les garanties nationales.

CHAPITRE V.

De l'axiome prétendu : Le Roi règne et ne gouverne pas.

L'axiome le *roi règne et ne gouverne pas*, serait très-raisonnable si on le bornait à son sens naturel, c'est-à-dire, si l'on entendait par-là que le roi ne peut agir lui-même, ni rien ordonner lui-même, et que tous les actes de la royauté doivent être contresignés *par un ministre responsable.* — Mais si l'on veut aller plus loin, si l'on veut que le roi n'ait aucune influence dans les décisions de son conseil, dans la direction de l'État; qu'il soit étranger au gouvernement, en dehors du gouvernement; qu'il ne puisse juger, en cas de dissentiment, entre ses ministres et les chambres, qui a tort ou a raison, pour casser le ministère ou pour dissoudre les chambres, selon l'exigence des cas; si on veut le réduire à la condition du dieu d'Épicure qui ne voit rien, n'entend rien, ne se mêle de rien, alors ce fameux axiome devient la plus énorme absurdité, la plus évidente impossibilité qui soit jamais éclose d'une méthaphysique fausse et ridicule. Il vaudrait bien mieux supprimer immédiatement la royauté, que de l'humilier ainsi.

D'ailleurs, si l'on admettait cet axiome dans ce sens abusif, la personne du roi serait toujours attaquable, lors même qu'il se conformerait à cette règle avilissante; car comment pourrait-il prouver qu'il s'y est conformé, s'il plaisait à un journal de l'accuser de l'avoir enfreinte? L'influence morale du roi sur le ministère qui contre-signe un acte constitutionnel de la royauté est un fait intime qui n'est jamais susceptible de preuve, ni positive ni négative. Voilà une ordonnance royale; le ministre l'a signée; il me plaît néanmoins de dire que c'est le roi qui en est l'auteur. Comment fera-t-on pour prouver le contraire? L'affirmation du ministre? On ne la croira pas. On y verra une nouvelle preuve de subjection..... Ainsi donc, ce prétendu axiome ne serait qu'une embûche toujours dirigée contre la royauté, même la plus passive, et un moyen de l'accuser toujours sans qu'elle pût jamais se justifier!

En définitive, la vérité la voici:

Gouverner, c'est faire les lois et les faire exécuter.

Régner, c'est, de la part du roi, exercer par ministres responsables la part que la charte lui attribue dans le gouvernement.

Mais comment, objecte-t-on sans cesse, le ministère peut-il être responsable s'il exécute les volontés du Roi? Parfaitement, car aucune loi n'oblige les ministres à rester au pouvoir. Ils sont prévenus d'avance que leur responsabilité est attachée à tous leurs actes, soit que ces actes émanent primitivement de leur volonté, soit que leur volonté se conforme à celle du roi. Si donc ils n'approuvent pas la direction que le roi veut leur imprimer, eh bien, qu'ils donnent leur démission : ils ne sont point condamnés à être ministres. S'ils restent au ministère, c'est bien volontairement; s'ils encourent la responsabilité d'un acte qu'ils blâment, c'est bien volontairement; s'ils sanctionnent, discutent, exécutent, dans un sens contraire à leur opinion, c'est bien volontairement; de quoi auraient-ils donc à se plaindre si l'on revendiquait contre eux une responsabilité qu'ils ont bien volontairement assumée?

Ce qu'il y a de vrai dans tout cela, c'est qu'un ministre devant les chambres n'a aucun droit d'arguer de la volonté du roi pour influencer les votes de la majorité. Les chambres, pouvoir indépendant et souverain, ne connaissent que le ministère. Qu'un projet de loi soit l'œuvre du ministère, ou que le roi y ait participé, peu importe aux chambres. Elles approuvent ou rejettent le projet, selon que leur conscience leur dit qu'il est bon ou mauvais. Elles n'ont aucun droit de pénétrer dans les relations intimes du roi et de ses ministres, mais elles ont le droit de repousser tout ce que les ministres leur présentent et qu'elles jugeraient contraire au bien du pays. Le roi y a-t-il participé, y est-il resté étranger, c'est ce qu'elles n'ont aucun moyen ni droit d'approfondir. Mais le ministère est là, il répond de tout, et la chambre est libre de voter contre lui, sans s'enquérir d'autre chose.

Voici donc comment se font nos lois : — Le conseil d'État en élabore la première rédaction. Le projet est discuté article par article dans le conseil des ministres. Une fois arrêté par la majorité dans le conseil, il est présenté aux chambres législatives. Les chambres législatives, le recevant directement du ministère seul, adoptent, repoussent, ou amendent le projet de loi présenté, après une discussion libre portée par la presse à la connaissance de tout le pays.

Et, je le demande, quelle autre garantie possible, en ce cas, la liberté publique peut-elle exiger? Comment s'y prendra-t-on pour obliger le roi à n'avoir aucun rapport avec ses ministres, lorsqu'il est forcément en contact perpétuel avec eux? Et s'il a des rapports avec ses ministres, comment s'y prendra-t-on pour avoir la certitude qu'il n'influencera jamais leurs décisions? Comment obligera-t-on les ministres à ne pas suivre un bon avis si le roi le leur donne? Et si le roi n'avait aucun rapport avec ses ministres, s'il n'influait en rien sur leurs décisions, que l'on m'explique, de grâce, comment il régnerait? Que l'on me dise ce que c'est que régner à ces conditions?

Quant à moi, ma définition est claire et précise.

Je conviens que le roi ne doit ni ne peut gouverner

dans le sens absolu du mot, puisque le gouvernement se compose du pouvoir royal et des chambres.

Mais je dis que régner, c'est, de la part du roi, exercer par ministres responsables, et avec l'approbation des chambres, la part que la charte attribue au roi dans le gouvernement.

Quant à la surveillance du roi sur son ministère, elle lui appartient, c'est son droit, c'est le droit qu'il tient de la charte, c'est le droit sans lequel il ne serait pas roi, sans lequel il ne serait rien. — Imaginez que deux systèmes se partagent le ministère, ne faut-il pas que le roi, pour rétablir l'homogénéité, connaisse les raisons des deux opinions opposées? Ne faut-il pas qu'il donne tort à l'une ou à l'autre, qu'il destitue les ministres qui lui paraissent incapables ou égarés, qu'il les remplace par des hommes qui marchent d'accord avec ceux qu'il aura conservés? Dans l'intervalle des sessions, que deviendrait donc l'État, si le ministère, n'étant plus surveillé par les chambres, était encore indépendant du roi, de telle sorte qu'au lieu d'un roi, la France en eût sept ou huit, et que le roi titulaire n'osât même se présenter au conseil des ministres, de peur que l'opposition ne l'accusât de vouloir influencer leur décision, et gouverner à leur place? Mais comprend-on bien tout ce que cette théorie a d'absurde, de fou, de monstrueux, d'impossible? Voyez-vous, pendant l'absence des chambres, ce roi, qui ne serait qu'une griffe à signature, apposant son nom à tous les actes que les ministres lui présenteraient, sans avoir le droit de s'enquérir du contenu? Voyez-vous cette marionnette couronnée, dont les ministres feraient mouvoir les fils, exclue de leurs délibérations? Et vous ne savez pas les beaux motifs qu'on donne de cette exclusion... Je vais vous les dire : — c'est que, si le roi assistait aux délibérations des ministres, sa présence les gênerait, ils ne pourraient dire devant lui certaines choses qu'ils veulent garder pour eux ! Admirable raisonnement, sur mon âme ! De sorte que ces grands publicistes veulent donner aux ministres le droit constitutionnel de tromper le roi, de ne lui laisser savoir que ce qu'ils veulent bien qu'il sache, et de lui cacher le reste des affaires !... C'est à ces conditions qu'ils permettraient à leur prétendu roi de régner !

Ajoutez à cela que ce roi auquel il est défendu d'influencer même moralement ses ministres, ne doit point causer avec les ambassadeurs étrangers, parce qu'on l'accuserait alors de faire de la diplomatie ; il ne doit point causer avec ses propres ambassadeurs, parce qu'on l'accuserait de vouloir leur donner des instructions secrètes contraires à celles du ministère ; il ne doit point causer avec les pairs, ni avec les députés, car on l'accuserait de vouloir les séduire et d'influencer leurs votes, ce qui lui donnerait encore une participation quelconque au gouvernement ; il ne doit point voyager en France, chercher à connaître les besoins et les maux des habitants de la France, parce qu'on l'accuserait de vouloir gouverner pour y porter remède, horrible usurpation de pouvoir qu'on lui interdit expressément !.... Hélas ! que doit-il donc faire, ce premier magistrat politique de l'État, si chèrement payé ? — Ce qu'il doit faire ? belle demande !... Il doit régner !...

Le voilà donc, ce fantôme de roi, qui ne serait plus un citoyen, qui ne serait plus même un homme, qui n'aurait plus de volonté qui lui fût propre, plus de libre ar-

bitre, le voilà tout à la fois accablé de grandeurs et de
néant! Le voilà dépouillé de tous les droits que la Charte
aurait fait semblant de lui donner; le voilà placé en dehors, à côté, en dessous du gouvernement; en suspicion
légitime pour tous les actes qu'il fait ou qu'il ne fait pas;
esclave jeté sur le trône comme une parodie vivante et
méprisée, chargée d'exposer à la risée publique le mensonge de puissance gravé sur son front!... Couronne de
honte qui serait mille fois pire qu'une couronne d'épine,
et que tout homme de cœur briserait avec dédain pour
en jeter aux vents les ridicules débris!

O grands écrivains de l'opposition! imperceptibles
Micromégas, sublimes géants à six pouces du sol, qui
croyez façonner à votre taille le génie héroïque de la
France, vous connaissez bien mal l'instinct de dignité,
de grandeur d'âme, de noble et généreuse confiance qui
caractérise le peuple français! Cet instinct que vous ne
sauriez tromper ne sympathisera jamais avec vos subti-
lités intéressées, avec vos caricatures de royauté fausse;
il distinguera fort bien que vous ne voulez rabaisser la
royauté que pour vous revêtir d'un visiriat absolu. Il vous
paraîtrait doux et plaisant à la fois de tonsurer moralement le roi pour le cloîtrer dans sa liste civile et pour
vous introniser dans sa puissance! Mais la France veut
un roi véritable, et non un esclave couronné.

A l'appui de l'inintelligible maxime qu'on nous prêche,
et que le bon sens national repousse, on nous cite l'exemple de l'Angleterre et de sa royauté. Mais la citation est
doublement fausse, d'abord parce qu'on interprète ce qui
se passe en Angleterre, contre la vérité morale des faits;
ensuite, parce que les mœurs de la France ne sauraient

s'accommoder d'un tel régime, à quelque prix que ce fût, et où qu'il eût pris naissance. C'est ce que je prouverai.

CHAPITRE VI.

Le Roi ne peut mal faire, NE VEUT PAS DIRE **le Roi ne doit rien faire.**

« Le grand secret du gouvernement représentatif, di-
» sent certains théoriciens parlementaires, c'est que toutes
» choses y soient combinées de manière que le roi *n'ait*
» *absolument rien à faire qu'à dépenser sa liste civile*, et
» c'est alors seulement qu'on peut dire : Le roi *ne peut*
» *mal faire.* »

Voilà qui est clair. Le roi *ne faisant rien,* le roi *ne peut mal faire*, sans doute !... Mais si telle était la réalité constitutionnelle d'une monarchie représentative, la conséquence qu'on ferait germer inévitablement dans tous les esprits par de telles doctrines, c'est que le roi ne faisant rien, ne devant rien faire, *est un rouage inutile,* qu'il ne vaut pas la peine de le payer si chèrement, et qu'il faut le supprimer. Et véritablement, telle est au fond la pensée du parti républicain.

J'avance que, dans une monarchie constitutionnelle, non-seulement il est faux que le roi ne doive rien faire, afin d'être inviolable, mais, bien plus, qu'il lui est imposé par la constitution le devoir de faire beaucoup, et qu'il lui est accordé le droit d'être inviolable, et irresponsable de toute la participation qu'il aura eue à la direction du gouvernement.

J'avance que le ministère qui aura exécuté les ordres du roi, sur quelque matière que ce soit, doit être responsable de ces ordres et de leur exécution, soit qu'il ait purement obéi à la volonté royale, soit qu'il ait concouru à la détermination de cette volonté, peu importe.

J'avance encore que le roi, non-seulement peut présider le conseil des ministres, mais, bien plus, je soutiens qu'il est le président naturel et légal de ce conseil. Je reconnais bien qu'il peut, dans certains cas, ne pas présider, et déléguer un premier ministre qui préside pour lui comme chef du cabinet ; mais ce ministre n'est, à mes yeux, qu'un vice-président, agissant par délégation partielle et momentanée de la royauté ; et ici je m'explique : ce n'est pas délégation de l'*homme-roi* que je veux dire, c'est délégation de la puissance politique, du *roi-pouvoir*.

Commençons, et rendons la discussion aussi claire que l'énoncé du système.

Supposons les faits suivants :

On choisit un citoyen, et on lui dit : Nous allons vous faire roi des Français. — Acceptez-vous ?

Soit, répondrait-il ; mais voyons à quelles conditions.

— Vous serez inviolable, vous aurez des ministres responsables. Ils discuteront les actes du gouvernement devant les chambres ; c'est à eux seuls qu'elles auront à faire ; ils devront agir de manière à se concilier leur majorité, car ils ne pourront gouverner sans la sanction de cette majorité.

— Très-bien. Et moi, que ferai-je ?

— Vous ?... Rien ; car si vous faisiez quelque chose, vous

seriez responsable de ce que vous auriez fait. Il vous est
même interdit de participer aux discussions du conseil des
ministres dans la préparation des projets de lois et des résolutions gouvernementales, car il faut non-seulement que
vous ne fassiez rien, mais encore qu'on ne puisse vous
attribuer de les avoir influencés par votre présence au conseil, par vos raisonnements sur la matière en délibération.
Il vous est interdit d'avoir une opinion personnelle sur la
marche du gouvernement à la tête duquel on vous place;
ou, si malheureusement vous avez une opinion personnelle sur la marche de ce gouvernement, il vous est formellement interdit de la manifester et surtout de chercher à la faire prévaloir.

— C'est très-bien. Je vois dès-lors que ma royauté ne
m'occupera pas beaucoup. Vous me donnez douze millions par an pour cela?... Vous êtes généreux. Je me
bornerai donc à dépenser mes douze millions, j'irai à la
chasse, au spectacle, je tiendrai cour joyeuse et ferai
grande vie.

— Ce n'est pas cela. Tout en vous imposant l'obligation de ne rien faire, nous vous chargeons cependant des
plus importantes fonctions.

Voilà qui devient incompréhensible!... Voyons donc.

— D'abord, c'est vous qui nommerez les ministres.

— Très-bien; mais il me semble qu'ici vous m'obligez
à avoir une opinion sur la capacité et le patriotisme des
hommes que je choisirai, à moins que vous ne vouliez
que je tire le choix des ministres à pile ou face.

— Ce n'est pas cela. Les majorités des chambres vous
feront ici la loi, et vous nommerez pour ministres les

hommes que ces majorités vous désigneront, qui, dès-lors, gouverneront d'accord avec ces majorités.

— Je le veux bien ; mais alors vous pouvez facilement vous passer de moi. Vous me donnez douze millions par an pour décréter par ordonnance le choix fait par les chambres ? Il serait bien plus simple et plus économique d'autoriser les chambres à nommer elles-mêmes les ministres. Vous auriez un rouage de moins et douze millions de rente de plus. C'est quelque chose. — Mais pardon : si les majorités des deux chambres ne sont pas d'accord sur le système et sur les hommes politiques à porter au ministère, comment ferai-je ? A laquelle des deux me faudra-t-il obéir ?

—Ceci dépend de vous. Si vous croyez que la chambre des députés ait raison, vous ferez une création de pairs dans le sens de la majorité élective. Si au contraire vous croyez que la chambre des pairs ait raison, vous dissoudrez la chambre des députés et vous en appellerez aux électeurs.

— Fort bien ; mais ici il me paraît que vous m'obligez à agir, à décider, à faire. Comment pourrai-je remplir vos vues et savoir lequel des deux systèmes politiques il me faudra suivre, celui des pairs ou celui des députés, puisque vous m'avez interdit d'avoir une opinion sur le système du gouvernement, et de chercher à la faire prévaloir ?

—Ce ne sera pas vous qui prendrez cette décision : ce seront vos ministres.

— Doucement, Messieurs ; vous faites ici une pétition de principe, car il s'agit précisément de savoir quels seront les ministres, quel sera le choix que j'en ferai, ou selon la volonté des pairs, ou selon la volonté des députés. Si je fais ce que vous dites, ce seront les ministres qui se nommeront et se choisiront eux-mêmes avant d'être ministres.

— Cela paraît embarrassant; mais cette difficulté n'existera qu'une fois, la première; quand une fois vous aurez un ministère quelconque, et celui-là il faudra bien que vous l'ayez fait selon votre opinion, ce sera ensuite ce ministère qui décidera entre les pairs et les députés.

— Voilà donc une première exception; prenons-en note. Mais ensuite, Messieurs : j'admets le ministère formé, formé d'après la volonté des majorités parlementaires, si ce ministère, d'accord avec la majorité élective, je suppose, vient un jour à se trouver, sur quelque question importante, en dissentiment avec cette majorité, que ferai-je?

— Alors vous aurez l'option ou de changer le ministère, ou de dissoudre la chambre, en convoquant les électeurs.

— L'option, dites-vous?... Mais comment puis-je avoir l'option entre deux systèmes de gouvernement, puisqu'il m'est défendu de chercher à faire prévaloir mon opinion sur cette matière?

Ce seront encore vos ministres qui décideront.

— Mais vous n'y pensez pas? Quoi! ce sera le ministère qui décidera entre la chambre et le ministère?... Mais ne voyez-vous pas qu'alors le ministère sera juge et partie, et qu'il se donnera toujours raison? Et moi, moi roi, quand je verrai que le ministère à tort, il me sera impossible de lui donner tort; il faudra que je le laisse faire?... Mais alors pourquoi avez-vous dit si souvent :

Ah ! si le roi le savait !.... Que vous importe qu'il sache, si vous lui interdisez de rien faire ?

— Ceci paraît effectivement contradictoire ; mais, toute réflexion faite, pour éviter cet inconvénient, nous vous permettrons de donner tort au ministère et raison à la chambre.

— Je le veux bien ; mais voilà encore une exception formelle à votre système. Ce ne sera plus le ministère qui agira, car très-certainement il ne se donnerait pas tort à lui-même. — Mais si en réalité c'est le contraire ; si c'est la chambre qui a tort et le ministère qui a raison, voyez quelles bévues vous m'obligerez à commettre ? Et voyez bien surtout, qu'en agissant ainsi vous m'ôtez tout droit de dissoudre la chambre, car vous m'obligez à suivre aveuglément sa volonté, et elle ne me dira pas elle-même de la dissoudre pour conserver le ministère, puisque loin de là sa majorité m'imposera le renvoi du ministère. — Que si au contraire vous voulez que j'en appelle immédiatement aux électeurs, vous m'imposerez l'obligation de dissoudre la chambre toutes les fois qu'elle sera contraire au ministère ; de donner toujours tort à la chambre, et toujours raison au ministère dans leurs dissentiments.

Pardon, Messieurs ; mais tout souverains que vous êtes, vous faites un système dont les pièces sont contradictoires, et se détruisent inévitablement. Quand il y a dissentiment entre le ministère et la chambre, ni la chambre ni le ministère ne peuvent juger ce différend. Il faut nécessairement que ce soit moi, *moi le roi*, qui sois arbitre et qui juge provisoirement la cause, pour la renvoyer au jugement des électeurs quand je croirai le moment venu. — Je vous défie de sortir de là autrement.

—Nous ne voyons rien à répondre. Mais enfin ce ne serait jamais qu'une exception à la règle fondamentale.

—A la bonne heure : mais notez bien que voilà la seconde exception forcée, et que toutes les deux sont capitales.—Mais allons plus loin. Si, pendant l'absence des chambres, la division se met dans le conseil des ministres, et que deux systèmes politiques y soient en présence, que ferai-je pour y établir l'homogénéité indispensable dans un ministère constitutionnel?

—Vous choisirez entre les deux systèmes. Vous conserverez les ministres qui vous paraîtront suivre une marche nationale, vous destituerez les autres, et vous les remplacerez par des hommes de l'opinion opposée.

—Encore, Messieurs!... mais réfléchissez donc que, pour agir ainsi, il faudra que j'assiste au conseil, que j'entende les raisons contradictoires des deux parties du ministère, que je donne gain de cause à l'un des deux systèmes et tort à l'autre, en un mot, que je préside, que je manifeste une opinion personnelle sur la marche du gouvernement, que je fasse prévaloir mon opinion. Et notez bien que je n'aurai plus la volonté des chambres pour me servir de guide, puisqu'elles seront absentes.— Troisième exception, Messieurs, s'il vous plaît, et j'espère que celle-là vaut la peine qu'on la note. Mais prenez donc garde, je vous prie, que votre gouvernement n'est qu'une exception perpétuelle aux prétendues règles que vous lui donnez.

—Voici cependant un remède : vous convoquerez les chambres pour qu'elles décident.

—Remarquez, Messieurs, que ce sera rentrer dans la pétition de principe qui a motivé la seconde exception que

vous avez bien voulu m'accorder. Mais, en outre, il faudra supposer les chambres toujours d'accord et toujours
permanentes, pour que votre gouvernement puisse toujours
marcher. Eh! Messieurs, au nom du ciel, dites-moi à quoi
vous sert un roi dans tout cela? Tranchez donc hardiment
la difficulté : ou laissez le roi être roi, ou bien supprimez-
le; n'ayez qu'une chambre élective, qui fera les lois et les
fera exécuter par les ministres qu'elle aura choisis. Vous
n'avez pas d'autre moyen d'être conséquents avec vous-
même, et, je le répète, vous économiserez douze millions
par an !....

En outre des anomalies impossibles à vaincre que le
débat précédent met à découvert, il en est bien d'autres
encore. Ainsi, pendant l'absence des chambres, quand se
présenterait une question vitale, urgente, dont il serait
impossible de différer la solution (et dans les relations
extérieures il en est beaucoup de ce genre), si le ministère
voulait suivre une fausse marche, si le roi avait la conviction intime que cette marche perdrait l'État, compro-
mettrait l'indépendance nationale, il lui serait interdit de
chercher à faire prévaloir sa volonté! Il serait obligé de
laisser le ministère perdre la France, sous le vain prétexte
que le ministère en sera plus tard responsable !... Et lui,
lui roi, lui représentant inamovible et suprême de la patrie, il lui serait imposé l'intolérable et rigoureux supplice
de donner son approbation à la volonté du conseil des
ministres, et de laisser ces souverains à portefeuille décider
seuls des destinées du pays !... Il ne pourrait, lui, lui roi
qui, s'il n'est pas responsable devant les lois et devant les
chambres, est responsable devant la postérité et devant la

sainte divinité de la patrie, il ne pourrait influencer le ministère, chercher à faire prévaloir son opinion, changer le ministère s'il ne voulait pas s'y conformer, et enfin serait réduit à venir nous dire niaisement ensuite : Qu'y faire, Messieurs? le ministère l'a voulu; vous m'avez ôté même le droit d'influencer ses opinions, et d'entrer au conseil, non-seulement pour décider, mais même pour y discuter. La France est perdue, j'en conviens, mais c'est votre faute.

Et l'on croirait ainsi faire de la monarchie constitutionnelle, de la liberté! On n'aurait, je le répète, que le visiriat de la monarchie absolue, avec ses rois fainéants et ses ministres despotiques!... Ainsi Louis XV, dont le règne fut signalé par tant de désastres de toutes sortes, doué d'un esprit fin et juste, mais superlativement inactif et faible, ouvrait presque toujours de bons avis dans son conseil : les ministres ne s'y rendaient pas, et le roi cédait le plus bénévolement du monde. Les mesures funestes portaient leurs fruits inévitables, et quand la catastrophe était arrivée; comment, Sire! lui disaient ceux des courtisans qui portaient encore un cœur français et fier, comment avez-vous pu donner votre assentiment à de tels actes?... Que voulez-vous, répondait sa Majesté du Parc-aux-Cerfs, je leur ai bien prédit, mais ils n'ont pas voulu me croire. Ils n'en font jamais d'autres!... Ainsi, dans la monarchie absolue, dans la monarchie constitutionnelle, partout et toujours, tout se dissout et se détraque, si une volonté forte et centrale ne tient les rênes de l'État.

Le système, qui sous prétexte de la responsabilité ministérielle et de l'inviolabilité du roi, veut réduire la volonté royale au néant, est donc, je le répète hardiment, incommensurablement absurde et impraticable.

Les choses se passent ainsi en Angleterre, dit-on. En Angleterre, le roi ne fait rien, n'a aucune action, aucune influence dans le gouvernement. Le ministère agit, gouverne seul, de concert avec la majorité des chambres.

J'accorderais que les choses vont ainsi en Angleterre, que l'on n'en serait pas beaucoup plus avancé, car il s'agirait de savoir ensuite si les éléments qui forment nos deux chambres législatives sont composés et balancés comme ceux qui constituent les chambres anglaises ; si les mœurs françaises sont semblables aux mœurs anglaises, et si, par conséquent, en fixant la volonté royale dans les mêmes termes que la pratique anglaise, vous arriveriez au même résultat gouvernemental, au même équilibre.

— Pour ma part, je n'admets pas qu'en Angleterre même, la volonté royale soit détruite et anéantie comme on le dit, et comme on voudrait qu'elle le fût en France. Je crois que là, comme ailleurs, on confond perpétuellement la règle et son exécution, la théorie et la pratique, et qu'on se laisse illusionner par les apparences. Pour le prouver, je serai obligé de répéter quelques aperçus que j'ai déjà exposés ailleurs ; cependant je tâcherai d'éviter les redites autant que possible.

En Angleterre, l'axiome fondamental est que, dans le gouvernement de l'État, *le roi ne peut mal faire — the king can do no wrong.*

Mais il est absurde d'ajouter à cette maxime, celle-ci : que, *pour ne pas mal faire, le roi ne doit rien faire du tout.* — Ici, le non-sens va jusqu'à la niaiserie la plus absolue ; car si le roi anglais ne faisait rien, ne participait en rien au gouvernement, il n'aurait pas été besoin de dire qu'il ne fait rien de mal. S'il ne faisait rien, il ne serait pas besoin d'une fiction pour le déclarer irresponsable. La réalité suffirait, je pense; qui ne fait rien ne fait ni mal ni bien, qui ne fait rien n'est responsable de rien. C'est précisément, au contraire, parce que le roi anglais *a droit de faire*, qu'on déclare que dans ce qu'il fait ou peut faire, *la loi ne verra rien de mal, et qu'il n'en sera pas responsable*. Sans cela, l'axiome *the king can do no wrong* serait une absurde platitude; c'est *the king can do nothing* qu'il aurait fallu dire, et tout aurait été fini. Mais les Anglais ont trop de bon sens pour entendre ainsi leur gouvernement.

La volonté du roi existe si bien dans le gouvernement anglais, qu'après la retraite de lord Grey, quand lord Brougham fut interrogé dans la chambre des pairs sur la réorganisation probable du ministère, il répondit, lui, lord Brougham, lui, vieil athlète du libéralisme whig de l'Angleterre : — Si je ne connaissais la réorganisation du ministère que par mes conjectures, je les communiquerais à la chambre; mais comme je connais *la volonté de Sa Majesté elle-même*, et que je n'ai pas son autorisation pour vous la communiquer, *je ne vous dirai rien*.

La volonté du roi en Angleterre et sa prédominance sur celle du ministère, sont si bien reconnues, qu'après sa retraite lord Grey, en plein parlement, donnant communication aux chambres des motifs qui l'avaient engagé à se retirer, eut soin d'avertir expressément qu'avant de donner aux chambres cette information, *il avait demandé et obtenu la permission du roi*.

La volonté du roi en Angleterre est si bien le pivot sur lequel roule la direction du ministère, que les ministres

se rendent à Windsor, chez le roi, pour lui communiquer toutes les nouvelles intérieures et extérieures, pour
prendre ses ordres, et qu'ils ne mettent jamais une mesure essentielle à exécution sans en avoir reçu l'autorisation du roi. — Le roi d'Angleterre, répète-t-on, ne préside pas son conseil. Mais, encore une fois, que prouve
cette circonstance, puisque les ministres et le président
du conseil vont chez le roi prendre ses ordres, lui com-
muniquent toutes les dépêches essentielles qu'ils reçoivent
du continent, et ne prennent aucune mesure décisives
sans avoir son assentiment.

Si le roi ne faisait rien dans le gouvernement, pourquoi
toutes les lois, toutes les nominations, toutes les ordonnances seraient-elles signées par lui? Si le ministère y
participait seul, et gouvernait selon sa seule volonté, la
signature du ministère suffirait. Dans la monarchie constitutionnelle, au contraire, la signature du roi constitue
l'existence réelle de l'acte : le contre-seing du ministère
donne seulement à l'acte la sauve-garde de la responsabilité qui seule le rend constitutionnel et exécutoire.

Mais de ce que le roi peut et doit avoir une volonté
qui lui soit propre dans les affaires du gouvernement, il
ne s'ensuit pas du tout que cette volonté soit sans limites
et sans conditions. La volonté de Dieu seul a ce caractère,
et dans ce sens c'est la seule qui puisse être immuable.
Toute chose créée et finie a ses bornes placées dans sa nature même. La royauté constitutionnelle a une volonté
qui s'exerce dans les limites de la constitution, et qui ne
doit pas en sortir.

Et c'est ici le grand avantage de cette forme gouvernementale : car elle n'est point calculée pour faire triompher

tel ou tel pouvoir, telle ou telle volonté politique : en définitive, c'est toujours l'intérêt national qui doit prévaloir et qui prévaudra; mais en donnant au roi le droit de ne pas céder à la première manifestation, qui peut être fausse, trompeuse, pleine d'illusion ou d'emportement; en lui donnant le droit d'opposer sa volonté, de différer, de consulter de nouveau, il en résulte que les passions s'usent, que les objets envisagés d'abord avec préoccupation sont observés, étudiés sous toutes leurs faces; que ce qu'il y avait d'exagéré, de faux, de circonstanciel dans les volontés électorales se rectifie, s'appaise, se modifie, et qu'enfin lorsque la volonté royale cède, si le cas l'exige, elle peut le faire sans danger pour le gouvernement et pour le peuple lui-même : car, ce qu'on perd souvent de vue, les difficultés gouvernementales ne peuvent presque jamais être résolues radicalement, intégralement dans un sens donné, mais se terminent et doivent se terminer par une transaction entre les opinions et les intérêts opposés. — Cette possibilité de transaction entre les intérêts opposés dans la société, est l'un des principaux avantages du système monarchique et constitutionnel que je défends, sur les institutions républicaines. Ces dernières empêchent toute gradation, tout délai, toute transaction ; elles donnent à la volonté populaire une suprématie immédiate, brusque, irrésistible : de là, l'instabilité perpétuelle; de là le triomphe des caprices démocratiques ; de là encore l'action vicieuse de cet ostracisme inévitable, acharné contre toutes les notabilités qui surgissent et offusquent le vulgaire; de sorte que le système républicain, mélange d'ingratitude et de déraison, tend toujours à détruire l'influence des capacités supérieures qu'il porte au timon des affaires, et qu'il ne veut pas y supporter, quoiqu'il ne puisse s'en passer! — En France, avec une monarchie constitutionnelle privée de volonté royale, mauvaise et détestable contre-épreuve d'une république déguisée, voilà le résultat que vous atteindriez inévitablement. — Si l'Angleterre se laissait aller à la même dégradation dans son gouvernement, elle trouverait encore dans ses mœurs politiques un point d'appui que la France serait bien loin de trouver dans nos mœurs si vives, si changeantes, si capricieuses, si promptes à se précipiter dans toutes les exagérations; ce qui fait que plus qu'aucune nation nous avons besoin d'une force constante, uniforme, durable, indépendante de nous-mêmes dans le gouvernement, afin de nous servir de sauvegarde contre nos propres erreurs!

Voilà pourquoi, principalement, la destruction de l'hérédité de la pairie a été une grande faute. L'impatience populaire, cette exigence de l'opinion démocratique, qui non-seulement veut prévaloir, mais qui veut prévaloir à l'instant, qui ne veut tolérer ni délai, ni doute, ni résistance à ses volontés, telle était la cause réelle des déclamations qui s'élevaient en France contre l'hérédité de la chambre des pairs, et c'était précisément par ces motifs que l'hérédité aurait dû être conservée: c'est dans l'instinct aveugle qui demandait sa destruction, que je voyais et que je vois encore la preuve de sa grande utilité.

Maintenant, après avoir détruit cette barrière, — que les républiques de l'antiquité, plus sages que vous, avaient respectée; car plusieurs, et la république romaine en tête, avaient un patriciat héréditaire pour contrepoids du forum; — après avoir réduit la pairie française à n'être plus qu'une illusion, une apparence sans réalité, une assemblée qui manque de la condition intime nécessaire à sa vitalité, voulez-vous détruire la réalité de la royauté elle-même? Voulez-vous que le roi ne soit que le commis de ses ministres, qui, eux-mêmes, seront les commis des chambres, ou pour mieux dire de la chambre des députés? Voulez-vous détruire l'unité, la centralité, l'homogénéité du pouvoir politique, en ne laissant plus à votre chambre élective, pouvoir multiple et divisé sur quatre cents têtes, un point fixe, une boussole, une direction gouvernementale rationnelle et conséquente à elle-même? Supprimez la volonté royale, anéantissez-la devant la volonté ministérielle, traduction passagère et incertaine des volontés changeantes que les caprices populaires pourront revêtir accidentellement du nom pompeux et souvent trompeur de majorité!... Alors vous livrerez l'avenir de la France à toutes les incertitudes, à toutes les tempêtes, à toutes les bouffées de l'ouragan républicain; et quand votre machine gouvernementale se sera bien fatiguée, bien froissée, bien disloquée par ses mauvaises combinaisons, surgira quelque puissante intelligence qui vous remettra forcément sur la route du vrai progrès et de la véritable civilisation. — Mais, d'ici là, que vous auriez souffert!

CHAPITRE VII.

De la Nomination des Ministres et de la Présidence du Conseil.

De tout ce que j'ai établi jusqu'ici, il résulte que l'origine du ministère doit être essentiellement royale. Le choix du ministère appartient librement au roi, ou bien il n'y a plus de roi. Le ministère doit être la représentation vivante de la couronne devant les chambres, et non point la représentation des chambres devant la couronne. Un ministère, quel qu'il soit, imposé au roi, par la volonté parlementaire, est nécessairement mauvais et fatal; car, par sa seule apparition, il détruit la constitution et la monarchie.

Il résulte naturellement encore du droit qui appartient à la royauté de choisir librement ses ministres, le droit de nommer, par l'intermédiaire de ces ministres responsables, aux grades dans les armées de terre et de mer, aux emplois dans l'administration et la magistrature, enfin d'exercer dans toute son étendue le pouvoir d'action ou d'exécution dans l'État, conformément aux lois adoptées par les trois pouvoirs législatifs.

Les politiques qui basent l'inviolabilité royale sur l'inaction complète du Roi, qui veulent que, pour ne pas courir la chance de faire mal, il ne fasse absolument rien, et qu'il soit complètement en dehors de son gouvernement, doivent savoir maintenant qu'ils poursuivent une chimère absurde, et qu'en réalité le roi aura toujours une influence quelconque sur la marche des affaires; que s'il restait to-

talement étranger au conseil de ses ministres, et les laissait
agir purement à leur fantaisie, il suffirait d'une heptarchie
de traîtres, ou d'un président de conseil traître lui-même,
pour changer le gouvernement, déconsidérer et perdre la
famille royale, sans que le roi en eût été seulement informé. Ce serait le dernier degré de l'absurde.

Examinons la suite de ce système.

Il faut, dit-on, que le ministère soit *indépendant* du
roi.

Je ne m'arrête pas, pour le moment, au ridicule immense de cette prétention ; je la prends comme on la donne,
et j'examine sa portée politique.

Je dis qu'elle est dénuée de sens ; je dis que le ministère
doit être essentiellement *dépendant* du roi ; je dis qu'il en sera
de même de tous les ministères possibles, nés et à naître,
jusqu'au moment où il n'y aura plus de royauté. — Moment fatal, qu'accélérera de toute sa force le prétendu parti
conservateur, s'il admet follement pour règle constitutionnelle l'*indépendance* du ministère !

En effet, comparez l'action d'une république directoriale et celle d'une monarchie constitutionnelle, quelle
différence y voyez-vous ? — Une seule différence, mais essentielle, mais fondamentale.

Dans la république directoriale, vous avez une ou deux
assemblées délibérantes, peu importe, et un gouvernement
nommé *Directoire*, composé d'un certain nombre de membres choisis par ces assemblées délibérantes.

Dans la monarchie constitutionnelle, vous avez deux
assemblées délibérantes et un gouvernement appelé *Conseil
des ministres*, qui doit agir avec l'assentiment de ces assemblées délibérantes.

Dans la première, le conseil directorial est *indépendant* de toute autorité supérieure : c'est une royauté collective exercée par le directoire, avec le concours des chambres.

Dans la seconde, le conseil des ministres est *dépendant* de l'autorité royale : la suprématie royale constitue le centre, le lien, l'unité qui manquent au gouvernement directorial. Otez la suprématie du roi, établissez l'indépendance du ministère, sur-le-champ le conseil des ministres se transforme en gouvernement directorial, et le dernier semblant de monarchie est supprimé.

Ce qui fait que la monarchie constitutionnelle est bonne, c'est précisément la suprématie de la royauté et la dépendance corrélative des ministres.

Ce qui fait que la république directoriale est détestable, c'est l'indépendance du directoire, qui, par cette indépendance même, n'est qu'une anarchie centralisée, un corps sans tête, qui sert de tête lui-même à des assemblées délibérantes, immenses aggrégations de volontés confuses, sans personnification et sans chef !

Chose étrange ! — on a prétendu que l'indépendance du ministère consiste à délibérer hors de la présence du roi ! à gouverner en dehors de l'influence du roi ! — Mais, de deux choses l'une : ou ces réunions extra-monarchiques ont pour but de cacher au roi les motifs réels des délibérations, ou bien il a droit d'en être informé pour y donner ou y refuser sa sanction.

Dans le dernier cas, cette prétendue indépendance n'est évidemment qu'une simagrée, une fiction ridicule. — Dans le premier, elle serait un crime de haute trahison. — Car imaginez ce que serait un gouvernement où les ministres se réuniraient officiellement pour délibérer entre eux, sans

que le roi pût connaître les discussions de leurs conseils,
les motifs réels des déterminations qu'ils auraient arrêtées,
et serait seulement informé du résultat, comme d'une sorte
d'*ultimatum* auquel il devrait donner sa sanction, sans
avoir assisté seulement aux discussions qui auraient produit ce résultat!... Certes, dans une pareille hypothèse,
le ministère serait bien indépendant; mais la royauté, que
serait-elle devenue?

Sans doute, le conseil des ministres peut bien, accidentellement, se réunir hors de la présence du roi, mais jamais
organiquement. C'est une sorte de répétition, de réunion
provisoire, de discussion préparatoire, avant la discussion
réelle. Mais le conseil des ministres, comme gouvernement légal et monarchique, n'est jamais complet et constitutionnel que lorsqu'il est présidé par le roi, que lorsqu'il agit, délibère, discute sous l'influence du roi, auquel
rien de ce qui se prépare et se médite pour la direction
de l'État ne doit être caché. — Un conseil des ministres
indépendant du roi, je le répète, c'est le directoire d'une
république, — pas autre chose, — c'est-à-dire la plus absurde des combinaisons républicaines; car, sans aucun
doute, un président comme celui des États-Unis vaut infiniment mieux, parce qu'il a en lui unité de pensée, de
volonté, d'action. — Mais dans une heptarchie de ministres
directeurs, indépendants du roi, et par conséquent gouvernant eux-mêmes collectivement, il n'y a ni unité de
pensée possible, ni direction de volonté efficace, ni accord
d'action praticable, d'une manière durable, régulière,
conséquente. C'est l'impossibilité du gouvernement érigée
en dogme de gouvernement.

Le roi est, en effet, le lien central, le pivot d'action de

tout gouvernement représentatif. Il est le pouvoir modérateur qui, soit en changeant le ministère, soit en dissolvant la chambre des députés, rétablit l'harmonie nécessaire entre les pouvoirs de l'État.

Or, si les ministres, sous la présidence de l'un d'entre eux, assemblés loin des regards du roi, discutaient et décidaient SANS LUI les mesures politiques, les lois, les démarches envers l'étranger, et, sous prétexte qu'ils sont responsables, agissaient ainsi de leur chef, sans s'informer des volontés du roi, sans même connaître son opinion personnelle, afin d'échapper, comme on l'a dit, à une influence extra-constitutionnelle, je le demande à tout homme de bonne foi, que serait le roi, comment règnerait-il, comment pourrait-il s'assurer que des ministres pervers et corrompus ne trahissent pas les intérêts du pays? Comment saurait-il s'il doit les conserver ou les changer? Quand un dissentiment éclaterait entre les chambres et le ministère, comment saurait-il s'il doit dissoudre la chambre élective ou renvoyer les ministres? Alors il ne serait plus le pouvoir *modérateur*, il serait un pouvoir *détruit*, ne recevant d'impulsion que comme un être passif, dominé par les favoris de cour ou par les factieux de tribune !

Quoi ! les chambres devant lesquelles on discute un projet de loi ont le droit d'interroger les ministres, de se faire représenter les documents qui peuvent éclairer leurs votes, et le roi, au nom duquel on va proposer cette loi, n'aurait pas le droit d'obliger ses ministres à la discuter préalablement devant lui, à lui fournir tous les documents ministériels, à en prouver l'utilité, la convenance! Si la loi lui paraissait mauvaise, il lui serait défendu d'en dire son avis, de peur de nuire à la libre action de son ministère !

Tout cela, je le répète hautement, est absurde : ce n'est point ainsi qu'on doit entendre la royauté constitutionnelle et la responsabilité des ministres.

Il faut dire simplement que les ministres sont seuls engagés envers les chambres et envers la nation. Que dans le débat il leur est défendu de laisser voir si la mesure vient de leur volonté propre ou de celle du roi ; que dans ce dernier cas, en exécutant la pensée du roi, ils se l'approprient légalement et en deviennent responsables ; que si cette pensée est contraire à leur opinion, ils doivent donner leur démission et quitter le portefeuille. Mais tant qu'ils sont et veulent rester ministres du roi, loin de se soustraire à son influence, ils sont là pour y obéir, ou éclairer sa volonté par leurs observations. Voilà la monarchie constitutionnelle.

Je tiens qu'un roi constitutionnel qui préside son conseil, qui veut connaître par lui-même les détails des affaires, qui veut apprécier dans la discussion, la capacité, les ressources d'esprit, l'instruction, le patriotisme de ses ministres ; qui se procure ainsi les moyens d'éclairer son esprit, de discerner plus tard si les objections élevées dans les chambres sont justes ou erronées ; qui se prépare ainsi le moyen de faire un bon usage du pouvoir de dissolution ; je tiens donc, dis-je, qu'un roi qui agit ainsi remplit les plus hautes, les plus sages, les plus saintes obligations de sa royauté constitutionnelle ; qu'il n'empiète nullement sur les attributions des autres pouvoirs et n'excède pas les prérogatives de sa couronne.

Sans doute, les ministres, surtout celui qui préside le

conseil, pourraient avoir un avis opposé; il leur conviendrait mieux, ou de se partager la royauté en sept, s'ils étaient chacun indépendant, ou bien il conviendrait fort au premier ministre de se constituer roi réel, en laissant au roi couronné un vain titre de monarque. Mais cela ne peut convenir à la France.

On peut objecter que le ministre président le conseil viendrait ensuite prendre les ordres du roi, et lui soumettre les résolutions qui auraient été arrêtées. Et comment le roi pourrait-il savoir si ce premier ministre lui rend un compte-fidèle du débat, s'il ne cherche pas à faire prévaloir son opinion personnelle, s'il ne lui-cache pas une partie de la vérité?... Ne voit-on pas qu'on rétablirait ainsi le règne des favoris? Que si on venait de nouveau rendre compte au roi de toute la discussion du conseil, à quoi bon ce double emploi, cette perte d'un temps toujours si précieux en politique? N'était-il pas bien plus simple que le conseil se tînt d'abord sous les yeux et sous la présidence du roi?

Et pourquoi n'en serait-il pas ainsi? Y a-t-il dans son gouvernement quelque chose qu'il faille éloigner de ses regards, quelque chose qu'il doive lui-être interdit de connaître, quelques secrètes pensées, quelque motif d'action que les ministres aient intérêt à réserver pour eux seuls? S'il en existait, alors ce seraient des motifs coupables, hostiles, perfides, et c'est précisément pour qu'il n'en existe pas que l'œil du roi doit pouvoir pénétrer partout!

Cette action de sa part, dans son conseil et dans son gouvernement, ne nuit en rien à la liberté, ne dégage nullement les ministres de leur responsabilité, n'attente en rien aux droits des chambres.

La discussion des chambres, me dira-t-on, suffit pour éclairer le monarque sur le choix de son ministère.—On voit d'abord qu'il n'en est rien, car il peut fort bien arriver que la chambre ait tort et que le ministère ait raison ; et si le roi devait changer de ministres uniquement pour obéir aux vœux des chambres, elles régneraient et non pas lui ; et que deviendrait son droit de dissolution? —Mais il y a d'ailleurs, je l'ai déjà dit, une réponse péremptoire à cette objection : dans l'absence des chambres, dans l'intervalle des sessions, si le conseil n'a aucun ordre, aucune influence morale même à recevoir du roi, s'il se tient loin de ses regards, si les ministres, sous prétexte de leur responsabilité, agissent de leur chef, quel moyen a le roi de les surveiller, de ne pas être trahi par eux, de ne pas abandonner les destinées du royaume à des mains inhabiles ou corrompues?... Cette doctrine, qui réduit le roi à l'impuissance, au néant, est la destruction de toute sécurité pour l'État, de toute unité d'action pour le gouvernement; elle détruit la monarchie constitutionnelle de fond en comble.

Sans doute, si le roi veut déléguer la présidence du conseil à un de ses ministres il le peut ; mais en conservant toujours la haute main, en conservant le droit inaliénable de mander devant lui ministres et président du conseil, de les obliger de lui rendre compte de tout, de lui soumettre tout, et de prendre ses ordres. Et, je le répète, si dans ses ordres il y a quelque chose qui répugne à leur responsabilité, ils n'ont qu'à donner leur démission. Les chambres examineront plus tard s'ils ont bien ou mal fait, en adoptant ou en rejetant le système soutenu par leurs successeurs.

Voilà les vraies doctrines de la monarchie constitutionnelle.

Mais nous dire, le roi ne doit rien faire que dépenser
sa liste civile, c'est évidemment avilir, annuler la royauté
pour préparer les esprits à sa complète destruction, quand
on croirait le moment venu! Et quel esprit élevé, quel
cœur noble et patriotique voudrait accepter un rôle de roi
fainéant et dispendieux, espèce d'animal oisif, à l'engrais
dans une sinécure dotée des sueurs de la nation? Qui voudrait se résigner à n'être qu'une machine inerte, destinée
à signer des ordonnances et des lois délibérées par le ministère, sans avoir seulement le droit de s'enquérir si elles
sont bonnes ou mauvaises, obligé dans tous les cas d'y
apposer le seing royal, lâchement dégradé par ce servile
mécanisme?

Le roi, en recevant la couronne, s'engage à consacrer
à la surveillance des intérêts du pays, tous ses soins,
tout son temps, toute sa vie! Pour tenir sa promesse, il
doit examiner les affaires par lui-même, user de son influence pour écarter les malheurs qui menacent le pays,
porter une investigation sévère sur les actes, sur les démarches, sur la direction politique de son ministère. Lui
reprocher cette surveillance ce serait joindre l'injustice à
l'ingratitude; ce serait méconnaître à la fois, et le principe de la monarchie constitutionnelle, et le respect que
mérite le prince.

Cela veut-il dire que toujours, dans tous les cas, la
couronne dominera le ministère et les chambres? — Non
sans doute.

Quand on discute les bases fondamentales d'une organisation politique, il faut bien faire attention à ne pas se

payer de mots, il faut examiner les choses elles-mêmes ;
il ne faut pas s'arrêter aux formalités extérieures imposées aux actes du pouvoir, il faut voir ensuite, en étudiant
la nature humaine dans ses conditions intimes d'existence,
quel peut et doit être l'effet de ces formalités convenues.

J'admets, pour un instant, que le législateur pût avoir
la prétention de décider d'une manière absolue, à quel
corps politique de l'État doit appartenir la principale influence politique, à quels fonctionnaires ou membres de
ces corps appartiendra leur direction supérieure, croyez-
vous que ces règles tracées sur le papier soient et puissent
être accomplies d'une manière uniforme et constante dans
la réalité ?

Point du tout : — Ici l'influence des capacités individuelles viendra prendre le timon en dépit de toutes les
prévisions. Si la plus grande capacité individuelle se trouve
dans le corps ou dans le fonctionnaire auquel les règles
constitutionnelles veulent donner la direction pratique de
l'État, la fiction et la réalité se trouveront d'accord. Si, au
contraire, la plus grande capacité individuelle se trouve
dans le pouvoir politique qui devrait être en sous-ordre
d'après la loi écrite, l'influence de ce pouvoir, quoi qu'on
fasse, n'en sera pas moins la première dans l'État, non
pas officiellement, non pas en habit de théâtre et de représentation dramatique, mais en réalité.

Il faut donc s'accoutumer à cette pensée. La direction
réelle appartient toujours à qui réunit la volonté de guider et la capacité de se faire suivre. Supposez le cardinal
de Richelieu sur le trône, et Louis XIII, premier ministre ; le roi serait tout et le premier ministre ne serait rien.
Supposez un cardinal de Richelieu dans le conseil actuel,

supposez un Louis XIII sur le trône constitutionnel des Français, le roi ne serait rien et le ministre serait tout; président ou non du conseil, peu importe. Le titre ne ferait rien, la capacité ferait tout; là où se trouverait la plus grande capacité se trouverait aussi la plus grande influence.

On ne doit donc pas chercher à la fixer dans telle ou telle partie du pouvoir, dans tel ou tel homme, roi ou ministre, président ou présidé, chef apparent ou réel de la direction politique. — Là où sera la plus grande force intellectuelle et morale, là sera l'influence et la direction gouvernementale. Les criailleries, les récriminations, les sophismes, n'y feront rien. Les rapports intimes du roi et des ministres sont en-dehors de toutes les règles et de toutes les lois possibles, faites ou à faire. — Toutes les fois que le ministère aura plus de capacité que le roi, il mènera le roi; toutes les fois que le roi aura plus de capacité que le ministère, le roi mènera le ministère. — Tout ce que la loi constitutionnelle peut faire, c'est de régler les rapports du pouvoir royal et des chambres; tout ce que l'on peut exiger du pouvoir royal, c'est qu'il se conforme fidèlement aux règles constitutionnelles qui fixent ses rapports avec les chambres, et qu'il ne sorte jamais de ses propres attributions.

CHAPITRE VIII.

Dans la Monarchie constitutionnelle de France, la prépondérance doit appartenir à la Couronne.

—

Si quelque chose pouvait ressusciter un absolutisme passager, ce serait l'anéantissement du pouvoir royal, qui laisserait sans direction suprême le pouvoir populaire, véritable dominateur sans frein, dont les mille têtes et les mille bras commandent et agissent à la fois, sans qu'aucune règle puisse diriger leur pensée, sans qu'aucune limite puisse modérer leur action. L'absolutisme royal est si peu possible aujourd'hui, qu'il n'existe plus qu'en simulacre dans la monarchie absolue elle-même, car il n'y existe qu'à condition de faire pour les peuples ce que les peuples ont intérêt à voir faire pour être libres et heureux.

Parce que, dans des siècles barbares, la royauté a été absolue et barbare, on en conclut que c'était par le vice inhérent à l'institution. J'ai déjà démontré que c'était une erreur. C'était le vice de l'époque, des mœurs, de la barbarie générale. La monarchie était barbare, parce que la nation était barbare aussi. Des institutions électives démocratiques auraient empiré le mal au lieu d'y remédier. Une nation ignorante et barbare aurait eu une représentation barbare et ignorante. Avec la royauté, les peuples avaient au moins la chance d'être dirigés par un grand homme. Avec le système de l'élection populaire, ils auraient été certains d'être gouvernés par le fanatisme et par les fureurs de l'ignorance.

Ceci nous prouverait, pour la centième fois, qu'il n'y a

pas pour l'humanité un système uniforme et normal de gouvernement. C'est une grande folie que de vouloir formuler des principes absolus et de tailler ensuite le gouvernement d'un peuple sur ces principes, comme un habit qui devrait aller à toutes les tailles.

Il est cependant une vérité fondamentale, que l'on trouvera toujours au fond de tous les gouvernements possibles, quels que soient leurs institutions ou leur principe : c'est qu'il y faut une direction, une direction unique, venant d'un pouvoir unique, lors même que ce pouvoir serait réparti entre plusieurs individus ou entre plusieurs assemblées. Si non, il n'y a pas gouvernement, il y a négation de gouvernement, anarchie, guerre morale entre les directions différentes qui se disputent l'impulsion principale.

En Angleterre, cette grande force à la fois dirigeante et modératrice, a résidé dans le patriciat héréditaire des lords. Maintenant on donne l'assaut à cette influence séculaire, et aussitôt le mécanisme du gouvernement britannique hésite et s'arrête dans ses rouages... c'est qu'on commence à ne plus savoir d'où la direction doit venir.

En France, l'aristocratie constitutionnelle nous manquant, la destruction de l'hérédité de la pairie nous ayant enlevé cette admirable et indispensable base du gouvernement des trois pouvoirs, nous sommes donc forcément réduits à opter entre les deux seules directions qui nous restent. — La direction gouvernementale doit-elle venir de la chambre élective, ou bien doit-elle venir de la royauté? C'est là que le problème posé par la révolution de juillet doit chercher et trouver sa solution; c'est là que les prétendues conséquences de juillet ont faussé la question dès son début, en se hâtant de la résoudre au gré des ambitions populaires, afin d'éviter qu'on eût le temps de l'examiner et de la mûrir ; parce que les faiseurs de monarchie républicaine sentaient bien, au fond de l'âme, que le résultat de l'examen ne serait pas en leur faveur.

Or, toute monarchie où la direction vient d'une chambre élective, n'est pas constitutionnelle ; elle est républicaine, anarchique, fausse, impuissante.

C'est ici qu'il convient de faire voir comment la prépondérance législative, si elle était accordée à la couronne, n'aurait pas à beaucoup près les mêmes dangers pour l'État qu'entre les mains de la chambre des députés.

La couronne, dans ce siècle démocratique, ne peut devenir absolue. Ainsi que je l'ai dit plus haut, lui donnerait-on la toute-puissance en droit, qu'elle ne s'en servirait pas en fait ; les moyens d'action qu'elle serait obligée d'employer neutraliseraient l'absolutisme même de son action. La société est si exigeante envers son gouvernement, elle a sur lui tant de prise pour l'impressionner et le faire réfléchir, que loin d'aller jusqu'à l'abus de la puissance, il serait plutôt à craindre que, fort souvent, il n'osât pas s'en servir avec l'énergie convenable.

Quant à la chambre, c'est tout le contraire : Le vent démocratique enfle ses voiles. Quelque influence décisive qu'on lui attribue sur les affaires, elle ne s'en croira jamais assez, et sera poussée à aller au-delà. Elle a derrière elle une masse énorme de forces individuelles réclamant toujours des améliorations, et imaginant follement que plus la chambre agira en place du pouvoir royal, plus les intérêts populaires s'en trouveront bien.

On conçoit donc facilement le *veto* de la chambre arrê-

tant l'action du pouvoir royal; mais on ne conçoit que
très-difficilement le *veto* du pouvoir royal arrêtant l'action de la chambre.

On conçoit facilement l'influence d'une bonne chambre
paralysant la volonté d'un mauvais roi; mais très-difficilement le *veto* d'un bon roi arrêtant l'action d'une mauvaise chambre.

C'est pour cela qu'il est bien plus dangereux de faire
de la chambre un pouvoir gouvernant et de la royauté
un pouvoir résistant, que de faire de la royauté un pouvoir dirigeant et de la chambre un pouvoir limitant.

D'ailleurs, avec la royauté, vous avez chance d'avoir
un bon roi comme d'en avoir un mauvais. Dans un instant je montrerai que les chances heureuses sont bien
plus nombreuses que les mauvaises chances.

Mais avec la chambre, il n'en est plus de même. La
chambre, si on lui confie le gouvernement, ce qui est le
résultat infaillible de la prépondérance jointe à l'initiative, sera toujours mauvaise;—quand je dis mauvaise,
je ne veux pas dire malveillante, coupable, anarchique,
d'intention; — je veux dire impuissante pour gouverner,
et par conséquent mauvaise en qualité de gouvernement,
car le gouvernement lui est essentiellement impossible.

Mais il y a un motif bien plus puissant que tous ceux
que je viens d'énumérer, un motif bien plus haut, bien
plus intimement pris dans la nature des choses, dans les
conditions inhérentes à notre société politique!...

Le roi est élevé pour être roi; les députés ne sont pas
élevés pour être députés.

Le roi, tout inviolable, tout irresponsable qu'il est
devant la loi, est cependant le seul pouvoir réellement

responsable de tout ce qui se fait dans le gouvernement.

C'est sa vie, sa fortune, sa famille, sa dynastie, qui sont perpétuellement en question, et qui dépendent de la direction, bonne ou mauvaise, donnée au gouvernement de l'État.

L'histoire passée et l'histoire contemporaine sont là pour répondre de cette vérité.

L'intérêt le plus pressant de la couronne, son intérêt personnel, incessant, est donc que le pays soit bien gouverné. Le mauvais gouvernement aboutit promptement, de nos jours, à une révolution. Dans une révolution le ministère se sauve, le roi succombe.

Le seul danger que la couronne puisse faire courir au gouvernement, c'est de vouloir y faire prédominer son intérêt particulier sur l'intérêt général.

Mais ce danger n'est plus de notre époque. La couronne ne peut plus avoir aujourd'hui d'autre intérêt que celui du pays. Travailler contre l'intérêt du pays, ce serait travailler contre elle-même, ce serait se tuer. D'ailleurs, en face de la tribune, sous le feu croisé de la presse, une telle tentative n'est plus possible.

La chambre des députés, au contraire, est sans cesse sous le coup des intérêts particuliers. C'est dans son sein qu'ils s'agitent avec une violence qui n'a d'égale que leur obstination.

Et puis, — voici le trait décisif, — la chambre des députés n'a, comme corps, comme être gouvernant, aucune responsabilité à encourir. — Elle votera une mauvaise mesure, elle imposera son exécution à la royauté. Tous les inconvénients de cette exécution pèseront sur la royauté elle-même, qui est là, éternelle victime dévouée aux mécontentements populaires. — La chambre, elle, s'évanouit, se disperse; chaque député retourne chez lui, à ses champs, à ses affaires, à sa famille. La chambre, comme être collectif, n'est plus saisissable nulle part; la responsabilité n'atteint personne, parce qu'elle se partage entre tous. Chaque député, en son particulier, ne répond pas des actes de la chambre elle-même. Il peut les renier, expliquer comment ils sont mauvais, parce qu'on n'a pas complètement suivi son avis, ou bien parce qu'il a voté contre la mesure, ou bien parce que l'exécution a été mal faite par la royauté; bref, la chambre ne répond de rien, ni collectivement ni individuellement, et la royauté en définitive, répond de tout.

De quel côté trouvez-vous plus de garanties?

J'ose dire qu'un esprit un peu raisonnable ne doit pas hésiter à répondre qu'il vaut mille fois mieux pour le pays être gouverné par le roi sous le contrôle des chambres, conformément à la charte, que d'être gouverné par la chambre élective sous le contrôle de la royauté, conformément aux prétentions parlementaires. Il faudrait qu'un roi fût bien médiocre pour ne pas valoir infiniment mieux que la chambre élective pour gouverner le pays; et dans ce cas même sa médiocrité serait une garantie qu'il se laisserait influencer par le ministère, qui, sinon en droit, du moins en fait, trouverait dans la presse et dans la chambre un appui salutaire.

CHAPITRE IX.

De l'Importance des prérogatives de la Couronne.

—

La violation des prérogatives de la couronne, en quelque cas que ce soit, tend à détruire la paix publique et la liberté de l'État.—On ne sait pas assez combien les prérogatives de la couronne sont l'appui le plus sûr de la liberté.

Ce n'est pas, en effet, dans l'intérêt personnel du roi, de sa seule puissance, de sa seule dignité, que certaines prérogatives, certains droits précis lui sont attribués. C'est dans l'intérêt de l'ordre public et de la liberté de l'État. —D'où il suit que lorsque le roi lui-même voudrait abdiquer l'usage indépendant des droits qui lui sont attribués, et en soumettre l'exercice au consentement d'un des autres pouvoirs de l'État, il ne le pourrait pas, sans violer lui-même la constitution.

Non, le roi lui-même ne peut pas soumettre à l'approbation ou au refus des chambres l'usage d'un droit qui lui appartient, car si la chambre rejetait le projet de loi présenté, qu'en résulterait-il? Il en résulterait que malgré la constitution qui donne au roi ce droit, les chambres le lui ôteraient, par suite de sa faiblesse à leur demander une autorisation qu'elles n'ont pas le droit de donner, parce qu'évidemment elles n'ont pas le droit de la refuser.

Pour rendre cela plus sensible, faisons-en une application. La charte donne au roi le droit de nommer les juges, les administrateurs. Eh bien! supposons que pour prouver qu'il dirige la justice et l'administration en parfaite harmonie avec les chambres, il voulût nommer, par une loi, les préfets ou les conseillers des cours royales, croit-on qu'on serait admis à soutenir que la couronne peut faire tel usage qu'elle juge de sa prérogative, soit par ordonnance, soit en la rédigeant sous forme de projet de loi, pour consulter les chambres?... Non sans doute, personne n'oserait le soutenir. Pourquoi? c'est qu'en cas de refus, de modifications ou d'amendements par les chambres, la prérogative royale serait entamée et détruite.

Or, ce qui est vrai pour une des prérogatives de la couronne, est également vrai pour toutes. Le roi ne peut pas associer les chambres à l'exercice des droits qui lui sont réservés et qui font partie du pouvoir exécutif et des prérogatives de la couronne; s'il le faisait, la constitution de l'État serait bouleversée, elle serait purement démocratique. Vienne une chambre élective forte, un ministère faible, et la royauté n'existerait plus.

Or, mon opinion fondamentale, je ne fais aucune difficulté de le dire hautement et au grand jour, est que le pouvoir royal est en France la base même du gouvernement, la représentation de l'intérêt général du pays, est tellement lié, tellement confondu avec cet intérêt du pays, qu'il est moralement impossible qu'il veuille sciemment lui nuire; que les institutions électives sont une garantie acquise à la nation, non pas pour gouverner à la place du pouvoir royal, mais pour établir des limites à l'action de ce pouvoir, pour empêcher ce pouvoir de dégénérer en pouvoir arbitraire, pour le renfermer dans une sphère d'où il ne doit pas sortir, mais dans laquelle il doit agir librement. On doit donc regarder comme un malheur immense pour le pays, les usurpations de la chambre élective sur la royauté.

Je ne demande point l'omnipotence royale, Dieu m'en garde! et ceux qui m'en accusent savent fort bien qu'il n'en est rien. Ils ne peuvent ignorer, en outre, que dans ce siècle, l'omnipotence fût-elle en droit accordée au roi, il ne pourrait avoir ni la volonté ni la possibilité de l'exercer en fait, car la nature même de notre civilisation le priverait des leviers nécessaires à l'absolutisme. Eh quoi! l'on redoute l'action trop grande du pouvoir, lorsqu'il est malheureusement trop certain que tout le mouvement de la société actuelle tend à le nier et à le détruire!... N'a-t-on pas dit déjà que la démocratie coule à pleins bords? Et dans cet état de choses, ne serait-ce pas une folie de craindre la trop grande extension du pouvoir monarchique? Ne voit-on pas que les adversaires de ce pouvoir diront constamment qu'il y en a trop, jusqu'au moment où il n'en resterait plus une parcelle?

Le gouvernement établi en France par la charte se compose de trois éléments : le pouvoir royal, qui gouverne, —la charte le dit;—le pouvoir des chambres, qui contrôle, qui surveille, qui éclaire, qui empêche le gouvernement du roi de tendre à l'absolutisme, et qui le retient dans les limites que la charte a tracées. Ainsi les chambres ont le droit d'arrêter les abus, mais jamais celui de détruire l'action elle-même. Elles ont droit de refuser leur assentiment à toute mesure proposée par la couronne, quand cette mesure, ce projet, cette loi, leur paraît contraire à la charte ou au bien du pays; ce sont là des principes fondamentaux et que l'on ne peut méconnaître sans de graves dangers pour le pays.

Ce n'est point dans l'intérêt de la royauté que je soutiens ses droits, que j'attaque le principe fatal de la souveraineté du peuple : c'est dans l'intérêt du peuple lui-même. Il est la première et l'éternelle victime de sa souveraineté prétendue. S'il l'exerce par lui-même, il se déchire de ses propres mains. S'il cherche à la faire exercer par ses députés, il anéantit à la fois le pouvoir et l'obéissance. Il s'achemine vers une région d'anarchie et de gaspillage, où toutes les forces sociales fonctionnent à contre-sens

Ainsi que je le démontrerai, quand on dénature le corps législatif et que l'on en fait un corps gouvernant, ou, en d'autres termes, quand on soumet à la loi des matières qui devraient être réglées par le gouvernement, on compromet les intérêts du commerce, de l'économie, de la marine, et généralement tous les grands rapports vitaux du pays, soit dans l'intérieur, soit à l'extérieur.

On répond à cela : — A quoi bon contester le droit, puisque, en fait, les chambres n'ont qu'à mettre une quantité suffisante de boules noires pour refuser toutes les lois ! — A quoi bon, juste Dieu ! réfuter une usurpation, une injustice, une inconstitutionnalité, parce que ceux qui la commettent en ont la puissance ? A quoi bon défendre les principes, quand, en fait, ils peuvent être violés ?... Mais on n'y pense pas ?... C'est précisément à cause de cela qu'il est urgent de rétablir les bonnes maximes et de les faire pénétrer dans les esprits ! Ce n'est point par la violence et la force qu'on peut et qu'on doit agir contre les erreurs, c'est par la discussion, par la persuasion, par la démonstration de la vérité. Si l'on peut inspirer, par exemple, aux députés cette conviction, que voter le budjet en y faisant les modifications financières justes et raisonnables qu'ils croient utiles au pays, est leur droit ; que rejeter le budjet en masse, opprimer la royauté en privant le pays de tout moyen de gouvernement, d'administration, de progrès industriel et social, serait, non pas l'exercice de leur droit, mais l'abus de ce droit : abus monstrueux, folie insoutenable, absolutisme sans borne, qui détruirait tous les pouvoirs de l'État au profit d'un seul : eh bien ! n'est-il pas évident qu'on aura atteint le but, sans violence, sans arbitraire, par le seul effet de la raison et de la justice? Mais n'anticipons pas. Ceci sera l'objet d'une discussion sérieuse, profonde, sur laquelle j'appellerai l'attention de tous les bons citoyens. J'ai voulu seulement en esquisser ici la physionomie. Quand nous entrerons au fond des choses, on sera surpris, on sera confondu de voir l'excès d'inconsistance et de contradiction où l'opinion publique a été égarée par les sophistes des préjugés représentatifs, par les prédicateurs du refus de concours !

CHAPITRE X.

Du Veto.

—

Chacun des trois pouvoirs a le droit absolu de rejeter les lois.

Qu'est-ce, en effet, qu'une loi?

C'est le consentement des trois pouvoirs : du roi et des deux chambres.

Or, si pour faire une loi il faut le consentement du

roi et des chambres, toutes les fois qu'UN SEUL des trois
pouvoirs refuse son consentement, il ne peut y avoir de
loi.

Le refus d'un seul des trois pouvoirs suffit, par conséquent, pour rendre l'acceptation impossible et constituer
le rejet définitif de la loi.

C'est donc un principe fondamental que, pour agir affirmativement, il faut le consentement des TROIS pouvoirs,
mais que chacun des trois ayant le *veto* sur les deux autres, le refus d'un seul suffit pour empêcher toute action
législative.

Ce *droit* n'est borné que par le *devoir* imposé à chacun
des trois pouvoirs, de concourir loyalement au bien de
l'État dans la limite de ses prérogatives.

L'étude attentive des vérités que je viens d'établir sommairement, conduit à la démonstration irrésistible de la
vanité des doctrines émises, dans ces derniers temps, sur
le *refus de concours* et sur le *dernier mot* que l'on prétend
attribuer à la chambre des députés.

Il n'y a de gouvernement possible qu'avec des pouvoirs
libres et indépendants, et il n'y aurait ni liberté ni indépendance pour la royauté et pour la chambre des pairs,
si elles n'avaient pas, l'une et l'autre, toujours et dans
tous les cas, le droit de s'opposer à la volonté de la chambre
des députés.

C'est le *veto* libre et indépendant de chacun des trois
pouvoirs qui est la base du gouvernement constitutionnel.
Si cette prérogative n'existait pas, il n'y aurait plus qu'un
seul pouvoir, et ce serait celui auquel on attribuerait le
dernier mot.

CHAPITRE XI.

Du Droit de paix et de guerre.

—

Le droit de paix et de guerre doit appartenir exclusivement à la couronnne : convoquer les chambres, pour leur soumettre la question de paix ou de guerre, serait très-certainement une mesure contraire aux droits de la royauté et à toutes les maximes d'un bon et sage gouvernement.

Dans tout État bien ordonné et constitué d'une manière sensée, la délibération gouvernementale touchant la déclaration de guerre ou la conservation de la paix, doit être, en effet, essentiellement prompte et profondément secrète. Délibérer publiquement dans une assemblée élective pour savoir si on fera la guerre, est une véritable absurdité. Les lenteurs, les indécisions, les incertitudes d'un tel mode de délibération, paralysent la force d'un pays. Puis, la publicité de la discussion révèle aux étrangers tous les côtés faibles de sa position ; dans cette discussion, les adversaires de la guerre en démontrent si bien les dangers, les difficultés, que le pays lui-même en est effrayé d'avance ; et de plus, ils font ressortir l'insuffisance des ressources agressives avec tant de vérité, qu'ils indiquent à l'ennemi, dont ils redoublent l'audace, tous les moyens qui doivent assurer ses succès.

Aussi, nous le répétons : dans tout État politique qui a le sens commun, le droit de paix et de guerre doit appartenir exclusivement à la couronne, parce qu'elle seule peut s'en servir utilement et efficacement pour le pays. Convoquer les chambres pour leur faire discuter la question de paix et de guerre, ce serait rendre la guerre à peu près impossible. Ce serait par conséquent constituer le pays dans un état permanent de faiblesse et d'infériorité évidente, comparativement à tous les États qui l'entourent.

En cas de guerre, loin de convoquer les chambres, il faudrait les dissoudre ou les proroger. — Si l'on ne fait pas de la diplomatie à la tribune, on y fait encore moins de la guerre. — Toute délibération publique, d'une chambre élective, sur l'opportunité d'une déclaration de guerre, condamnerait un pays à la faiblesse et à l'impuissance. — Ce serait le livrer à ses rivaux, qui agiraient avec d'autant plus de chance de succès, que les débats publics auraient révélé tous les côtés faibles du pays délibérant, pendant que les pays agissant auraient soigneusement caché tous les leurs.

Un pareil état de choses serait une constitution absurde, monstrueuse, anti-nationale. — Et qu'on n'objecte pas la convention nationale et la guerre de quatre-vingt-treize! — La convention nationale n'était pas une assemblée délibérante; — elle était un dictateur tyran, organisé en comités agissants, dont les coups avaient frappé avant que leurs paroles eussent averti. — C'était une organisation tout exceptionnelle qui, grace à Dieu, ne se reproduira plus.

Le droit de paix et de guerre appartenant constitutionnellement au ROI seul, les chambres n'ont le droit de l'exercer ni directement ni indirectement. Directement, ce serait une usurpation flagrante : indirectement, ce serait une usurpation déguisée, mais tout aussi fatale, tout aussi criminelle.

Je conçois bien, sans l'approuver, qu'on invoque le refus de subsides, dans le cas où le roi voudrait faire la guerre, et où la chambre des députés ne le voudrait pas. Elle aurait effectivement, dans ce refus, un moyen indirect d'empêcher la guerre. — Nous examinerons ce cas dans un instant.

Mais quand la couronne veut maintenir la paix, quel moyen, quel prétexte constitutionnel les chambres ont-elles de lui prescrire de faire la guerre? Aucun. Ce n'est certainement pas de refuser les subsides, car pour une guerre qu'on ne fait pas on n'a pas besoin de subsides; d'ailleurs le refus de subsides, loin d'obliger à faire la guerre, n'aurait pour effet que de la rendre tout à fait impossible. Il faudrait donc, pour ce cas, une usurpation complète et flagrante de la part des chambres : il faudrait qu'elles violassent directement l'article de la constitution qui donne au roi le droit de déclarer la guerre, et qu'elles lui dissent : « Vous ne voulez pas la guerre : nous, nous la voulons. » Nous vous ordonnons de la faire, et nous vous donnons » pour la faire les hommes et l'argent que vous ne nous » demandez pas. »Voilà la question nettement posée.

Passons à l'autre hypothèse.

Il est bien clair que si le roi voulait faire la guerre, et si les chambres lui refusaient les subsides indispensables, il ne pourrait pas la faire. Son droit ne serait pas précisément envahi, mais il serait paralysé dans ses mains. — Mais d'abord, de ce que les chambres ont cette faculté, cette puissance, il ne s'ensuit pas que ce soit un droit. Les chambres ont bien la puissance de mettre des

boules noires contre les choses les plus sensées, les plus
évidentes, les mieux fondées : les chambres peuvent mettre
des boules noires contre les fonds demandés pour la dette
publique, pour l'armée, pour les tribunaux, mais très-
certainement elles n'ont pas le droit de voter ainsi, quoiqu'elles en aient la puissance. Un jury peut bien condamner
un innocent à mort, mais c'est une erreur de puissance,
non un droit moral et réel. Puissance et droit ne sont pas
des termes synonymes.

On cite sans cesse l'Angleterre, pour prouver que
la chambre des députés est prépondérante et par conséquent souveraine : j'ai montré cent fois que jamais
contre-sens ne fut plus complet, et nous avons eu la
preuve récemment que les actes diplomatiques du gouvernement anglais, d'où peut résulter la paix ou la guerre,
sont bien soumis au parlement, mais seulement quand ils
sont accomplis, quand ils sont terminés, souvent même
quand ils sont déjà exécutés; et, par conséquent, lorsque
le vote du parlement peut bien frapper le ministère qui
a fait l'acte, mais n'a plus aucun pouvoir sur l'acte lui-
même. Si dans quelque cas il en avait été différemment,
ce ne serait qu'une exception, sans danger en Angleterre,
et singulièrement périlleuse en France.

Qu'avons-nous vu en Angleterre, il y a peu de temps?
Quel a été le grand fait diplomatique de l'époque? le fait
qui pouvait changer toutes les relations de l'Europe, qui
pouvait produire la paix ou la guerre? — C'est évidemment le traité de Londres, la quadruple alliance du 15
juillet 1840.

Eh bien ! ce traité, ce grand acte de gouvernement, la
couronne britannique a-t-elle déféré à la chambre des

communes le droit de l'autoriser ou de l'empêcher? lui en a-t-elle seulement demandé l'approbation? lui en a-t-elle seulement soumis l'exécution?

Point du tout. La couronne britannique a conclu le traité, l'a signé, l'a ratifié, l'a exécuté, sans consulter seulement la chambre des communes, ni la chambre des lords. Bien plus, pour être plus à l'aise dans l'exécution, elle a prorogé les chambres, au lieu de les convoquer.

Et cette exécution, était-ce un fait simple et ordinaire? Point du tout : c'était la guerre, c'était le bombardement, c'étaient des tranports et des descentes de troupes; c'était l'occupation de la Syrie par la force, c'était la possibilité d'une conflagration maritime qui pouvait brûler Alexandrie, et embraser la Méditerranée. Eh bien! sans doute tout cela a été discuté, approuvé ou désapprouvé plus tard par le parlement britannique; mais lorsque cette discussion ne pouvait ni arrêter l'exercice du droit de la couronne, ni paralyser au-dehors l'exécution des actes ordonnés en vertu de ce droit; lorsqu'en un mot, la désapprobation du parlement ne pouvait plus frapper que le ministre lui-même et non point anéantir le gouvernement royal. Et que fait-on en France? On consulte la chambre pour qu'elle décide de la paix ou de la guerre, et pour qu'elle prescrive à la couronne ce qui doit être fait!...

Voilà la différence du système anglais et du chaos indigeste que l'on prétend organiser sous forme d'imitation, et tout se réduit à un mot, à un seul mot. C'est que les Anglais ont un gouvernement représentatif, et que nous, maladroits copistes, nous nous entêtons à faire un gouvernement électif; c'est-à-dire, à systématiser l'anarchie, sous sa forme la plus ridicule, la plus impossible, la plus impuissante.

CHAPITRE XII.

Du Droit de grâce.

Le roi constitutionnel doit avoir le droit absolu de *grâce*.

En France, la charte accorde au roi, par le droit de grâce, le pouvoir d'empêcher l'exécution des lois pénales contre les citoyens;—car, quand le roi accorde grâce à un coupable, que fait-il autre chose qu'empêcher l'exécution de la loi, appliquée par la sentence des juges désignés par la loi?

Le droit de grâce est donc une exception formelle et complète à l'article de la charte qui dit que le roi *ne peut* suspendre l'exécution des lois.

C'est la plus haute application de cette *puissance arbitrale* dont le gouvernement doit être investi, et qui lui est indispensable pour décider dans une foule de circonstances que la loi écrite ne peut prévoir.

Ce droit est plein et entier : la charte l'accorde au roi sans distinction. Elle ne dit pas que le roi pourra suspendre l'exécution des lois pénales, à tel moment, à telle condition, à telle époque des poursuites, après le résultat des poursuites. Elle ne met, en un mot, aucune restriction au droit qu'elle lui donne d'empêcher par la *grâce* l'exécution de la loi pénale.

Il résulte de là, que tout droit de grâce, avant, pendant,

après les poursuites, appartient au *roi seul;* que les chambres ne peuvent, sans usurpation et sans sortir de l'ordre légal et constitutionnel, exercer ce droit de grâce en le déguisant sous le titre d'amnistie ou sous tout autre. — Amnistie et grâce, grâce et amnistie appartiennent au roi seul.

Il n'y a à cela aucun danger. Cela ne peut nuire à l'action répressive des juridictions criminelles, car l'intérêt du pouvoir royal est que l'intimidation légale soit maintenue, et le roi abusera encore moins de son droit de gracier les prévenus, qu'il n'abuse de son droit de gracier les condamnés. L'objection qu'on tirerait de cette éventualité d'abus n'aurait pas de sens; elle serait, d'ailleurs, la même dans les deux cas.

CHAPITRE XIII.

Le droit d'amnistie est une dépendance du droit de grâce, et, en conséquence, il appartient au roi seul. — Il peut s'exercer avant jugement.

On a débattu cette question : — L'amnistie est-elle un acte qui ressorte du pouvoir royal? Est-elle au contraire dans les attributions du pouvoir parlementaire?

L'amnistie, a-t-on dit, n'est autre chose que la suspension de la loi. Le pouvoir qui fait la loi a seul le droit de la suspendre. Le roi fait des ordonnances pour l'exécution des lois, sans pouvoir jamais dispenser de leur exécution. Donc il ne peut prononcer une amnistie, acte qui paralyse l'action de la loi. Il a seulement le droit de faire grâce individuellement après condamnation, mais non celui d'arrêter en masse des poursuites avant jugement.

Cette argumentation, que je rends dans toute sa force, me paraît renfermer autant d'erreurs que de mots.

Il importe très-peu d'abord que la grâce ou l'amnistie soit individuelle ou collective. Le droit est le même au fond. Si vous ne voulez pas que le roi puisse prendre une mesure générale de grâce ou d'amnistie pour toute une classe d'accusés ou de condamnés, il rendra une ordonnance spéciale et particulière pour chacun d'eux. Ce n'est qu'une chétive dispute de mots.

Certains publicistes accordent au roi le droit de grâce après condamnation, et lui refusent le droit d'amnistié avant jugement.

Ils en donnent pour raison que l'amnistie, en ce cas, faisant cesser des poursuites exercées au nom de la loi, paralyse l'action de la loi, acte qui est interdit positivement à la couronne.

Il est impossible de plus mal raisonner.

Quand le roi fait grâce à un condamné, il empêche l'exécution d'un arrêt. L'arrêt n'est que l'application de la loi, ordonnée par les magistrats institués par la loi. Donc le roi, en ce cas, paralyse l'action de la loi dans toute la force du mot.

Le roi empêche alors l'application de la loi, bien plus positivement que dans le cas d'amnistie avant jugement; car avant jugement on ne sait pas encore s'il y aura condamnation. Si l'accusé était déclaré innocent par ses juges, il n'y aurait pas lieu à lui appliquer la pénalité décrétée par la loi. L'amnistie n'est donc que la remise de l'application éventuelle de la loi (1). Sous ce point de vue, l'amnistie n'est qu'une grâce d'un ordre secondaire.

Lors donc que la constitution de l'État dit que le roi ne peut dispenser de l'exécution des lois, elle excepte forcément les cas où elle lui accorde expressément ce droit; or, elle lui accorde expressément ce droit pour le cas de grâce, elle lui accorde ce droit sans aucune restriction; elle ne dit point qu'il doit être exercé après jugement, et qu'il ne peut l'être avant.

Toute la question est donc de savoir si le droit de grâce contient implicitement le droit d'amnistie, ou plutôt, si ce n'est pas le même droit, sous deux expressions différentes.

Examinons cette question.

Le droit de grâce renferme-t-il implicitement le droit d'amnistie? Le droit qu'a le roi d'empêcher l'application de la peine après jugement renferme-t-il le droit d'arrêter les poursuites avant jugement?

Je crois que cette question doit être décidée affirmativement, ou bien il faut décider que le droit d'amnistie n'existe pas, et que jamais il ne pourra en être fait usage dans l'État.

En effet, le droit d'amnistie ne peut être exercé par le pouvoir parlementaire, sans violer tous les principes du droit criminel et du droit politique, sans violer toutes les règles constitutionnelles.

L'amnistie, dit-on, paralyse l'action de la loi. Le pou-

---

(1) Remarquez, en effet, que lorsqu'un accusé est condamné, on lui applique la peine stipulée par la loi. Mais quand il est déclaré innocent, on ne l'acquitte pas par application de la loi. Au contraire, on déclare que, vu son innocence, l'article de la loi en vertu duquel il était poursuivi, *ne lui est pas applicable*.

voir qui fait la loi peut seul dispenser de son exécution. C'est une inconcevable hérésie.

C'est d'abord un principe fondamental que le pouvoir qui fait les lois ne doit jamais se mêler de leur exécution, ni pour paralyser, ni pour augmenter leur action, surtout en matière criminelle. Toutes les fois que le pouvoir législatif touche à l'exécution des lois, il y a confusion des éléments du gouvernement, il y a anarchie et despotisme. C'est pour cela que le pouvoir exécutif a été séparé du pouvoir législatif. C'est pour cela que l'ordre judiciaire ressort exclusivement du pouvoir exécutif.

Sans doute, le pouvoir législatif pourrait rendre une loi qui, à dater de sa promulgation, suspendrait, adoucirait, ou aggraverait une loi précédente, mais seulement dans son application générale à des faits de même nature, jamais dans son application personnelle limitée à des accusés de faits antérieurs.

D'abord, parce que la loi ne peut disposer qu'en voie réglementaire et générale, et non pas pour l'application ou la non application de telles ou telles peines, de telles ou telles poursuites, à tels ou tels individus spécialement désignés, ce qui est un acte de nature judiciaire, qui par conséquent ressort du pouvoir exécutif.

Ensuite, parce que la loi ne peut avoir d'effet rétroactif. Or, appliquer à des délits commis antérieurement une suspension de poursuites, prononcée par une loi postérieure, serait la rétroactivité la plus manifeste. Le corps législatif peut bien, en thèse générale, révoquer une pénalité, la peine de mort, par exemple. Alors il arriverait que les accusés de faits antérieurs auxquels cette peine aurait été applicable, trouvant cette loi révoquée au moment de leur jugement, ne subiraient pas l'application d'une loi qui n'existerait plus (1). Mais le pouvoir législatif ne peut pas révoquer la loi uniquement dans son application aux faits passés, et la conserver dans son application aux faits futurs. — Or, c'est précisément ce qu'il ferait, s'il empêchait par une amnistie les poursuites exercées contre des faits antérieurs en vertu des lois existantes qu'il ne révoquerait cependant pas, et qui resteraient applicables aux délits présents et à venir. Il ne peut pas faire que les faits accomplis n'aient pas été indélébilement saisis par la loi qui existait alors, à moins qu'il ne détruise cette loi pour l'avenir comme pour le passé. Qu'il déclare législativement que les actes contraires à la paix publique, désormais, ne seront plus ni poursuivis ni punis, alors les pousuites antérieures s'éteindront par l'effet de sa décision. Mais, je le répète, conserver l'effet de la loi pour l'avenir, et le détruire dans son application au passé, est complètement impossible au corps législatif, à moins qu'il n'assume sur lui le pouvoir le plus arbitraire et le plus inqualifiable qu'on ait jamais rêvé; à moins qu'il ne viole résolument tous les principes du droit public et du droit criminel. D'un côté, il ferait un acte législatif exclusivement rétroactif; de l'autre, il usurperait la prérogative royale : car en faisant remise des poursuites, il ferait éventuellement remise de la peine, attribution qui doit appartenir uniquement à la couronne.

---

(1) Encore rémarquez bien que cette exception au principe de la non-rétroactivité serait principalement basée sur un motif d'humanité, parce qu'il y aurait adoucissement de la peine. Mais je ne crois pas, si une loi quelconque aggravait une *penalité*, qu'on puisse en faire l'application à un délit commis avant sa promulgation. Je sais qu'il y a des arguments à l'appui de l'opinion contraire ; mais ma conscience y repugne.

Dira-t-on que les lois d'ordre public saisissent parfois le passé dans le présent? — Oui, mais il faut d'abord qu'elles soient lois, c'est-à-dire générales, applicables aux faits présents et à venir. Faire une loi exclusivement applicable aux faits antérieurs, est l'idée la plus folle qu'on puisse imaginer.

Dira-t-on que l'amnistie est une mesure générale?— Ce serait fausser le sens des mots. L'accusation étant individuelle et personnelle, l'acte qui arrête les poursuites est individuel et personnel, quoiqu'il agisse sur plusieurs simultanément.

En un mot, les faits personnels et passés sont dans le domaine judiciaire. — Les faits généraux et futurs sont seuls dans le domaine de la loi.

Mais si le pouvoir législatif ne peut réagir sur un fait passé, comment le pouvoir royal le pourra-t-il, dira-t-on? —Très-bien, répondrai-je; parce que la constitution lui donne ce droit positif; car le droit de grâce s'exerce toujours sur un fait passé que la couronne enlève à l'application de la loi.

Vainement espère-t-on se sauver dans les citations du passé. Sans doute, l'amnistie proscriptrice imposée en 1816 à la France par la restauration, fut délibérée dans les chambres. —Mais un tel exemple est un motif de faire autrement, bien loin de nous engager à l'imiter. La situation du pays à cette époque explique d'ailleurs cette mesure réactionnaire. Il n'y avait pas alors justice régulière, normale, constitutionnelle. Il y avait vengeance par voie d'exception. L'amnistie ne fut ni plus régulière, ni plus légitime que la vengeance.

Il en est de même des autres exemples d'amnistie cités

depuis 1799, dans cette période révolutionnaire où l'on
cherchait chaque jour à faire face aux besoins du moment,
en foulant aux pieds successivement et contradictoirement
tous les principes, qui d'ailleurs n'étaient encore ni bien
arrêtés, ni bien compris.

Quant aux difficultés que les anciens parlements pouvaient faire parfois à l'enregistrement des lettres d'abolition, on ne doit y voir qu'une preuve de plus de l'anarchie gouvernementale qui régnait en France. Tout le
monde sait qu'alors le pouvoir royal et le pouvoir des
parlements n'étaient que deux faits traditionnels, souvent
contradictoires, et qui n'étaient limités par aucune loi
constitutionnelle précise.

J'ajoute encore que les parlements enregistraient les
lettres d'abolition, comme pouvoir judiciaire, non en
qualité de pouvoir législatif. Cet exemple ne prouve donc
rien dans la question.

L'enregistrement des lettres d'abolition est remplacé par
l'entérinement des lettres de grâce devant les cours royales d'aujourd'hui. L'amnistie doit être entérinée sans discussion, pour les condamnés politiques par les cours de
justice devant lesquelles ils ont été jugés; cela ne souffre
aucune difficulté.

En un mot, si les poursuites sont destinées à être suivies de condamnation, l'amnistie n'est que la remise
éventuelle de la peine; sous ce point de vue, elle rentre
donc dans le droit de grâce. Si les poursuites sont destinées à être suivies d'acquittement, l'amnistie ne remet à
l'accusé que l'inquiétude, l'attente, la prison préalable
jusqu'au jugement. Or, tout cela constitue une véritable
peine qui résulte malheureusement des poursuites autori-

sées par la loi ; et dans ce cas encore, l'amnistie n'est qu'une remise plus faible de la peine, par conséquent elle est une grâce, non un acte législatif. Elle appartient donc à la couronne.

D'ailleurs il n'y a pas ici à choisir. Si le droit d'amnistie n'appartient pas à la couronne, il n'appartient à personne, il n'existe plus dans l'État.

Le pouvoir législatif ne peut que faire la loi.

Le pouvoir judiciaire ne peut qu'appliquer la loi.

La couronne seule, par son droit de grâce, peut empêcher l'application de la loi.

Si l'on donnait à un acte législatif le droit rétroactif d'empêcher l'application de la loi à des faits accomplis sous l'empire de cette loi, tout en maintenant néanmoins son existence pour l'avenir, alors on foulerait aux pieds la raison, la justice, le bon sens, on détruirait toute l'harmonie de la constitution, on confondrait tous les pouvoirs, on violerait la loi des lois !

Si donc on refuse à la couronne le droit d'amnistie, il faut rayer alors le droit d'amnistie de l'organisation politique, ôter à la monarchie constitutionnelle ce moyen de pacification généreuse, et la déclarer plus inexorable que l'absolutisme lui-même.

Le droit d'amnistie avant jugement existe-t-il réellement et doit-il exister dans l'État ? ou bien est-il inhérent à la doctrine constitutionnelle que les poursuites soient toujours continuées jusqu'au prononcé du jugement, sauf à la couronne, s'il y a condamnation, à faire ensuite du droit de grâce qui lui est attribué, l'usage qui paraîtra convenable dans l'intérêt de l'État ?

Plusieurs bons esprits tiennent pour la seconde opinion.

Ils pensent qu'il faut, dans tous les cas, laisser exercer les poursuites, prononcer le jugement, sauf à gracier ensuite les condamnés, s'il y a lieu.

Ils ne s'appuient point, pour soutenir leur avis, sur le raisonnement étroit et faux que j'ai déjà réfuté. Ils ne disent point que la couronne ne peut en aucun cas s'opposer à l'exécution des lois; car ils savent bien que lorsque la couronne, par le droit de grâce, empêche l'exécution d'un arrêt suprême, elle empêche l'exécution des lois, dans la plus haute portée de cette expression.

Mais ils disent, et avec raison, que le gouvernement, les lois, la justice, l'ordre moral de la société tout entière, en un mot, n'ont de véritable force, de véritable sanction dans l'opinion du pays, que lorsque les questions criminelles qui touchent à l'existence sociale sont clairement et publiquement résolues; que si on laisse les esprits incertains sur ces grandes questions, si, en empêchant les débats, les plaidoiries, les jugements, on ôte à la nation la possibilité de savoir de quel côté était le bon droit, de quel côté le mauvais; de quel côté la justice, de quel côté l'injustice, de quel côté l'innocence, de quel côté le crime; alors il n'y a plus rien de stable, de précis, de fondamental dans la société. L'anarchie morale s'introduit dans les esprits. On ne sait si les accusés étaient innocents ou coupables. On ne sait si le gouvernement accusateur était légal et de bonne foi, ou s'il n'était pas un lâche prévaricateur qui, pour éviter la confusion qu'auraient versée sur lui les débats publics et le jugement, se cache sous le masque hypocrite d'une clémence fausse, et n'amnistie les accusés que parce qu'il n'avait pas l'espoir de les faire condamner.

J'admets toutes ces objections. J'y ajouterai même encore que tout accusé qui a l'intime conviction de son innocence, doit se trouver injurié par un acte qui, en arrêtant les poursuites, lui enlève le débat public qui l'aurait justifié. J'y ajoute encore que la société, si elle a la conviction, ou seulement une grande probabilité que les accusés sont coupables, a droit de se trouver injurié par un acte qui, arrêtant les poursuites, lui enlève le débat public qui aurait prouvé la justice des accusations portées contre eux. Je pourrais y ajouter encore d'autres motifs, mais ce serait superflu. En voillà bien assez, je pense.

Et cependant je prétends prouver que le droit d'amnistie avant jugement doit exister dans la monarchie constitutionnelle; que tous les motifs ci-dessus sont seulement de nature à obliger le gouvernement, dans son intérêt même, à faire de ce droit suprême un usage rare, et restreint dans les limites que je vais indiquer.

Il résultera des principes que je vais exposer, que le droit d'amnistie avant jugement doit être réglé par les motifs qu'on lui oppose comme objection, mais qu'il n'est pas détruit par eux. Loin de là, l'usage du droit d'amnistie, quand il est sagement pratiqué, est un moyen utile et presque indispensable pour arriver à la solution éclatante et juste que les accusés et la société ont droit de réclamer.

En effet, il faut convenir que dans tous les grands mouvements politiques susceptibles de donner naissance à la question d'amnistie, les présumés coupables sont généralement si nombreux, que leur nombre seul est un obstacle à l'accomplissement des poursuites judiciaires contre tous ceux qui pourraient en être atteints.

Ainsi, dans le cas d'émigration armée contre la patrie ; ainsi, dans le cas de renversement d'un gouvernement par un vaste ensemble d'agression ; ainsi, dans tous les cas de ce genre, et je pourrais en multiplier les citations à l'infini, l'intérêt de l'État exige, si vous voulez arriver par les poursuites judiciaires à un résultat assez prompt pour être efficace, assez limité pour être possible, que ces poursuites soient restreintes aux chefs, aux instigateurs, aux grands meneurs, aux agents décidés des bouleversements ; mais que la multitude des accusés, qui rendrait les poursuites illusoires et absurdes, en même temps que souvent elle leur donnerait une teinte de proscription soit écartée, par une amnistie avant jugement, de l'arène où doit s'accomplir la manifestation de la justice du pays.

C'est en ce sens que le droit d'amnistie avant jugement a toujours été entendu, et a toujours dû être compris. Il était réservé à notre époque de voir une opposition assez folle pour demander que la poursuite elle-même contre le complot fût anéantie par une amnistie qui supprimerait en entier le dénoûment légal de ce grand drame, au lieu de se borner à mettre hors de cause une masse de petits instruments entraînés par les instigations des chefs, et dont le nombre seul est un obstacle à l'accomplissement du débat judiciaire.

Le droit d'amnistie sans jugement, ainsi entendu et pratiqué, est essentiel à l'ordre social, essentiel à la sécurité publique, qui serait trop long-temps ébranlée par des poursuites qui, quelquefois, pourraient s'étendre indéfiniment. Le droit d'amnistie, ainsi pratiqué, laisse à la société toutes ses garanties, à l'ordre moral toutes ses solutions indispensables. La grande énigme politique et gouvernementale n'est point close, elle est publiquement dévoilée ; le complot est jugé, mais la grande masse des hommes égarés en est écartée par la clémence royale dans l'intérêt de l'État.

Et c'est même le seul moyen que la justice arrive à solution ; car, si au lieu de juger seulement un complot. pareil dans ses meneurs principaux, vous exercez les poursuites contre tous ceux qui y sont compromis, comment voulez-vous les mener à terme d'une manière claire, lucide, prompte ? Il y a trois cents accusés à la cour des pairs. S'il faut une instruction pour chacun, des témoins pour chacun, des pièces écrites s'il y a lieu, procédure, acte d'accusation, plaidoirie, jugement, quand voulez-vous en finir ? Et s'il y en avait trois mille au lieu de trois cents ? Et si le nombre était plus grand, ainsi que cela se voit souvent dans maintes crises politiques ?

Il faut donc, dans l'intérêt des individus et de l'État, que le droit d'amnistie sans jugement existe dans la monarchie constitutionnelle. C'est d'après les règles que nous venons d'établir qu'il doit être pratiqué. Quant au pouvoir qui doit l'exercer, j'ai déjà prouvé que le droit ne pouvait appartenir au pouvoir législatif, et devait être exclusivement attribué à la couronne.

Mais, dira-t-on, si la couronne peut gracier avant jugement, elle pourra donc toujours, à son gré, arrêter le cours de la justice ? — Oui, sans doute, si le ministère responsable devenait fou, si le roi devenait fou, et ne le révoquait pas au moment qu'il voudrait accomplir cette incommensurable folie. — De même, et dans le même cas, la couronne peut anéantir l'action de toute justice dans l'État, et paralyser toutes les lois criminelles, en faisant grâce à tous les condamnés après leur jugement, droit qu'on ne lui conteste pas. A-t-on eu jamais des craintes sérieuses à cet égard?... Il ne faut pas soulever des objections absurdes par leur exagération même. Si un ministère devenait assez insensé pour faire un usage révoltant du droit de grâce ou d'amnistie, l'opinion publique le flétrirait, la majorité des chambres s'éloignerait de lui, et il tomberait comme dans tous les cas où il ferait un mauvais usage de la prérogative royale confiée à sa responsabilité. —Tout pouvoir qui a seulement un peu de sens commun, fera un usage très-modéré du droit de grâce et d'amnistie. Il n'y a rien à craindre de ce côté.

Passons à une autre partie de la question.

Lorsque des poursuites sont exercées, au nom du roi, devant la chambre des pairs, juridiction politique, cette chambre est saisie du procès par ordonnance royale. L'amnistie qui arrêterait les poursuites commencées ne serait donc que le retrait d'une ordonnance royale. Elle empêcherait, par ordonnance royale, l'exécution d'une ordonnance royale qu'il dépendait de la couronne de rendre ou de ne pas rendre, sans violer les lois ou sans s'opposer à leur exécution.

Je vais plus loin, et je dis qu'il y a une grande différence entre les cas où les poursuites sont exercées au nom du roi devant quelque juridiction que ce soit, et le cas où les poursuites sont exercées au nom d'un autre pouvoir. Ainsi, si les ministres étaient accusés par la chambre des députés devant la cour des pairs, le roi ne pourrait arrêter des poursuites émanées d'un pouvoir accusateur exceptionnel, créé par la charte en dehors de la prérogative royale. Il le peut, au contraire, dans les cas où la poursuite émane d'une accusation issue du pouvoir exécutif, exclusivement attribué à la couronne. — Et l'on ne doit pas perdre de vue que l'ordre judiciaire ressort exclusivement du pouvoir exécutif.

Ceci n'est point une distinction inventée pour le besoin de la cause que je défends. Le bon sens naturel indique cette distinction. Il y a long-temps qu'elle est reçue dans le droit constitutionnel de l'Angleterre.

Ainsi, lord Damby, premier ministre sous Charles II, ayant été accusé par les communes, le roi voulait sauver son favori par l'usage de sa prérogative. — En avait-il le droit? — Non, parce que l'accusation venait des communes. Il ne pouvait arrêter de telles poursuites. — Mais l'historien ajoute :

« Dans les procès où l'accusation est soutenue au nom » du roi, le roi peut suspendre le procès par un *noli pro-* » *sequi*. Pardonner, *avant* comme *après jugement*, appar- » tient essentiellement à la prérogative royale. » (Hallam, vol. 3, p. 153, *Histoire constitutionnelle d'Angleterre*).

On comprend facilement que le roi ne peut arrêter des poursuites venant de la chambre des communes, parce qu'en agissant ainsi, il violerait la prérogative constitutionnelle d'un pouvoir indépendant du sien, exerçant un droit qui lui est déféré par la constitution de l'État. — En ce cas, le roi violerait la charte elle-même.

Résumons-nous.

Qu'il y ait un condamné, qu'il y en ait deux, qu'il y en ait cent ou mille, cela ne touche en rien la question de droit, car la charte qui confère au roi le droit de faire grâce, ne stipule en rien la limite du nombre des graciables. Ce nombre, quel qu'il fût, ne peut d'ailleurs jamais donner aux chambres législatives un droit qu'elles n'ont pas; car, puisqu'elles ne peuvent pas légalement gracier un seul condamné, à plus forte raison elles n'en peuvent gracier plusieurs.

J'ai prouvé que l'amnistie n'était autre chose que la remise éventuelle de la peine, par conséquent un acte de grâce, non un acte législatif.

Que le pouvoir législatif ne peut prononcer qu'en matière réglementaire et générale, non en matière d'application personnelle de la loi aux individus.

Qu'il ne peut suspendre l'application de la loi à des faits passés, en même temps qu'il maintiendrait cette loi existante et applicable aux faits présents et à venir.

Qu'un acte législatif de ce genre serait empreint d'une rétroactivité exclusive et flagrante; que, de plus, il serait une usurpation de la prérogative royale, une confusion complète de tous les éléments de notre ordre gouvernemental.

Qu'il faut donc forcément, ou supprimer toute possibilité d'amnistie, ou laisser à la couronne ce droit.

Voilà les motifs positifs, les motifs de droit constitutionnel sur lesquels j'appuie mon opinion. C'est ainsi que la charte a décidé. — Et elle a bien fait de décider ainsi, et là il faut admirer sa profonde sagesse.

Il ne faut pas considérer l'amnistie sous un point de vue étroit et personnel. Sans doute, il importe à tout homme généreux que les coupables politiques ne subissent que tout juste cette indipensable portion de peine absolument nécessaire à la sécurité publique. Mais c'est moins par des motifs de philanthropie relatifs aux amnistiés que par des motifs d'intérêt général, qu'il faut se dé-

cider. L'amnistie doit avoir principalement pour but d'é-
teindre les haines, d'amortir les passions, de donner un
gage d'oubli, de clémence, d'affection même aux adversaires vaincus par le gouvernement, et qu'alors on ne regarde plus que comme des frères égarés avec lesquels on
veut se réconcilier; persuadé qu'on est que les circonstances le permettent, et qu'en définitive le plus grand nombre
d'entre eux comprendront enfin leurs véritables intérêts.
—Si l'amnistie ne doit pas atteindre ce but, elle est absurde, elle est faite à contre-sens, elle affaiblit le gouvernement et encourage les factions.

Et c'est pour cela précisément qu'elle doit émaner du
pouvoir royal, de ce pouvoir que les factions ont combattu
et voulu renverser : c'est pour cela qu'elle doit être une
initiative spontanée et décisive de la couronne, et non pas
l'acte controversé d'un scrutin parlementaire précédé d'un
débat irritant où toutes les passions se déchaînent à la
tribune, et, par leurs imputations réciproques, par leurs
récriminations haineuses, ternissent le caractère bienveil-
lant de l'acte lui-même; de telle sorte qu'avant de naître,
il est déjà souillé, dénaturé, corrompu. Alors, on excite
les passions au lieu de les calmer. La raison donne cet
avertissement, l'expérience du passé le confirme, la charte
parle haut et commande.—Que faut-il donc de plus?

CHAPITRE XIV.

De l'Opportunité et de la Forme d'une Amnistie.

En politique, l'opportunité des mesures est presque tout, car la mesure la plus juste, la plus sage, la plus philanthropique en elle-même, peut manquer radicalement son effet, et produire même un effet tout contraire à celui qu'on en espère, lorsqu'on a le malheur de se décider trop tôt ou trop tard. — Ces principes généraux sont parfaitement applicables aux amnisties.

Une amnistie proclamée quand les partis continuent avec acharnement la guerre qu'ils font au pouvoir, peut avoir et a presque toujours le grave inconvénient, d'abord de donner de nouvelles forces, de nouvelles recrues à ces partis hostiles, puis de leur faire croire à la faiblesse du pouvoir, et par conséquent d'activer les troubles civils, au lieu de les éteindre.

Amnistier en pareil cas c'est donc alimenter la guerre civile au lieu de la terminer.

Une amnistie ressemble assez à la liberté qu'un État accorde aux prisonniers de guerre, faits pendant la campagne. Mais la première règle qu'on suit, c'est de ne relâcher les prisonniers qu'à la paix, ou de leur faire donner leur parole qu'ils ne serviront plus, pendant la guerre, contre l'État qui les relâche. Leur rendrait-on la liberté, si l'on savait qu'immédiatement ils vont reprendre les armes? Ne serait-il pas évident alors qu'on alimenterait la guerre au lieu d'accélérer la paix?

Pour que le moment de l'amnistie soit arrivé, il faut donc :

Ou que les partis hostiles aient définitivement désarmé ;

Ou que leur impuissance soit telle qu'ils ne puissent plus, nous ne disons pas triompher, mais au moins troubler gravement la paix publique ;

Ou que l'on ait la certitude morale que les prisonniers amnistiés ne recommenceront pas, le lendemain de leur mise en liberté, à conspirer activement contre le pouvoir qui les aurait délivrés ;

Et enfin, il faut non-seulement que ces faits soient bien reconnus par le pouvoir royal, mais il faut encore que l'opinion publique en soit bien convaincue, et que la majorité des chambres soit bien persuadée de leur réalité. Sans cela, la mesure pourrait encore produire un très-mauvais effet pour la stabilité politique du gouvernement.

En résumé, le droit d'amnistie ne doit donc jamais être exercé d'une manière absolue qui détruise toute possibilité de la solution que réclame l'ordre public et la société.

On conçoit bien qu'on amnistie une portion des prévenus, les moins inculpés, les moins dangereux, les moins influents pour la corruption des forces sociales ; mais qu'on les amnistie tous de manière que le débat meure sans avoir eu aucune solution, sans que les grandes questions jetées depuis si long-temps à l'attention publique reçoivent un dénoûment quelconque ; en un mot, de manière à amnistier, non pas les prévenus, mais le complot lui-même, ce serait absurde, immoral, monstrueux. En admettant une pareille prétention on sèmerait à pleines mains le désordre sur l'avenir du pays.

Ce ne serait pas faire un usage rationnel du droit

d'amnistie, ce serait le violer dans son essence même, et y substituer l'impunité absolue.

Ce serait justifier toutes les calomnies des factions contre la royauté.

Que disent, en effet, ces factions implacables? que proclament-elles hautement?

Elles disent que tous les torts, toutes les provocations, toutes les barbaries sont du côté du gouvernement.

Elles disent qu'après sa victoire, le gouvernement n'a pu réprimer suffisamment les coupables, qu'elles qualifient de nobles vaincus, parce qu'il sentait sa faiblesse, parce qu'il connaissait leur force.

Elles en concluent que tôt ou tard la victoire sera pour eux, et qu'ils doivent continuer leurs machinations pour renverser la monarchie.

Et, dans une situation pareille, le gouvernement reculerait, il éteindrait les poursuites en masse avant jugement, il s'exposerait bénévolement à toutes les calomnies qui tomberaient alors sur lui, au profit de l'insurrection! Il autoriserait les factieux à dire que, sous le voile de la clémence, il empêche les débats publics et le jugement, par crainte, par peur, par la certitude qu'il a que ces débats publics le perdraient dans l'opinion, en manifestant ses perversités et le bon droit des accusés contre lesquels les poursuites et les emprisonnements provisoires seraient dès-lors flétris comme d'inexcusables barbaries!... A-t-on jamais vu rien de semblable, et comment pourrait-il se trouver parmi les conseillers de la couronne un seul homme pour admettre une telle proposition?

Cherchez dans l'histoire du monde, si jamais il s'est vu rien de pareil? Citez-moi un gouvernement monarchique, aristocratique, républicain, de quelque nature qu'il vous plaise de l'imaginer, qui ait vu le pays mis à feu et à sang par une conjuration, qui ait vu l'insurrection étendre ses menées sur cinquante points, au moyen d'un système général d'affiliation, et qui ait mis tous les conjurés hors de cause et de procès, sans jugement, sans solution, sans satisfaction quelconque, sans garantie aucune donnée à la société, comme s'il s'agissait d'une querelle entre quelques étourdis pris de vin, qu'on renverrait en leur disant : — Allons, mes bons amis, rentrez chacun chez vous, qu'il n'en soit plus question, et soyez plus sages une autre fois !

Mais quel fruit possible attendrait-on d'un tel acte ? Quoi ! l'on crierait qu'on veut renverser la monarchie, et qu'on la renversera, et pour réponse, les serviteurs de la monarchie proclameraient que la monarchie ne veut juger aucun de ceux qui ont travaillé à la renverser ? Pourquoi ne pas faire mieux alors ?... Pourquoi ne donnerait-on pas aux révolutionnaires une récompense civique, une prime d'encouragement ?...

Non, ce n'est point ainsi que la Providence a fait la nature humaine et l'ordre social. Elle y a mis pour condition, à cet ordre social, des principes de justice et de raison qu'il est impossible de méconnaître sans l'ébranler, sans le détruire, sans rendre sa reconstruction impossible aussi. Si la société n'obtenait pas justice et solution dans les lois et dans les tribunaux, elle serait éternellement condamnée à se faire justice elle-même par de déplorables victoires dans les rues, et par une fausse philanthropie, on n'aboutirait qu'à faire ruisseler des torrents de sang : dans l'hypothèse la plus heureuse, les défenseurs de la monarchie triompheraient sans cesse, et jamais cepen-

dant ils ne seraient vainqueurs. Lorsque la société verrait qu'il n'y a dans le gouvernement aucune solution légale aux crises qui la tourmentent, en défiance du pouvoir,
irritée contre les factions, abandonnée sans direction à ses
propres écarts, tourmentée par cette politique clémente et
modérée, que j'appellerai, moi, anarchique et cruelle,
elle se dissoudrait rapidement sous la fatalité révolutionnaire, en maudissant la liberté!

En un mot, comme en cent, comme en mille, jamais
on n'organisera un système qui assure à la fois l'impunité
des méchants et la sécurité des bons. Il faut opter. En
vain, dirait-on aux ennemis de l'ordre social : « Jusqu'à
» ce moment on vous avait punis et vous avez continué
» à conspirer. Maintenant, nous vous faisons grâce pour
» que vous nous fassiez grâce à votre tour. » C'est une ré-
ciprocité que l'on n'obtiendrait pas d'eux ; on aurait affaibli
et déconsidéré le gouvernement en pure perte. Ce serait
un calcul de dupes, car on aurait raisonné comme si
les méchants étaient stupides, et ils ne le sont pas. Ils
comprendraient fort bien qu'on ne les amnistierait que
pour les toucher de générosité : à leurs yeux, l'amnistie
serait un acte de faiblesse et non de clémence ; une capi-
tulation du découragement, et non un acte de magnani-
mité. Aussi serait-ce un moyen de les encourager au crime,
au lieu de les en détourner.

LIVRE X.

DE LA PAIRIE.

CHAPITRE PREMIER.

La Pairie est-elle un privilége?

Le mot *privilége* a été souvent prononcé contre l'institution de la pairie, en l'entourant du cortége odieux des idées et des souvenirs que ce mot réveille.

C'est, à mes yeux, une profonde injustice. Tant qu'une égalité radicale et absolue ne sera pas établie entre les citoyens, et j'ai démontré que c'était impossible et contraire aux lois sociales, certains priviléges sont inévitables, car la moindre exception à l'égalité est un privilége. L'électorat est même un privilége mille fois plus fort et plus prononcé que celui de la pairie.

Quand un privilége est constitué dans l'intérêt de celui à qui on le confère, il est mauvais. Quand il est constitué dans l'intérêt public, il est bon. Voilà la règle de toute discussion de ce genre.

Voyons ce que c'est que le privilége accordé à la pairie.

Peut-on citer quelque cas où l'institution de la pairie héréditaire de la charte ait empêché un citoyen français de jouir de toutes les facultés que lui a données la nature pour parvenir dans l'administration, dans l'armée, dans

les tribunaux, dans l'enseignement, dans le commerce,
dans les arts? La pairie est-elle une corporation privilégiée
comme l'ancienne noblesse? Qui a jamais rencontré un
pair de France sur son chemin pour lui fermer la carrière?
Sont-ils gouverneurs de province pour les régir à leur
convenance et y employer les lettres de cachets dont les
liasses leur ont été remises signées en blanc? Leur paie-
t-on quelques tributs, dîmes, lods et ventes, ou autres?
Sont-ils colonels à la bavette, seigneurs de chasse ou d'autres droits plus abusifs?... Non, il n'en est rien.

Il faut donc avouer qu'en réalité les reproches de *privilége* adressés à la pairie sont sans valeur. C'est précisément
le contraire qu'il faut reconnaître. — L'institution de la
pairie est le coup de grâce donné à l'ancienne et à la nouvelle noblesse; car du moment que la pairie constitutionnelle a paru, toute la masse nobiliaire, pourvue de titres
sans fonctions, est, par le fait, rentrée dans le néant.

Commençons donc par proclamer cette grande vérité :
c'est que la pairie constitutionnelle n'est point une institution aristocratique dans le sens odieux du mot; c'est une
fonction politique, créée dans l'intérêt de l'État et de la
liberté. Le peu de priviléges qui y sont attachés n'ont pour
objet que d'en assurer l'exercice indépendant, et point du
tout de donner aux pairs de France les moyens individuels
de nuire à l'égalité sociale des citoyens français, et de gêner
le développement de leurs facultés.

On a prétendu que l'hérédité de la pairie est une monstruosité si palpable, une institution si choquante, que les
esprits les plus vulgaires sont aptes à juger cette institution et à la condamner.

Ceux qui parlent ainsi, ou sont bien ignorants, ou se

font à dessein plus ignorants qu'ils ne sont. Non-seulement cette question de l'hérédité de la pairie n'est ni simple ni facile, mais elle est très-certainement la plus compliquée et la plus difficile de toutes celles que fait naître la monarchie constitutionnelle. Je pose comme un fait certain que bien peu de gens l'ont étudiée, l'ont approfondie, de manière à pouvoir la juger avec connaissance de cause. Les pitoyables objections énoncées dans les feuilles publiques n'ont certes pas été de nature à éclairer ce débat. Pendant la restauration, on s'est borné à encenser la pairie toute héréditaire qu'elle était, et l'on n'a point cherché à soulever les masses contre cette hérédité. Depuis la révolution de 1830 seulement, nos jeunes Lycurgue, à peine échappés des bancs de l'école, se sont écriés : *Il est absurde qu'on soit législateur héréditaire*, et tout s'est borné là.... Ne voilà-t-il pas une discussion admirablement approfondie ! Hélas ! y pensez-vous ?.... Et l'électeur, dont il m'est facile de vous prouver que les priviléges sont bien au-dessus des priviléges du pair de France ; l'électeur, investi, à vos yeux, de la souveraineté, parce qu'il a hérité d'une propriété qui paie deux cents francs d'impôt, n'est-il pas, selon vous, souverain héréditaire, ce qui est bien plus que législateur, puisque c'est lui qui fait les législateurs eux-mêmes !... Devra-t-on supprimer le droit électoral à tout propriétaire qui en jouit par héritage ?... N'est-il pas absurde, en effet, dans ce système, qu'on soit électeur, parce qu'on a hérité de son père ? Et s'il en est ainsi, pourquoi s'arrêterait-on en si beau chemin ? Il faudra supprimer l'hérédité des fortunes et prêcher la loi agraire : on arrivera ainsi, de plein saut, au beau idéal de l'égalité, à la destruction de tous les priviléges !

Cette question de l'hérédité de la pairie, considérée comme principe d'aristocratie et de privilége, n'est à peu près rien. Aussi tous nos adversaires l'examinent uniquement sous ce point de vue. Ils font sonner bien haut ces mots *aristocratie, privilége*, et tâchent de faire croire que la pairie constitutionnelle de la charte est une procréation posthume de l'aristocratie nobiliaire, de cette vieille momie féodale, depuis long-temps réduite en poussière! Ainsi, ils se flattent d'égarer les esprits, d'exciter les ressentiments populaires, et de détruire la monarchie constitutionnelle au profit de la monarchie républicaine!... Mais si l'on veut examiner ce grand débat, impartialement et dans l'intérêt du pays, on verra qu'il n'y a rien d'oppressif, rien d'aristocratique dans le sens odieux du mot, rien de féodal dans l'hérédité de la pairie. On verra que ce privilége, puisqu'on parle de privilége, est, comme l'électorat, constitué en faveur de l'État et de la liberté, et pas du tout au profit et en vue de ceux qui en sont revêtus. On verra que sans hérédité de la pairie, il n'y aurait point de monarchie libre; qu'il ne resterait qu'un roi despote, ployant à ses caprices une représentation menteuse et asservie, ou un roi esclave, ployant sous les caprices d'une assemblée despotique; en un mot, qu'il ne resterait que le gouvernement impérial ou le gouvernement conventionnel, au génie et à la grandeur près, dont nos parodistes de démagogie ne me semblent pas avoir hérité!

On verra que, dans la question de la pairie, se trouve renfermée celle du gouvernement des deux chambres. On verra qu'en recommençant la révolution, soit par les mandats impératifs, soit par le pouvoir d'une chambre unique, on commettrait volontairement les grandes fautes qui ont déjà coûté si cher à la France, et qu'on détruirait le gouvernement de la charte, gouvernement pour lequel nous avons combattu quinze ans la contre-révolution, et dont nous avons dédaigné l'excellence aussitôt qu'il a dépendu de nous d'en jouir sans obstacle..... O peuple français !...

C'est qu'en réalité les adversaires de l'hérédité de la pairie ne voudraient qu'une seule chambre. Il me sera bien facile, en effet, de prouver que les principes sur lesquels on se base pour demander l'abolition de l'hérédité de la pairie conduisent forcément à l'établissement d'une chambre unique. Que si aux États-Unis on n'est pas arrivé encore à cette conséquence, c'est qu'on ne va pas aussi vite qu'en France chez ces peuples graves et réfléchis, accoutumés à d'autres mœurs politiques que nous ! Ah ! si nous avions, comme eux, un chef suprême à élire périodiquement pour l'État, quelle serait la destinée de la France !... Et parce qu'ils n'ont pas encore succombé sous cette épreuve terrible, est-ce une raison pour nous de nous y exposer ?

CHAPITRE II.

De l'Hérédité de la Pairie.

L'essence de la royauté, nous l'avons vu, c'est d'être héréditaire. Elle doit être cela ou rien. En est-il de même de la pairie ?... Je réponds affirmativement, au moins dans une monarchie constitutionnelle.

Pour empêcher dans la société un changement perpé-

tuel qui détruirait inévitablement le bien et le mal à la
fois, il faut une barrière. Il faut établir un corps politique
qui, par sa nature, soit essentiellement conservateur; qui
représente cette portion de l'instinct de la société qui s'attache à la défense de l'ordre existant; un corps qui soit tenace, compacte, lié par intérêt et par affection, par souvenir et par tradition, par devoir et par sentiment, à l'édifice social, et qui serve ainsi de point de jonction entre
le passé qu'il représente, et l'avenir vers lequel nous sommes forcément entraînés.

Ce rôle est évidemment celui de la chambre des pairs;
c'est à cette grande mission que l'hérédité la rend éminemment propre; c'est à cette fonction protectrice qu'un
renouvellement électif la rendrait toujours et nécessairement impuissante.

Il est évident, en effet, que de même que l'esprit électif
est rempli d'un amour de changement, de même l'esprit
d'hérédité est au contraire imprégné de persistance. Un
corps ainsi composé garde ses affections et ses doctrines;
ses membres meurent, mais il leur survit; il vit d'une
longue vie, d'une vie de siècles, d'une vie nationale;
il est à la fois contemporain du passé, du présent et de
l'avenir, et sera conservateur par essence, précisément
parce que l'organisation sociale le conserve lui-même.

Ainsi donc, le corps électif représentera l'esprit de no-
vation, le corps héréditaire représentera l'esprit de conservation; et la machine du gouvernement, composée à
l'image de la société elle-même, régularisera dans son
sein cette lutte inévitable et graduée, qui doit conduire
les peuples à leur perfectionnement sans déchirement et
sans troubles.

Et que faut-il pour que ce mécanisme gouvernemental puisse atteindre ce but souhaité?

Il faut que le corps héréditaire n'ait réellement qu'un pouvoir de résistance, et soit privé de tout pouvoir d'action qui serait à la fois contraire à sa nature et dangereux à l'État; il faut qu'il soit dépouillé de toute force oppressive contre les individualités; il faut que ses grandes fonctions ne lui donnent le droit de nuire à personne, et que tout son privilége se réduise au droit de protéger l'ordre public et la sécurité générale.

Eh bien! que l'on examine la chambre des pairs telle que la charte de 1814 l'avait constituée, et l'on verra qu'elle réunissait toutes ces conditions. Si quelques points de détail paraissaient y faire exception, il est facile de prouver que, dans l'ensemble de la société, ils étaient sans importance et sans effet: que si cependant on avait voulu y remédier, il n'aurait été nullement nécessaire pour cela de supprimer l'hérédité, et de vicier ainsi la nature de notre gouvernement. En le faisant, on a jeté un nouveau poids dans le bassin de la balance qui est le plus chargé; on a achevé d'anéantir tout équilibre au lieu de le rétablir; on a doublé l'action novatrice et détruit le pouvoir conservateur.

Examinons la pairie héréditaire sous ce point de vue.

D'abord, ainsi que je l'ai déjà dit, elle n'avait aucun droit d'action sur les citoyens, aucun privilége oppressif; elle ne nuisait au développement libre des facultés de personne.

Quant au droit politique de la pairie, il était essentiellement limité par l'action de la chambre élective. Qui aurait pu craindre que l'influence de la pairie introduisît dans nos lois des principes trop aristocratiques, lorsqu'elle ne pouvait y apporter le moindre amendement sans le consentement de la chambre élective ?

Il était donc impossible que la liberté souffrît aucun dommage de l'hérédité accordée à la chambre des pairs.

Si quelquefois des corps héréditaires ont été dangereux, ce n'est pas par leur hérédité, mais bien par la trop grande étendue ou la mauvaise circonscription de leurs pouvoirs, qui n'avait pas de contrepoids réglé et suffisant.

Si la pairie résiste à tort à la chambre des députés, elle empêche une amélioration utile ; mais ce n'est qu'un simple retard : la pairie se voit obligée de céder, ou de bonne grâce, ou par l'intervention royale, dernière ressource qui ne serait presque jamais employée, précisément parce qu'elle est infaillible.

Si c'est avec raison que la pairie a résisté au changement proposé, la nation révoque la majorité de la chambre élective, ou celle-ci s'arrête devant l'obstacle qu'elle rencontre, et tout rentre dans l'ordre.

Dans le premier cas la pairie retarde seulement une amélioration, ce qui est un faible dommage ; dans le second cas elle empêche une faute qui souvent, une fois commise, serait irréparable, ce qui est un immense service. Qui ne voit le prodigieux avantage d'une telle combinaison ? Ne vaut-il pas mieux améliorer plus lentement que de courir le risque de détériorer les lois et d'empirer notre situation ?

Il ne faut donc pas craindre que le pouvoir conservateur attribué à la pairie par l'hérédité soit jamais un trop grand obstacle au pouvoir novateur de la chambre élective. Je craindrais bien plutôt, dans mille circonstances, que le contrepoids ne fût trop faible ; trop fort, il ne peut jamais l'être.

S'il était question d'un système républicain plus ou moins développé, celui des États-Unis d'Amérique, par exemple, j'y concevrais une présidence élective. A l'appui de cette présidence élective, j'y concevrais un sénat électif, pairie républicaine, aristocratie composée au moyen de conditions plus restreintes, plus aristocratiques dans le mode électoral. Tout cela est homogène, coordonné, de même nature.

En admettant l'existence de ces deux rouages de gouvernement, je dois faire observer, afin qu'on ne se méprenne pas sur ma pensée, que je n'entends nullement les admettre pour bons, pour protecteurs, pour forts, pour libéraux comme ceux de la monarchie constitutionnelle. Loin de là, je crois que ce système républicain mixte des États-Unis n'est tolérable et possible que dans certaines circonstances données ; qu'il ne communique au pouvoir central de l'État qu'une force infiniment trop faible, trop lente, trop disjointe, trop excentrique, si j'ose m'exprimer ainsi, ce qui laisserait l'État sans défense contre un ennemi extérieur (1) puissant, ou contre une faction véhémente. Si les États-Unis d'Amérique ont pu s'établir sous cette forme de gouvernement, ils le doivent à leur isolement, à leur territoire immense qui s'agrandit graduellement en même temps que leur population, à leur éloignement de l'Europe, et surtout aux mœurs constitutionnel-

_____

(1) On s'en est bien aperçu en 1814, lors de la guerre avec l'Angleterre. Il a fallu la dernière nécessité pour déterminer les États qui n'étaient pas momentanément menacés à secourir les autres

les qu'ils ont héritées de leur mère-patrie. S'ils avaient eu
les antécédents historiques et la position géographique de
la France, combien y a-t-il que présidence et sénat électif
auraient croulé !.... Je place ici cette réflexion, parce
qu'elle doit prédominer tout le sujet.

Mais s'il est vrai qu'une présidence élective, pouvoir
démocratique par son essence même, puisse s'accommoder
d'un sénat électif, s'ensuit-il que, dans une monarchie, le
pouvoir royal héréditaire, ayant déjà en face de lui une
chambre des députés élective, puisse également s'accommoder d'une pairie élective ?...

Avec une pairie élective, la royauté se trouverait face à
face avec la démocratie, car l'élection est par elle-même
une puissance tellement démocratique, que les conditions
les plus rigoureuses pour l'électorat et pour l'éligibilité,
n'en changeraient pas la nature. Observez d'ailleurs que ces
conditions (tout-à-fait indispensables, à moins qu'on ne
voulût avoir deux chambres électives absolument semblables), violeraient l'égalité sociale, reconstitueraient le double vote sous un autre nom, avec une bien plus grande
extension, avec un bien plus grand privilége.

Or, la royauté héréditaire, en tête à tête avec la démocratie, représentée par une chambre ou par deux, peu
importe, ramènerait l'État au gouvernement de deux pouvoirs. J'en ai déjà fait voir les dangers et les vices ; ce serait une lutte perpétuelle de deux intérêts rivaux, dont
il faudrait inévitablement que l'un absorbât l'autre. A la
première crise le gouvernement changerait de nature et
deviendrait despotique ou républicain ; vous auriez, comme
je viens de le dire, le système impérial ou la convention.

A quoi l'on peut ajouter que si une désunion accidentelle éclatait entre les deux chambres électives, l'anarchie totale du gouvernement s'en trouverait tellement augmentée, qu'on pourrait, à juste titre, dire que tout gouvernement aurait disparu ; d'autant que le pouvoir royal n'aurait plus le moyen qu'il a maintenant de rétablir l'harmonie entre les deux chambres.

Ce moyen, qui est l'augmentation des membres de la chambre aristocratique, prête à de nombreuses critiques, je le sais : mais, comme tout le reste du système de la monarchie constitutionnelle, il devient inattaquable, si l'on réfléchit qu'il ne tient pas à un ensemble d'action gouvernementale absolue ; bien au contraire, il se rattache à un système de transaction gouvernementale entre les divers intérêts sociaux. De sorte que la possibilité qu'a le roi de nommer des pairs suffit, sans qu'il en fasse usage, pour rendre la chambre des pairs plus conciliante et moins tenace dans ses vues, parce qu'elle ne veut pas s'exposer à des adjonctions fréquentes qui nuiraient à sa considération et à sa dignité.

Plus on examine la question, plus on voit que la seule idée d'une pairie élective est un contre-sens dans une monarchie héréditaire. — Vainement aurait-on recours à des présentations de candidats sur lesquels le roi choisirait. Ce système bâtard, je le prouverai, a les mêmes inconvénients, et plus grands que l'élection pure et simple.

Il y aurait dans la masse des candidats présentés, le même esprit politique que dans la chambre élective. Là vous auriez majorité et minorité, empreintes de l'esprit même de la majorité et de la minorité de la chambre des députés. — Or, de deux choses l'une : ou le roi prendrait les pairs dans la majorité, alors vous auriez deux chambres absolument semblables, dont l'une serait un rouage inutile, par conséquent dangereux; ou le roi prendrait les pairs dans la minorité, alors vous auriez deux chambres absolument inconciliables. La minorité de l'une se trouverait la majorité de l'autre, et le gouvernement ne pourrait marcher avec aucune des deux.

Tout système électif, quant à la pairie, doit donc être écarté.

J'examinerai plus tard s'il convient, comme on l'a fait, de donner au roi le choix et la nomination des pairs à vie, sauf quelques conditions par lesquelles on limite ses choix dans certaines catégories, ou s'il n'était pas mille fois plus favorable à la liberté de laisser la pairie héréditaire, existant par elle-même.

Pour hésiter un instant, il faut oublier tous les antécédents historiques, toutes les leçons du passé; il faut nier la nature de l'homme lui-même, et donner à l'expérience le plus éclatant démenti.

On doit se souvenir d'abord que la pairie n'étant pas primitivement héréditaire, Louis XVIII, après la seconde restauration, la rendit héréditaire par une ordonnance spéciale. Or, quel jugement la presse porta-t-elle de cette mesure?... L'opinion fut unanime. Tous nos plus grands écrivains y virent une sauvegarde puissante contre les tentatives contre-révolutionnaires de l'ancien régime. Tout le monde sentit que l'hérédité de la pairie plaçait ce corps dans une position si belle, si indépendante, si forte, qu'un peu plus tôt, un peu plus tard, la vertu de l'institution corrigerait les défectuosités inhérentes à la composition personnelle du corps lui-même. Tel est l'effet des institutions sages et fortes. Les institutions faibles ou inconséquentes, au contraire, vicient les hommes dont on les compose, et forment de mauvaises assemblées avec de bons citoyens. — Notre chambre des députés en est à la fois l'exemple et la preuve. Le sénat impérial en offre un autre exemple. S'il eût été héréditaire, il aurait pu certainement avoir des moments de faiblesse, mais le mal n'aurait été que passager, et avant la seconde génération, la France aurait eu dans ce corps une garantie puissante contre le désordre et contre le despotisme.

L'hérédité de la pairie fut donc reçue comme un bienfait par l'opinion libérale. Jusqu'au moment de la révolution de juillet, personne, ou à peu près, n'a soutenu la thèse contraire. Mais depuis, toutes les idées de législation politique ont été follement renversées, un bavardage universel s'est emparé de tout le pays; tous ceux qui avaient le moins de connaissances sur ce sujet, qui jamais ne s'en étaient occupés, ont eu la mission expresse de trancher la question. Il a fallu que nos hommes d'État les plus instruits ployassent devant l'aveugle décision de cent mille nouveaux électeurs, qui, sans avoir étudié ni discuté cette grande et fondamentale théorie politique, avaient ordonné à leurs députés de détruire la plus forte garantie d'ordre et de liberté que nous eussions acquise pour prix de toutes nos souffrances, de toutes nos discordes civiles !.. Le procès a été jugé avant d'avoir été plaidé; au lieu de laisser une base ferme et stable à la monarchie de juillet, nous l'avons adossée contre une ruine !... Miracle de radicalisme vaniteux dont nous porterons longuement la peine !

L'hérédité de la pairie était éminemment libérale, éminemment protectrice de la liberté, du bonheur de la

France. — L'hérédité de la pairie était-elle possible et nationale en France? C'est la question que je résoudrai affirmativement quand je ferai l'application des principes à
l'état actuel de notre patrie.

L'hérédité de la pairie est un principe de force si grand
pour un tel corps, qu'il le pénètre à l'instant d'un esprit
de dignité et d'indépendance, éminemment propre à constituer une barrière contre les excès de la démocratie et
contre les excès du pouvoir royal. La pairie héréditaire
sort du cercle étroit des ambitions vulgaires. Les menaces du pouvoir, les séductions de la popularité, ne peuvent rien ôter, ne peuvent rien ajouter à ce grand sacerdoce politique, qui pose à la fois sur le passé, sur le présent, et sur l'avenir; qui lie les souvenirs historiques aux
progrès des générations nouvelles, et sert de transition in-
sensible au perfectionnement sans secousse de l'ordre social! Corps vaste et puissant qui, se renouvelant sans solution de continuité, voit disparaître successivement les
familles qui le composent, et qui, suivant la loi générale de l'humanité, doivent s'éteindre après un laps de
temps plus ou moins considérable, pour être remplacées
par les illustrations contemporaines dont l'instinct de sa
conservation et de sa grandeur oblige la royauté constitutionnelle de s'entourer et de s'étayer sans cesse : de sorte
que la pairie héréditaire, loin d'être retardatrice, obscure,
ignorante, était inévitablement destinée à devenir en
France le foyer des lumières politiques, du patriotisme,
et de tous les grands talents! Corps éternel, et cependant
perpétuellement renouvelé! Corps éternel ne vieillissant
jamais, et conservant la vigueur de la jeunesse jointe aux

trésors de l'expérience acquise, jointe aux traditions pratiques de la sagesse et de la virilité !

C'est cependant contre cette sublime institution qu'on a déchaîné toutes les vanités des ignorances démocratiques, et quelques pitoyables sophismes ont suffi pour égarer la population française ! Elle s'est réjouie, elle s'est félicitée, elle s'est applaudie d'avoir ruiné l'édifice constitutionnel ; elle s'est livrée à des espérances d'autant plus grandes qu'elle avait rendu ses chances de succès plus petites ; et comme elle se plaint maintenant de l'état précaire, incertain, amphybie où elle s'est placée sans savoir ce qu'elle faisait, ses conseillers radicaux la poussent encore plus bas dans l'échelle de la désorganisation sociale, et tentent de lui persuader que la pairie, même non héréditaire, ne doit plus exister : qu'il ne faut, en face du pouvoir royal que la représentation démocratique de la puissance populaire !... Et ces faiseurs de phrases sont très-logiques dans la voie de perdition où ils conduisent à la lisière une nation bonne et confiante. mais prodigieusement faible en politique : car, en détruisant l'hérédité de la pairie, il est visible que c'est la pairie elle-même qu'ils ont sapée ; de même qu'en faisant disparaître maintenant la pairie, c'est la royauté qui porterait inévitablement le contre-coup, et qui serait promptement absorbée par les institutions républicaines. Il faut s'arrêter, sortir du chemin qui conduit aux abîmes, sinon il faudra y tomber. Rien n'est plus certain et plus logique dans le monde entier !

L'hérédité de la pairie avait encore cet avantage immense, qu'elle formait une pépinière d'hommes instruits et forts pour toutes les grandes circonstances politiques. Le pair de France ne pouvant, dans nos institutions actuelles,

briller et parvenir que par le talent et l'instruction politique, rien n'aurait été épargné pour l'instruction libérale des membres futurs de la pairie. A vingt-cinq ans
les jeunes pairs auraient déjà été acclimatés avec toutes
les connaissances de la législation et de la diplomatie.
Leur éducation tout entière aurait été tournée vers ce
but. C'est précisément parce qu'en Angleterre les hommes
savent à l'avance qu'ils seront pairs, ou qu'ils pourront
très-probablement être membres de la chambre des communes, qu'on voit tant de connaissances fortes et précoces
chez la jeunesse politique où se recrutent perpétuellement
les deux chambres britanniques !... Mais nous, chétifs et
vaniteux démocrates, cherchons autour de nous ! Voyons,
quand il nous faut nommer neuf députés dans un départe-
tement riche et populeux comme le département de la Gi-
ronde, voyons s'il nous est très-facile de trouver neuf
hommes politiques, instruits, hommes d'État, propres au
maniement des affaires publiques ?... Je ne m'appesan-
tirai pas sur notre triste situation (1) sous ce point de
vue, mais je dirai : — Quoi! vous ne pouvez trouver,
au milieu de vos pauvretés politiques, vous ne pouvez
trouver des hommes pour la députation, et vous voulez
encore qu'on vous confie le soin d'élire des pairs de
France !... Eh ! où donc les prendrez-vous ? — Quelle
vulgarité représentative êtes-vous donc décidés à donner
à la France? Êtes-vous donc déjà lassés de la profon-
deur, de la sagesse, de la lucidité, du calme qui dis-

---

(1) Qu'on ne s'en prenne pas aux *cinq cents francs* du cens d'éligibilité. Si les
hommes ne manquaient pas, on sait fort bien que rien au monde n'est plus facile
que de payer 500 fr. d'impôts, et il n'est pas de parti politique qui ne complétât
ce cens d'éligibilité, à l'homme qu'il voudrait nommer.

tinguaient les délibérations de la chambre héréditaire ? Voulez-vous, qu'à l'exemple de la chambre élective, elle devienne une arène de passions, de tumulte, de scandale, de provocations ? Est-ce ainsi que vous comprenez la grandeur et les intérêts de la patrie et de la liberté ? Quoi ! les années qui viennent de s'écouler, cette pitoyable époque de néant et de trouble parlementaire ne vous ont pas désabusés de vos fatales illusions !

Oui, l'hérédité de la pairie avait cet avantage immense, (avantage que rien ne peut remplacer, et qui portait dans son sein le perfectionnement rapide de nos mœurs politiques et de notre gouvernement), qu'elle créait pour la France l'instruction, la force, les traditions législatives qui nous manquent. Chacun de nous, dans la vie, s'occupe de son état, de sa fortune, de son mariage, de sa destinée privée. L'un se fait notaire, l'autre avocat, celui-ci négociant, celui-là marin... Mais qui songe à se faire réellement homme d'État ? Quelle classe spéciale consacre sa fortune, ses veilles, sa jeunesse, à ces grandes et fortes études qui seules rendent le citoyen habile au maniement des grands intérêts politiques (1) !... Hélas ! quelques rares exemples s'en rencontrent çà et là, illustrations exceptionnelles souvent dédaignées et repoussées par l'envieuse médiocrité qui voudrait seule parvenir aux honneurs politiques ; mais on ne peut disconvenir que, dans l'ensemble, la France ne soit grandement dépourvue de cette classe

_____

(1) Les études spéciales de la politique sont si indispensables à tout homme public, que les plus grands talents eux-mêmes ne peuvent s'en passer. C'est pour y suppléer que Foy s'est tué en travaillant douze et quinze heures par jour. C'est dans le même but que Casimir Périer, dès l'origine de sa carrière parlementaire, confia à des mains amies la direction de ses affaires commerciales, pour étudier, jour et nuit, la science de l'homme d'État.

d'hommes publics qui cependant lui sont indispensables !
Eh bien ! l'hérédité de la pairie la lui aurait donnée, et
c'est le plus grand bienfait que nous puissions tenir de la
Providence.

En effet, il ne suffit pas d'être bon notaire, honnête négociant, habile avocat, pour diriger les destinées d'un
pays, et de là vient, qu'après les élections, lorsqu'on a en-
voyé à la chambre des députés ce qu'on a trouvé de mieux
dans les divers états de la société, on est tout étonné de
n'avoir qu'une chambre élective médiocre, sans ensemble,
sans direction politique. Cependant rien n'est plus naturel, et plus nous nous enfoncerons dans des idées démocratiques, plus il en sera ainsi ; plus nous diviserons nos
forces, plus nous les énerverons, plus notre chambre élective sera décousue, désordonnée, tumultueuse. Admettez
dans les colléges électoraux ce qu'il vous plaît d'appeler
des capacités intellectuelles, abaissez encore le cens, ou-
vrez des assemblées populaires, donnez plus d'extension à
la théorie du mandat, et vous verrez dans quel pitoyable
délabrement tombera votre représentation nationale !

L'hérédité de la pairie faisait le contrepoids de cette fâcheuse direction imprimée aux esprits ; car, je le répète,
avec la publicité, la presse, la puissance invincible de l'opinion, un pair de France ignorant et sot n'aurait pu être
rien dans l'État ! Il aurait végété sur son banc, éclipsé,
annulé, anéanti par son impuissance. L'ambition de toutes les familles de pairs aurait donc été un stimulant infaillible et sans interruption, qui aurait accéléré le travail, les études, les progrès de toute la jeune génération
destinée à cette grande fonction politique. Ainsi, la pairie aurait servi de modèle et de phare à toute la jeunesse

française qui, peu à peu, serait entrée dans la même voie
de perfectionnement politique; car, je vous le répète encore, on ne sait que ce que l'on apprend; l'on apprend à
devenir homme d'État, homme politique, comme on apprend à devenir avocat, notaire, médecin, négociant;
mais ce sont des choses bien distinctes, et qu'il faut bien
se garder de confondre!... Or, cette école publique des
hommes d'État, vous l'avez détruite, en détruisant l'hérédité de la pairie. Si cette grande institution eût été maintenue, loin de dégénérer, comme on l'a dit si follement,
la pairie française, avant deux générations, aurait été le
premier corps politique de l'Europe; et notre chambre des
députés, à l'imitation d'un si bel exemple, se serait rele-
vée, se serait fortifiée, se serait pénétrée de l'esprit de gravité, de mesure, de prudence, qui lui manque radicalement, et qui lui manquera de plus en plus, si nous con-
tinuons à démocratiser la révolution de juillet, que ses
antécédents glorieux avaient réservée à de plus grandes
destinées.

On objecte contre la pairie l'existence des majorats qui
l'accompagnent ordinairement, et l'inviolabilité des pairs
dont la personne doit être sacrée comme partie intégrante
du gouvernement.

Je fais observer, quant à ce dernier point, qu'il est tout
à fait indépendant de l'hérédité. L'inviolabilité pourrait
et devrait être accordée à une chambre nommée à vie, de
même qu'à une chambre héréditaire. Les membres de la
chambre élective jouissent de cette inviolabilité dans des
limites plus étroites. On pourrait donc, si on le jugeait
convenable, modifier ce privilége de la pairie, et le restreindre dans les mêmes bornes que l'inviolabilité des dé-

putés, de manière seulement que leur personne fût toujours libre quand l'accomplissement de leurs fonctions parlementaires l'exigerait. Quelque parti qu'on prenne sur ce point, l'hérédité n'y est pour rien.

Quant aux majorats, ce serait encore une question d'examiner si l'hérédité de la pairie ne pourrait pas très-bien être maintenue et les majorats supprimés; si cette conservation forcée d'une fortune fixée, par nos lois actuelles, à un taux bien médiocre, vu l'accroissement général de l'aisance publique et du luxe commercial, est nécessaire à la considération politique de la pairie. Pour moi, je n'en crois rien. Je pense que le poids qu'on accorde, en théorie, à cette conservation des fortunes par voie de majorat, est une illusion; que c'est une idée d'une autre époque que l'on transplante à tort dans celle-ci. Je crois que cette législation pouvait être nécessaire à la noblesse féodale, qui brillait d'une supériorité aristocratique, parce qu'elle manquait de cette force morale que donnent le talent et de hautes fonctions politiques dignement remplies. Mais lorsque cette force morale se trouvait accidentellement jointe à un grand nom, fût-elle accompagnée de la ruine et de la pauvreté, a-t-on jamais vu l'indigence dégrader le grand homme dans l'opinion?... Jamais! La nature humaine n'est pas assez basse pour cela.

Or, par la constitution de la pairie, sa grande utilité politique, ses hautes fonctions, l'éclat que les circonstances qui touchent aux intérêts les plus pressants du pays font rejaillir sur elle, lui donnent mille fois plus de considération et de lustre qu'un majorat, fortune médiocre éclipsée par la richesse d'un très-grand nombre de simples citoyens. Je n'admets pas, d'ailleurs, la ruine probable qu'on prétend devoir atteindre la pairie, si les majorats étaient supprimés. N'y eût-il que la chance des mariages, la pairie héréditaire conserverait ou augmenterait sa fortune, car de telles alliances seraient toujours vivement recherchées.

Il ne faut, d'ailleurs, qu'examiner la nature des fonctions de la pairie pour être convaincu qu'il doit en résulter, pour les pairs, une considération tout à fait étrangère à l'influence des majorats.

Que peuvent faire les pairs comme hommes publics?... Ils n'ont qu'un seul rôle, celui de membre d'une assemblée délibérante, où la raison et le talent doivent inévitablement triompher aux yeux de la nation attentive. Un pair de France, eût-il un million de rente, s'il n'est qu'un homme ignorant et sans caractère, quelle figure fera-t-il à côté du pair le plus pauvre dont les paroles puissantes retentiront dans toutes les âmes, et iront éveiller toutes les sympathies généreuses du pays?

Par cela seul que la nature des fonctions de la pairie est toute politique et nationale, la fortune y importe fort peu ; et c'est pour la raison contraire que la conservation de la fortune importait beaucoup à l'éclat de l'ancienne aristocratie, ce qui fait voir la grande justesse des paroles de Manuel, quand il disait, à la chambre des représentants, que « la pairie de la monarchie constitutionnelle était une sorte de privilége conçu de telle manière, qu'il ne présentait pas les vices de l'ancienne aristocratie tout en en conservant les avantages. »

De cette considération, je tire encore une autre conséquence fertile en grands résultats, c'est qu'il est impossible que l'hérédité fasse dégénérer le moral de la pairie ; et les

écrivains qui nous disent : « Le fils d'un grand homme
» peut être un sot, trois cents pairs patriotes et à grand
» talent peuvent être remplacés par trois cents descendants
» égoïstes et imbéciles, » nous menacent d'une hypothèse
impossible, directement contraire à la vérité.

Consultez l'histoire, vous verrez que les corps politiques
héréditaires n'ont jamais dégénéré de cette sorte; ils ont
pu être dangereux, ambitieux, oppressifs, parce qu'ils participaient à l'ignorance de leur siècle et aux mœurs générales. Leurs fonctions (et nous ne courons pas ce risque
pour la pairie actuelle), leurs fonctions étaient souvent de
nature à les pervertir, à les vicier; et c'est là qu'était le
mal, non dans l'hérédité. Le sénat romain, la pairie britannique, les anciens parlements français, n'ont pas été,
que je sache, une pépinière d'imbéciles et d'idiots !

Dans la pairie française, telle que la charte l'avait constituée, tout nous présageait un avenir contraire à cette
détérioration successive. Par cela même qu'un pair de
France ne pouvait avoir d'importance politique que par
le talent, par l'instruction, par la parole, tous les jeunes
pairs se sachant, dès leur jeunesse, destinés à cette carrière
publique, auraient travaillé à s'en rendre dignes; le patriotisme, l'intérêt personnel, l'ambition, l'amour-propre,
tout les y eut poussé. Car pour devenir conseillers-d'état,
ministres, ambassadeurs, ils auraient su que, comme les
députés, c'était de leur influence politique seule qu'ils devaient tout attendre, et que cette influence dépendrait
uniquement de leur conduite dans la chambre et de l'estime
qu'elle leur vaudrait dans la nation. Si les hommes publics
ont été jusqu'à présent formés plus jeunes en Angleterre
qu'en France, c'est à cette cause que cela tient. Comme, dans

chaque famille, on savait où était la chance certaine d'être pair, et la chance infiniment probable d'être membre de la chambre des communes (1), toutes les études, toutes les pensées de ces jeunes gens et de leurs familles y prenaient cette direction. Qu'on lise l'histoire de Fox, on en sera convaincu. C'est ainsi que les Anglais ont eu des Pitt et des Fox à vingt ans.

Revenons aux majorats. Il faut remarquer qu'il ne serait nécessaire de les conserver, qu'autant qu'on penserait que la fortune est une condition indispensable à la dignité de la pairie. Or, dans cette supposition, l'inconvénient ne serait-il pas à peu près le même pour la pairie élective? On serait donc obligé de n'élire que des pairs riches, et, qui plus est, de leur défendre de se ruiner après leur nomination?

En pesant toutes ces considérations, on verra que l'existence des majorats est loin d'être un inconvénient exclusivement et nécessairement attaché à l'hérédité de la pairie.

Mais lors même que je me tromperais dans mes raisonnements et dans mes espérances; lors même qu'il serait indispensable, pour conserver l'hérédité, d'établir aussi les majorats, peut-on mettre en balance le faible inconvénient de cette anomalie sociale avec les immenses avantages de l'institution de la pairie? Quel mal sensible peut faire à la prospérité publique d'un pays de trente-deux millions d'habitants, la fixité imprimée à la fortune de deux à trois cents individus?... Cette législation, qui serait un mal réel si elle s'appliquait à la généralité de l'é-

----

1. Observez que les pairs d'Angleterre font une grande partie des élections, et que les pairs de France n'ont aucune influence sur elles.

conomie politique du pays, ne peut produire aucune conséquence fâcheuse digne d'arrêter l'attention, quand elle est établie sur une si faible échelle. C'est une goutte d'eau ajoutée ou retranchée à l'Océan !

En écrivant sur un tel sujet, je suis rempli d'une conviction à la fois si douloureuse et si profonde, que l'on doit me tenir quelque compte de la modération de mes paroles. A chaque instant, j'arrête ma plume, j'efface des expressions trop vives, je décolore mon style, pour lui ôter la teinte amère et *sarcastique* que l'aspect des immenses sottises effectuées par la détérioration de la charte imprime, malgré moi, à mon imagination émue, à mon patriotisme froissé. — Voir une France si belle, si grande, si pénétrée de sagesse, d'ordre, de constitutionnalité ; voir cette France si patiente, si probe, si parlementaire ; la voir tout-à-coup fourvoyer, anarchiser, annihiler dans toutes les ridicules mesquineries d'une politique populacière ; la voir s'éprendre de mille démences, la voir disputer au pouvoir le droit de protéger la grandeur et la liberté de la patrie ; la voir récompenser par la dépopularité, par l'abandon, par l'ingratitude, les hommes généreux qui, jour et nuit, travaillent pour elle, luttent contre les factions, et meurent à la peine, épuisés de labeurs et de souffrances...., c'est un spectacle que je ne puis endurer de sang-froid ! — Malheur, malheur à la France, si le lit de douleur de Casimir Périer ne lui inspire pas une contrition salutaire, et si les palmes de ce martyre politique ne lui servent pas de bannière pour combattre et pour vaincre les factions qui l'ont enivrée de leurs dissolvantes folies ! (1)

---

(1) Ces lignes ont été écrites en 1832.

Croyez-moi, je ne fus jamais flatteur de prince, et je ne me ferai pas flatteur de peuple, aujourd'hui que les flatteurs se tournent vers lui, parce qu'il est devenu la source du pouvoir, profanant ainsi, dans leur obséquieuse adulation, les mots sacrés de patrie et de liberté! Croyez-moi, vous n'étiez pas mûrs pour cette question de l'hérédité de la pairie, quand vous l'avez décidée.

On a parlé souvent de la réforme de l'Angleterre; mais que l'on réfléchisse qu'en France rien de pareil n'était nécessaire, parce que notre constitution n'est elle-même qu'une réforme à peine éprouvée, à peine mise en pratique. Est-ce après quelques années d'exercice que les Anglais ont réformé leurs institutions, toutes choquantes qu'elles étaient? Et maintenant encore, parmi les partisans du bill de réforme, s'en trouve-t-il un seul assez fou, assez téméraire pour demander la destruction de l'hérédité de la pairie britannique, et pour vouloir la rendre élective?... Quelle similitude nos radicaux français peuvent-ils donc trouver dans les deux cas?... Quant à moi, je n'y vois que leur condamnation.

Dans des questions aussi hautes, aussi difficiles, on ne doit pas s'en rapporter aux simples lumières du bon sens; le bon sens ne suffit pas pour la législation civile, encore moins pour la législation politique; il faut en avoir fait une étude spéciale et approfondie, car souvent une mesure en apparence libérale, détruit la liberté selon les circonstances où elle est appliquée, et les autres institutions auxquelles elle est jointe. Il faut donc, à chaque pas, examiner l'ensemble entier.... Il faut se garder d'imiter cet insensé de la fable qui recueillait chaque jour un œuf d'or; il concluait assez naturellement qu'en allant à la source, il aurait tout le trésor à la fois ; il ouvrit sa poule et perdit tout. Ainsi le gouvernement représentatif nous donne graduellement la liberté ; mais il ne faut pas croire qu'il la recèle dans son sein comme un trésor caché qu'il est possible d'envahir tout-à-coup. Cette liberté n'est que le résultat de son mécanisme, le produit de sa vitalité organique. Détruisez l'organisation, vous ne trouverez plus ni la liberté que vous cherchez, ni la liberté que vous aurez perdue. Vous aurez tout bonnement fait l'autopsie d'un cadavre politique, au sein duquel vous ne trouverez que la corruption du despotisme dans sa plus infecte laideur !

CHAPITRE III.

De la Pairie viagère.

J'ai démontré que l'essence de la royauté constitutionnelle et de la pairie était l'hérédité.

L'hérédité fait de la chambre des pairs un pouvoir indépendant (et sans indépendance il n'y a pas de pouvoir politique). Ainsi que nous l'avons vu, elle pousse toutes les jeunes générations destinées à la pairie vers des études politiques spéciales, parce que les fils de pairs ont la certitude complète d'utiliser dignement un jour de tels travaux. La chance d'être choisi, sur la totalité des populations, est trop incertaine pour inspirer une telle émulation ; il faut à toute chose un but positif et spécial pour stimulant énergique. A Rome, les fils des sénateurs entraient jeunes au sénat ; mais pourquoi en étaient-ils capables et di-

gnes? Parce qu'ils y avaient été destinés et qu'ils étaient élevés en conséquence : tellement, que pour mieux les former
aux délibérations publiques et aux graves discussions des
intérêts de l'État, on leur permettait d'assister aux séan-
ces du sénat dès qu'ils avaient pris la robe virile, c'est-à-dire
à l'âge de dix-sept ans ; ils pouvaient ensuite prendre rang,
entre vingt-cinq et trente ans, selon les diverses périodes de
la république romaine ; et c'est une république qui nous
donne de tels exemple ! Et nous les trouvons trop aristocratiques pour une monarchie constitutionnelle ! — Disons
le mot : c'est que les adversaires de la pairie, en réalité,
ne veulent aucune sorte de monarchie, si tempérée qu'elle
soit. Ils ont eu la franchise d'en convenir.

Avant de passer à l'examen de la pairie viagère, je dois
réfuter un étrange sophisme. Les défenseurs de l'hérédité
ont fait observer qu'avoir une pairie élective, c'était doubler la chambre des députés ; c'était comme si on la sépa-
rait en deux par une cloison ; que, par conséquent, on
n'aurait point un autre pouvoir. Les partisans de l'élection
répondent qu'il en est bien ainsi de la magistrature ; que
les tribunaux de première instance et les cours d'appel tirent leur nomination de la même source, siégent parfois
dans le même palais, et que cependant les questions jugées par les uns sont de nouveau soumises à la discussion
et au jugement des autres ; que rien n'empêche d'agir de
même dans l'ordre politique, et d'avoir une pairie émanant de la même source que la députation, pour examiner une seconde fois les projets de lois adoptés par la
chambre des députés. — J'ai vu ce raisonnement faire impression sur quelques esprits. Il ne témoigne cependant
qu'une profonde ignorance de la matière en discussion.

Entre les corps judiciaires, il n'y a différence que de hiérarchie, non de nature. Entre les pouvoirs politiques, c'est tout le contraire : il doit y avoir différence de nature et pas de hiérarchie. Ainsi les jugements de première instance sont soumis à la cour royale, parce que celle-ci est supérieure en juridiction : mais les décisions de la chambre des députés ne sont pas soumises à la pairie par un semblable motif. Elles lui sont soumises, parce que la députation ayant défendu les intérêts démocratiques contre les intérêts aristocratiques, il faut, à leur tour, que ceux-ci aient voix dans la délibération pour voir s'ils n'ont pas été injustement froissés. Ce qui importe donc, ce n'est pas tant une nouvelle discussion, qu'une discussion devant un pouvoir de nature différente : différence qui n'emporte pas avec elle l'idée de supériorité, comme celle de la hiérarchie judiciaire ; car les projets adoptés par la pairie sont soumis à leur tour à la chambre élective, ce qui implique une parfaite égalité de pouvoir ; tandis que vous ne verrez jamais la décision d'une cour royale soumise à un tribunal de première instance, ce qui achève de montrer combien était abusive et fausse la comparaison employée par l'opposition.

Si, laissant de côté la pairie élective, système absurde qui dénaturerait tellement notre gouvernement que nos démocrates un peu avisés n'ont osé y persister de peur d'effaroucher trop fortement la nation, en la mettant en garde contre une tendance trop évidemment anarchique ; si, dis-je, laissant de côté la pairie élective, nous passons à l'examen de la pairie viagère, nous verrons promptement combien cette institution est plus faible et moins libérale que la pairie héréditaire. Elle lui est inférieure sous deux rapports : elle offre moins de gages d'indépendance politique, et moins de gages de capacité pour la haute direction des affaires.

Les publicistes qui pensent qu'une nomination à vie suffit pour constituer une indépendance complète dans ceux qui en sont revêtus par le gouvernement, citent, pour premier motif, l'exemple de la magistrature. —Jamais il n'en fut de moins concluant.

Ils auraient dû réfléchir d'abord que l'indépendance politique est d'une tout autre nature que l'indépendance judiciaire; que la pairie doit constituer un pouvoir, tandis que la magistrature n'est qu'un corps chargé de l'application des lois : différence immense qui fait apercevoir immédiatement le nœud de la difficulté.

C'est qu'en effet la magistrature n'a que de très-rares occasions d'entrer en lutte avec la volonté du pouvoir royal ou du pouvoir démocratique; elle exerce son action sur un ordre de faits presque toujours en dehors des passions politiques. Sans doute ces faits, ces intérêts, peuvent prendre une nuance de parti par la nature des personnages qu'ils concernent; mais par eux-mêmes ils ont rarement un tel caractère : ainsi, un magistrat peut avoir à juger un procès civil entre deux plaideurs d'opinions libérales ou royalistes : mais le procès lui-même est, dans la presqu'universalité des cas, dépourvu de tendance politique, surtout en temps ordinaire; tandis que la pairie, au contraire, n'a à juger que des discussions politiques où les deux autres pouvoirs politiques sont directement intéressés. Or, pour que le magistrat juge impartialement un procès civil entre deux hommes d'opinions différentes, il ne lui faut qu'une conscience un peu droite; car il

s'avilirait indignement, même dans l'esprit de ceux qui
en profiteraient, s'il donnait gain de cause à l'opinion politique, non au bon droit : mais dans le débat où la pairie est engagée, il n'en est point ainsi : c'est l'opinion politique elle-même qui juge, et c'est pour cela que le maxi-
mum de l'indépendance est indispensable à la pairie.

La différence que je signale est si positive, que les adversaires de l'hérédité eux-mêmes ne croient pas à cette
indépendance absolue des magistratures à vie. Ils y croient
si peu, que dans tout procès criminel ils réclament avec
juste raison l'intervention du jury. A bien plus forte raison cette intervention leur paraît indispensable dans tout
procès politique (1). Et pourquoi? Parce que lorsque le
pouvoir politique est partie intéressée aux débats, ils ne
croient pas que le magistrat, quoique nommé à vie, soit
dans une complète indépendance de ce pouvoir politique
qui l'a nommé.—A plus forte raison, la pairie.

Or, la distance qui sépare l'indépendance viagère de
l'indépendance héréditaire est infinie. On a pu en avoir la
preuve sous la restauration : en dépit de toutes les fournées, la chambre des pairs a conservé son indépendance et
son libre arbitre ; et même malgré la monstrueuse adjonction si follement effectuée par Charles X, la pairie, même
en cet état, même sous le coup d'une modification si récente, qui ne pouvait encore être totalement corrigée par
l'esprit de corps (ce qui aurait eu lieu dans quelques années), opposait encore une résistance positive au coup-
d'État, ainsi que l'a prouvé la déposition de M. de Sémon-

---

(1) Sous la restauration, l'esprit de la cour de cassation elle-même avait été facilement altéré, quoiqu'elle fût le terme le plus élevé de la hiérarchie judiciaire.

ville dans le procès des ministres. — Examinez, au contraire, l'ensemble de la magistrature sous Charles X. Là, on n'avait pu faire de fournée : on ne pouvait que remplacer les titulaires à mesure des décès. Eh bien ! cette modification si lente et si partielle avait déjà produit un effet terrible sur l'indépendance de l'ordre judiciaire. Il y avait, sans doute, encore des exceptions honorables, mais insuffisantes à maintenir l'indépendance du corps entier, gage indispensable de la sécurité publique.

Si l'on objecte que ce qui affaiblit l'indépendance judiciaire, c'est la hiérarchie qui donne au pouvoir royal le moyen de récompenser, en les élevant en grade, ceux des magistrats qui se montrent complaisants à ses volontés, on me fera encore plus beau jeu ; car le même moyen peut être employé contre la pairie viagère : les places, les directions générales, les ambassades ne manquent pas. Or, toutes ces séductions impuissantes contre la pairie héréditaire seront trop souvent décisives sur l'esprit d'une pairie à vie. Ajoutez que les pairs à vie ont leurs enfants à placer, tandis que les pairs héréditaires ont leur successeur tout placé, tout établi, sans être obligé de rien demander au pouvoir royal, sans même que la volonté du pouvoir royal puisse y mettre aucun empêchement !

J'aurai l'occasion de faire observer, en traitant la question de l'organisation judiciaire, combien la quasi-hérédité de nos anciens parlements leur avait assuré une indépendance plus grande et plus forte que celle de notre magistrature actuelle ; non que je réclamasse la même hérédité pour nos cours de justice : on sent que le motif n'en existe plus, puisque les parlements étaient pouvoir politique, et que la magistrature actuelle ne l'est pas.

Et si l'on réfléchit que la chambre des pairs à vie sera toujours, et tout entière, nommée par le pouvoir royal, on verra combien son indépendance est précaire et faible, comparée à l'indépendance d'une pairie héréditaire. On verra combien un tel corps opposera moins de résistance virtuelle aux modifications des fournées : on verra, en un mot, que la pairie viagère ne sera plus un pouvoir politique, mais un simple conseil de révision nommé par un des pouvoirs politiques, conseil qui dès-lors n'aura plus par lui-même aucune influence sur l'opinion publique. Loin qu'une telle institution défende contre la séduction d'un côté, et contre les partis de l'autre, les hommes qui la composent, il faudra que ces hommes aient une indépendance personnelle, une moralité politique, une conscience constitutionnelle, tellement fermes, tellement complètes, tellement infaillibles, qu'ils puissent, pendant toute leur vie, et toujours, et sans relâche, et sans intermittence, lutter contre les vices de l'institution dans laquelle on les aura classés, et triompher constamment de tous les obstacles accumulés comme à dessein sur leur route. — C'est exiger beaucoup, c'est attendre trop de l'humanité ! Aussi, je le déclare franchement, je ne connais guère de plus mauvaise institution politique, si ce n'est pourtant la pairie élective, à laquelle celle-ci servira d'acheminement presque forcé, si l'on ne revient pas à l'hérédité.

Lors même que la pairie viagère accomplirait le miracle dont on lui impose la nécessité ; lors même qu'elle ferait ce qui ne s'est jamais vu, que je sache, jusques à ce moment ; lorsqu'elle nous fournirait l'exemple d'un corps qui, par la seule vertu des hommes qui le composent, conserverait une indépendance indélébile, malgré l'infirmité de l'institution elle-même, la pairie n'en serait pas moins frappée au cœur, parce qu'il serait impossible que l'opinion publique fût intimement convaincue de la réalité d'un tel miracle. Or, si l'opinion n'est pas fermement convaincue de l'indépendance de la pairie, la pairie fût-elle réellement indépendante, n'est plus bonne à rien, n'a plus aucune force, aucun moyen d'action et de durée. Si la chambre des pairs actuelle conserve une certaine prépondérance dans l'État, c'est parce que la plupart des membres qui la composent sont encore environnés du prestige et de l'atmosphère d'indépendance qui les entouraient lorsqu'ils étaient héréditaires. La chambre des pairs se maintient sur ses glorieux souvenirs, elle se survit en quelque sorte, et l'institution que nous avons si follement détruite, nous protége, malgré nous, par son influence posthume.

On a fait à la chambre des pairs un singulier reproche : elle était héréditaire, ont dit ses contempteurs, et cependant elle n'a pas empêché la chute de Charles X : donc, l'hérédité de la pairie n'est pas une garantie pour le pouvoir royal. — Plaisante manière de raisonner ! — C'est comme si on disait que des médecins, par exemple, ont été inhabiles à guérir un malade, parce qu'ils n'ont pu l'empêcher de se percer le cœur d'un coup de poignard, ou de se faire sauter la cervelle d'un coup de pistolet ! Connaissez-vous un remède quelconque au suicide? Si Charles X a voulu tuer sa royauté, quel pouvoir dans le monde, viager ou héréditaire, aurait pu l'en empêcher ? Ne voyez-vous pas que ceci est un cas tout exceptionnel, et que c'est au contraire l'éloge de la pairie que vous faites en l'accusant ainsi? C'est dans le cas contraire qu'elle aurait été coupable, et que vous accuseriez à juste titre son hérédité de l'avoir rendue trop partiale en faveur de la royauté! La pairie n'a pas défendu la couronne de Charles X, parce que lui-même l'avait brisée le jour où il a déchiré la charte, et la pairie héréditaire était trop loyale et trop consciencieuse, pour défendre la folie et le parjure. N'est-il pas bizarre qu'on lui reproche cette impartialité libérale, pour s'en faire un argument de destruction contre elle? En vérité, nous avons de bien étranges adversaires!

Si du peu d'indépendance de la pairie viagère, nous passons à l'examen de sa capacité présumée, nous la verrons encore au-dessous de la pairie héréditaire, de bien loin !

Faisons observer, d'abord, que la pairie viagère ne formant pas ses capacités dans son propre sein, ainsi que le faisait, par l'éducation politique, par la tradition et par l'expérience, cette pairie héréditaire qui était destinée à faire la gloire et la force de la France, il en résulte que le pouvoir royal, entrant en concurrence avec les colléges électoraux, ira recruter partout les capacités qui rempliront les conditions requises, pour en composer la pairie : et comme la France est très-pauvre en capacités politiques, il faudra que la chambre élective en soit d'autant plus privée, qu'on les aura soigneusement triées pour en remplir la chambre des pairs, si, toutefois, la pairie n'étant plus qu'un pouvoir précaire et sans existence intrinsèque, les hommes distingués qui pourraient être nommés députés, se laissent faire pairs : ce serait un bien mauvais marché de leur part !

Quoi qu'il en soit, une des deux chambres ne se forti-

fiera jamais qu'en affaiblissant l'autre de tout ce qu'elle
acquerra elle-même : premier vice, vice énorme qui détruit la constitutionnalité de notre gouvernement, dans
son essence, et qui fait voir combien le principe démocratique et le principe aristocratique y sont brouillés et
confondus. Comment l'ordre sortirait-il d'un tel chaos?

Dans le système de la pairie héréditaire, chaque chose
restait à sa place. La pairie se recrutait dans son propre
sein, et laissait à la chambre élective toutes les gloires,
toutes les capacités démocratiques. Plus tard seulement,
la chambre des pairs se serait graduellement ouverte
pour elles, quand elles auraient eu fait leur temps dans
la chambre élective, quand elles auraient eu marqué leur
place tellement au-dessus de toute rivalité, par leurs
grands services et leur patriotisme, qu'elles seraient de-
venues aristocratiques elles-mêmes, par leur élévation au-
dessus des services et des talents ordinaires.

C'est ainsi que la lutte de nos pouvoirs politiques tendait toujours à la fusion et *au progrès dans l'équilibre;*
c'est ainsi que tout était sagement gradué et combiné :
mais du moment que l'on a privé la pairie de l'hérédité,
on a détruit à la fois le mobile qui devait différencier
les deux chambres et les maintenir en harmonie ; on a
détruit le mobile qui conservait dans la pairie sa force
progressive, son existence intime, son infaillible moyen
de suffire elle-même, non-seulement à garnir ses bancs
héréditaires d'orateurs, de publicistes, de légistes consom-
més, mais encore d'en offrir à l'État, pour toutes les
grandes carrières politiques. Au lieu d'être un réservoir
d'hommes à talents et à fortes capacités, destiné à fournir
à toutes les exigences du gouvernement et de la diploma-

tie, la pairie viagère sera un absorbant où iront s'accumuler, s'enfouir et s'éteindre, les capacités qui auront été formées dans les autres carrières : ce sera un véritable hôtel des invalides politiques.

Si, dans un pareil état de choses, on écrit, on imprime, on pérore contre le gouvernement des trois pouvoirs, en vérité, c'est se donner le trop facile plaisir de déraisonner, non contre ce gouvernement lui-même, mais contre l'aberration que la démocratie triomphante a jugé convenable d'y substituer, n'osant tout à fait le détruire du premier coup. Il n'y a ni bon goût, ni bonne grâce, ni bon ton, dans un pareil procédé ; il rappelle le fameux vers de Rhadamiste, et va même au-delà : c'est assez d'avoir tué la pairie ; ce serait trop que de frapper encore son cadavre. Que le parti populaire se contente d'en hériter, et de maîtriser l'État par l'influence aveugle de la multitude. Pitoyable victoire que déploreront amèrement, un jour, ceux-là mêmes qui l'ont obtenue !

----------⊗----------

CHAPITRE IV.

De la Pairie catégorique.

Quand on détruisit l'hérédité de la pairie en France, l'opposition, conséquente au principe de la souveraineté du peuple posé par elle, voulait qne la pairie fût élective.

La commission de la chambre des députés proposait, au contraire, que les pairs fussent élus par le roi, dans des catégories déterminées par la charte. Ainsi, pour être

choisi par la couronne, on devait avoir été trois fois député, président de la chambre, amiral, général, procu-
reur-général, président de cour, tel ou tel nombre d'années, etc.

Le premier essai que l'opposition fit pour arriver à
son but, ayant été trop franc, tout le monde en fut scan-
dalisé.

Que fit-elle alors? Suivant l'inspiration de l'un de ses
chefs, elle voulut convertir les catégories dans lesquelles
le roi serait forcé de choisir, d'après la commission, en
classification où le peuple choisirait des candidats sur
lesquels le roi prendrait ensuite les pairs.

Pourquoi agit-elle ainsi?... Parce que, par ce détour,
elle espérait capter l'assentiment des esprits faibles qui n'ap-
percevraient pas immédiatement que, sous cette nouvelle
forme, le principe de l'élection détruirait radicalement,
et la pairie, et le pouvoir royal dont elle paraîtrait émanée.

Or, le monde est plein d'esprits indécis, peu affermis
dans leur volonté politique. A ces gens, il ne faut, pour
les déterminer à céder, qu'un prétexte honorable qui
mette leur caractère et leur responsabilité à couvert. Ils
sont quelquefois bien aises de ne pas voir trop clair au
fond des choses. Ils saisissent le moyen qu'on leur offre
d'apostasier, sans qu'on puisse leur en faire un reproche.
Pour ces gens-là, le déguisement adopté par l'opposition
est admirable. « Voyez, dirent-ils, comme elle s'amende!
» comme elle laisse au roi le choix définitif, comme elle
» limite le pouvoir électoral, puisqu'il ne pourra prendre
» ses candidats que dans les catégories, la plupart com-

» posées d'anciens serviteurs de la couronne ; voilà qui est
» bien. »

Cependant, malgré ce déguisement de la pensée démocratique, le résultat en était trop en dissonnance avec les
mœurs de la France, pour pouvoir réussir, et le système
de la commission prévalut.

Le système des catégories où le roi devait choisir, est
mauvais en principe et en fait. Mais le système des catégories réduites en candidatures populaires, est si évidemment détestable, que c'est encore un grand sujet d'éton-
nement pour moi, que des personnes sensées aient pu être
séduites de cette transaction factice entre deux principes
inconciliables, l'élection et le choix du roi.

Conçoit-on, en effet, des candidats à la pairie, obligés
de quêter les suffrages populaires, de faire des professions
de foi, de s'engager à l'avance sans doute envers les électeurs à voter dans tel ou tel sens ; et comme les électeurs
demanderaient aux *candidats-pairs* les mêmes engagements
qu'aux *candidats-députés*, les deux chambres auraient été
forcément réduites à n'en former en réalité qu'une seule,
quoique rassemblée dans deux palais différents. Il n'y aurait
eu dans une telle combinaison, qu'une absurdité flagrante,
un mensonge politique, dont toute l'habileté possible
n'aurait pu déguiser la monstruosité.

Un vice commun aux systèmes des candidats élus et
des catégories, est la restriction apportée aux choix de la
couronne.

Le choix de la couronne doit être libre, ou il n'est plus
rien.

Mais si on l'eût laissé libre, dit-on, la chambre des
pairs serait absolument dépendante du pouvoir royal ?....

Sans doute, parce que l'on a détruit l'hérédité. Mais croit-
on que cette première faute neutralise le vice de la seconde faute commise en 1831?

Non, sans doute, et en établissant les catégories, on a
porté atteinte, non-seulement à la force et à la dignité de
la chambre des pairs, mais encore au rétablissement de
l'équilibre dans l'État, s'il était détruit par le fait de cette
chambre. En bornant le choix du roi, on l'a mis dans
l'impossibilité de rétablir l'harmonie entre les deux chambres par une libre création de pairs.

C'est qu'il n'y a plus rien de juste, quand une fois on a
renié la vérité. Et les catégories pour la nomination des
pairs ne seront qu'un perpétuel obstacle ou une perpétuelle inutilité !

CHAPITRE V.

De la Pairie élective.

J'ai prouvé que la pairie n'est point un privilége accordé à chacun des pairs, mais une fonction politique
qu'ils doivent remplir dans l'intérêt de tous. Cette base
une fois posée, j'ai établi, jusqu'à l'évidence, que l'hérédité était indispensable afin de donner à la chambre aristocratique la force et l'indépendance nécessaires pour exercer les fonctions qui lui sont attribuées dans l'intérêt
général. J'ai démontré, en outre, que la pairie à vie est
impuissante pour atteindre le but que l'on doit se proposer,
celui de résister à la fois à l'envahissement de la démocratie et du pouvoir royal. — Il me reste à prouver que

la pairie élective est encore moins capable de maintenir
l'équilibre dans le gouvernement des trois pouvoirs.

Deux motifs doivent décider la question en faveur de
l'hérédité : l'un de haute politique, l'autre de politique et
de grande philosophie morale à la fois.

Commençons par la politique.

Quel est le principe sur lequel est établi l'institution de
la pairie? La nature de ce principe nous fera connaître
comment l'institution doit être réglée.

Faut-il reconnaître avec nos adversaires que la nation
étant souveraine, elle doit toujours être obéie par son
gouvernement?

Que la nation souveraine exprime ses volontés par les
élections, de sorte que les élections donnant une majorité
parlementaire, il ne reste plus au pouvoir qu'à se conformer aux ordres de cette majorité : maxime qui a été jadis
proclamée hautement par un ministre, qui déclara que,
« quelle que fût la majorité future de la chambre élective,
» le gouvernement y obéirait. »

S'il en était ainsi, la discussion serait terminée aussitôt
qu'ouverte. Il est manifeste que non-seulement la pairie
ne devrait pas être héréditaire, mais qu'elle ne devrait pas
exister du tout; car à quoi servirait-elle? Il est tout aussi
évident qu'il ne devrait plus y avoir de royauté héréditaire. La nation nommerait une assemblée, cette assemblée ferait les lois et chargerait un ou plusieurs de ses
membres de les faire exécuter, et le gouvernement serait
complet.

Mais j'ai déjà surabondamment prouvé que la souveraineté du peuple n'est point la base du gouvernement, et
qu'il n'y a point de majorité réelle dans une nation sur la

plupart des questions politiques ; j'ai prouvé que la chambre des pairs n'est pas seulement une digue opposée aux erreurs de la démocratie, mais qu'elle est encore la représentation légitime des droits acquis, sans cesse menacés par ceux qui ne possèdent point, ou qui ne sont pas satisfaits de la position qu'ils occupent dans la hiérarchie sociale.

C'est de cette nécessité de défendre les droits acquis, qu'est née l'institution de la chambre des pairs ; elle n'est pas le moteur du gouvernement, elle en est le balancier ; elle doit porter son poids du côté qui est menacé, afin de rétablir l'équilibre.

La première conséquence à tirer de cette incontestable assertion, c'est que rendre la chambre des pairs élective est un contre-sens manifeste. La chambre des pairs était instituée pour remédier aux erreurs possibles, à la faillibilité accidentelle du pouvoir électoral ; demander à ce pouvoir des garanties contre lui-même, c'est évidemment en attendre ce qu'il ne peut vous donner. Les électeurs nommeront les pairs dans le même sens qu'ils nommeront les députés ; ils n'auront pas deux consciences et deux dispositions d'esprit, et je montrerai dans l'instant que ce n'est pas quelques chétives modifications dans les conditions de l'élection qui remédieront à cet inévitable résultat de la nature même des choses : on aurait l'apparence de deux chambres, mais en réalité il n'en existerait qu'une.

Pour résister à l'entraînement électoral, chargerait-on la couronne d'instituer les pairs selon son bon plaisir ?...

Le contre-sens serait le même et plus grand encore ; car si l'on admet que le roi n'a pas assez de force par lui-même pour remédier aux erreurs possibles de la machine électorale, on doit reconnaître aussi qu'il ne pourrait transmettre cette force au corps qu'il nommerait? Et de plus, comme le roi n'agit constitutionnellement que par son ministère, la chambre des pairs, tôt ou tard, ne serait qu'une succursale ministérielle sans crédit et sans influence. Je laisse de côté cette combinaison dont j'ai montré les défauts, et je reviens à la pairie élective.

On se flatte qu'avec quelques modifications dans les conditions électorales, on obtiendrait une pairie forte, influente, capable de balancer l'action de la chambre des députés. Il n'en est rien.

Toutes ces combinaisons, diversement pondérées, se réduiront à ces deux : Exiger un cens plus élevé, ou faire présenter par les électeurs des candidats parmi lesquels le roi choisirait les pairs.

D'abord, vice énorme. Pour supprimer l'aristocratie de cent cinquante à deux cents individus placés au faîte du gouvernement, on créerait un corps électoral aristocrate cent fois plus nombreux et placé au milieu de la nation même. Au nom de l'égalité, on détruirait l'égalité dans les masses ! On n'a pas oublié sans doute tout ce qui a été dit contre le double vote ? Eh bien! c'est le double vote que l'on établirait, plus absurde et plus intolérable que sous la restauration. Ne serait-il pas bien édifiant de voir une portion des électeurs, après avoir nommé les députés, prendre leur canne et leur chapeau, et passer dans une salle voisine pour nommer les pairs de France?

Que si l'on se bornait à faire présenter des candidats au roi par les électeurs ordinaires, l'égalité des droits ne serait pas sans doute violée, mais on perdrait jusqu'à la moindre chance d'avoir une chambre des pairs distincte,

par son esprit, de la chambre des députés; car la masse
des candidats serait évidemment animée des mêmes dispositions que les membres de la chambre élective. Que si le
roi faisait un triage, et au lieu de prendre parmi l'opinion en majorité dans ces candidats, choisissait ses pairs
dans leur minorité, alors cette minorité regardée comme
anti-nationale, comme contraire au vœu exprimé par les
colléges, ne formerait qu'une pairie impuissante repoussée par l'opinion, et qui n'aurait pas plus de force contre la
majorité de la chambre élective que le ministère lui-même.

De quelque façon que l'on examine la question, l'on ne
sortira pas de ce cercle vicieux : ou l'on créera un double
vote et on violera l'égalité des droits dans la nation elle-
même, ou bien les électeurs ordinaires présenteront
des candidats au roi; s'il choisit ses pairs dans leur
majorité, cette seconde chambre ne sera qu'une doublure
de celle des députés; et s'il les prend dans l'opinion de minorité, c'est absolument comme s'il se déclarait, lui, roi,
de l'opinion de minorité dans la chambre élective, et qu'il
entreprît de gouverner avec elle (1).

Quant à des conditions différentes pour l'éligibilité des
pairs que pour l'éligibilité des députés, je ne m'y arrêterai
pas. Tout le monde ayant reconnu que les conditions pour
l'éligibilité des députés étaient un obstacle et non une garantie de la bonté des choix, il serait bizarre que les défenseurs de l'égalité demandassent qu'on redoublât le vice

_____

(1) On ne doit jamais essayer de gouverner systématiquement avec la minorité.
On doit établir une digue contre la majorité qui se trompe, jusqu'à ce que, les opposants étant éclairés par l'expérience, la minorité soit devenue majorité. C'est
précisément à cela que doit servir la chambre des pairs, et c'est pour cette cause
qu'elle ne doit pas être élective. C'est ainsi que la minorité libérale est devenue
majorité sous la restauration.

contre lequel ils se sont élevés, cette fois j'en conviens, avec juste raison.

De toutes les combinaisons possibles, la seule qui présentât donc une chance de résultat, ce serait la création d'un double corps électoral, l'un pour la députation, l'autre pour la pairie, combinaison qui viole radicalement l'égalité des droits, ainsi qu'il est, je pense, superflu de le démontrer.

Passons un instant sur cette violation qui, du reste, importerait peu si un grand bien devait en sortir, et voyons quel serait le résultat de cette organisation.

Ce résultat serait nul.

Il ne faut qu'examiner l'état de la France un peu attentivement, pour être convaincu qu'il n'existe ni dans les états ni dans les fortunes aucun signe extérieur de gradation auquel on puisse reconnaître l'esprit politique des citoyens. Tel membre du haut commerce est plus démocratique, et tel marchand est plus royaliste. Tel grand propriétaire est plus libéral que maint petit possesseur de bien fonds, quoiqu'à dire vrai ce soit parmi les propriétaires que la nuance est encore la plus marquée; mais, dans l'ensemble, elle est insuffisante pour guider le législateur. Sa loi serait perpétuellement à refaire. Au bout de trois ans, elle donnerait des résultats autres que ceux qu'il en attendrait.

Le caractère de la nation française est d'ailleurs trop ardent, trop prompt, trop impatient et trop communicatif à la fois, pour s'arrêter à de si chétives barrières, et toutes les fois que de grandes passions l'animeraient, ces barrières disparaîtraient et seraient comme non avenues.

Mais si l'on ne peut compter sur l'institution de nouvelles conditions électorales pour produire une pairie, ayant un esprit distinct de celui de la chambre élective, il ne s'ensuit pas cependant que les deux chambres fussent toujours d'accord. Il n'y aurait jamais entre elles de nuance méthodique et réglée, propre à balancer l'action du gouvernement dans une juste mesure ; mais par surcroît de malheur, il pourrait s'y rencontrer des discordances accidentelles tenant aux passions et aux ambitions individuelles, à l'esprit de faction et d'intrigues ; et quel moyen aurait-on en réserve pour rétablir l'harmonie entre deux chambres électives, quand une fois l'accord serait rompu !

Il n'y en a d'autre que celui d'avoir recours à l'intervention royale, ainsi que l'avait par le fait admirablement établi la charte, en laissant à la couronne le privilége d'augmenter le nombre des pairs ; privilége dont il est évidemment démontré qu'elle ne peut faire usage que dans le sens des intérêts populaires, à moins de se perdre elle-même, comme l'expérience l'a prouvé, d'accord avec la théorie.

Mais l'intervention royale, bonne, excellente dans le système de pairie héréditaire, serait fausse, ridicule, abusive, insoutenable dans le système de la pairie élective.

On m'objectera l'exemple des États-Unis, où il y a deux chambres électives. A cela je ne manquerai pas de réponse.

D'abord l'expérience n'est pas encore d'une assez longue durée pour prévaloir contre le raisonnement. De plus il s'en faut de bien qu'elle soit faite dans des circonstances semblables aux nôtres ; il s'en faut de bien que le législateur ait les mêmes éléments à employer dans les deux pays.

Les États-Unis n'ont point de royauté héréditaire. Un sénat électif est un pouvoir co-relatif d'un président électif, mais la couronne ne tiendrait pas côte à côte avec lui.

Les États-Unis sont une république fédérative dont la durée ne doit être attribuée qu'à un seul motif, c'est le manque d'ennemis et de voisins puissants.

Dans cette position, l'État n'a pas besoin d'une grande force centrale, et peut demander à l'élection une organisation qui n'aurait pas assez de stabilité, s'il était environné de dangers imminents prêts à se renouveler sans cesse.

Dans cette position, l'État n'est pas exposé aux factions dissolvantes qui nous agitent et nous dévorent, et l'élection du chef suprême, ainsi que celles des sénateurs, ne présentent qu'une faible partie des inconvénients qu'elle aurait pour nous.

Si l'on ajoute à cela la différence de mœurs et du caractère des deux peuples, la différence des éléments dont ils sont composés, celle de leur origine et de leurs antécédents, on concluera, je pense, comme moi, qu'on ne peut tirer aucune induction de la législation américaine à celle qui doit nous convenir aujourd'hui.

Qu'il me soit permis, en terminant, d'invoquer en faveur des grandes vérités que je viens de poser, un irrécusable témoignage, qui fera juger la portée d'esprit des écrivains politiques qui disaient que le seul mot hérédité donne mal de cœur aux patriotes !

Voici les articles 53 et 54 de la constitution de la chambre des représentants des cent-jours.

« Art. 53. Les membres de la chambre des pairs sont nommés par le monarque.

» Le nombre n'en est pas limité.

» Art. 54. Les descendants légitimes et naturels des membres de la chambre des pairs succèdent à la dignité de leurs pères, de mâle en mâle, par ordre de primogéniture. »

Ces articles furent rédigés par la commission centrale, dont Manuel était rapporteur. Ce fut MANUEL qui porta la parole et qui soutint le principe de l'hérédité de la pairie.

« Votre commission a pensé, disait cet illustre patriote,
» que la pairie héréditaire était, dans l'intérêt du peuple
» et du monarque, l'institution qui présentait le plus
» d'obstacle à l'abus du pouvoir. »

Plus loin il disait : « L'institution de la pairie est une
» espèce de privilége conçu de telle manière qu'il ne pré-
» sente pas les inconvénients des anciennes institutions,
» tout en en conservant les avantages réels. »

CHAPITRE VI.

Des Services rendus à la France par la Pairie de la Restauration.

Il n'est pas vrai, dit-on, que l'élection soit nécessairement novatrice, et les faits démentent cette assertion ; car sous la restauration, les chambres électives étaient rétrogrades.

Cette objection est vaine et fausse.

Les chambres électives de la restauration ne furent pas

novatrices, dit-on, parce qu'elles ne le furent pas dans le
sens révolutionnaire. — C'est à peu près comme si l'on disait qu'une contre-révolution n'est pas une révolution,
parce qu'elle agit en sens opposé. — Et moi je réponds
qu'elles le furent au plus haut degré, au degré le plus fatal, depuis la chambre de 1815 jusqu'à celle des trois
cents. Tout changement brusque et capital dans la législa-
lation fondamentale de l'État, pour obéir à l'impulsion
subite que le pouvoir électif reçoit de l'opinion qui le
nomme, est précisément ce qui constitue la tendance novatrice et dangereuse des assemblées électives. Qu'elles
innovent en avant ou en arrière, en faveur du despotisme
du pouvoir ou du despotisme de la démocratie, leur action irrationnelle et violente n'en est pas moins dangereuse quand elle est sans frein; c'est contre cette action
novatrice qu'est institué le pouvoir conservateur de la
pairie, et c'est pour cela que ce pouvoir conservateur peut
et doit rétablir l'équilibre dans les deux sens, défendant
le pouvoir quand l'action novatrice de l'élection l'attaque,
défendant la liberté, quand l'action novatrice de l'élection, réagissant en sens contraire, devient hostile à la
liberté.

Et voilà précisément qu'elle fut la nature des services
rendus à la France sous la restauration, par la pairie héréditaire. C'est précisément parce qu'elle n'était pas élective, qu'elle ne fut pas dominée par cet esprit violemment
contre-révolutionnaire qui dominait alors les élections et
qui fut celui de la chambre des députés. Si la pairie eût
alors été élective comme la députation, elle aurait été im-
bue du même esprit, et quel pouvoir aurait défendu la
liberté de la presse, l'égalité du partage des successions ?

Quel pouvoir aurait mitigé, tempéré, arrêté ce torrent de réaction législative que l'élection avait déchaîné sur la France.

Voilà pourquoi il faut que la pairie ait une autre nature, une autre origine que la chambre élective. Et cette leçon d'un passé si récent, comment peut-il se faire qu'on l'ait si vite oubliée?

Alors, dira-t-on, les élections furent faussées; de là venait l'action rétrograde de la chambre élective. Et qu'importe la cause, puisque l'effet est certain, et peut se renouveler dans l'avenir? Qui ne voit que les commotions de l'opinion publique et les réactions qui en découlent, peuvent alternativement ôter aux élections leur pureté spéculatrice, et les fausser, soit dans un sens, soit dans l'autre, toutes les fois que les électeurs sont violemment préoccupés de quelque grande crainte ou de quelque grande espérance, et que c'est précisément pour cela qu'il faut au gouvernement un contre-poids dont l'origine ne dépende pas de l'élection? Qui ne voit, qui ne sait, que sous la restauration, avec les mêmes lois, avec les mêmes menées et corruptions du pouvoir royal, les colléges électoraux ont successivement élu des députations d'esprit politique non-seulement différent, mais encore tout opposé, et que c'est aux chances absolues de cette mobilité contradictoire qu'on ne doit pas laisser le gouvernement en butte, sans un contre-poids qui puisse en arrêter l'effet jusqu'à ce que le mouvement, quel qu'il soit, des esprits, se soit calmé et soit revenu à la raison?

Cependant, dira-t-on encore, malgré tous les services rendus à la liberté par la pairie sous la restauration, cette pairie est devenue impuissante à nous mener au port, et il a fallu qu'une révolution nécessaire vînt accomplir ce que la pairie n'avait pu faire elle-même.

J'en conviens. Aussi n'ai-je point prétendu que la pairie fût infaillible et toute puissante. Son contre-poids conservateur est éminemment utile et nécessaire, mais il peut arriver de grandes exceptions politiques où ce pouvoir conservateur lui-même cesse d'être suffisant. La révolution, malgré l'excellent esprit de la pairie, est devenue nécessaire pour deux raisons, que la pairie a long-temps contre-balancées, mais qui enfin l'ont emporté. Ces deux causes étaient, d'abord l'esprit indélébilement rétrograde de la branche aînée, et ensuite, il faut le dire, l'esprit irrationnellement progressif de la nation, généralement trop ignorante en droit politique, et attendant trop d'un pouvoir qui ne voulait pas accorder assez.—Mais de ce que la pairie a été insuffisante à éviter une révolution, de ce qu'elle n'a pu empêcher le personnel de la royauté de rendre la révolution nécessaire par les fâcheuses tendances du gouvernement, s'ensuit-il qu'elle ne soit pas une institution éminemment utile? De ce qu'un remède ne guérit pas tous les malades attaqués du même mal, s'ensuit-il qu'il n'en guérisse aucun, et qu'il ne vaille rien? La pairie n'a pu sauver la monarchie constitutionnelle sous la branche aînée, parce que la branche aînée était frappée au cœur par ses antécédents et par l'égarement de ses esprits. La pairie n'a pu éviter à la France tous les dangers d'une révolution, parce que la France manquait de l'expérience et des lumières nécessaires. Mais aujourd'hui que la dynastie nouvelle n'est plus viciée par le même germe d'égarement et de destruction; aujourd'hui que la nation, par une expérience récente et terrible, vient d'acquérir les lumières qui lui manquaient sous la restauration, la conciliation du trône et de la liberté populaire est facile et placée dans de meilleurs termes, et l'institution de la pairie, puissance arbitrale, s'il en fût jamais, chargée d'accomplir graduellement l'éternelle transaction entre ces deux grandes forces, dont l'union fera la gloire et le bonheur de la France, l'institution de la pairie, dis-je, doit arriver, si l'hérédité est rétablie, à une époque de grandiose et d'influence qui l'affermira pour jamais, à moins qu'une fatale circonstance ne vienne arrêter ce bon et tutélaire développement du progrès social !

Je n'insisterai pas davantage sur les services conservateurs de la pairie sous la restauration. Ce que j'en ai dit suffit, ce me semble, et n'est pas susceptible d'être sérieusement contesté. Je me repose avec confiance sur les souvenirs de mes lecteurs à cet égard. — J'ai hâte d'ailleurs d'arriver à l'époque actuelle, et d'en bien définir le véritable caractère.

CHAPITRE VII.

Des Services rendus à la France par la Pairie actuelle

La pairie, d'après ses adversaires, était un pouvoir qui n'émanait de rien, qui n'avait aucune force native, aucune force acquise; une anomalie choquante dans le gouvernement représentatif, puisque n'ayant aucun mandat, elle n'y représentait rien.

Cependant, malgré l'affaiblissement énorme de l'institution, affaiblissement causé par l'abolition de l'hérédité,

les lois que la pairie rejette sont bien rejetées; les lois
que la pairie approuve sont bien approuvées; les lois que
la pairie modifie sont bien modifiées; les prévenus qu'elle
accuse sont bien accusés; les coupables qu'elle condamne
sont bien condamnés. L'armée, le peuple, la garde nationale, la chambre élective, la royauté agréent comme com-
plets et bien accomplis tous les actes constitutionnels et
judiciaires de la pairie. N'y a-t-il pas là, je vous prie,
quelque chose qui ressemble à de la réalité? Dites-moi, de
grâce, comment un corps politique qui n'aurait sa cause
ni en lui ni hors de lui, pourrait exécuter cette série complète et systématique d'actes de haute autorité gouvernementale?

C'est qu'en réalité la source du pouvoir politique, la
cause efficace et durable de l'obéissance qu'il obtient, n'est
exclusivement ni dans l'élection, ni dans le mandat : c'est
qu'il existe mille cas où avec l'élection la plus régulière, le
mandat le plus incontestable, on n'aurait aucun pouvoir,
on n'obtiendrait aucune obéissance. Et c'est précisément
parce que la pairie n'est pas élective, parce qu'elle n'a pas
de mandat, qu'elle est destinée à devenir tôt ou tard un
grand pouvoir, à moins que la royauté ne périsse et que
la société française ne périsse avec elle.

Ce qui fait la puissance réelle des partis, des pouvoirs,
des gouvernements, je l'ai déjà dit, c'est leur sympathie, leur analogie aux intérêts, aux besoins réels, aux
proportions sociales des peuples et des époques auxquels
ils sont destinés. — Et que l'on fasse attention que je parle
des intérêts, des besoins réels, des proportions sociales de
chaque peuple et de chaque époque; mais que je ne parle
pas de leurs opinions : car je n'ai pas pour les opinions,

même les plus répandues, une telle déférence. Je crois
que très-souvent elles sont fausses, et qu'alors le gouvernement qui s'y conforme n'a point de force et tombe avec
elles. C'est contre elles qu'il doit agir, alors, en s'appuyant
sur les intérèts réels du pays, sur la raison, sur la justice,
sur la morale éternelle, qu'on peut bien méconnaître, ca-
lomnier et proscrire, mais qu'on n'anéantira jamais, et
qui triomphent tôt ou tard dans le cœur de l'homme.

Or donc, — je conviens bien que la pairie a contre elle
en France des opinions et des préjugés assez répandus.
Mais comme elle a pour elle les mœurs, les besoins et les
intérèts du pays, comme elle a pour elle les vérités éternelles sur lesquelles la nature humaine doit établir et baser tout gouvernement libre, elle trouve dans cette conformité le principe de sa force, de son action, de sa vie.
Comme au contraire, la démocratie n'a pour elle que des
opinions et des préjugés basés sur une souveraineté impossible et fausse; comme elle a contre elle tous les intérèts, tous les besoins, toutes les proportions historiques
et naturelles de nos mœurs et de nos combinaisons sociales, elle ne peut avoir en France ni force, ni durée, lors
même qu'on la ferait consacrer par le suffrage universel
du peuple égaré. Le peuple français ne réussirait pas
plus à s'organiser en république qu'il ne réussirait à changer les lois de la gravitation.

C'est qu'ainsi que je l'ai déjà dit, la pairie n'est pas une
institution purement conventionnelle, elle est née de la
nécessité imposée à toute société qui, pour être durable, a
besoin d'avoir un gouvernement sagement équilibré; or,
ce gouvernement équilibré, c'est la monarchie constitutionnelle qui en est le type. C'est de la monarchie consti-

tutionnelle que la France ne peut aujourd'hui se passer :
c'est de la pairie que la monarchie constitutionnelle a un
indispensable besoin ; et c'est par cette double raison que
la pairie a, dans les intérêts de la France, un point d'appui mille fois plus fort que les vaines opinions qui l'attaquent.

La pairie, ébranlée par l'abolition fatale de l'hérédité,
a sans doute perdu son existence normale et réellement
constitutive, mais elle a conservé dans sa seule émanation
du pouvoir royal héréditaire qui la nomme, et dans son
inamovibilité, une base faible, il est vrai, mais provisoirement suffisante contre les tendances démocratiques qui
voulaient la détruire virtuellement, et ne laisser à la monarchie qu'une existence purement nominale.

Vainement on dirait que depuis la révolution la chambre des députés ayant été stationnaire au lieu d'être novatrice, la pairie n'a rien eu à défendre, rien à conserver.
Ce serait la preuve d'un étrange égarement. Sans doute,
depuis la révolution, la chambre des députés a été moins
novatrice que les passions furieuses de la démocratie, et
si vous la comparez aux exigences absurdes de la presse,
des sociétés populaires, de tous les faiseurs de phrases
prétendues patriotiques, qui voulaient républicaniser la
France au sortir des écoles, il vous est loisible de penser
que la chambre des députés n'a eu depuis la révolution
de juillet que des tendances gouvernementales. Mais pour
tout homme grave et calme il n'en est point ainsi, et la
chambre élective, heureusement arrêtée au bord de l'a-
bîme, a été plusieurs fois au moment de s'y précipiter.
Les institutions politiques agissent d'ailleurs autrement
que par voie répressive ; elles agissent principalement par

une influence préventive; toute chambre des députés qui sait qu'à côté d'elle il y a une assemblée conservatrice qui repoussera les innovations trop évidemment démocratiques qu'elle pourrait essayer, s'en abstient par cela même, parce qu'elle a intérêt à éviter une collision, et à obtenir graduellement, sagement, ce qu'elle se ferait refuser si elle tentait de l'obtenir intempestivement, ou d'une manière trop absolue. Les bonnes institutions font comme les paratonnerres; elles soutirent plutôt le fluide électrique de la démocratie qu'elles ne le font éclater pour l'éteindre et le submerger violemment. Ainsi, le bien qu'elles opèrent est continuel, et d'autant plus efficace qu'il est moins aperçu.

Il y a, d'ailleurs, dans l'esprit de prudence qui accompagne toujours les assemblées conservatrices, et qui tôt ou tard assure leur succès, une raison heureusement sentie par la chambre des pairs, et qui a déterminé sa conduite : c'est qu'au milieu de l'entraînement qui suit une révolution si rapide, il faut savoir attendre le moment; il ne faut pas compromettre son influence conservatrice en la manifestant trop tôt; il faut, pour résister utilement à l'opinion égarée, l'avoir laissée suffisamment s'épuiser et se déconsidérer elle-même dans ses vagues utopies; il faut qu'elle ait commencé à en voir par ses propres yeux les tristes conséquences. Puis, en repoussant à propos une seule de ses erreurs, on frappe toutes les autres d'une atteinte morale qui les saisit au cœur et les éteint. — C'est ce qu'a fait la pairie. — Et maintenant que le moment est venu, maintenant que la France se réveille du somnambulisme violent qui l'avait comme fascinée au sortir de la révolution des trois jours, la pairie achèvera de vaincre ce prestige fatal, ce charme, œuvre d'un mauvais génie, qui attirait la nation à sa perte par un mirage décevant.

Ceci nous conduit au procès d'avril,—décisive résurrection de la pairie, tombeau de la république et des institutions républicaines.

Parmi tous les égarements publics qui, depuis la révolution de juillet, menaçaient l'ordre social en France, et par conséquent la liberté, il en était un surtout que nulle voix n'osait flétrir, que nulle autorité n'osait prendre au corps, et qu'une jurisprudence fausse, passée en force de chose jugée, semblait consacrer à jamais.

C'était une sorte de philanthropie à contre-sens, d'indulgence à rebours, de commisération folle, qui, oubliant les victimes des troubles publics et s'appitoyant sur le sort des perturbateurs vaincus, tendait sans cesse à paralyser toute justice répressive dans l'État. En politique, surtout, disait-on, il n'y avait plus de criminels, plus de bon, plus de mauvais droit, plus d'obéissance exigible, plus de résistance coupable. De ce que l'insurrection de juillet avait triomphé, on en concluait que toute insurrection qui aurait chance de triompher était légitime au même titre, il ne s'agissait que de ne pas être vaincu. Vaincu était devenu le mot sacramentel. Il n'y avait plus de coupables, il y avait seulement des vaincus. Dès-lors, pourquoi les punir, pourquoi cet appareil de poursuites, d'accusations, de jugements, de condamnations ? La lutte sanctifiait tout, et le triomphe avait tout terminé. Enfin, tout cet échafaudage d'aphorismes philanthropiques, ou prétendus tels, se concentrait dans ces mots : — Le procès c'est la bataille, le jugement c'est la victoire.

De cette disposition des esprits, naissait la destruction successive de toute la force publique. L'idée de la loi restait encore vaguement dans les esprits, mais le sentiment de la loi s'effaçait dans tous les cœurs. Chacun se croyait libre de nier la puissance sociale, et de chercher à faire triompher par la force la direction nouvelle qu'il voulait imprimer à l'État; l'indulgence universelle, transformée en impunité pour toutes les factions, enfantait émeute sur émeute, insurrection sur insurrection. La nation s'en indignait; mais une fois l'insurrection réprimée, elle s'étonnait également qu'on voulût en punir les auteurs. Ils étaient vaincus, tout était fini, disait-on, et sur-le-champ ils se mettaient à recommencer, espérant être plus heureux ou plus forts une autre fois.

L'état de siége, seule répression possible en certains cas, supprimé; le jury, législation insuffisante dans les grandes commotions civiles, devenu plus impuissant encore par la nécessité de réunir huit voix pour la condamnation; les acquittements les plus monstrueux, la société tout entière résolue à se faire justice par ses mains, puisque l'impunité devenait un repaire légal pour tous les attentats; le sang coulant à grands flots dans nos plus grandes cités, tandis que des conspirateurs, qui certes ne s'en cachaient pas, se disposaient, par leurs affiliations politiques, à noyer dans le sang et les larmes nos cités secondaires,... voilà ce que nous avons vu. Voilà le résultat de cette indulgence inhumaine, qui, pour épargner quelques criminels, avait couvert le pays de crimes et de carnage. — Cela s'appelait un progrès!

Et, pour arriver au dernier terme de la folie, lorsqu'enfin une voix plus ferme demandait que cette impunité incendiaire eût un terme, voilà que tout un parti, grave, réfléchi, raisonneur, s'est levé en masse, criant : —Amnistie, amnistie!... que tout soit oublié : insurrections, révoltes, assassinats; supposons qu'il ne se soit rien passé : l'indulgence ramène les cœurs. Ces hommes-ci disent hautement qu'ils sont des ennemis inflexibles, et que rien ne les ralliera à un gouvernement que, plus que jamais, ils veulent renverser? N'importe! s'ils le tentent on est assez fort pour les vaincre de nouveau. En conséquence, livrons la société à ces nouvelles chances de guerre; organisons-la en champs clos, où les factions lutteront les armes à la main, et déchireront les entrailles de la patrie sans craindre qu'un procureur du roi ait la cruauté de venir ramasser les vaincus pour les punir!

Jamais, depuis qu'il y a des sociétés politiques, un pareil délire ne s'était vu. On aurait dit, en vérité, que les promoteurs de ce désordre moral tremblaient que la paix sociale ne se rétablît, et qu'ils voulaient absolument convaincre les ennemis du gouvernement, que, dans l'avenir, une impunité complète leur était assurée, afin qu'ils ne perdissent pas courage.—Pour atteindre plus sûrement cet admirable résultat, ils redoublaient d'ardeur éloquente, criant au gouvernement : *Vous devez proclamer l'amnistie, parce que le procès est* IMPOSSIBLE!!

Mais alors la pairie, se levant comme le génie protecteur de la paix et de la liberté : — « Vous dites que l'am-
» nistie est indispensable, parce que le procès est impos-
» sible? Et nous répondons que c'est le procès qui est
» indispensable, précisément parce que vous soutenez qu'il
» est impossible. Une société tellement organisée que la
» répression légale des plus grands attentats serait impra-

» ticable, serait elle-même une société impossible. Et nous,
» nous pairs de France, conservateurs de la paix et des
» lois de la société française, nous lui épargnerons, à nos
» périls et risques, cette dernière honte et ce dernier mal-
» heur! La base de toute société, c'est la justice. Là où
» la justice serait devenue impossible, là il n'y aurait
» plus de société! L'ordre social serait moins compromis
» chez les peuplades sauvages qui habitent les forêts. —
» Bien ou mal, elles ont au moins quelques châtiments
» pour le crime. Vous, vous le niez d'abord, vous l'absol-
» vez ensuite : demain sans doute, vous le glorifierez !.. »

Et le procès a commencé. —Et, malgré la fatigue d'une
longue session, malgré les outrages calomnieux des factions, malgré leurs menaces hideuses, malgré la résistance
furieuse d'accusés excités par la presse de l'opposition, la
pairie, impassible et ferme, a fait comparaître devant elle
cette même république qui, naguère, se flattait de l'anéantir, pour anéantir plus sûrement la royauté elle-même!...

Certes, il a fallu du dévoûment et du courage pour exercer la grande mission que la pairie a su accomplir à cette
époque! Il a fallu, sous le feu des factions, les juger, je ne
dirai pas sans crainte, il eût été honteusement puéril d'en
éprouver, mais sans ressentiment et sans vindicte. Il a fallu
rendre justice au pays, et que cette justice ne fût souillée
par aucune teinte de vengeance. Il a fallu, trois mois durant,
vaincre, et vaincre encore, et vaincre de nouveau la rage
des arguments sophistiques d'un parti délirant, mettant
en action tout ce que l'anarchie a de plus répulsif, de plus
rebelle contre les lois. Il a fallu trois mois durant, et sous
une chaleur dévorante, dans un édifice provisoire presque
embrasé par le soleil, qu'une assemblée qui, en terme

moyen, présente pour ses membres un âge de soixante-
cinq ans, siégeât immobile, imployable, inébranlable,—
décidée à mourir à la peine, ou à rétablir la justice répressive dans tous ses droits, et à rendre à la société française
les garanties que depuis cinq ans elle avait perdues!

Voilà ce que la pairie a fait. Et qui oserait nier après
cela les services qu'elle a rendus, et demander en quelle
occasion son esprit conservateur s'est manifesté?... De
bonne foi, une telle demande mérite-t-elle qu'on y ré-
ponde?

CHAPITRE VIII.

Faut-il accepter la suppression de l'hérédité de la Pairie, comme un fait irrévocable?

Lorsque, dès les premiers moments de la révolution
je me prononçai contre toute révision de la charte, on ne
comprit pas mes intentions, et toutes les susceptibilités
libérales s'insurgèrent contre moi.

Ensuite on me dit : Salutaire ou funeste, la révision de
la charte est un fait accompli. Il est trop tard pour s'en
plaindre. Il faut s'y soumettre en silence; vos réclamations
sont intempestives, elles ne peuvent qu'ébranler la confiance publique.... Et beaucoup de citoyens, qui parlaient
ainsi, convenaient avec moi qu'il eût été préférable qu'on
suivît la marche que j'avais indiquée; mais ils blâmaient
mes observations, comme n'ayant plus d'application possible, et, partant, dangereuses.

Je crois qu'ils se trompaient, et beaucoup. Les évènements subséquents ont dû le leur faire voir.

C'est qu'en effet personne plus que moi n'était dévoué à la charte de 1830 : mais je savais qu'on ne voulait pas s'y tenir, et que, grâces aux révisions nouvelles sorties des factions démocratiques, on voulait y substituer je ne sais quel programme républicain. Or, de même que j'eusse préféré de beaucoup qu'on s'en tînt à la charte de 1814, au lieu d'en faire une nouvelle, de même je préférais la charte de 1830 aux institutions républicaines par lesquelles on se proposait de la remplacer ; et c'est précisément pour empêcher, autant qu'il dépendait d'un simple citoyen, c'est pour empêcher, dis-je, cette seconde transformation, que je faisais voir tous les vices, tous les dangers de la première. Je disais : Vous êtes entrés dans une mauvaise route ; puisque la faute est faite, il faut la supporter, soit ; mais au moins n'allons pas plus loin. Et, par le fait, j'étais bien plus dévoué à la charte de 1830 que ceux qui prétendaient la défendre contre moi, et qui, en réalité, ne la regardaient que comme un premier pas fait vers un autre système politique.

Je pense qu'aujourd'hui tout le monde comprend cela. Les faits se sont chargés de l'explication qu'on refusait alors d'entendre. J'ai fait voir maintenant tous les inconvénients de la nouvelle organisation qu'on a donnée à la pairie, et peut-être va-t-on, derechef, me dire que j'ai tort ; que notre ordre constitutionnel actuel, vicieux ou bon, repose sur cette nouvelle base ; que le débat est clos, le jugement prononcé, la pairie viagère et catégorique instituée, et que, par conséquent, il faut consolider ce nouveau pouvoir, au lieu de lui nuire dans l'opinion publique.

Vraiment, je voudrais admettre ces observations, et si je les croyais justes, je m'y soumettrais de grand cœur; mais il n'en va point ainsi. Qu'on révèle ou non les vices d'une organisation politique, ils n'en existent pas moins, et n'en produisent pas moins leurs effets. Le silence n'y porte aucun remède. Si, dans un sol mouvant, on bâtit sans grillage et sans pilotis, on aura beau dissimuler ensuite au public cette omission, l'édifice n'en sera pas moins dépourvu de solidité, et n'offrira aucune garantie de durée. Pour s'en convaincre, faudra-t-il donc attendre qu'il se lézarde et qu'il croule? Ce serait la preuve d'un merveilleux entètement!

De même que, sous la restauration, après qu'on eut vicié la chambre élective par le double vote, je continuai à m'élever contre cette révision absurde de la charte, de même aujourd'hui, après qu'on a vicié la chambre des pairs par l'institution viagère et catégorique, j'ai le droit, et je dis plus, c'est pour moi un devoir de montrer tous les dangers de cette violation des principes fondamentaux de la monarchie constitutionnelle. Oui, c'est un devoir de montrer aux amis de la liberté, qui se sont laissé séduire par de vaines déclamations, que c'est de la liberté même qu'ils ont affaibli les garanties. Certes, si l'on me contestait ce droit, on se réserverait une étrange et prompte prescription d'impunité pour toutes les fautes politiques; car il suffirait dès-lors qu'elles fussent accomplies pour qu'il fût défendu de les blâmer; de sorte que les erreurs du genre humain seraient éternelles!

Ainsi donc, je ne pense pas du tout que l'hérédité étant abolie, il faille adhérer à l'institution par laquelle on l'a remplacée, pour éviter d'alarmer la France sur ses effets, et nous garder de déconsidérer une loi par laquelle nous sommes régis.

Que ceux qui seraient tentés de se laisser gagner par cette modération calculée, réfléchissent que, dans un gouvernement constitutionnel, on n'agit et l'on ne doit jamais agir ainsi. Lorsqu'on croit une loi mauvaise et dangereuse, loin d'y rallier l'opinion après que cette loi a été adoptée par une majorité égarée, le devoir des publicistes et des hommes d'État est de continuer la lutte, afin que l'opinion s'éclaire, qu'elle réprouve la loi, et fournisse ainsi les moyens de remédier au mal avant qu'il soit entièrement accompli.

Eh quoi! je pense, en âme et conscience, qu'une pairie viagère, un conseil des anciens, un sénat conservateur, ou tout autre institution eunuque et bâtarde à la fois, taillée sur quelque patron de même genre, est une institution ridicule et fausse qui menace le pays des plus grands malheurs, et par déférence pour l'enfantement législatif ou constituant de messieurs tels et tels, je me croirais obligé d'abuser la France, de lui cacher la vérité, de peur de l'alarmer, de peur de nuire au chef-d'œuvre constituant qui détruit notre monarchie constitutionnelle! Mais, en dissimulant le mal, empêchera-t-on le mal de s'accomplir? En niant la vérité, empêchera-t-on la vérité d'exister? En fermant les yeux pour ne pas voir l'avenir, empêchera-t-on l'avenir de s'avancer, menaçant et terrible, chargé de toutes les calamités qu'on lui lègue? Oh! la plaisante modération qu'on nous prêche, et qu'elle sied bien à nos adversaires!... Peuple souverain, approche et récompense tes courtisans! Chambellans et porte-clefs de tes comices, ils nous commandent déjà sur leurs œuvres un silence approbatif, de peur que nous ne portions jusqu'à tes oreilles le retentissement des vérités sinistres qui pourraient troubler ton incurie et tes illusions ! Ainsi sont traités tous les monarques absolus !

Mais cette contrainte humiliante, je n'ai pas voulu la subir ! Cette dissimulation courtisanesque, je n'ai pas voulu m'en rendre coupable, et j'ai dit, haut et ferme, ma pensée ! L'avenir ne se chargera que trop du soin de me justifier, à moins que la France ne revienne à des idées plus vraies et plus sages, et ne rende à la pairie l'hérédité qui fait sa force et qui seule peut garantir l'avenir et la durée de notre société.

LIVRE XI.

DE LA CHAMBRE DES DÉPUTÉS.

CHAPITRE PREMIER.

Du Cens électoral. — Principes généraux.

—

Tous les citoyens de la France, riches ou pauvres, éclairés ou ignorants, ont un intérêt immense à ce que les lois soient bien faites, à ce que l'État soit bien administré.

D'où l'on conclut que tous ont droit à concourir, par leur suffrage, à la nomination des députés qui feront ces lois, et qui, par conséquent, régleront la marche de l'administration.

C'est de ce principe que partent les partisans de l'abaissement du cens électoral, voulant bien se contenter de cette extension qui se rapproche un peu plus de la souveraineté du peuple, en attendant qu'ils puissent arriver au suffrage universel, qui la réaliserait entièrement.

Ils ajoutent encore que le moyen d'attacher la population au gouvernement, c'est de conférer le droit électoral au plus grand nombre possible de citoyens, parce qu'alors ce grand nombre de citoyens porte nécessairement affection au gouvernement qui leur confère de tels droits politiques, et qui, par l'exercice de ces droits, devient leur propre ouvrage.

Tout cela est faux ou dangereux.

Je reconnais seulement que tous les citoyens, quels que soient leur état et leur fortune, ont, il est vrai, un grand intérêt à ce que les lois soient bien faites et le pays bien administré.

Et c'est précisément parce qu'ils y ont un très-grand intérêt, qu'une grande partie d'entre eux ne doit pas y concourir.

Dans l'état actuel de notre civilisation, une grande partie des citoyens n'a ni les loisirs, ni les études, ni les facilités sociales, ni les garanties nécessaires au bon exercice des fonctions électorales. Pour que les choix soient bons et que le peuple soit heureux, il faut donc ne conférer les droits électoraux qu'à ceux qui sont présumés capables d'en faire un bon usage dans l'intérêt commun.

Nous sortons donc immédiatement et de la souveraineté du peuple et du suffrage universel qui ont valu tant de malheurs, d'anarchie et de despotisme à la France, pour entrer dans la pratique du suffrage par capacités, seul moyen pour nous d'arriver à la liberté et au bonheur.

La loi électorale ne doit donc pas discuter le *droit*, mais le *fait*, qui établit la capacité électorale des citoyens. Elle doit définir les signes, non qui constituent cette capacité, mais qui en sont l'indice, qui servent à la reconnaître et à la proclamer. C'est ce que nous verrons dans un instant. Passons au second argument de nos adversaires, et prouvons-en la fausseté.

Il n'est pas vrai qu'en augmentant le nombre des électeurs, on augmente le nombre des citoyens affectionnés au gouvernement; c'est même fréquemment le contraire qui peut et doit arriver.

S'il faut prouver par les faits que, dans bien des circonstances, le gouvernement ne se donne pas plus d'appuis dans la nation en accordant une plus grande latitude de droits électoraux, notre histoire est là. Pendant plusieurs années, nous avons vécu sous l'empire du large système qu'on réclame et où l'on nous pousse. Sous la république, tous les Français étaient électeurs ou à peu près; et cependant, loin de s'attacher au gouvernement d'alors, les élections, au lieu d'être libérales, devinrent contre-révolutionnaires, et il fallut un coup-d'état pour les casser. On en connaît les suites.

Il est donc certain que le système électoral ne doit pas avoir pour but le nombre plus ou moins grand des électeurs, mais le meilleur résultat possible dans l'élection, relativement aux intérêts du pays, et la bonne composition de la chambre par suite de la bonne composition des colléges.

Et quand, la chambre étant bien composée, le peuple, bien et sagement administré, vit heureux, il ne s'enquiert pas du nombre plus ou moins grand d'électeurs qui ont nommé les députés.

Aussitôt les raisonneurs, qui poussent tout à l'extrême, vont me dire que ce système tend à restreindre les colléges électoraux dans des bornes si étroites, qu'ils deviendront une véritable aristocratie.

Nullement : tout doit rester dans de justes bornes. De ce qu'il ne faut pas augmenter le nombre des électeurs dans le but unique de l'augmenter, il ne s'ensuit pas qu'il faille le restreindre trop aristocratiquement.

Mais, comme la capacité électorale ne peut jamais être indiquée par des signes tout-à-fait certains, dans quelque système qu'on se place, il est impossible que la loi électorale atteigne cette perfection.

Il faudra toujours ou qu'elle admette dans les colléges électoraux des hommes qui ne devraient pas y être, ou qu'elle en exclue d'autres citoyens qui devraient en faire partie.

Quand on médite sur un tel sujet, la question la plus importante est donc de savoir quel est l'inconvénient le plus grave, ou d'admettre de mauvais électeurs par un système trop large, ou d'en exclure de bons par un système trop étroit ; car, je le répète, la perfection, le *signe infaillible* de la capacité électorale ne peut être précisé par aucun législateur.

Or, il me paraît, en jugeant cette question avec toute l'impartialité possible, que l'État, la liberté, le bonheur public, seront toujours moins exposés avec un corps électoral bien composé, mais où ne seront pas cependant tous ceux qui auraient droit d'y entrer, qu'avec un collége vicié par la présence de membres incapables ou mal disposés : de sorte qu'en approchant de la limite qui doit borner les droits électoraux, je crois qu'il est du devoir de tout homme d'État dévoué au pays, et non aux vains applaudissements d'une population égarée, qu'il est, dis-je, de son devoir de courir le risque de rester en dedans de la limite, plutôt que de la dépasser.

Maintenant cette limite doit-elle être tracée en s'appuyant sur la propriété foncière et mobilière, ou sur les indications personnelles d'études, de professions qui font présumer la capacité intellectuelle? Ou bien encore faut-il unir ces deux genres de présomptions légales, et dans quelle proportion faut-il les unir pour que leur ensemble fasse le système électoral complet?

Telles sont les questions qu'il est important de résoudre.

———————— ❂ ————————

CHAPITRE II.

Avantages du cens électoral basé sur la propriété.

—

Je commence par avertir que ce qui va être dit du cens électoral n'est nullement applicable à l'éligibilité, qui, d'après moi, repose sur d'autres principes, sur un autre ordre d'idées que l'électorat.

Pour l'électorat, le cens est une garantie; pour l'éligibilité, le cens est un obstacle, sans qu'il puisse jamais donner la garantie qu'on y cherche.

De cette différence dans le principe doit sortir une solution toute différente dans les deux cas. — Occupons-nous d'abord de l'électorat.

Doit-il être fondé sur la propriété, sur les capacités intellectuelles présumables par les professions exercées, ou sur une combinaison de ces deux genres de garanties, et dans quelles proportions?... Voilà toute la matière à examiner.

Les objections qu'on oppose à la propriété, comme la base du système électoral, sont à la portée de tous les esprits; elles flattent l'amour-propre de tous ceux qui ne

sont pas propriétaires, c'est-à-dire le grand nombre, et
toujours la partie la plus ardente de la société, parce que
ceux qui ne possèdent pas jalousent ceux qui possèdent.
Ces objections sont tirées des idées les plus vulgaires de
la démocratie ; les voici :

La propriété est concentrée entre les mains du petit
nombre.

Lui attribuer les droits électoraux, c'est en faire une
aristocratie politique.

On peut être riche, et cependant être sot, ignorant,
égoïste, sans patriotisme ;

On peut être pauvre, et cependant être spirituel, instruit, généreux, patriote.

Il est donc injuste et impolitique de faire de la richesse
l'indice de la capacité politique.

Quelques écus de plus ou de moins ne font pas l'homme.
A 200 fr. on sera électeur..... pourquoi pas à 199 fr.
99 c. — C'est ridicule.

Je crois que voilà tout.

Qu'on me permette maintenant de faire voir pourquoi
la propriété doit être la base du droit électoral. Les objections se réfuteront d'elles-mêmes pendant cet exposé.

Que la propriété ne soit pas un signe infaillible de capacité politique, rien de plus vrai : mais comme ce signe
infaillible ne peut exister dans l'état actuel des sociétés
humaines, il faut s'attacher au signe le moins faillible et
calculer le plus grand degré de probabilité, puisque la
certitude est impossible.

Or, en premier point, une des plus grandes conditions
qui doivent concourir à former la capacité électorale, c'est

l'intérêt de celui à qui on la confère, de maintenir l'ordre social et le règne des lois.

Cette condition se trouve éminemment dans la propriété.

La propriété a encore un avantage immense, c'est qu'elle est patente, visible, appréciable. Les capacités intellectuelles ne le sont pas. Un licencié peut devenir un homme d'esprit et d'instruction; mais un licencié peut être aussi un ambitieux et un ignorant, malgré sa thèse de licence : comment savoir ce qui en est? Or, un propriétaire est très-certainement un propriétaire, et en cette qualité il est intéressé au maintien de l'ordre social.

Et en calculant bien les probabilités sociales, la propriété est aussi un indice de capacité par elle-même; car je ne crains pas d'être contredit, si j'affirme que, dans l'ensemble de la société, l'éducation des enfants est généralement basée sur la fortune des pères; et quoique la richesse ne soit pas pour les individus un signe certain d'instruction, pour les masses elle en est le thermomètre à peu près exact. Or, le législateur calcule sur les masses, et non pas sur les individus.

La propriété est encore un signe de capacité; car un sot, un ignorant, un paresseux peut certainement s'enrichir, mais c'est un cas très-exceptionnel. Dans toutes les professions, c'est la masse des citoyens laborieux, intelligents, instruits selon les exigences de leur état, qui s'enrichit.

Je sais qu'il y a des exceptions à cette doctrine. Ainsi, par exemple, il ne faut pas dire que la richesse est le résultat proportionnel de l'intelligence et de l'instruction, entre des populations soumises à des lois qui enrichissent une province et en ruinent une autre, précisément à cause de la différence des ressources territoriales ou commer-

ciales de l'une et de l'autre; ce serait confondre l'effet
avec la cause, car, dans ce cas, la province maltrai-
tée par le système d'économie politique du gouvernement
devient pauvre, parce qu'on paralyse son agriculture et
son commerce, et devient ignorante ensuite, parce qu'on l'a
rendue pauvre par force. La province favorisée par le régime économique, au contraire, s'enrichit par l'effet de la
protection qu'elle en reçoit, et une fois enrichie, déve-
loppe ses facultés intellectuelles, précisément parce que sa
fortune acquise lui donne plus de moyens d'instruction.
C'est ce qui est arrivé au nord de la France, enrichi par
le système des douanes, et par d'autres causes dont le contre-coup ruinait le midi. Mais cela est en dehors de notre discussion actuelle. Reste toujours que dans la même
province, entre les citoyens vivant sous la même faveur
ou la même défaveur du système d'économie politique
adopté, c'est la masse laborieuse, intelligente, instruite,
qui prospère le plus ou qui perd le moins.

Je dois faire observer que si la propriété se trouvait
fixée, enchaînée dans les mêmes mains, il y aurait des inconvénients fatals à lui accorder exclusivement le droit
électoral. Si nous vivions sous l'empire du droit d'aî-
nesse, des substitutions, la doctrine que j'expose serait
insoutenable.

Mais avec nos lois civiles, la propriété étant essentiellement mobile, divisée à chaque instant par le droit égal
du partage des successions, et perpétuellement recomposée
en de nouvelles mains par les travaux de l'industrie et
par les chances du commerce ainsi que par l'exercice des
professions dites intellectuelles, il en résulte que cette
prétendue féodalité électorale dont on fait tant de peur aux

bonnes gens qui vont chercher des opinions toutes faites dans certains journaux de la capitale, n'existe pas et ne peut pas exister parmi nous.

Quand un homme à talent a acquis une fortune honorable par l'exercice de sa profession, cette fortune tend à se placer en propriété, et la mobilité que la propriété acquiert tout ensemble par nos mœurs et par nos lois, en fera de plus en plus un signe de capacité intellectuelle.

Cependant, comme dans l'état actuel des choses une partie notable des fortunes acquise ainsi, ne trouvant pas à se placer en propriétés foncières, reste mobilière, et principalement placée sur les fonds publics, j'avoue que j'ai vu avec peine en 1831 rejeter l'amendement qui tendait à compter les capitaux placés sur l'État au rang des propriétés qui doivent servir de signe à la capacité électorale. C'est, ce me semble, une injustice de fait et une inconséquence de principe. Sans doute, il y a des précautions à prendre pour qu'on ne fît pas de cette disposition un abus dangereux ; mais ces précautions sont faciles, et quoiqu'elles établissent une gêne pour le propriétaire des rentes qu'on affecterait à l'électorat, il ne pourrait cependant s'en plaindre, puisqu'il s'y serait volontairement soumis. Il faudrait immobiliser les titres de rente affectés à établir le droit électoral pendant un temps donné, car sans cela on se ferait électeur pour vingt-quatre heures, on voterait, et on revendrait à la bourse suivante (1). La mobilité de ce genre de propriété ne permettrait jamais,

---

(1) Il est bien entendu qu'en immobilisant la rente qui devrait constituer l'électorat, son titulaire se soumettrait à un impôt sur cette rente, proportionné à celui que paie une propriété ordinaire, représentant le même capital.

sans cette précaution, d'établir une liste électorale positive, obstacle qu'en point de fait ne présente pas la propriété foncière qui ne change de mains ni aussi facilement ni avec autant de rapidité.

Il me semble que tous ces motifs réunis doivent faire penser que la propriété, prise pour base de la capacité électorale, aura pour effet de consolider l'ordre et la tranquillité publique, sans nuire ni à la liberté ni à l'égalité légale.

Avant de passer à l'examen des capacités intellectuelles présumables par les professions exercées, et ensuite à l'appréciation de l'impôt comme indice de la propriété elle-même, je veux terminer par une considération morale, selon moi, d'une haute importance et tout-à-fait applicable à l'époque où nous vivons.

L'organisation actuelle du monde civilisé est basée sur la propriété. C'est le droit de propriété que la société garantit principalement; car le libre exercice de toutes nos facultés employées au travail, libre exercice que la société doit nous assurer, n'a pour but que d'acquérir un capital mobilier ou immobilier; ce serait donc bien vainement que la loi nous assurerait la faculté de travailler librement, si en même temps elle ne nous garantissait pas la tranquille possession de la fortune acquise par ce travail.

Il suit de là que le but de notre organisation sociale étant la protection de la propriété, nul ne peut avoir un intérêt plus direct, plus positif, plus fort, au maintien de notre ordre social, que la propriété elle-même; et, sous ce point de vue, elle ne craint aucune concurrence politique.

Je sais que les apôtres enthousiastes du socialisme vont crier au blasphème. Pour eux la propriété n'est qu'un pri-

vilége, l'ordre social qui la consacre un ordre transitoire
et passager qu'il faut détruire pour passer dans une meilleure organisation : d'où ils concluront sans doute avec
beaucoup de justesse que la propriété telle quelle est actuellement constituée, ne doit pas conférer le droit électoral, car alors les lois étant faites par ceux qui ont intérêt
à maintenir l'ordre social actuel, ces lois s'opposeront à la
destruction de cet ordre social, et à son remplacement par
l'ordre nouveau, objet de leurs rêves et de leurs espérances.

En cela ils raisonnent parfaitement juste, et je raisonne
juste aussi, parce que mon but est opposé au leur. Veut-
on participer à la destruction de la société actuelle, pour
en organiser une nouvelle? Alors on a raison d'exclure la
propriété du droit électoral. Veut-on conserver la société
sur les bases et l'organisation actuelles? On doit alors
prendre la propriété pour base du droit électoral. Les
deux conséquences sont aussi logiques l'une que l'autre.

Et comme les systèmes des socialistes, tout impraticables qu'ils sont, peuvent prendre une fâcheuse influence,
parce qu'en dépit de leurs bonnes intentions, ceux qui
les propagent, les yeux fixés vers le but, vers l'utopie dé-
sirée où ils veulent arriver à toute force, n'aperçoivent
pas l'abîme sans fond qui les en sépare, et qu'ils excitent
l'ardeur jalouse et irritable des masses pauvres contre la
classe des propriétaires, c'est une raison péremptoire d'accorder aujourd'hui une influence légale vraiment forte à
la propriété menacée, si l'on ne veut la voir périr avec
notre ordre social. Déjà ces doctrines dangereuses ont
trouvé de l'écho, et il y a dans quelques cerveaux assez d'é-
léments de désordre, sans y ajouter encore celui-là.

Non que je blâme l'état idéal où les socialistes nous assurent qu'ils conduiront l'humanité : certainement le but est beau, sublime, parfait. Cette grande confraternité, cette grande union, cette sympatie universelle, cette juste distribution établie entre tous les membres de la famille humaine, cette répartition des fonctions sociales et des industries, selon l'intelligence, les facultés et les vertus de chacun, tout cela est la perfection même, c'est le plus magnifique sort qu'on puisse offrir aux nations!....

Mais comme le moyen de réaliser ce plan manque et manquera toujours, parce qu'il repose sur une perpétuelle pétition de principes, et qu'il lui faudrait, pour élément d'action, précisément l'état moral qu'il veut atteindre pour résultat, je tiens que c'est un devoir étroit pour le législateur de s'opposer, par tous les moyens qui sont en son pouvoir, à des essais infructueux, qui produiraient un grand mal d'abord, en vue d'obtenir un grand bien qui n'arriverait jamais.

Or, le moyen le plus sûr d'agir comme je l'indique, c'est de prendre la propriété pour base de la capacité électorale.

CHAPITRE III.

Du Système de l'adjonction des capacités.

—

Dans le précédent chapitre, j'ai exposé les motifs d'après lesquels, dans notre civilisation actuelle, la propriété doit être la base du système représentatif et le signe de la capacité électorale. Voyons maintenant ce qu'il faut penser des diverses professions sous ce point de vue.

Je dois faire observer d'abord que les professions que j'appellerai matérielles ou industrielles sont hors du débat. Comme toutes sont exercées à l'aide d'un capital, propriété positive, liées à un établissement matériel d'une nature identique avec la propriété elle-même, et susceptibles de périr comme elle dans un bouleversement social, elles offrent à l'État la garantie de premier ordre dont j'ai déjà parlé, celle de leur intérêt spécial et direct au maintien du bon ordre, au règne des lois, à la tranquillité publique, sans laquelle il n'est de prospérité pour aucune profession industrielle. On compromet beaucoup plus facilement, dans une crise politique, ses idées et ses paroles, que sa fortune. Sans doute une révolution est quelquefois nécessaire ; mais c'est un remède héroïque, auquel il faut avoir recours le plus rarement possible ; et ce n'est pas en vue de faciliter les révolutions futures, mais au contraire de les empêcher, qu'on doit ensuite réorganiser le gouvernement. Ne perdons jamais cela de vue, si nous voulons que le bonheur et la liberté s'établissent en France avec un gouvernement régulier.

Les professions matérielles, telles que le commerce, les manufactures, toutes les industries actives qui concourent à la création de la fortune publique, font donc cause commune avec la propriété elle-même. Sujettes à l'impôt, sous forme de patente, nous verrons, quand nous traiterons de l'impôt comme signe indicatif de la propriété, qu'elles ont, au même titre, un droit semblable à l'exercice des fonctions électorales.

Restent donc les professions que nous nommerons intellectuelles, pour les distinguer des premières : le barreau, la médecine, la magistrature, les lettres, les beaux-arts de toutes sortes, etc., etc., etc.

Je ne me dissimule pas qu'au premier coup-d'œil l'exclusion dont ces nobles professions sont frappées, elles qui occupent un des premiers rangs dans la hiérarchie morale de nos sociétés modernes, offre un semblant de vandalisme et de barbarie. J'avoue que, si au lieu d'écouter les conseils de la froide raison d'État et de la sage politique, on consulte les élans généreux de l'imagination et du sentiment, on peut accumuler à ce sujet les mouvements oratoires les plus brillants et les métaphores les plus passionnées. Quoi ! dira-t-on, vous vantez un système d'après lequel le grand Homère et le grand Corneille n'auraient pas été électeurs, et d'après lequel le premier venu, enrichi par un travail mécanique jusqu'à payer 200 fr. d'impôt, sera investi de ce droit politique!...

Oui, rien n'est plus vrai : mais parlons raison, et ne nous échauffons pas. Il faut observer, d'abord, que les Homères et les Corneilles ne sont pas très-communs dans ce monde, et que le contre-sens qui paraît si choquant en théorie, sera infiniment rare dans l'application, comme on le verra tout à l'heure. D'ailleurs, quand on nous fournira un signe légal et certain auquel on pourra distinguer le grand Corneille de Pradon ou Coletet, il sera temps, je pense, de tenir compte de cette objection ironique. Jusque-là, elle est sans aucune force.

Mais avant de passer aux professions intellectuelles, qui offrent un signe positif, suffisant ou non, telles que le barreau, par exemple, observons que les magistrats étant nommés par le gouvernement, ainsi que les professeurs, cette nomination seule ne peut leur conférer l'exercice des fonctions électorales. On ne peut donner au ministère le droit de créer des électeurs par sa seule volonté. Cela n'a pas besoin, je pense, d'être démontré.

Venons donc aux licenciés en droit, car c'est là l'armée effective sur laquelle les partisans des institutions républicaines fondent leurs principales espérances.

La licence s'obtient par une thèse soutenue devant cinq professeurs; par conséquent, trois suffrages suffisent pour en obtenir le diplôme. Et ne serait-il pas bizarre d'abord que trois professeurs, trouvant qu'on a passablement répondu sur un titre du *digeste* et sur un chapitre du code civil, conférassent par cela seul au jeune étudiant un titre indélébile à l'exercice à vie du plus grand de tous les droits politiques?

Effectivement, que le jeune licencié se fasse ensuite, après les formalités voulues, inscrire au tableau des avocats, quelle que soit sa destinée dans l'avenir, après cinq ans d'inscription il sera électeur à toujours. Peu importe qu'il plaide mille causes par an, ou que, n'inspirant aucune confiance par son talent et par son caractère, il n'en plaide pas quatre, qu'il n'en plaide même pas une, et qu'il ne soit qu'un avocat pour la forme, comme il doit nécessairement en surgir un très-grand nombre de nos écoles actuelles (car il n'y aurait pas assez de plaideurs pour tous les licenciés qui en sortiront, si tous devenaient des avocats *effectifs*); par cela seul que trois professeurs ont jugé que le récipiendaire connaissait son titre du digeste et son chapitre du code civil, le diplôme qu'ils lui ont délivré sera un brevet électoral indélébile, indépendant de son état réel, de son travail. de sa moralité, de sa fortune.

Mais pour tous ceux qui, soit dans l'ancien régime, soit dans le nouveau, ont suivi les écoles et savent ce que c'est qu'une thèse et le genre d'études qui la précèdent, rien ne paraîtrait inconséquent comme de leur attribuer de tels résultats. Le jeune homme qui a soutenu sa thèse a certainement le titre d'avocat, mais il ne l'est pas en réalité; c'est l'étude mille fois plus sérieuse, plus difficile et bien plus longue, qu'il est alors apte à faire en suivant le barreau, qui pourra le rendre digne d'exercer cette grande et noble profession. Le diplôme est un marche-pied nécessaire pour arriver à la profession d'avocat, voilà tout; mais il ne constitue pas cette profession elle-même. Et combien pourrait-on citer de milliers de citoyens qui ont eu ce diplôme assez facilement obtenu, et qui cependant ne sont jamais devenus avocats-pratiques, soit qu'ils aient renoncé d'eux-mêmes à la carrière, soit qu'ils aient succombé sous d'infructueux essais! Hé bien! cependant, avec le système qu'on aurait voulu faire prévaloir, leur diplôme en poche et inscrits au tableau pendant cinq ans, ils auraient acquis un privilége électoral, sans déchéance possible! Un propriétaire vend sa terre, un négociant cesse son commerce, un manufacturier ferme ses ateliers, ils perdent leur titre électoral. Mais le licencié serait plus heureux; il garderait son diplôme, passerait son temps, bien ou mal, à travailler ou à ne rien faire, comme il lui conviendrait, et resterait électeur en dépit de la justice et de tout bon sens politique!

Je ne crois pas qu'un tel système puisse être raisonna-blement soutenu. Dans celui que nous défendons, au con-traire, qui ne voit qu'un avocat qui aura consacré son temps et ses études à la pratique sérieuse de sa profession,

soit par les alliances que lui faciliteront l'estime dont il
jouit et le rang honorable qu'il acquiert dans le monde,
soit par les bénéfices naturels de son état, deviendra très-
probablement électeur, précisément parce qu'il offre réellement à la société toutes les garanties qu'elle est en droit
d'exiger pour l'exercice de ce premier de tous les droits
politiques. Sans doute, il pourra y avoir des exceptions,
et il est impossible qu'il n'y en ait pas quelques-unes dans
un système politique raisonnablement calculé. Mais ces
exceptions n'infirment pas la règle : elles n'auront d'ailleurs jamais un caractère définitif, irréparable, puisque
l'avocat qui, cette année, n'aura pas encore atteint le cens
électoral, peut l'avoir atteint dans un an ou dans deux.
Tandis que, dans le système des adjonctions, l'introduc-
tion fautive, dans le collége, des licenciés qui n'y auraient
aucun droit fondé sur le bon et laborieux exercice d'une
profession dont ils n'auraient que le titre sans réalité,
serait un vice à jamais irréparable.

Toutes les objections qui militent contre les licenciés,
s'opposent aussi à l'adjonction des docteurs en médecine.
Que les uns et les autres deviennent électeurs par l'exercice
et le succès de leurs honorables professions, c'est bien ;
mais par leur diplôme seul, rien de moins raisonnable.

Les notaires et les avoués sont, il faut en convenir, dans
une position plus favorable ; leur charge est une propriété
réelle, et souvent une propriété d'une grande valeur. Ils
ont un établissement positif et ne se bornent pas à un diplôme qu'on peut mettre à la poche pour n'y plus songer.
Mais d'autres objections s'élèvent cependant contre l'adjonction des avoués et des notaires qui ne présentent pas
les conditions électorales de l'impôt.

D'abord ces charges sont, jusqu'à présent, un privilége
borné dans leur nombre; et c'est précisément de la limite
arbitraire posée à ce nombre, qu'elles tirent leur principale
valeur, de même que les charges de courtiers de change
ou de commerce.

Cette valeur est donc contraire, dans son principe, à la
justice naturelle et à l'égalité des droits civils; car un citoyen qui réunit toutes les facultés, toutes les études, toutes
les garanties que la société a droit de demander à un notaire, à un avoué, à un courtier, ne peut cependant exercer
ces professions, s'il n'existe pas une charge vacante qu'il
puisse acheter, et s'il ne s'en procure ainsi le titre privi-
légié. Il est permis de supposer que cette anomalie ne sub-
sistera pas toujours dans notre ordre social, et provisoirement il serait injuste et inconséquent de joindre un droit
constitutionnel au privilége civil dont jouissent déjà les
avoués et les notaires.

Secondement, l'établissement d'un notaire et d'un avoué
n'a pas, avec l'ordre et la tranquillité publique, la même
liaison, la même adhérence, si j'ose m'exprimer ainsi, que
les établissements industriels d'un patenté, d'un négociant,
d'un manufacturier, par exemple. Je veux bien admettre
que, dans une tourmente politique, on plaide moins, on
passe moins d'actes que dans un temps tranquille; mais la
tourmente une fois passée, l'état du notaire et de l'avoué
se retrouvent tout juste comme auparavant. L'établissement commercial, au contraire, beaucoup plus matériel, peut être détruit, anéanti de fond en comble par la
crise qui compromet l'ordre social; et quand la tranquillité est rétablie, le négociant et le manufacturier peuvent
surgir des ruines publiques, mais avec une industrie de-

venue impuissante par la perte de leurs capitaux et de leurs marchandises. Ils offrent donc à la société, dans leur intérêt même, une garantie d'attachement à l'ordre établi, beaucoup plus forte que les professions intellectuelles, précisément parce que, par leur nature même, celles-ci survivent à peu près intactes, à tous les bouleversements.

Et je dirai pour le notaire, pour l'avoué, ce que j'ai dit de l'avocat et du médecin : c'est que la pratique honorable et suivie de ces importantes et utiles fonctions, conférera naturellement le droit électoral à leurs titulaires par la fortune qu'elle leur fera acquérir. Sans doute, je reconnaîtrai encore qu'il y aura des exceptions, mais elles ne seront ni définitives, ni irréparables, et la loi ne peut s'arrêter devant elles dans une question d'ordre public.

Restent maintenant les lettres et les beaux-arts. Ici, je l'avoue, la fortune suit plus rarement les succès. Des savants instruits, des poètes nationaux, des peintres habiles, des musiciens distingués, pourront être privés mal à propos du droit électoral (quoique cependant plusieurs y parviennent aussi). C'est un malheur, mais je n'y vois pas de remède, ou du moins je n'y vois que des remèdes si partiels et si faibles, qu'ils laisseraient à l'objection à peu près toute sa force. C'est que, dans notre mode actuel d'existence sociale, la loi ne peut discerner à des signes positifs et certains les qualités morales et intellectuelles. Le plus grand poète n'a aucun moyen légal d'établir sa supériorité sur le plus misérable rimeur. Le vrai philosophe manque de titre authentique pour primer légalement un charlatan. Si vous décidiez que Corneille et Leibnitz doivent être électeurs, tous les faiseurs de systèmes et tous les faiseurs de tragédies se prétendraient des Leibnitz et des Corneilles...

Comment leur prouverait-on le contraire?... Cela me paraîtrait difficile.

Revenons donc à des idées sages et positives. Concluons
de tout ce qui a été dit dans ce chapitre et dans le précédent, que la capacité électorale doit se composer, non-
seulement des développements de l'intelligence, mais encore de la moralité politique, de la garantie à bon droit
exigée par la société, que l'électeur a un intérêt particulier conforme et lié à l'intérêt général, au règne de l'ordre,
de la tranquillité, des lois; or, je crois avoir prouvé que
toutes ces conditions sont réunies par la propriété foncière
ou industrielle, plus que par aucune autre situation sociale, et que, par conséquent, c'est sur cette base que le
droit électoral doit être établi.

Que si, dans de nouvelles combinaisons sociales, il arrive que d'autres situations présentent les mêmes garanties,
alors elles devront être investies des mêmes fonctions politiques. Je ne prétends pas que l'ordre actuel soit éternel,
mais tant qu'il existe, il est, et il faut que nos institutions
y soient conformes, sous peine des plus graves malheurs.
Quand notre état social sera changé, ce qui, j'espère, n'arrivera pas de sitôt, il sera temps de changer la base de
nos institutions.

CHAPITRE IV.

De l'Impôt comme indice de la propriété.

—

Une fois qu'il est admis que la propriété foncière, mobilière et industrielle doit servir de base à la capacité électorale, examinons l'impôt comme indice proportionnel de
la propriété.

Cet indice n'est jamais rigoureusement exact, je le sais.
On a reproché à notre ordre politique de ne reconnaître
les droits du citoyen que sur les registres d'un percepteur.
Il est sans doute facile de faire des phrases sarcastiques
sur un tel sujet, mais comme dans l'organisation actuelle
de notre ordre social nous n'avons d'autre indice réel que
l'impôt, il faut par force en revenir là, sauf à discuter ensuite la quotité.

L'objection qu'on tire de la nuance imperceptible qui
sépare le citoyen électeur de celui qui ne l'est pas, est vaine,
parce qu'elle s'appliquera à tout système électoral qui établira une délimitation quelconque. Dans le système de
l'impôt, un franc de plus ou de moins fait ou défait un
électeur. Mais toutes les fois qu'il y a une limite, on arrive à un résultat semblable. Quelle est la séparation de
deux États? une ligne, un point. Faites un pas, vous
êtes en Belgique; faites deux pas en arrière, vous rentrez
en France.

Cette objection contre le cens électoral n'a donc aucune
force. Il y a d'ailleurs, en faveur de cette base du système
représentatif, une raison de décider qui me paraît péremptoire.

Le droit fondamental de la chambre des députés, celui qui domine tous les autres et qui leur sert de garantie, c'est le vote ou le refus de l'impôt. Il est donc essentiellement raisonnable que ce soit ceux qui paient l'impôt qui nomment les députés qui le voteront. C'est là leur intérêt, leur affaire spéciale. Or, dans l'état actuel, c'est la propriété réelle ou industrielle qui paie l'impôt.

Je sais qu'on peut objecter ici que les impôts indirects atteignent aussi les non-propriétaires et les non-industriels, en un mot tous les consommateurs. Ceci n'est pas très-clair. D'abord, il y a beaucoup d'impôts indirects qui, quoique payés par le consommateur, tombent à la charge du producteur lui-même, c'est-à-dire à la charge de la propriété réelle ou industrielle. Tel est le droit sur les vins, par exemple, ainsi que je l'ai prouvé plusieurs fois; droit qui a ruiné les propriétaires de vignes, et qui n'a porté à peu près aucun tort à la fortune des lieux de consommation où la vigne n'est pas cultivée. Si l'on mettait un droit semblable sur nos produits manufacturés, on verrait un effet semblable, c'est-à-dire la ruine des producteurs manufacturiers, la ruine de la propriété industrielle, sur laquelle retomberait ce droit de consommation.

Je ferai observer ensuite que, quant à la partie, très-faible selon moi, de l'impôt indirect à la charge réelle du consommateur, elle est insaisissable à l'appréciation ; il est impossible de la préciser et de l'attribuer à tels ou tels citoyens : elle ne peut donc entrer en ligne de compte.

Ce sont donc les citoyens qui paient la masse des impôts directs et qui supportent la plus grande partie de l'impôt indirect comme propriétaires fonciers ou industriels (en outre de leur qualité de consommateurs eux-mêmes) qui doivent nommer les députés qui voteront les impôts. Cette circonstance se joint à toutes celles que j'ai développées précédemment en faveur de la propriété réelle et industrielle, et leur donne encore une nouvelle force.

Maintenant quelle sera la quotité d'impôt sur laquelle on établira le droit électoral ?

Je commence d'abord par reconnaître que la fixation de cette quotité, haute ou basse, est de sa nature arbitraire. Il n'y a aucune preuve logique que le cens doive être fixé à 400 fr., à 300 fr., à 200 fr, à 100 fr. Ceci n'est pas une affaire de droit : c'est une appréciation de fait. Cela dépend de l'avis qu'a chacun sur l'opinion, les lumières et les dispositions politiques de chaque classe de citoyens relativement à l'impôt qu'ils paient, cela dépend aussi du système politique que chacun veut faire triompher; l'aristocratie voudrait fixer le cens électoral très-haut; la démocratie voudrait le fixer très-bas. La première avait créé le double vote; la seconde voudrait créer un demi-vote, et lui donner valeur entière : telle est la marche de toutes les factions.

Quant à moi, qui n'aime les factions d'aucune espèce, pas plus les factions démagogiques que les factions royalistes, je dirai (au risque de déplaire aux critiques spirituels qui ajustent leurs microscopes pour trouver des contradictions dans mes écrits, et qui n'y trouvent en réalité que celles qu'ils y mettent eux-mêmes en dénaturant ma pensée), je dirai qu'il faut prendre ici un juste milieu; qu'au lieu d'argumenter avec des passions féodales ou jacobines, il faut surtout consulter l'expérience, et apprécier les besoins de l'époque de transition où nous vivons.

Si donc je me suis autrefois prononcé pour que l'an-

cien système électoral à 300 fr. fût conservé, ce n'est point
par des raisons théoriques, et ce n'est point tardivement,
ainsi qu'on me le reproche; c'est deux jours avant qu'il
fût question de réviser la charte, et avant que personne
y eût encore songé; je ne sais guère comment il aurait
été possible de s'y prendre plus tôt.

Mon principal motif était l'expérience faite du système
électoral établi. Avec les colléges à 300 fr., j'ai l'intime
conviction qu'il n'est pas un homme digne d'être député,
qui ne pût être facilement nommé par les colléges électoraux. Je le dis pour Bordeaux, et je sais qu'il en est de
même dans l'immense majorité des colléges. Si parfois les
choix n'ont pas répondu à l'attente nationale, c'était faute
de liberté, par suite des fraudes de l'autorité, c'était surtout faute d'éligibles, et non pas faute d'électeurs. Mais
les colléges à 300 fr. sincèrement composés et votant librement, accueilleraient toujours pour députés les citoyens
les plus dignes de l'être. Voilà ce que l'expérience m'a
complètement démontré. Je ne dis pas que sur la masse il
n'y eût des exceptions, car, je le répète, il y en a partout
et toujours; je parle de l'ensemble. C'est là seulement que
peut viser le législateur.

Si donc, je me suis prononcé tout d'abord pour le maintient du cens à 300 fr., c'est qu'il existait, c'est que l'expérience en était faite, c'est que le résultat en était infaillible. Si l'ancienne charte avait établi le cens à 200 fr.
et que les colléges eussent été tous organisés sur ce pied,
que l'expérience en eût été faite et le résultat favorable, je
me serais prononcé pour le cens à 200 fr.; car, je le répète, il n'y a pas plus de raison théorique pour l'un que
pour l'autre, et je ne suis pas de ceux qui calculent dix

francs par dix francs l'abaissement ou l'élévation du cens électoral. J'avoue que pour établir de tels calculs, je manque des bases statistiques nécessaires, et ces bases sont d'une telle nature que personne ne peut les avoir. Chacun, sur ce sujet, raisonne au hasard et selon ses passions, qui sont toujours de mauvais guides et surtout dans un moment de révolution.

J'avais encore un autre motif pour désirer qu'on n'abaissât pas le cens électoral : c'est qu'une telle mesure étant, de sa nature, arbitraire dans sa quotité et sans bornes logiques, il n'y a pas de raison pour compter sur sa stabilité. Si l'on veut aujourd'hui, disais-je, le cens à 200 fr., peut-être le voudra-t-on à 100 fr. l'an prochain, peut-être à 50 ; et ceux qui demanderont de nouveaux abaissements, auront certainement en leur faveur tous les raisonnements que font valoir les partisans de la souveraineté du peuple en matière électorale. Ce n'était donc que dans le cas de nécessité absolue qu'on devait avoir recours, selon moi, à une telle mesure, qui nous pousse vers une mobilité très-dangereuse. Or, rien, rien absolument, ne me paraissait établir maintenant cette nécessité. Pour créer de nouveaux colléges, il aurait fallu qu'on démontrât incontestablement que les colléges à 300 fr. étaient mauvais ; c'est ce qu'on n'a pas même essayé, et quant à moi, le contraire m'était parfaitement prouvé.

Dans mon opinion il ne faut pas augmenter le nombre des électeurs dans le but unique de l'augmenter, mais il ne faut pas non plus le restreindre aristocratiquement ; en approchant de la limite de l'extension électorale, cependant, il vaut mieux dans le doute rester en dedans que de la dépasser ; je crois cette maxime très-sage. Tous les hommes politiques qui ont l'expérience du monde et des choses seront de cet avis, j'en suis sûr.

Voici quels sont, à mon sens, les véritables principes sur cette matière. Pour conserver un système électoral conforme aux besoins de l'ordre social, du progrès et de la vraie liberté, il faut que les droits électoraux soient exercés seulement par la partie éclairée de la société, par les citoyens qui offrent à l'État des garanties suffisantes contre les factions, contre les influences perverses qu'elles exercent si facilement sur les masses ignorantes et pauvres, tenues dans une double dépendance et par leur ignorance et par leur pauvreté.

Par l'effet de nos antécédents historiques, par l'effet de l'ignorance politique généralement dominante, et qui est d'autant plus forte qu'on descend plus bas dans l'échelle sociale, la partie éclairée de la nation est beaucoup moins nombreuse que les masses qui, pour leur propre bonheur, doivent par conséquent être gouvernées par le petit nombre des esprits sages.

Mais il ne s'ensuit pas qu'il faille resserrer encore ce nombre, déjà malheureusement trop petit, et en exclure les citoyens honorables qui en font partie; il ne s'ensuit pas qu'il faille détruire la liberté et l'indépendance des corps électoraux, une fois qu'ils sont constitués; il ne s'ensuit pas qu'il faille introduire le double vote au milieu des capacités politiques; il ne s'ensuit pas qu'il faille substituer la fraude aux volontés des électeurs franchement convoqués; en un mot, il ne s'ensuit pas du tout qu'il faille ressusciter le système déplorable adopté sous la restauration, malheureusement pour elle et pour nous.

Mais il suit, au contraire, du principe que j'ai exposé,

qu'en évitant d'*aristocratiser* le système électoral, ainsi que le faisait la restauration, il faut éviter de le *républicaniser* comme veulent faire les réformateurs radicaux. Le double-vote ne valait rien, le demi-vote ne vaudrait pas mieux. On avait tort de doubler le cens, ce qui était un acheminement évident à une concentration aristocratique encore plus forte. On aurait tort de diminuer activement le cens, ce qui serait un acheminement à une dissolution démocratique, qui, par sa nature même, ne voudrait supporter aucun frein et aucune borne. En un mot, les uns avaient tort de faire de l'aristocratie féodale, les autres ont tort de vouloir faire de l'anarchie radicale : il faut rester entre deux, et nous en tenir au système modéré qui garantit à la fois le progrès social et la liberté.

Voilà les pensées, les principes qui m'engagent à défendre l'état de choses actuel contre la malveillance des uns, contre la bienveillante, mais fautive exaltation des autres. Quand, pour la première fois, j'ai exposé mes doctrines sur ce sujet, non content de torturer mes écrits pour me reprocher les contradictions que je n'y ai pas mises, mes adversaires ont essayé d'insinuer que le motif de mon langage était un sentiment d'intérêt personnel, et qu'on s'apercevait que ce n'était pas la faveur du peuple que j'ambitionnais. — Je ne veux rien répondre à cette accusation ; je plains seulement l'aveuglement de ceux qui ont pu la publier ou l'accueillir : ils se sont rendus coupables d'une grande injustice !... Je n'ai qu'une seule ambition : ce n'est pas, il est vrai, celle de plaire au peuple en le flattant, mais de lui être utile en lui disant la vérité, fussé-je même exposé à lui déplaire !...

Un journal de la capitale a prétendu que personne ne

peut compter sur moi, *parce que je ne suis du parti de
personne.* Il avait grandement raison : je ne suis du parti
de personne, je n'ai d'engagement avec aucun parti, je
n'ai d'autre parti que ma conscience et la patrie. Hors de
cette limite sacrée, personne ne doit compter sur moi, et
je m'opposerai, sans hésiter, à mes meilleurs amis, toutes
les fois que leur avis me paraîtra dangereux pour la
France et pour la liberté.

CHAPITRE V.

Du Cens d'éligibilité.

Tout en soutenant la nécessité du cens électoral, et précisément parce que j'en comprends bien l'utilité, je me
suis toujours prononcé contre le cens d'éligibilité. J'ai dit
que cette restriction apportée à l'exercice du droit des électeurs, était une inconséquence injustifiable en théorie,
fausse et nuisible dans la pratique.

Je viens aujourd'hui démontrer la vérité de cette double assertion. Mon explication sera courte, parce que l'é-
vidence est ici de nature à frapper promptement tous les
esprits.

En théorie, d'abord, quel est le principe de notre droit
électoral?

C'est que la capacité sociale, l'intelligence morale, en
forment la base.

Notre système électoral ne repose pas simplement sur
le droit général et vague que tout citoyen aurait de con-

courir à la confection des lois, par cela seul qu'il est citoyen. — Car ce principe, au lieu de conduire au cens électoral, conduirait au suffrage universel.

Notre système électoral repose sur ce principe, que
l'exercice de la souveraineté politique naît de la capacité
morale que les citoyens ont d'exercer le pouvoir public
avec pleine connaissance de cause, et dans l'intérêt de la
patrie commune.

Pour établir cette capacité, la loi a fixé des conditions
positives et certaines, auxquelles elle la reconnaît.

Mais par quelle inconséquence, une fois qu'elle a reconnu cette capacité électorale, vient-elle la nier par le
cens d'éligibilité ?

Effectivement elle la nie elle-même, elle la détruit immédiatement après l'avoir consacrée, lorsqu'elle dit aux
électeurs :

« Je vous reconnais la capacité morale nécessaire pour
faire de bons choix. Néanmoins si vous jugez convenable
de nommer tel de vos concitoyens, moi, je vous le défends,
parce qu'il ne paie pas cinq cents francs d'impôt ? » —
Jamais contradiction ne fut plus choquante.

N'oublions donc pas que, précisément, c'est parce qu'il
faut une consécration légale qui établisse la capacité électorale, qu'il n'en faut pas pour établir l'éligibilité. Tout
homme capable d'être électeur, est à plus forte raison
susceptible d'être éligible. Car remarquez que l'électorat confère un droit positif, celui d'élire : au lieu que
l'éligibilité n'est qu'une chance éventuelle d'être élu. Aussi
la garantie donnée par l'électeur est-elle dans le cens, tandis que la garantie donnée par le député élu, est dans le
choix que les électeurs ont fait de lui. L'électorat conférant

au citoyen qui en est revêtu le droit d'élire, lui seul est
juge du choix qu'il lui convient de faire, et il est absurde
de lui dire, choisissez, mais, au lieu de suivre la pure loi
de votre conscience, choisissez parmi les hommes que je
vous indique, dans telle catégorie, lors même que votre
conscience vous crie que l'homme le plus digne de votre
choix, est en dehors de cette catégorie. En un mot, entre
deux hommes, au lieu de choisir celui que vous jugez
être le plus digne de vous représenter, choisissez celui que
vous croyez des deux en être le moins digne ou le moins
capable.....Choisissez-le,.... car il paie cinq cents francs !

Si de la théorie nous passons à la pratique, que verrons-
nous? Nous verrons d'abord, que le cens d'éligibilité réduit à 500 fr. est une complète absurdité.

Effectivement, dans le système que nous combattons,
nous concevrions un cens d'éligibilité, mais naturellement
il devrait être porté très-haut, car s'il peut avoir un effet
gouvernemental (effet fort mauvais selon nous), ce ne serait précisément que par son élévation.

Ainsi, supposez le cens d'éligibilité à trois ou quatre
mille francs, il est manifeste que ce cens sera toujours
réel; qu'on ne pourra pas se le procurer à volonté; que,
par conséquent, le pouvoir législatif sera nécessairement
placé dans la classe où vous croyez que la propriété vous
donne garantie, si bas que vous eussiez d'ailleurs réduit
le cens électoral.

Mais un cens d'éligibilité de 500 francs, qui ne suppose que 2,500 francs de revenu, ne vous donne pas
seulement la garantie que votre candidat pourra vivre à
Paris ! Mais un cens de 500 francs peut être faussement
acquis le plus facilement du monde, car quel est l'homme

de parti, si l'opinion qu'il représente croit avoir intérêt à le nommer, auquel on ne fera pas facilement 500 francs d'impôts en achetant, sous son nom, une petite propriété? Qu'on nous cite un homme en pareil cas : s'il n'est pas éligible aujourd'hui, il le sera certainement demain, et la garantie que la loi cherche sera tout-à-fait illusoire, surtout si la possession annale n'est plus nécessaire.

Le cens d'éligibilité est donc incommensurablement absurde. Il ne donne aucune garantie, ni aux citoyens, ni à l'État, ni à l'ordre public. Il n'empêchera jamais une faction de faire un mauvais choix, si elle veut le faire; mais, dans beaucoup de cas, il ôtera aux électeurs la possibilité d'élire d'excellents citoyens, qui ne paient pas le cens, et qui, soit par conscience, soit par défaut d'entraînement vers la carrière politique, ne voudront pas se procurer, d'une manière détournée, ce sens d'éligibilité.

Nous concluons de là, que la seule réforme parlementaire désirable et praticable aujourd'hui, c'est l'abolition du cens d'éligibilité.

CHAPITRE VI.

Des Candidatures.

La première règle que les électeurs doivent avoir sans cesse sous les yeux, est celle-ci : c'est que le droit électoral étant de tous les droits politiques, celui qui repose le plus intimement dans la conscience du citoyen, il doit

être dégagé de toute influence personnelle, de toute affection, de toute inimitié; que les liens du sang doivent
même le respecter, et ne pas essayer de l'enchaîner dans
le cercle ordinaire des devoirs de la famille. En ce moment
solennel, la patrie seule est la famille de tous les citoyens.

Il suit de là que, chacun des électeurs agissant d'après
sa conscience et pour l'accomplissement direct de ses devoirs envers l'État, l'amitié, ni les relations sociales ne
doivent souffrir d'atteintes des suffrages, quels qu'ils soient,
déposés dans l'urne. Ami d'un candidat, ce n'est point un
tort de lui refuser sa voix. L'improbation d'une opinion
politique, n'est point une brèche faite à l'estime personnelle. Tous ceux qui, briguant le noble honneur de la
candidature, conserveraient un ressentiment quelconque
des refus qu'ils auraient éprouvés, montreraient par cela
seul qu'ils n'étaient pas dignes du choix qu'ils sollicitaient;
car comment rempliraient-ils le ministère sacré qui commettrait à leurs soins le dépôt de l'indépendance politique
du pays, eux qui n'en auraient pas respecté le plus incontestable privilége.

Le choix des candidats doit être fait par les électeurs
avec un soin scrupuleux : des intentions droites ne suffisent pas toujours pour remplir le mandat élevé de représenter le pays; aux connaissances mûrement réfléchies des
besoins des localités, et au talent de les faire apprécier et
de les défendre, il faut joindre encore la science appliquée
aux besoins généraux du pays, aux exigences de sa politique extérieure; ce n'est pas tout d'avoir le cœur assez
noble pour résister aux appâts et aux caresses du pouvoir, si l'on n'est doué d'un esprit assez clairvoyant et
assez élevé pour résister à des actes subversifs, présen-

tés avec éloquence et soutenus avec l'accent de la conviction.

Les titres des candidats doivent donc être sérieusement examinés, et l'on peut dire que les discussions publiques sur ce sujet, par la voie de la presse, sont inhérentes à toute constitution libre. Les amours-propres privés doivent se taire, en pareille occurrence, devant l'intérêt public. Quiconque sollicite ou accepte la candidature, monte sur un piédestal ; il s'expose à tous les regards, il les attire sur lui. Chacun a le droit d'interroger la vie passée, la position actuelle, les principes, les probabilités de l'avenir du candidat ; celui-ci ne doit, ni se blesser, ni se plaindre de ces perquisitions qu'il a rendues nécessaires. Tout ce qu'il a droit d'exiger, c'est la sincérité de l'examen et la convenance du langage. Ces deux conditions remplies, tout doit être permis, ou bien la liberté électorale ne serait plus qu'une chimère.

On doit donc secouer le joug de cette fausse pudeur privée, qui ne permettrait pas d'aborder les questions personnelles ; la candidature est à elle seule une personnalité ; la personne du candidat, loin d'être écartée du débat, doit au contraire en être l'objet principal : c'est la personne du candidat qui doit être, par conséquent, soumise à l'investigation publique, dans le passé, dans le présent et dans l'avenir.

En effet, là est tout le gouvernement représentatif. La vie privée d'un simple citoyen doit être murée, on l'a dit avec justice ; mais quand il élève sa vie privée à la hauteur de la vie publique, en se portant candidat à la députation, la vie du citoyen ne doit plus être murée : elle doit être vitrée, et les regards des électeurs doivent pouvoir plonger

jusque dans tous ses antécédents; car c'est de la connaissance du personnel même du candidat qu'ils peuvent recevoir les gages nécessaires pour lui confier une part dans
la direction des intérêts nationaux.

Les électeurs doivent se bien pénétrer de cette vérité :
chacun doit abandonner tout sentiment d'amour-propre,
toute répugnance à livrer son nom au public, en un mot,
tout esprit d'individualité. Quand ce sentiment sera devenu
général, alors seulement on pourra dire que la vie publique commence en France, que nous devenons dignes d'être
libres. Il faut que tout citoyen ait la fermeté de souffrir
la critique qui lui est adressée; il faut qu'il ait aussi la
fermeté, plus pénible mille fois, d'adresser à ses concitoyens le blâme qu'ils lui paraîtront mériter, non pour
leur nuire ou les offenser, mais dans l'intérêt de la patrie,
et seulement pour confier les affaires publiques aux mains
les plus habiles et les plus dévouées. Alors le système représentatif apparaîtra avec toute sa force et tous ses bienfaits; et si l'on peut obtenir ensuite que les rapports de la
vie privée ne soient pas altérés par la rupture politique,
nécessitée par la divergence d'opinion dans les débats électoraux, rien ne manquera à l'amélioration des mœurs
constitutionnelles.

On a essayé de poser en principe que *tout candidat
étranger à la localité devait être, par cette seule cause, éloi-
gné du scrutin électoral.* Cette tendance, imprimée aux
élections générales, serait mauvaise comme toutes les
théories absolues. Il ne faut s'imposer aucune règle de ce
genre : on prendra les candidats dans le département,
quand cela paraîtra utile; on les prendra hors du département, quand on pourra faire ainsi un meilleur choix.

Voilà la véritable sagesse, le véritable esprit de la loi.

On a dit que les intérêts particuliers forment, par leur réunion, l'intérêt général. Cela est vrai et cela est faux, selon les circonstances. Très-souvent, au contraire, l'intérêt général exige le sacrifice des intérêts particuliers, et c'est ce sacrifice qui constitue le patriotisme.

Ainsi, exciter l'esprit de localité, ce serait détruire l'esprit de nationalité. Si les candidats ne devaient être choisis que dans les départements, les arrondissements diraient, à leur tour, qu'il est humiliant de prendre un député parmi les habitants du chef-lieu. Le personnage le plus influent de chaque ville serait le candidat obligé, par l'espoir qu'une fois à la chambre, il ferait prévaloir l'intérêt de l'arrondissement sur celui de l'arrondissement voisin. Ce système diviserait l'esprit public de plus en plus, et les élections deviendraient un vaste commérage. La chambre des députés rassemblant en elle seule toutes les influences locales, quelquefois médiocres et souvent hostiles entr'elles, et excluant les hommes politiques, les hommes éprouvés dans les affaires publiques, pour les punir d'avoir exercé leur talent dans la capitale ou dans les grandes cités, serait peu digne de représenter le véritable état de la civilisation et de la liberté.

Voilà l'inconvénient de toutes les doctrines absolues. On ne doit, je le répète, choisir ni exclure personne à l'avance, en divisant les citoyens en catégories locales. Il faut, au contraire, tâcher de nommer le plus digne, soit dans le département, soit hors du département.

Personne moins que moi n'aime la centralisation absolue ni l'aristocratie exclusive de la capitale. Ce sont deux fléaux : mais il ne suit pas de là qu'il faille tomber dans l'excès opposé, qu'il faille détruire toute unité centrale, et dissoudre l'État en une multitude de fractions détachées, agissant pour leur intérêt séparé; il ne suit pas de là qu'il faille repousser même l'aristocratie salutaire du talent, du mérite, de la capacité politique, et s'adresser exclusivement aux amours-propres locaux, qui n'ont pas besoin d'être excités, et qui certainement ne manqueront pas de se produire d'eux-mêmes dans les élections générales.

Et, d'ailleurs, croit-on que l'intérêt d'une localité soit toujours plus efficacement défendu par l'homme pris dans son sein, s'il n'a pas les moyens de conception forte en lui-même, et de persuasion facile par ses relations avec les hommes influents? En cela, on commettrait une grande erreur. Alors, au lieu de convaincre, ce serait le député local qui, en arrivant à Paris, serait vaincu et neutralisé, et qui verrait éteindre ses bonnes dispositions sous le fardeau de son impuissance.

Je ne veux pas dire par-là que, par cela seul que la loi laisse la latitude de choisir hors du département un certain nombre de députés, il faille nécessairement profiter de toute cette latitude; je dis seulement qu'il ne faut pas s'imposer la condition aveugle de n'en pas faire usage.

La question de l'âge des candidats doit aussi être prise en considération par les électeurs; mais là, non plus, on ne doit pas établir de règle générale et de théorie absolue.

Il serait absurde, en effet, de tracer une ligne de démarcation infranchissable, de séparer la jeunesse de l'âge mûr, l'âge mûr de la vieillesse, de scinder cette masse humaine en deux sections distinctes et contraires, l'une jeune et l'autre vieille, pour pousser l'une au gouvernement et en écarter l'autre, ou réciproquement, — c'est là ce qu'on ne peut admettre.

Outre qu'il est difficile de dire : — à tel chiffre d'âge, la jeunesse finit et la vieillesse commence, — les exceptions individuelles sont si nombreuses, que ce ne serait vraiment pas la peine de chercher à établir une prétendue règle générale dont il faudrait sortir trop souvent. L'âge est un indice de la maturité d'esprit, mais il n'en est point la preuve absolue. C'est une considération que l'on doit peser dans les choix à faire, mais ce n'est point un motif péremptoire et définitif qui doive nécessairement déterminer. C'est en ce sens que je veux présenter les réflexions qu'on va lire.

En thèse générale, le jeune homme n'est pas aussi propre à la direction des affaires publiques que l'homme mûr ; c'est un fait que la jeunesse serait mal reçue à contester. La loi du progrès elle-même le veut ainsi. A quarante ans, on sait ce que l'on savait à trente, et de plus tout ce que l'expérience des dix plus fortes années de la vie a appris. On sait même mieux ce que l'on imaginait savoir dans la jeunesse, car on s'est inévitablement aperçu que bien des maximes tranchantes, regardées alors comme des vérités absolues, ne sont cependant que des vérités relatives, et quelquefois même des erreurs. — Ici, j'en appelle à l'éternelle expérience de l'humanité. Que chaque homme de quarante ans descende en lui-même, et qu'il regarde ; il y verra ce que je dis.

Souvent, lorsque j'essayais de faire comprendre à la jeunesse la véritable part qu'il lui convient de prendre dans l'action sociale, on m'a vivement répondu par un argument *ad hominem*, et l'on m'a dit : — Quand

vous étiez jeune vous-même, n'avez-vous pas voulu
être indépendant, donner votre avis sur la chose publique, et secouer le joug de ceux que l'âge avait placés avant
vous ?

J'accepte le reproche; je ne m'en justifie pas. Que prou-
verait-il? Que, jeune moi-même, j'ai eu les défauts et
l'emportement de la jeunesse. Il n'y a rien là que de fort
simple et de très-ordinaire; mais il faut que je me charge
de donner à l'exemple qu'on cite toute sa force, et pour
cela j'ajoute : — que si à l'époque à laquelle on fait allu-
sion, au lieu de me borner à critiquer la marche d'un
mauvais gouvernement, j'avais été chargé, par un revi-
rement de destinée, d'une haute part dans la direction
gouvernementale ou administrative, il y a mille à parier
contre un que j'aurais commis de graves fautes que je dé-
plorerais vivement aujourd'hui. — Pour éviter à la jeunesse
actuelle les mêmes erreurs, je lui donne maintenant les
conseils qu'on aurait bien fait de me donner alors; j'espère
qu'elle les recevra mieux que peut-être je ne les aurais
reçus moi-même. En agissant ainsi, elle prouvera qu'elle
vaut plus que nous ne valions à son âge.

J'ai déjà fait comprendre combien l'homme jeune, dans
l'état actuel de notre société française, est peu propre à
s'occuper, d'une manière indépendante, des affaires de
l'État; combien le soin de sa fortune et de sa famille doivent l'éloigner de la vie publique, et concentrer toute son
activité dans le cercle étroit que lui trace le soin de son
avenir et de celui de ses enfants.

Sans doute, ces motifs militent aussi contre l'âge mûr,
mais avec bien moins de force. Alors, à part les exceptions
inévitables, l'état de la famille est bien plus assuré; la

mère de famille plus âgée, peut en prendre la direction,
la fortune commune est établie ou ne le sera jamais;
les enfants sont plus près de la fin de leur éducation, et
bientôt pourront songer à sortir eux-mêmes du nid pater-
nel. Le chef de famille, mûri par l'étude, par l'expérience,
par l'âge, par la gravité de sa position personnelle, par la
moralité de son administration domestique, est aussi
moins surchargé de soins pressants pour le bien-être de
cette chère et tendre clientelle que la nature lui a donnée.
Plus propre aux affaires publiques, il a moins de passions particulières, et moins d'intérêts privés qui l'en dé-
tournent. A mérite égal, il vaut mille fois mieux que le
jeune homme. Si celui-ci doit concourir par sa vigueur à
manœuvrer le vaisseau, l'homme mûr doit être au gouvernail.

Voilà les considérations générales qui dominent la matière. Cependant, je le répète, ce sont des motifs à peser
avec impartialité dans les choix électoraux, mais non pas
des raisons péremptoires et absolues pour admettre ou
pour exclure. Ici, nulle limite rigoureuse ne doit et ne
peut être tracée, nulle séparation fatale ne peut être creu-
sée entre l'âge mûr et la jeunesse. Lorsque, par une heureuse exception, un jeune homme à l'ardeur de son âge
réunira l'indépendance d'une position faite et la maturité
d'esprit qu'une forte complexion morale peut donner avant
les années, il serait absurde de le repousser et de priver
l'État de ses services; services doublement précieux, d'a-
bord parce qu'ils pourraient être suivis avec vigueur, et
durer long-temps; ensuite parce que la satisfaction que la
jeune génération éprouverait d'un succès qui rejaillirait
sur elle, calmerait cette impatiente ardeur qui bouillonne

dans ses veines, et adoucirait l'irritation, peu fondée, mais dangereuse, qu'elle a souvent contre le gouvernement.

D'un autre côté, il faut considérer que bon nombre d'hommes politiques, après s'être maintenus depuis long-temps dans les chambres, sont usés dans des luttes qui ont épuisé une grande partie de leurs forces; que la masse de ces hommes a prouvé du bon sens, mais dans l'ensemble n'a pas manifesté une très-grande portée d'esprit, une grande.fécondité de vues. Il résulte quelquefois de cet état de choses une langueur générale, un manque effrayant d'impulsion vigoureuse dans les affaires. La stérilité des chambres parvient alors à un tel degré, que, soit sur les bancs de l'opposition, soit sur ceux du gouvernement, elles ne présentent nulle part un nombre suffisant d'hommes d'État véritables; les vieilles réputations s'éteignent, se trouvant quelquefois en face de circonstances sociales plus hautes qu'elles; peu de réputations nouvelles surgissent assez glorieuses pour donner au pays l'espoir de grandes notabilités parlementaires. Il est donc d'un grand intérêt en pareil cas, et lors des élections nouvelles, de chercher, en conservant une partie de la chambre élective, à la retremper par des choix nouveaux, à verser dans son organisme une nouvelle sève, une nouvelle vie : le danger serait de ne pas profiter de cette occasion précieuse pour rajeunir la force gouvernementale de ce corps.

Ce serait d'ailleurs une grande erreur au parti gouvernemental de croire que, dans les choix nouveaux, tout doit être profit pour l'opposition. Ce ne serait pas connaître la nature humaine. Il y a trop de diversité dans les esprits pour qu'ils suivent ainsi la même voie. Parmi les jeunes choix qui seraient faits, et qui ne doivent jamais être

assez nombreux pour changer la direction fondamentale
de la marche parlementaire, qu'ils doivent rendre seulement plus nette et plus vivante; parmi ces jeunes choix,
dis-je, on a la chance de trouver des hommes gouvernementaux aussi bien que des hommes d'opposition; pas en
aussi grand nombre peut-être, mais en faut-il donc une
légion? Ce ne serait pas mon avis, il s'en faut de bien. Il
est de la nature de l'opposition d'avoir beaucoup de chefs,
ou de gens qui veulent l'être. Mais ce n'est pas ce qui peut
la faire réussir; au contraire, c'est presque toujours ce qui
doit la faire échouer. Le parti gouvernemental échouerait
de même, s'il avait trop de notabilités dirigeantes. Il lui
en faut peu, mais il les lui faut bonnes, et le reste suit.
S'il y avait eu, en 1831, plusieurs Casimir Périer dans la
chambre et dans le ministère, peut-être le char de l'État
serait-il encore embourbé dans le mauvais pas d'où il est
sorti !

Ainsi donc on ne doit pas précipiter la marche du temps,
mais aussi il ne faut pas contester son inévitable progrès.
Faisons comme lui : renouvelons nos hommes politiques
comme il renouvelle l'espèce humaine, graduellement et
par portions. Jeunes gens, ne vous hâtez pas trop; la barrière qui vous arrête doit s'abaisser naturellement devant
vous; prenez garde qu'en la brisant, vous ne détruisiez
votre sauvegarde à vous-mêmes, une fois que vous l'aurez
franchie ! Cet âge mûr contre lequel vous vous insurgez,
demain il étendra sa main sur vous, et blanchira vos che-
veux. A peine votre position politique sera-t-elle prise, que
vous aurez vieilli, et qu'en retournant contre vous vos
propres maximes, on accusera d'ambition personnelle votre persistance à vouloir recueillir le fruit de vos travaux ;

ainsi l'État ne serait pas un ensemble de générations éche-
lonnées qui se succèdent à leur tour, mais une expulsion
impie de l'expérience et de la sagesse dépossédées par la
jeunesse et par la force, un désordre universel sous lequel
la société pervertie marcherait toujours avec ardeur pour
n'arriver jamais au port !

Et si l'on vous dit que nous, hommes du temps passé,
vieillards anticipés qui vous fatiguons par des avertissements monotones, nous voulons abuser du triste avantage
que nous avons de compter quelques lustres de plus que
vous, pour vous tenir en quelque sorte à la lisière, vous
dicter vos pensées et vos paroles, et nous enivrer d'une
influence directrice qui écarte les concurrents du piédestal
où notre ambition veut se placer, on nous calomnie et l'on
vous trompe. Je n'ai jamais rien senti de pareil dans mon
âme, et je ne vois rien de tel dans les hommes d'opinions
modérées avec lesquels je suis en rapport, depuis la révolution surtout. Ce n'est pas une grande volupté, soyez-en
sûrs, que de consumer ses jours et ses nuits à calculer les
chances arides d'un débat politique, et ceux qui connaissent à fond cette triste gloire, vous en céderont volontiers
le fardeau, sitôt que vous serez en état de le porter !

Mais souvenez-vous que, dans l'intérêt de l'ordre et de
la stabilité de la société, il y a une condition d'un ordre
supérieur que les électeurs ont l'obligation d'avoir toujours
présente à leur pensée et qui doit leur servir de guide dans
le choix de leurs candidats : il ne faut pas qu'ils oublient
qu'il y a , en politique, une règle de morale dont les tendances démocratiques tendent perpétuellement à s'écarter,
et à laquelle les véritables hommes d'État doivent toujours
les ramener, — c'est d'avoir pour les hommes publics cette

fidélité grave et mesurée qui leur tient compte des services rendus, et qui ne les expose pas aux rigueurs d'un ostracisme incessant en faveur des hommes nouveaux.

CHAPITRE VII.

Des Professions de foi électorales.

Pour apprécier à leur juste valeur les candidats qui se présentent aux colléges électoraux, on a imaginé d'exiger d'eux des professions de foi, des déclarations de principes. — C'est le moins concluant de tous les moyens.

En effet, un bon citoyen peut sans doute faire, avec sincérité, une telle déclaration; mais un intrigant, un ambitieux, n'hésitera pas une minute à la faire aussi. Dèslors, elle ne prouvera rien; et nous avons déjà vu en d'autres circonstances que les courtisans du pouvoir ou du peuple, peu importe, sont d'autant plus prompts à faire de telles promesses, qu'ils sont moins disposés à les tenir.

D'ailleurs, si l'on demande à un homme la déclaration de ses sentiments politiques, c'est une preuve qu'on ne les connaît pas. Or, si l'on ne connaît pas les sentiments politiques d'un candidat, est-ce sur sa propre parole qu'on doit le croire? Est-ce dans un moment où il est intéressé à capter les suffrages qu'on doit lui en fournir un si facile moyen? Si on connaît ses sentiments, sa délaration est superflue; si on ne les connaît pas, sa déclaration ne peut avoir d'empire sur les esprits.

Je crois donc qu'on a tort d'attacher autant d'importance à de telles protestations.

Il faut des actions et non des paroles.

Il faut examiner la vie antérieure du candidat, et voir si dans cette vie se trouve la preuve de sa capacité, de son dévouement au pays et à l'ordre ; les antécédents, en pareil cas, sont la seule profession de foi ayant une valeur réelle.

CHAPITRE VIII.

Des Réunions préparatoires d'Électeurs, et des Comités électoraux.

On ne doit attacher aucune importance aux décisions des réunions électorales qui précèdent les élections. — Elles n'auraient de sens et de portée politique que si tous les électeurs s'y rendaient et pouvaient s'y rendre ; elles seraient alors une sorte de répétition de la lutte électorale. Mais il n'en est point ainsi.

On adresse des lettres de convocation aux uns, on n'en adresse point aux autres ; on court, on presse, on excite tous ses amis à s'y rendre ; puis, on fait mettre dans un journal un avertissement *in extremis*, dont, avec raison, l'opinion opposée ne fait aucun cas, et au jour fixé une petite fraction du collége, appartenant à une seule opinion, se trouve réunie, discute à sa fantaisie, fait incognito une petite caricature de scrutin, qu'on qualifie pompeusement du titre d'*expression de l'opinion publique*. Mais l'opinion publique s'en soucie fort peu et continue son chemin.

Rien de plus dérisoire, en effet, que de pareils scrutins, car il serait facile de composer, dans le même collége, trois ou quatre réunions préparatoires, qui toutes donneraient à leur scrutin des résultats opposés. Nous en avons déjà vu des exemples; tout dépend de l'opinion de ceux qui convoquent ces réunions, et de la fraction particulière du collége qui s'y rend.

Si l'on examine ces réunions sous un autre point de vue, si on les dégage de leur ridicule simulacre de scrutin, elles peuvent, dira-t-on, servir d'occasion aux électeurs pour discuter le mérite des candidats et éclairer leurs opinions. Mais, nous le demandons, quand la presse discute tous les points, les faits, les actes, les noms des candidats; quand elle parle à la fois à tous les membres du collége électoral et aux cinq cents mille habitants d'un département, quel besoin a-t-on de se réunir soixante ou quatre-vingts dans un salon, pour apprendre ce que tout le monde sait déjà?

Les comités électoraux n'ont qu'une seule utilité : c'est dans le cas où des électeurs d'une même opinion s'unissent pour concerter leurs mesures et régulariser leurs efforts, pour agir loyalement sur l'opinion, et la ramener aux convictions qu'ils croient utiles au succès de la cause commune. Hors de là, les réunions préparoires n'ont aucun sens.

Mais, dans cette limite, on ne peut méconnaître leur utilité; car je crois que, dans l'état actuel de nos mœurs et de notre législation politique', ces réunions sont le seul moyen de suppléer aux institutions et aux usages qui nous manquent, et de conserver sans trouble et sans violence la monarchie représentative en France.

Il est, en effet, utile et juste d'entretenir dans l'esprit de

la nation l'instinct qui la rend attentive à conserver sa
liberté; il faut, par conséquent, lui laisser une expression
raisonnable, pacifique, légale dans ces réunions politiques,
ou s'attendre à voir cet instinct se manifester dans les masses
elles-mêmes, et agir par des voies tumultueuses, sinon
anarchiques. Si on n'a pas de comités électoraux, on doit
craindre d'avoir, tôt ou tard, les *hustings* de l'Angleterre.

Le but de l'action électorale des comités étant ainsi
défini, il est facile de comprendre que leur premier effet
est d'éclairer l'opinion des électeurs et de régulariser leur
action en la concentrant. Ils doivent, secondant la marche
des diverses opinions, venir en aide au ministère, ou assurer l'action libre de l'opposition dans le cercle tracé par
la loi.

Il faut donc accepter franchement cette action, et ne
pas interdire aux opposants la faculté de se former en comités, car il est juste que l'opinion opposée à celle du ministère ait une voie quelconque de se concerter, de s'entendre, de s'exprimer, soit pour surveiller la confection
des listes, soit pour apprécier le mérite des éligibles et les
porter à la députation. — Cela est d'autant plus équitable,
qu'en outre du concours qu'apportent au cabinet en exercice les comités électoraux appartenant à la même opinion
que lui, le ministère forme par lui-même un vaste co-
mité-directeur ayant, en quelque sorte, dans toutes les
préfectures du royaume, des comités-directeurs particuliers
pour chaque localité. —Non-seulement il y aurait une injustice flagrante à refuser à l'opposition légale les moyens
de contrebalancer, dans la mesure de ses forces, ces avantages du ministère, mais encore il serait très-impolitique
de le faire.

Il n'y a, en effet, que trois chances possibles à la lutte électorale.

Ou le ministère agira sans contre-poids et sans adversaires, et alors les élections seront inévitablement et toujours à lui, qu'il ait tort ou raison ; ce qui serait fort à regretter si le ministère était mauvais.

Ou le ministère aura à lutter contre l'influence des sommités, des notabilités électorales de l'opposition , qui se réuniront en faisceau, pour grouper à leur suite les intérêts nombreux et actifs de la démocratie électorale, ainsi maîtrisés et régularisés.

Ou le ministère, faute de cet obstacle régulier et pacifique, devra lutter contre l'action directe de la démocratie électorale elle-même, active, turbulente comme dans les élections anglaises, et marchant inévitablement à la réforme politique, poussée à ses derniers degrés.

Voilà les trois chances ; et il faut se résigner à la seconde, si l'on veut à la fois l'ordre et la liberté. La première donnera le despotisme ; la troisième donnera l'anarchie , parce que, d'un côté, les ministres sont rarement capables d'apprécier la ligne de pouvoir et de liberté qu'il ne faut pas dépasser, et que, de l'autre, les masses populaires abandonnées à leur seul instinct, sont frappées à cet égard d'une incapacité éternelle.

Or, cette seconde chance, que l'on doit préférer, qu'est-elle autre chose que le résultat nécessaire des réunions électorales, formées volontairement, librement, au grand jour, sous l'inspection toujours agissante de la magistrature, et composées des notabilités, des sommités sociales de chaque opinion dominante dans les localités?... Toutes les fois que le peuple sera dans un état normal et non dans une crise révolutionnaire, il lèvera naturellement les yeux en haut, car sa confiance monte et ne descend pas. Ce seront donc toujours les hommes influents en talents, en fortune, en vertus, les hommes dont la position sociale assure l'indépendance, qui formeront les réunions électorales. Toute réunion différemment composée, n'aurait aucun empire, ne serait point écoutée, ne serait pas prise pour point d'appui. Or, de telles réunions agissant dans les limites légales, ont pour but et pour effet inévitable, cela est évident, de régulariser, de légaliser, de pacifier toute impulsion populaire, et de garantir le pays de l'anarchie en lui donnant un moyen d'action régulier et loyal.

CHAPITRE IX.

Des Coalitions électorales.

Les coalitions électorales sont désastreuses aux yeux des amis du gouvernement, de l'ordre, du repos; elles détruisent toute stabilité, toute sécurité, toute fixité dans la marche politique.

C'est un symptôme effrayant pour l'avenir du pays; car le gouvernement étant, par cela seul qu'il est gouvernement, condamné à n'être appuyé que par une seule opinion, du moment que les opinions dissidentes, renonçant à leur propre système, se joignent pour adopter n'importe quel système et quels hommes, pourvu qu'ils soient portés contre le gouvernement et qu'ils lui fassent subir un échec électoral, quel que soit le système qu'adopte celui-ci, il sera sans cesse exposé à tomber sous ces coalitions, qui, en politique, sont le dernier degré de l'immoralité. C'est l'empire de la haine substitué à l'empire du raisonnement et de la conviction; et comme les opinions coalisées sont ennemies l'une de l'autre, ont des principes et un but opposés, et ne s'entendent que pour agir contre l'opinion constitutionnelle et conservatrice, il en résulte que leur succès est constamment une destruction de ce qui est, sans qu'elles puissent s'entendre pour y substituer un système nouveau. — De toutes les tactiques révolutionnaires, cette tactique de coalition est donc la plus fatale et la plus dissolvante.

Les coalitions électorales sont d'autant plus dangereuses, qu'elles se renforcent habituellement de toutes les petites jalousies, de toutes les rancunes, de tous les ressentiments d'intérêts et d'affaires; qu'elles font vibrer les passions mauvaises jusque dans les rangs des amis du pouvoir, dont elles détachent toujours ainsi quelques voix, en choisissant un candidat dont le nom ne soit pas un épouvantail pour les consciences timides, car elles ne prennent point pour candidats leurs propres coryphées. Loin de là, pour abuser les amis du gouvernement, elles choisissent parmi eux quelques ambitions faciles à ébranler, et les séduisent par l'aspect d'un succès prompt et facile, que par eux-mêmes ils ne pourraient obtenir.

Les oppositions comprennent fort bien l'avantage qu'elles ont à agir ainsi. — En prenant dans les rangs de la majorité l'homme nouveau dont l'avenir n'est pas couvert par l'égide d'un passé décisif, afin de renverser l'homme déjà consacré par des actes parlementaires à une direction monarchique, elles jettent l'incertitude dans les esprits;

elles laissent supposer qu'ayant appuyé ce candidat, elles
ont lieu d'espérer quelque chose de lui. Par ce moyen,
elles ébranlent la foi publique, sachant bien que le pouvoir et le parti de l'ordre ont tout à perdre dans ces oscil-
lations de l'opinion, et que les promoteurs du désordre
ont tout à gagner à les perpétuer.

Cette tactique réussit plus facilement au moyen d'un
candidat qui n'a pas d'antécédent politique, car chacun
peut interpréter à sa fantaisie la couleur qu'on veut lui
donner. Depuis l'opinion républicaine, jusqu'à la plus
douteuse nuance d'opposition, toutes les voix opposées
au gouvernement se portent sur ce candidat, et chaque
parti, chaque fraction de parti le proclame comme sien.

Dès-lors, malgré toute la considération que mérite per-
sonnellement l'homme présenté par les opposants, on doit
comprendre que sa nomination étant le résultat d'une coalition hostile à l'opinion monarchique et constitutionnelle, par cela seul que toutes les voix républicaines,
toutes les voix des oppositions diverses lui sont acquises,
son élection doit être repoussée par tous les électeurs qui
désirent l'ordre et la stabilité du gouvernement, à moins
qu'ils ne veuillent se faire les auxiliaires de la coalition
organisée contre eux. Ce n'est pas le candidat qu'il faut
repousser, c'est le parti qui le porte, c'est l'opposition qui
l'appuie, c'est la conjuration formée contre les doctrines
monarchiques, dont le candidat opposé est le représentant
éprouvé; c'est d'ailleurs, ainsi que je l'ai dit, un bien grand
malheur pour une nation, une bien grande faute morale,
quand, au lieu de mesurer sa confiance aux services qui
lui ont été rendus, elle se laisse aller à un esprit de changement et de rivalité; quand elle offre ainsi un encoura-

gement à la jalousie et au dénigrement ; quand les hommes qui la servent avec le plus de constance et de désintéressement sont sans cesse exposés à se voir ravir sa confiance, seul prix qu'ils aient ambitionné pour leur long dévoûment !

———————— ✦ ————————

CHAPITRE X.

De l'Influence de l'Administration sur les élections.

———

L'élément démocratique a, par lui-même, une force d'ascension et d'envahissement si prodigieuse, que tout esprit vraiment politique peut regarder l'assertion suivante comme une incontestable vérité : — L'élection populaire, quoique restreinte à de certaines limites de cens, d'âge et de condition, usurpera rapidement toute la force gouvernementale et la détruira, dans toute monarchie constitutionnelle où le gouvernement restera spectateur inerte des élections, et n'exercera pas sur elles une influence légale, mais efficace et directe.

Je sais que cet axiome paraîtra un étrange blasphème au vieux libéralisme, à cette secte étroite et matérielle qui veut absolument que le gouvernement soit gouverné par les caprices éventuels dont l'intrigue, l'ambition, le charlatanisme, peuvent accidentellement fanatiser l'opinion électorale. Mais je ne me laisse point arrêter par de telles clameurs, et je vais droit au but que je veux atteindre.

Pendant la restauration, une invincible méfiance agissait réciproquement sur le gouvernement et sur nous.

Tout ce qui émanait du trône, nous semblait absolutiste et féodal ; tout ce qui émanait de nous semblait, au trône, révolutionnaire et subversif.

Cette méfiance naissait de la nature même des choses, de l'origine de la restauration, de ses préjugés, de ses déplorables auxiliaires ; et, aussi, il faut le reconnaître, de nos préjugés révolutionnaires, de notre ignorance des vrais principes de la liberté, de notre engoûment pour les illustrations fausses, dont la révolution et l'empire nous avaient transmis les vieux coryphées, convertis tout-à-coup, et l'on ne sait trop comment, au culte de la monarchie constitutionnelle dont ils n'avaient pas la moindre idée.

Alors l'administration et son influence étaient de la part de la restauration une arme contre nous.

Alors les élections étaient de notre côté une arme à la fois offensive et défensive contre la restauration.

De ce duel permanent, aucun état politique, normal et constitutionnel, ne pouvait naître. Chacun cherchait à conserver sa position absolue ; nulle confiance, nul accommodement, nulle pacification n'était possible. — Une révolution plus ou moins prochaine était le seul avenir probable et presque certain.

C'est au milieu de cette perturbation de tous les principes d'ordre et de durée gouvernementale qu'a pris naissance parmi nous, et s'est accréditée jusqu'à la plus déplorable intensité, cette opinion anti-sociale que le gouvernement était sans cesse en suspicion légitime, en accusation permanente devant le pays ; que les colléges électoraux étaient rassemblés pour prononcer, en dehors de toute action gouvernementale, sur les infidélités présumées de l'administration politique de l'État, et que celle-ci devait être réduite au rôle purement passif d'un accusé qui attend sa sentence ou son absolution, au rôle d'un pouvoir subordonné, qui, n'ayant aucun droit à intervenir dans le verdict du jury national, n'avait d'autre mission que de laisser le sort de l'État flotter au hasard selon les caprices et les emportements des factions électorales.

Alors qu'arriva-t-il?.. Il arriva que la restauration, privée, moitié par sa faute, moitié par la nôtre, de l'influence loyale et légitime qu'elle aurait dû pouvoir exercer sur les élections, et sentant cependant qu'aucun gouvernement ne peut vivre sous le coup d'une attaque permanente quand il n'a aucun moyen de se défendre, fut poussée par sa malheureuse destinée à faire usage d'une influence illégale et usurpatrice pour remplacer l'action loyale et directe qui lui échappait. Ainsi le mal s'envenimait chaque jour, il devint promptement tout-à-fait irrémédiable, et l'on sait ce qui en est résulté.

Or, si, dans l'état actuel des choses, nous laissions des principes semblables de méfiance et d'hostilité contre le gouvernement, prédominer le système électoral, nous marcherions inévitablement au même résultat. Ce danger incessant est la plaie secrète, perpétuellement irritée par le venin du républicanisme, que tout gouvernement représentatif par élection porte en lui-même. C'est le ver qui le ronge au cœur.

A l'appui de cette méfiance prétendue constitutionnelle, voyez combien les ambitions populaires, excitées par l'élection à envahir tous les postes élevés de l'État, jusqu'au ministère inclusivement, sont riches en déclamations séductrices! « Quoi! disent-elles, laisser le gouvernement agir sur les élections par ses agents, par ses préfets, par ses myriades de fonctionnaires publics de toutes sortes? Quoi! laisser les fonctionnaires publics influencer les colléges électoraux, après avoir influencé déjà les votes de la chambre où ils sont en si grand nombre? Non, il n'en doit pas être ainsi, et la pureté du droit constitutionnel voudrait, au contraire, que tout citoyen tenant une fonction salariée du gouvernement fût, par cela seul, privé de l'élection et de l'éligibilité. Sans cela, les fonctionnaires publics nommeront les députés, ils se feront députés eux-mêmes; et le gouvernement n'étant plus surveillé que par ses propres agents, la monarchie représentative sera une dérision, un masque sous lequel se cachera la réalité du pouvoir absolu!.... »

Si l'on réfléchit mûrement à l'hypothèse contraire, combien on la trouvera plus fatale, et combien elle prouvera invinciblement l'absurdité de toutes ces déclamations !

Que serait un gouvernement qui, tous les cinq ans, verrait le flot des ambitions déborder sur lui par l'élection, sans avoir lui-même aucun moyen de défense, ni pour son système, ni pour son personnel? Eh! tous les cinq ans, personnel et système, tout serait forcément, brusquement, intégralement changé! Qu'est-ce donc que la députation, en réalité, pour les ambitions populaires? Ne le voit-on pas chaque jour?.... Un moyen de parvenir aux places, au pouvoir, aux honneurs, à la fortune. Si la députation était renouvelée en dehors de l'action du gouvernement, on peut être certain qu'elle serait renouvelée contre l'action du gouvernement, non pas une fois, mais toujours. Et s'il était décidé que les députés élus ne pourraient occuper eux-mêmes le gouvernement dont les titu-

laires seraient alors exclus; si les places de ce gouvernement n'étaient plus alors offertes en curée à ce bataillon
nouveau de solliciteurs tout puissants, au lieu d'un ébran-
lement administratif, le pays serait sous le coup d'une révolution quinquennale dans l'ordre politique et gouvernemental lui-même!—On le renverserait, parce qu'on
ne pourrait plus y trouver place!... Et voyez la singulière inadvertance des puristes libéraux, qui voudraient
tout à la fois que l'administration politique, émanée du
pouvoir royal, n'eût aucune influence sur les élections,
et que les députés élus ne pussent ensuite entrer dans l'administration!

De sorte que le gouvernement du pays par le pays, car
c'est là l'expression technique dont ils se servent, serait
constitué de manière que les députés du pays ne pourraient occuper aucune place dans le gouvernement du
pays; et pour qu'il en fût ainsi, le roi ne pourrait accorder sa confiance aux hommes investis de la confiance du
pays, et le pays, de son côté, devrait bien se garder de
nommer pour députés les hommes qui auraient la confiance du roi!.... O profonde absurdité!....

L'élection devant, en définitive, fournir une portion de
gouvernement, un appui au pouvoir du roi, vouloir qu'il
y soit étranger, qu'il laisse l'opinion livrée à toutes les factions électorales, sans essayer d'intervenir aussi pour défendre dans le scrutin la cause du système qu'il croit le
meilleur pour l'État, c'est réduire le pouvoir monarchique à l'anéantissement le plus complet, c'est en faire un
mannequin ridicule, c'est lui donner la pitoyable figure
d'un ballon gonflé de vent que les partis se jetteraient

mutuellement à la tête pour s'étourdir à la fois et pour s'en débarrasser.

On craint que le pouvoir ne soit trop fort s'il influence le vote des colléges ou de la chambre élective par les moyens légaux que la constitution laisse à sa disposition? Oh! que l'expérience chaque jour renouvelée devrait bien nous inspirer une crainte tout opposée! Est-ce que l'on ne sait pas, qu'en France, il est de mode et de bon ton de décrier le pouvoir; que les fonctionnaires eux-mêmes rougissent du zèle qu'on leur reproche à titre de servilité; qu'ils tendent comme les autres à se pavaner d'une indépendance poussée souvent jusqu'à l'ingratitude? Quoi! dans ce siècle où le pouvoir s'éteint de toutes parts, faute d'aliment moral, c'est sa trop grande force que l'on redoute?... Oh! que notre mal est profond, et que la France est destinée à de rudes épreuves, si cette tendance excentrique et dissolvante n'est pas promptement réprimée par un retour de raison et de vraie philosophie!...

Le pouvoir royal, la pairie, n'auraient plus ni fixité ni garantie le jour où les élections, abandonnées à elle-mêmes, se feraient complètement en dehors de l'influence du pouvoir. L'assemblée élective serait alors forcément induite à se croire le seul pouvoir réel de l'État, et sa volonté souveraine n'admettrait plus aucun tempérament. Il faut donc, dans ce corps démocratique lui-même, des éléments conservateurs et monarchiques qui puissent servir de ciment et l'unir, par une tendance commune vers l'ordre et le repos, avec l'autre assemblée et avec la royauté. Or, cet élément manquera tout à fait à la chambre élective le jour où le gouvernement du roi serait dépouillé de toute influence directe sur l'élection. Et comment n'en

voit-on pas la preuve dans ce qui se passe sous nos
yeux?—On reproche à la chambre élective, d'être peu-
plée de fonctionnaires élus, d'être nommée par des fonctionnaires électeurs ; elle devrait donc être bien subordon-
née, bien respectueuse, bien obéissante?... Eh bien ! qu'en
est-il? Les événements des dernières années se chargent de
répondre. — On hésite un instant devant son caprice de
réduction de la rente.... la voilà tout-à-coup qui s'insurge,
qui met le marché en main à la royauté, qui brise le ministère avec lequel elle sympathisait depuis plusieurs sessions, sans savoir, dans son désordre d'idées, par quels
hommes ni par quel système le remplacer!... Puis, elle
vote les budgets à la course, et s'éparpille immédiatement
après, ôtant ainsi à la pairie son droit de délibération sur
les finances, et au pouvoir royal son droit de sanction ou
de refus sur les délibérations des deux chambres ! Suivez
les débats de la chambre élective, partout vous y verrez
cette fausse indépendance, cette tendance à se croire tout,
cette usurpation du droit des autres corps de l'État, se manifester avec la même incohérence et le même absolutisme,
triste émanation des doctrines absurdes de la souveraineté
du peuple ! Et pour remède à ce désordre excentrique, à
cette dissolution du gouvernement lui-même, on voudrait
priver le gouvernement de la dernière et trop faible influence qui lui reste sur le mécanisme électoral ?... Mais ce
serait vouloir absolument que la France devienne tout-à-
fait ingouvernable, et que la révolution se prolonge indéfiniment sans arriver jamais à aucune organisation définitive !...

On objecte que l'administration pourrait être vicieuse
et faire un usage condamnable de son influence dans les

élections.—Mais cette circonstance du débat ne m'arrête
point. J'aime mieux cent fois que l'administration fasse
un usage passagèrement mauvais, selon moi, de son influence légitime sur les élections, que de voir le gouvernement du roi privé d'un élément de force et de vie qui
lui est tout-à-fait indispensable. J'aime mieux supporter
les erreurs ou le mauvais emploi de cette force gouvernementale, que de la voir anéantie sous l'usurpation arbitraire de l'élément démocratique. Le jour où il serait reçu
en dogme constitutionnel que le gouvernement du roi doit
rester spectateur passif des élections, et subir le joug démocratique que les factions imposeraient au pays par leur
action sans limites, sans surveillance, sans contrepoids
dans les colléges électoraux ; ce jour-là, charte, royauté,
pairie, ne seraient plus qu'un vain mot ; la république
elle-même serait dépassée, et l'anarchie permanente serait
investie d'une couronne de fer et de feu.

CHAPITRE XI.

De l'Élection des Fonctionnaires publics à la députation.

Le droit d'élire des fonctionnaires publics est une conséquence des principes que j'ai émis dans le précédent chapitre ; c'est, en même temps, une question politique et
sociale qui mérite toute l'attention des citoyens, car elle
tient de près à leurs droits, à leur liberté, à la sécurité de
l'État et de la monarchie constitutionnelle.

Les adversaires du gouvernement font grand bruit de

certaines maximes générales et absolues qu'ils s'efforcent
de faire prendre pour de véritables principes. Mais plus
nous avancerons dans la carrière pratique de la liberté,
plus l'expérience nous convaincra que la presque totalité
de ces prétendus principes ne sont point des vérités absolues, mais seulement des vérités relatives dont il faut
faire l'application avec le discernement le plus attentif. De
ce qu'il est vrai, par exemple, que dans certaines circonstances politiques il ne conviendrait pas d'élire pour député
un fonctionnaire public, il ne s'ensuit pas du tout qu'on
doive conclure pour maxime générale que les fonctionnaires publics ne doivent point être élus députés; pas plus
que l'on ne pourrait conclure qu'une fonction publique
exercée par le candidat, doit être un motif absolu de l'élire
pour député; de ce que, dans certaines circonstances données, ces fonctions publiques auraient été vraiment un
des motifs déterminants du choix des électeurs.

Décider, en thèse générale et absolue, que le citoyen
honoré de la confiance du gouvernement doit, par cela
seul, être exclu de celle des électeurs, ce serait la maxime
la plus révolutionnaire, la plus dissolvante, la plus anti-
sociale; ce serait consacrer l'éternel divorce de la nation et
du gouvernement; ce serait obliger le monarque à choisir
pour agents les hommes que les électeurs en jugeraient
incapables, ou condamner les électeurs à choisir pour députés les hommes que le gouvernement jugerait indignes
de sa confiance; ce serait décider que le gouvernement représentatif, par cela même qu'il va chercher, au moyen
du mécanisme électoral, les notabilités, le talent, la vertu,
dans toutes les classes de la société, les place en lumière,
les élève sur le pavois, les fait connaître au gouvernement

et au peuple, tout exprès, afin que ces notabilités politiques et sociales soient spécialement exclues des fonctions publiques et du gouvernement. A ce compte, plus un député aurait montré de talent, de patriotisme, de capacité, plus il serait défendu au roi de l'employer comme fonctionnaire dans la direction de l'État. Au lieu d'être le gouvernement des capacités nationales, le régime représentatif en deviendrait l'exclusion. Les électeurs chercheraient avec soin, dans la foule des citoyens, tous ceux qui paraîtraient dignes de participer au gouvernement, pour leur fermer exprès toutes les carrières publiques, où leurs capacités pourraient être employées utilement pour la patrie.

Ce prétendu principe n'est donc qu'une erreur monstrueuse, si l'on veut l'interpréter dans sa portée absolue et générale. Il est le résultat de ce préjugé, éminemment révolutionnaire, qui tend à faire croire que le gouvernement est en quelque sorte l'ennemi de la nation, et que les députés ont pour unique mission d'aller disputer à la rapacité de cet incurable ennemi, quelque débris de la fortune publique qu'il voudrait détruire, de la liberté qu'il voudrait envahir. — S'il en était ainsi, l'état social ne serait point la paix, il serait la guerre entre le gouvernement et la nation; la guerre incessante, sans terme, sans but, sans solution possible. Une telle maxime de civilisation serait la destruction de la civilisation elle-même.

Ce qu'il y a de vrai, le voici : — C'est que le gouvernement institué, non pour son intérêt et sa gloire propre, mais pour l'intérêt et le bonheur du pays, peut quelquefois oublier cette mission sociale, je dirais presque cette mission divine; il peut oublier que les intérêts généraux doivent être l'objet de sa constante sollicitude, et se laisser individualiser lui-même au milieu de la nation. Alors, la nation, par l'usage consciencieux de ses droits électoraux, peut et doit ramener le gouvernement dans la ligne nationale qu'il aurait abandonnée pour favoriser quelques intérêts particuliers. Alors elle peut et doit dire : — « Je » ne veux pas nommer pour député les hommes que le » gouvernement a investis de sa confiance, parce que je » n'approuve pas la ligne politique suivie par le gouver- » nement. Loin de l'encourager à y rester, je veux l'en- » gager à en sortir. Je ne veux donc point donner de » nouveaux appuis à son système; c'est pour cela que » je repousse de l'urne électorale les fonctionnaires publics » qui en sont l'expression et les instruments. »

Mais l'école du faux libéralisme a voulu faire une maxime générale et absolue d'une raison déterminante et spéciale puisée dans un ordre de faits gouvernementaux qui ne se produisent que rarement; d'un moyen de liberté, elle a fait, selon son usage, une maxime perverse qui mettrait l'action révolutionnaire en permanence, et qui rendrait tout gouvernement impossible.

Si les vérités que je viens d'exprimer paraissent évidentes, on sentira que ce débat doit sortir du champ vague et illimité des généralités où l'on s'égare, pour se renfermer dans l'examen et dans l'appréciation pratique des faits. On sentira que l'exclusion ni l'élection des fonctionnaires publics ne sont un principe. On sentira que lorsque le gouvernement suit un système libéral, social, national; lorsqu'il choisit pour agents de ce système les citoyens honorés de la confiance publique, c'est un nouveau lien qui unit la nation à un bon gouvernement, à un bon système; à un gouvernement, à un système qui n'est lui-même que la réalisation des vœux et des efforts de tous les bons citoyens, et que, par conséquent, refuser les suffrages aux agents de ce système et de ce gouvernement, ce serait pour la nation briser de ses propres mains le lien qu'elle doit resserrer; ce serait détruire son propre ouvrage; ce serait travailler contre elle-même, au profit de ses adversaires du dedans et du dehors.

Si, au contraire, le gouvernement et son système étaient mauvais; si l'on suspectait ses intentions, et qu'on voulût lui témoigner une méfiance invétérée, eh bien! en ce cas, il serait naturel de refuser les suffrages des électeurs aux agents et aux défenseurs du système de ce gouvernement. Ce refus, si l'on devait y persister jusqu'à ce que le gouvernement fût rentré dans la bonne voie, et s'il ne voulait pas y rentrer, jusqu'à sa chute ou jusqu'à son triomphe par la force, conduirait par conséquent à l'une de ces crises terribles, que l'on appelle révolutions!

Pour achever ce qui touche la question constitutionnelle, je dois faire remarquer qu'une chambre d'où seraient exclus tous les hommes à talent qui ont la gloire de consacrer leur vie au service de l'État, dans l'ordre militaire, dans l'ordre judiciaire, dans l'ordre administratif, serait un étrange composé de gens chargés de faire les lois, et n'ayant aucune expérience de leur pratique, de leurs avantages ou de leurs inconvénients d'exécution, des facilités ou des difficultés qui s'y rencontrent, de l'accueil que cette exécution peut trouver dans les mœurs du pays; une pareille chambre, en outre qu'elle serait formée de membres entièrement en dehors du système politique du gouvernement, ce qui ébranlerait radicalement ce système, qu'il fût bon ou qu'il fût mauvais; une telle chambre, dis-je, serait donc encore formée de gens étrangers à toute action gouvernementale, à toute réalisation de la gestion sociale. Elle serait donc exclusivement remplie de gens à théories, à études abstraites dépourvues d'application. Et dès-lors on voit comment elle réunirait en elle ce qu'il y a de pire dans le monde : — d'un côté, elle n'aurait aucune liaison, aucun contact, avec le gouvernement; de l'autre, elle n'aurait aucune liaison, aucun contact avec l'exécution pratique des lois sur les gouvernés. Sous le rapport politique et sous le rapport social, ce serait une chambre également inhabile et impuissante.

Ainsi, par exemple, s'agirait-il de discuter dans la chambre une loi sur l'organisation de l'armée, sur l'avancement, sur le recrutement?... Il n'y aurait point de militaires, parce que les militaires sont fonctionnaires salariés. — S'agirait-il de discuter une loi d'administration judiciaire, ou de législation criminelle, ou de droit civil? Il n'y aurait ni juges, ni conseillers, ni avocats-généraux, ni aucun employé supérieur du ministère de la justice, car ils sont fonctionnaires salariés. — S'agirait-il de discuter une loi de finances?... Il n'y aurait ni receveurs, ni employés des finances, ni, par une conséquence forcée des mêmes principes de méfiance, aucun des financiers qui, par état, sont dans la nécessité d'avoir des rapports avec le trésor. Ainsi de suite, car l'énumération serait trop longue. — Vous feriez faire les lois de finances par des faiseurs de systèmes; les lois de la guerre par des agriculteurs; les lois de la marine militaire par des manufacturiers; les lois judiciaires par des poètes; les grandes lois politiques par des hommes à théories, à philosophie abstraite, dont jamais la pratique n'aurait confirmé les essais, et, en définitive, vous verriez comme la France serait bien gouvernée (1).

Le pouvoir législatif serait donc ainsi déconsidéré, isolé, épuisé d'avance en quelque sorte, avant d'avoir agi. Les lois une fois faites, par des gens entièrement étrangers à leur pratique, seraient annulées elles-mêmes par la difficulté, souvent par l'impossibilité de leur exécution. Enfin, l'administration civile, militaire et judiciaire, chargée de l'exécution de ces lois, faites par des hommes ignorants des réalités pratiques de ces trois administrations, serait doublement déconsidérée; d'abord par l'anathème dont elle aurait été frappée, puisque la qualité de serviteur de l'État aurait été un titre d'exclusion de la chambre des députés; ensuite, par l'impossibilité de bien administrer en exécutant des lois incohérentes, contraires aux faits de l'administration, aux besoins de l'administration, aux ressources de l'administration.

On voit donc facilement par là, combien ces absurdes généralités qu'on veut qualifier du nom de principes, seraient fatales. Force politique, unité de l'État, sagesse des lois, bonté de l'administration, elles détruiraient tout à la fois.

Et dans quel moment voudrait-on mettre en pratique ces fausses et dangereuses maximes?—Ce n'est point dans une époque d'ordre, de repos, où la machine gouverne-

---

(1) Ceci ne veut point dire qu'il faille exclusivement peupler la chambre de fonctionnaires civils, politiques ou militaires; mais que, loin d'en être exclus, ils doivent y être présents dans la proportion qu'ind'que la confiance morale des électeurs dans la capacité de ces fonctionnaires. Alors, ils concourent avec les industriels, avec les agriculteurs, avec les négociants, avec les savants, à la confection générale des lois, et le pays est réellement dirigé par l'ensemble des lumières et de l'expérience des hommes spéciaux.

mentale déjà établie et montée, fonctionne presque d'elle-même, et marche toute seule : ce n'est point dans une monarchie constitutionnelle déjà consolidée par le temps, sous une dynastie constituée depuis des siècles, contre laquelle nulle faction ne peut profiter, avec chance de succès, de l'état faible et décousu de l'administration encore neuve du pays. Non : c'est au sortir d'une révolution qui a tout changé, tout déplacé, tout ébranlé; c'est sous une monarchie nouvelle à la fois et par son établissement et par le contrat constitutionnel sur lequel elle est fondée; c'est au milieu de la révolte incessante de tous les ennemis que lui ont légués le passé qu'elle remplace, et les folles institutions qui voudraient la remplacer dans l'avenir; c'est dans ce moment d'incertitude et de trouble, qu'on viendrait imposer à cette monarchie naissante des maximes dissolvantes qui lui ôteraient tout moyen d'action et de force, lorsqu'il serait au contraire dans l'intérêt du pays, de donner au pouvoir royal tous les moyens d'action et d'influence que la constitution autorise par cela seul qu'elle ne les exclut pas !...

***

CHAPITRE XII.

Du Droit que peut avoir le Gouvernement d'obliger certains Fonctionnaires publics à opter entre leur place et la députation.

Une loi, rendue par les trois pouvoirs, a déclaré quelles seraient les fonctions publiques *incompatibles* avec le mandat de député.

Cette loi n'a pas compris certaines fonctions parmi ces incompatibilités. Donc, dit-on, si le gouvernement ôtait sa place au titulaire d'une fonction dans cette catégorie, parce qu'il aurait été nommé député, le gouvernement prononcerait une incompatibilité que la loi n'a point prononcée.

Donc, l'administration ferait à elle seule une loi. Or, d'après la charte, les trois pouvoirs de l'État ont seuls le droit de faire la loi. Donc la charte serait violée par une telle décision.

Tout cela n'est qu'une pure logomachie.

Sans doute il y a des incompatibilités de droit qui sont établies par la loi.

Celles-là, l'administration n'a nullement à les prononcer ou à ne pas les prononcer. Elles existent indépendamment de sa volonté.

Si donc un préfet, par exemple, était nommé député, par le fait seul de son acceptation, il perdrait sa préfecture. Lors même que l'administration supérieure voudrait lui conserver sa place, elle ne le pourrait pas. Il n'y a rien là de facultatif, rien d'administratif. C'est une injonction précise de la loi.

Toutes les fonctions publiques ne sont pas placées dans cette hypothèse. Nulle incompatibilité obligatoire ne contraint l'administration à remplacer certains fonctionnaires élus députés, et j'ai démontré qu'il serait fort malheureux qu'il en fût ainsi.

Mais parce que l'administration n'est pas contrainte, par la loi, à interdire l'entrée de la chambre élective à certains fonctionnaires, s'ensuit-il qu'elle soit déshéritée du droit de régler la composition de son personnel, de

conserver ou de révoquer ses agents, selon qu'elle le juge
convenable au bien du service? La loi ne lui ordonne pas
sans doute de les remplacer s'ils sont élus, mais si l'administration juge que le bien du service, que tous les intérêts
confiés à ses soins, et dont elle est chargée sous sa responsabilité, pourront être en souffrance faute du fonctionnaire
résidant sur les lieux et remplissant réellement ses fonctions, quelle est la loi qui rend ce fonctionnaire inamovible dans ses fonctions, par cela seul qu'il est nommé député? Quelle est la loi qui oblige l'administration à conserver pour fonctionnaire un homme qui se met hors d'état
de remplir ses fonctions?

Il n'en existe pas.

C'est donc un droit facultatif, inhérent à toute administration, de conserver ou de remplacer ses agents, selon
que l'exige le bien du service public; il serait absurde de
vouloir que le ministère fût responsable, s'il n'avait pas
le droit de conserver ou de remplacer ses agents quand il
le juge convenable.

Ce droit appartient à toutes les administrations possibles, à tous les ministères possibles. L'inamovibilité n'existe
que pour l'ordre judiciaire. Un administrateur, quel qu'il
soit, lorsqu'il est nommé député, n'en reste pas moins révocable, après comme avant. Avec cette différence seulement, que si ses fonctions sont déclarées par la loi incompatibles avec celles de député, le fonctionnaire est plus que
révocable, il est révoqué. Si la loi ne prononce pas l'incompatibilité, l'administration est légalement libre de
conserver le fonctionnaire, ou bien de le remplacer. Qu'elle
le conserve ou qu'elle le remplace, elle ne viole la loi dans

aucune des deux hypothèses. Elle use de son droit le plus
incontestable.

CHAPITRE XIII.

Du Mandat impératif.

Ce serait le comble de la folie d'imaginer un système
où le peuple choisirait ses généraux et leur prescrirait
leur plan de campagne, choisirait ses magistrats et leur
prescrirait la jurisprudence qu'ils doivent suivre, choisirait enfin ses législateurs et leur prescrirait les lois qu'ils
doivent faire?

Telle est précisément la doctrine du mandat.

Quoi! les électeurs s'assemblent pour choisir un député;
ils doivent élire naturellement celui qu'ils croient être le
plus instruit, l'homme doué du plus grand talent, des
vues les plus saines, de l'esprit le plus indépendant, et ils
commenceraient par lui prescrire la décision qu'il doit
prendre sur les questions les plus élevées de la politique,
eux qui n'ont pas les mêmes facultés que lui, qui n'ont
pu étudier les matières en débat, qui, dans l'ensemble, ne
les entendent nullement! Quoi! s'il était question d'une
simple décision sur une question de droit civil, la grande
majorité d'entre les électeurs aurait le bon sens de se ré-
cuser, ils craindraient de mal juger, et iraient consulter
un avocat.... Et lorsqu'il est question d'une décision politique immense, d'une matière qui demande une prodigieuse force d'esprit, une longue étude de la haute politique; d'une décision d'où dépend le sort de la patrie et l'a-

venir du monde, les électeurs, c'est-à-dire, la masse des
citoyens, qui n'a qu'une connaissance bien superficielle de
la matière, l'improviserait hardiment, l'imposerait à ses
députés, sans discussion, sans délibération, sur la foi de
quelques écrivains anonymes aussi légers qu'ignorants !
Est-ce là le bon sens, la sagesse, la prudence qui doivent
présider aux affaires d'un peuple ?

Que le peuple élise ses législateurs, cela se conçoit ; mais
qu'il les dirige après les avoir élus et leur dicte leurs décisions, c'est le monde renversé, c'est l'absurde mis en
pratique ; c'est faire prédominer l'inexpérience sur l'expérience, l'ignorance sur la science ; c'est choisir le plus digne pour lier sa volonté à la décision des plus incapables ;
c'est, en un mot, la destruction de tout mécanisme social, de tout gouvernement.

On insiste et l'on dit : Le député ne s'appartient plus,
il n'est plus lui, il s'abdique au profit de ceux qui l'ont
choisi ; il les représente. C'est donc leur volonté, leur opinion qu'il doit exprimer. Donc un député a tort de parler
de son indépendance ; il doit être l'homme le plus dépendant qu'il soit au monde. Toute sa mission consiste à satisfaire ceux qui l'ont nommé.

Oui, sans doute, le député s'abdique en ce sens que ses
intérêts privés doivent se taire, qu'il doit sacrifier à la
patrie son temps, sa fortune, sa vie !... Mais il ne s'abdique pas en ce sens, qu'il doit conserver son libre arbitre,
sa force morale, sa conscience toute aussi indépendante
de la volonté de ceux qui l'ont choisi, qu'indépendante du
pouvoir auprès duquel il est délégué. Homme du peuple,
il lui doit la vérité, comme le ministre du prince la lui
doit de son côté. Qu'elle plaise ou qu'elle déplaise, qu'elle

satisfasse ou qu'elle choque, c'est à quoi ni l'un ni l'autre ne doit s'arrêter. Quand une grande question politique
se présente dans la chambre, vous député, vous homme
du peuple, vous ne devez pas chercher à savoir comment
le peuple la déciderait s'il était à votre place, mais comment la justice, la liberté, l'intérêt de la France exigent
qu'elle soit décidée. C'est dans votre conscience qu'il faut
descendre et non dans celle d'autrui. Sans cela, vil mannequin des factions populaires, misérable automate sans
force et sans liberté, vous nous conduirez de nouveau sous
le joug d'une multitude préoccupée, livrée à toutes les
passions et à toutes les erreurs ; bonne, j'en conviens avec
joie, dans sa nature même et dans ses dispositions spon-
tanées, mais susceptible d'être cruellement égarée par tous
les intrigants, par tous les ambitieux, qui se mettent à
genoux devant elle, qui l'ensencent afin de l'opprimer, et
qui la font souveraine afin d'exploiter à leur profit cette
souveraineté menteuse dont elle n'est investie qu'à la condition forcée de s'en dessaisir à la minute, ou en faveur
de ses protecteurs ou en faveur de ses tyrans !

Le député s'abdique !... Point du tout : c'est l'électeur
qui abdique, et Rousseau n'a pas hésité à le reconnaître,
lorsqu'en parlant du peuple anglais, il s'écrie : « Le peuple
anglais n'est souverain que pendant les élections. En les
faisant il abdique, et le parlement est tout. » Sans doute,
la nomination d'un député n'est pas un acte de confiance
aveugle. Bien au contraire, et c'est précisément pour cela
que les électeurs ne doivent pas s'en rapporter à des professions de foi, actes de courtisanerie populaire, que le
plus indigne candidat peut accomplir aussi bien et plus
facilement que le plus digne citoyen. C'est à la vie entière

du candidat, à l'expérience de ses lumières et de son patriotisme qu'ils doivent se confier. Là où ces garanties ne se trouvent pas, toute profession de foi est insuffisante. Là où ces garanties se trouvent, toute profession de foi est superflue!

Si les électeurs nomment leur député, avec obligation précise de voter dans tel ou tel sens sur les questions législatives, tout est fini, tout est résolu, tout est décrété avant que la chambre soit rassemblée, et les questions les plus difficiles sont tranchées sans avoir été discutées. A quoi bon discuter en effet dans la chambre, si chaque député étant engagé d'avance ne peut revenir sur ce qu'il a promis à ses commettants? Dès-lors, les débats des chambres ne seraient qu'une vaine simagrée, une grimace parlementaire, une monstrueuse déception.

Voilà donc la décision législative supprimée dans les chambres et transportée de fait dans les colléges électoraux.

Le député, a-t-on dit, est mandataire? — Oui, en ce sens qu'il tient ses pouvoirs des électeurs. Mais, dans les limites de la charte, il conserve la liberté de faire usage de ces pouvoirs, non selon les ordres du peuple, mais selon le cri de sa conscience et les lumières de son esprit.

Les conditions précises imposées au candidat, dit-on encore, serviront de titre aux électeurs pour ne pas les renommer, s'ils enfreignent leurs promesses.

C'est une chétive considération. Les pouvoirs des électeurs sont plus larges que cela. On les rétrécit ainsi au lieu de les agrandir. Qu'un député ait ou n'ait pas fait de promesses, il suffit que sa conduite parlementaire paraisse blâmable pour que l'électeur ne le renomme pas. Sous ce point de vue, il est donc tout-à-fait superflu d'exiger un engagement.

Mais, dit-on, la condition imposée au candidat ne le violente pas. On ne le torture pas pour le contraindre à l'accepter.

Je réponds : cette condition violente torture le sens commun et la constitution. Il est abusif et illusoire d'assembler une chambre pour discuter une question décidée à l'avance. Il est insensé de la faire décider par des masses qui ne l'ont pas étudiée, devant qui on ne l'a même pas discutée, et qui en ont tout au plus des idées vagues et imparfaites.

Et cet entraînement aveugle qu'on imprime aux masses, en leur disant que leur volonté doit prévaloir sur la délibération des pouvoirs constitués, des pouvoirs parlementaires, est une violence, une véritable torture, sinon pour le candidat, au moins pour le député.

CHAPITRE XIV.

De la Réforme électorale.

Dans tout gouvernement libre, fondé sur un système électoral au moyen duquel la nation intervient elle-même dans la direction de ses affaires, ce système électoral ne peut jamais être immobilisé d'une manière fatale et définitive.

Il a pour but, pour seul objet, de placer l'action du

pouvoir politique dans la région sociale où se trouvent la capacité, l'instruction acquise, l'amour intelligent de l'ordre et de la vraie liberté, en un mot, toutes les garanties de sagesse et de patriotisme bien entendu.

Or, cette capacité, cette instruction, cet amour éclairé de l'ordre et de la véritable liberté, ne sont pas immuablement confinés dans telle ou telle portion de la société. A mesure que les temps avancent, la société avance aussi : l'instruction s'y généralise, la propriété s'y multiplie, non-seulement parce que les successions la divisent, mais parce que le travail et l'industrie décuplent les richesses sociales ; les arts et les sciences dans leur développement agissent aussi dans un sens progressif sur les mœurs publiques, et la nation, dans son ensemble, acquiert un nouveau degré de civilisation.

Alors, il arrive nécessairement un terme, une époque où le système électoral basé sur l'état antérieur de la société n'est plus en harmonie avec sa civilisation nouvelle. Il devient donc nécessaire de le modifier, afin qu'il atteigne son but, afin qu'il demande la force morale et l'intelligence politique qui doivent animer le gouvernement, à cette portion de la société où la moralité, l'intelligence, et la force politique se trouvent réellement.

Si, dans l'état perfectionné où la société sera parvenue, elle s'obstine à conserver son système électoral antérieur, alors il y a lutte entre les mœurs et les lois, le désordre s'introduit dans l'État.

Que si, au contraire, après avoir acquis un grand développement de civilisation, une nation se trouvait refoulée dans l'ignorance, dans la barbarie, dans la pauvreté, par quelque cataclysme moral ou physique, dont il ne faut pas nier la possibilité, puisque le passage des temps antiques aux temps modernes nous en fournit de nombreux exemples, et si dans son nouvel état de barbarie cette nation s'obstinait à garder le système libéral qu'elle suivait au temps de sa prospérité, alors il y aurait lutte en sens contraire, et ce système ne vaudrait plus rien pour elle, précisément parce qu'il serait trop bon. Il lui faudrait une réforme parlementaire en sens opposé. Il faudrait que ses lois rétrogradassent comme ses mœurs.

On sent bien que ce n'est pas de cette dernière hypothèse que nous allons nous occuper. Elle est, grâce au ciel, trop peu probable pour que nous ayons à la craindre. C'est d'une réforme progressive et non pas rétrograde qu'il nous faut examiner la convenance.

Le système électoral doit donc être conçu de manière à placer la source légale du pouvoir électif dans la région sociale où la capacité politique se trouve placée. — Alors, c'est un droit et non pas un monopole.

A mesure que la civilisation se perfectionne, la capacité sociale s'étend dans la nation, et le système électoral doit s'étendre aussi ; de là, nécessité de réforme parlementaire, quand les mœurs publiques, ayant fait de grands progrès, sont en avant des institutions électorales existantes.

Voilà tout le débat, logique, rationnel, conséquent aux principes de la souveraineté telle que nous l'avons définie, mais évidemment contraire à la souveraineté du peuple telle que l'entend l'école républicaine.

Appliquons ces principes à l'état actuel de la France.

Les principes que je viens de poser ont quelque chose de métaphysique et d'abstrait qu'il n'a pas dépendu de

moi de leur ôter, étant obligé surtout de les exprimer en
quelques lignes. Cependant je crois leur évidence assez
clairement établie pour procéder à leur application.

Pénétrons-nous d'abord d'une vérité : c'est que la perfection électorale, l'application parfaite des principes que
nous venons de poser est impossible. Jamais on ne pourra,
quelque bon vouloir, quelque patriotisme qu'on y mette,
définir la capacité politique avec assez d'exactitude et de
précision, pour que le cadre électoral renferme, ni plus
ni moins, tous les citoyens qui devraient y entrer. Notre
société libre et mobile ne nous fournit pas d'indices suffisants pour établir une classification sans erreur.

Et lorsqu'une classification à peu près exacte serait faite,
les changements de notre ordre social sont assez multi-
pliés pour en déranger promptement l'harmonie.

Cependant le système électoral est une pierre trop fondamentale de l'édifice social, pour qu'il fût prudent et tolérable de la déplacer souvent.

Il ne suffit donc pas de citer quelques inexactitudes de
détail, quelques changements accidentels et peu importants dans les mœurs, pour motiver une réforme parlementaire. Avant de toucher au système électoral, il faut
que les mœurs publiques soient largement en avant de ce
système, qu'il soit bien évidemment en arrière des besoins sociaux, que les objections contre ce système ne
soient pas douteuses ou systématiques, mais qu'elles soient
claires comme le jour, et basée sur des faits généraux et
certains.

Or, l'époque où nous vivons présente-t-elle ces carac-
tères? Nos mœurs publiques sont-elles évidemment plus
avancées que notre système électoral? En exigent-elles

l'extension? Nous fournissent-elles le moyen de pratiquer réellement cette extension si elle était décrétée? Cette extension, et c'est ici le point culminant du débat, en la supposant non-seulement écrite sur le papier, mais réalisée par la pratique électorale, remédierait-elle, par une meilleure direction législative, au malaise social de cette portion des intérêts nationaux qui souffrent en France, et qui demandent à notre ordre politique la solution des difficultés sous lesquelles leur développement est momentanément arrêté?

Voilà la question de la réforme parlementaire dans toute son étendue. Nous l'examinerons successivement sous ses diverses faces.

Peut-on soutenir d'abord que nos mœurs publiques soient plus avancées que notre système électoral? — Je crois pouvoir hardiment dire tout le contraire. La théorie et l'expérience seront pour moi.

La théorie, car il ne faut que réfléchir à la direction de tous les esprits attachés forcément aux soins de leurs intérêts individuels qui consument presque tout le temps de leur vie, pour conclure qu'ils doivent avoir peu de disposition à s'occuper des affaires publiques. La nation française qui porte le poids de quatorze siècles de monarchie absolue, en a reçu dans ces mœurs réelles une tendance générale à vouloir qu'on fasse ses affaires et qu'on les fasse bien, mais peu de désir de s'en charger et de les faire elle-même. L'irritation qu'elle éprouve quand ses affaires sont mal dirigées par le gouvernement, lui donne momentanément une impulsion passagère vers l'exercice de ses droits politiques; mais quand la crise est passée, le fardeau des affaires publiques la fatigue, elle s'en éloigne, la confiance devient pour elle un besoin, dût-elle être trompée.

L'expérience vient à l'appui de mes paroles. C'est le défaut de mœurs publiques qui cause l'absence d'une grande partie des électeurs, insoucieux maintenant des droits auxquels ils attachaient tant de prix quand on les leur contestait. Une plus grande extension de droits électoraux n'est donc pas réclamée par nos mœurs. L'aisance particulière et l'instruction publique ne sont pas encore assez répandues dans les masses.

Sans doute, cette incurie, cette apathie politique des citoyens est fâcheuse, blâmable : mais c'est un fait que nous sommes forcé d'admettre, qu'il soit ou non conforme à nos désirs. Sans doute encore, c'est un devoir pour les esprits éclairés d'user de toute leur influence pour donner plus de force et une meilleure direction à nos mœurs publiques. Mais cela ne peut se faire par soubresaut et par improvisation. Il faut laisser l'habitude s'infiltrer peu à peu à l'aide du raisonnement et d'épreuves graduelles; il faut attendre surtout que nos mœurs publiques soient venues au niveau de nos institutions, avant de donner à celles-ci une extension qui serait aujourd'hui prématurée. Ce n'est pas les institutions qui nous font défaut, mais les hommes. Laissez-leur le temps de grandir et de se former pour l'ère nouvelle où nous sommes entrés.

On m'objectera sans doute que les institutions elles-mêmes modifient les hommes; ceci nous conduit à examiner le second côté de la question;—l'extension électorale serait-elle une cause de développement pour nos mœurs publiques? Et l'institution qui précéderait le progrès des hommes, serait-elle un moyen d'accélérer ce progrès? Je crois tout le contraire.

Le simple bon sens d'abord indique que l'ordre des idées serait renversé. Surcharger une nation de nouvelles fonctions politiques à remplir, quand elle est peu disposée à s'acquitter activement des fonctions qu'elle exerce déjà, c'est la dégoûter, c'est la fatiguer, plutôt que l'encourager et la viriliser; avancer plus vite qu'elle, c'est l'exposer à reculer plutôt que la décider à vous suivre. Il n'est aucun de nous qui ne sente que plus les élections seraient multipliées, moins on s'y rendrait; que plus les électeurs seraient nombreux sur les listes, plus la minorité l'emporterait facilement sur la majorité dans les colléges abandonnés.

Sans doute les institutions dans certains cas peuvent réagir sur les mœurs et contribuer à les former; mais il faut pour cela que l'état des mœurs publiques indique au moins par des symptômes positifs la direction où les institutions doivent s'avancer. Pousser les institutions en contradiction des indices fournis par ces symptômes, ce serait très-certainement manquer le but qu'on se proposerait.

Il n'y a donc ici aucune raison pour faire exception à la règle générale, qui veut que les lois politiques soient basées sur l'état réel des mœurs, et non pas que les mœurs soient créées par la force virtuelle des lois politiques. En procédant hors de propos à l'extension électorale on ne remédierait pas aux inconvénients existants, et l'on en créerait de nouveaux.

Je me borne à ce peu de mots sur ce côté de la question. Je pourrais y joindre une foule d'arguments péremptoire ; mais je crois ce soin superflu. J'ai hâte d'ailleurs d'arriver aux considérations qui doivent faire la plus profonde impression sur les esprits, parce qu'elles s'adresseront plus directement aux graves besoins de l'époque.

En effet, on peut soutenir avec quelque raison que notre direction législative, nos lois positives, nos réglements commerciaux, prohibitifs, financiers, tous ceux qui touchent en un mot le développement pratique du progrès social, ne sont pas en harmonie avec les besoins de la société actuelle ; un instinct général accuse notre organisation législative de n'être qu'une transition vers une organisation meilleure et plus stable.

Alors on est naturellement porté à s'en prendre à notre système électoral lui-même, et l'on dit :

Puisque l'action législative n'est pas exercée conformément aux besoins de l'époque actuelle, c'est que la source de ce pouvoir législatif n'est pas ce qu'elle devrait être. C'est donc dans le système électoral lui-même qu'est la cause réelle du mal. Réformons ce système, nous arriverons ainsi à composer un pouvoir législatif rempli d'autres idées ; il accueillera d'autres plans, il mettra en œuvre d'autres moyens de les exécuter, et nous obtiendrons par ce moyen le résultat favorable que l'ordre actuel des choses est impuissant à nous donner.

Je reconnais, sans doute, que l'ensemble actuel de notre direction législative n'est pas en harmonie parfaite avec la marche des esprits, avec le développement social auquel nous avons droit de prétendre, quoique je me fasse un devoir d'ajouter qu'il y a beaucoup d'exagération dans les motifs de plaintes allégués. Mais est-ce dans le système électoral actuel que gît la cause réelle du mal ? L'extension de ce système électoral, sous le nom de réforme parlementaire, ferait-elle disparaître la tendance fâcheuse dont on se plaint, et remplacerait-elle une direction imparfaite par une direction meilleure?.... Telles sont les deux grandes questions que je crois pouvoir résoudre négativement.

Les partis politiques qui succombent dans un débat parlementaire ont une tendance toute naturelle à rendre responsable de leur défaite le système électoral qui a produit la majorité qui les condamne. Ainsi, l'opposition nous assure qu'elle est en minorité dans la chambre, parce que les élections sont confiées à cent soixante mille électeurs privilégiés !

Elle raisonne mal d'abord. Car sous la restauration, les élections étaient faites par quatre-vingt mille électeurs seulement, et viciées encore par le double vote. Cependant, malgré cela, l'opinion nationale s'y fit jour, et l'opposition parvint à s'emparer de la majorité parlementaire au moyen de ce système électoral combiné tout exprès pour l'empêcher d'arriver à ce but.

C'est qu'il s'en faut de bien que le corps électoral, de quelque manière qu'il soit constitué, ne représente que lui-même et son intérêt particulier. Cette idée est étroite et fausse; elle ne peut sortir que d'un cerveau d'écolier. Ce corps électoral, élite de la nation, vit dans la nation elle-même. Il est en contact avec elle par tous ses pores, il est lié avec elle par tous ses intérêts; il est impressionnable aux discours, à la presse, à la marche des affaires. Chacun des électeurs, dans le monde, dans sa famille, partout, est continuellement assiégé par l'expression des vœux publics, par les arguments, par les sentiments que la manifestation sociale rend invincible, quand ils ont réellement pour base l'intérêt national et la vérité : c'est ce qui fit triompher l'opposition dans les colléges électoraux organisés contre elle par la restauration. C'est ce qui ferait triompher l'opposition dans nos colléges électoraux actuels, si elle avait aujourd'hui pour elle l'assentiment et les vœux du pays.

Et de même que, sans changer la composition du corps électoral, on peut arriver à des élections faites en sens contraire quand l'opinion publique change, de même il est possible qu'en modifiant la composition du corps électoral, on ne change en rien le résultat électif qu'il doit donner, si l'opinion publique reste la même.

Une modification dans le système électoral a donc quelquefois peu d'effet sous ce point de vue. Le double vote, sous la restauration, n'empêcha pas l'opposition d'avoir le dessus quand le moment fut venu. La réduction du cens, sous la révolution, n'a pas empêché le parti ministériel de conserver la majorité. — Je me fais, je l'avoue, une bien pauvre idée d'un parti politique, quand, renonçant à convaincre l'opinion publique par des raisons pour arriver à la majorité dans les colléges électoraux, il ne voit d'autre moyen d'assurer son triomphe que de briser ces colléges électoraux eux-mêmes, de les façonner et de les refaçonner à sa guise, jusqu'à ce qu'enfin il croie les avoir réduits à se montrer dociles à ses volontés. L'opposition républicaine ou dynastique voudrait faire aujourd'hui la contre-partie de la restauration. Elle ne réussirait pas mieux que la restauration ne réussit elle-même.

Quant à moi, je suis convaincu que le système électoral, tel qu'il est, sans y rien changer, nous donnera tôt

ou tard des résultats bien meilleurs que ceux qu'il nous
a donnés, quand nos mœurs politiques seront meilleures.
Mais il faut pour cela deux choses qui sont en dehors du
système électoral lui-même : 1° que l'opinion publique
soit assez faite, assez éclairée sur toutes les questions à
résoudre par notre législation commerciale et financière,
pour servir elle-même de boussole, indiquant une direction fixe; 2° que parmi les notabilités qui attirent les regards pour la députation, il se révèle des hommes forts,
capables de faire prévaloir les solutions utiles qu'elles soient
adoptées par l'opinion publique ou repoussées par elle.

Voilà les deux points fondamentaux pour l'amélioration des élections futures et de la chambre élective. Tant
qu'on ne les aura pas, le changement de système électoral
ne fournira pas les hommes qui manquent, ni les solutions que l'on ne peut trouver. Quand on aura ces hommes et ces solutions, on peut être certain que le système
électoral actuel sera plus que suffisant pour les pousser à
la tribune et au ministère.

Je ne pourrais assurer que des élections résoudront
ce double problème; mais du moins je crois probable
que nous entrerons dans cette voie, quand les esprits étant
plus libres d'inquiétudes intérieures et extérieures, les
principaux motifs d'irritation et de dissentiment étant
écartés, la majorité des colléges jugera les hommes avec
plus de sang-froid et d'impartialité, ce qui est le moyen de
bien choisir.

Si, au contraire, une réforme parlementaire était actuellement exécutée, nous aurions probablement un résultat opposé. D'abord, une modification de ce genre,
bonne ou mauvaise en elle-même, a toujours un effet im-

médiat fâcheux. —C'est qu'offrant aux partis politiques une chance nouvelle non encore expérimentée, elle réveille toutes les ambitions, tous les partis, toutes les factions, qui chacune veulent voir ce qu'elles pourront gagner dans la combinaison nouvelle. Ainsi l'incertitude renaît partout, la tranquilité publique s'évanouit, et l'on s'embarque de nouveau sur une mer inconnue!

Je crois donc avoir résolu la première question posée, et pouvoir répondre : — Non, ce n'est pas à notre système électoral qu'il faut attribuer les imperfections des chambres électives depuis la révolution de 1830.

La seconde question se trouve ainsi résolue par le fait. Car si le système électoral en vigueur n'a pas été cause des imperfections des chambres électives, réformer ce système électoral n'est pas le moyen d'éviter les imperfections des chambres qui vont venir. —Néanmoins je veux ajouter quelques observations spéciales à cette seconde question.

Le corps électoral, ainsi que je l'ai dit plus haut, doit être placé dans la région sociale où se trouve la capacité intellectuelle et morale. Mais il est matériellement impossible que toute cette région sociale soit comprise dans ce système, de quelque manière qu'on s'y prenne. Y parvenir serait sans doute la perfection du gouvernement représentatif; mais je ne crois pas qu'on y réussisse jamais.

En effet, il y aura toujours une telle différence de civilisation, par exemple, entre la capitale et les autres grandes villes, entre les grandes villes et les petites, entre les villes ordinaires et les campagnes, entre les départements les plus riches, les plus commerciaux, et certaines con-

trées plus arriérées de la France, qu'il est impossible de
trouver un mode de classification générale qui puisse agir
partout rationnellement, et saisir à l'aide d'un indice fixe
toutes les individualités réellement douées de l'intelligence et de la moralité nécessaires pour constituer l'électorat.

Ainsi le cens de trois cents francs avait d'abord été
choisi. On l'a réduit à deux cents francs. Or, s'il est certain qu'il existe, dans nos centres principaux de civilisation, des citoyens qui ne paient pas ces deux cents francs,
et qui ont cependant beaucoup d'instruction et de moralité,
il est certain aussi que dans beaucoup de localités ce cens
de deux cents francs a porté l'électorat trop bas en le con-
fiant à des citoyens sans aucune intelligence des questions
politiques de l'époque, sans aucune connaissance des hommes publics, ne sachant même quelquefois ni lire ni écrire,
et votant, non pas d'après leur propre volonté (car, comme
je l'ai dit, on n'a pas de volonté réelle sur un débat qu'on
ne comprend pas), mais d'après l'influence locale qui
s'empare d'eux et les fait aller à sa fantaisie.

Quant aux capacités résultant des professions exercées,
elles présentent, ainsi que je l'ai déjà fait voir, autant d'i-
négalités. A quoi il faut ajouter qu'en dehors et des capacités résultant des professions exercées et de la propriété
possédée, il existe encore des citoyens français qui ne rem-
plissent ni l'une ni l'autre de ces conditions, et que par
conséquent la loi ne peut deviner pour les élever à l'électorat, lors même qu'ils auraient par eux-mêmes la capacité intellectuelle et morale.

Il ne faut donc pas demander au système électoral une
perfection et une intégralité qu'il ne peut avoir. Il doit

rester dans un terme moyen, et surtout il doit rester en deçà de la barrière plutôt que de la franchir; car un corps électoral pris dans la région intellectuelle et morale de la société, est évidemment bon, quoiqu'il ne renferme pas toute cette région; mais un corps électoral qui franchirait cette région pour appeler au timon des affaires publiques l'incapacité sociale, serait évidemment détestable.

Maintenant j'en appelle à tous ceux qui connaissent la composition réelle de nos colléges à 200 fr., non pas seulement à Bordeaux, Lyon, Nantes, ou autres grandes villes, mais dans la généralité de la France, dans les régions où la civilisation est moins avancée, et où très-certainement un cens électoral pareil indique une propriété plus forte et une capacité morale plus faible; croient-ils qu'en diminuant le cens électoral au-dessous de 200 fr., on améliorerait la composition intellectuelle et morale des colléges? — Quiconque a administré, quiconque a parcouru la France, quiconque s'est occupé d'élections, dira hardiment le contraire, et reconnaîtra que, pour quelques capacités véritables qu'on rencontrerait sans doute au-dessous de 200 fr., on rencontrerait un bien grand nombre de véritables incapacités qui exerceraient l'électorat sans connaissance de cause et sans indépendance. Plus on abaisserait ensuite le cens, plus on vicierait le système électoral dans son essence même.

Sans doute une époque viendra où la propriété étant plus nombreuse par l'accroissement de la richesse nationale, et plus divisée par l'effet des partages, en même temps que l'instruction se sera propagée et répandue plus universellement qu'aujourd'hui, un cens électoral plus faible, indiquera une capacité plus forte. Alors, viendra le

moment d'une réforme parlementaire plus extensive. C'est
à nous d'amener cette heureuse époque, en travaillant
avec ardeur à tout ce qui peut féconder notre économie
sociale et l'accroissement de l'instruction parmi les masses.

Mais, en attendant, est-il vrai de dire que les capacités
réelles qui restent forcément en dehors du cadre électoral,
soient exhérédées, soient annihilées, soient privées de toute
influence dans la direction du gouvernement? Oh! que ce
serait mal comprendre notre civilisation actuelle! C'est ici
que l'on rencontre les institutions municipales et dé-
partementales qui, exigeant des garanties moins sévères
que les hautes fonctions politiques, sont d'un accès plus
facile et d'une influence salutaire qui complète l'organisation hiérarchique de la liberté; et de plus, et par dessus
tout, la liberté de la presse, suprème fonction politique
qui prédomine à la fois les gouvernants et les gouvernés,
moyen large, infaillible, universel de manifester toutes
les capacités quelconques, de leur donner une issue, une
puissance, une action infaillible, irrésistible sur la composition, sur les actes, sur la responsabilité de tous les
pouvoirs sociaux! Ainsi se formera et se répandra cette
opinion publique, régulatrice, dans les temps où nous vivons, de la souveraineté légale elle-mème : ainsi se raf-
fermira sur ses bases réelles notre société jusqu'à présent
trop agitée, quand ce sacerdoce public de la pensée sera
dignement exercé; quand les écrivains influents comprendront enfin que leur parole est un pouvoir dont l'usage
violent et irréfléchi est un crime politique immense, que
souvent les lois ne peuvent atteindre, mais dont leur conscience d'homme et de citoyen devrait trembler de se
charger !

CHAPITRE XV.

Des Réunions de Députés en dehors de la Chambre.

———

La création des sociétés particulières de députés est une superfétation inconstitutionnelle très-dangereuse.

On ne peut leur donner pour motif que la prétendue nécessité où sont les députés de se rassembler, de se réunir pour s'entendre, pour discuter, pour se mettre d'accord sur leur marche politique.

Mais tout cela est extra-parlementaire. Pour s'entendre et s'éclairer, les députés ont leurs bureaux respectifs où toutes les questions politiques sont discutées.

Quand les matières sont préparées, ils ont la tribune publique pour communiquer à la chambre entière leurs convictions acquises. C'est là, c'est là seulement, par la force de la raison et de la vérité, que les majorités doivent se former.

Mais les réunions particulières, où les députés se groupent derrière telle ou telle opinion, derrière tel ou tel homme politique influent qui devient ainsi le chef d'une chambre hors de la chambre, sont un moyen évident de fausser les majorités, un moyen de coalition qui dispose du résultat des scrutins, en portant à droite ou à gauche les voix ainsi engagées. En temps ordinaires, c'est faire tomber la chambre sous l'empire des coteries; en temps agités, sous le joug des partis; en temps orageux, sous le despotisme des factions. Ce n'est plus dans la chambre,

c'est hors de la chambre que les délibérations seront arrêtées.

Les hommes qui veulent se rendre importants, se faire
un rôle, se mettent en mesure de traiter avec le gouvernement et de lui imposer telles ou telles conditions, ont,
dans ces réunions partielles, un puissant moyen d'action.
C'est pour cela précisément qu'il n'en faudrait pas.

Ainsi, une petite réunion de quarante députés peut
quelquefois dominer la chambre; car, qui ne voit que ces
quarante voix coalisées pourraient faire très-souvent la
majorité, et imposer leur volonté, selon la fraction de la
chambre à laquelle elles se joindraient.

Tout cela n'est donc qu'un mobile de parti ou d'influence personnelle pour faire triompher la minorité de la
vraie majorité. C'est à peu près comme les intrigues de
certains scrutins préparatoires, qui n'ont pour but que de
fausser les majorités électorales au profit de telle ou telle
coterie.

———— ✧ ————

CHAPITRE XVI.

Des Coalitions parlementaires.

——

Constitutionnellement considérées, les coalitions parlementaires sont un mensonge représentatif. Elles simu-
lent une majorité qui n'existe pas, car des minorités coalisées peuvent bien entraver un ministère et un système
de gouvernement, mais ne peuvent donner un appui réel
à un nouveau système et à un nouveau ministère.

Comme moyen de révolution, ces coalitions sont justifiables quand le pouvoir suit une marche évidemment perverse, et que l'on n'a plus aucun autre moyen de l'arrêter. Alors, on fait une révolution, parce que, selon la grande et juste expression de M. Guizot, *on y est condamné par la Providence.*

L'esprit de coalition est le vice inhérent aux assemblées électives, où toutes les hostilités, dissidentes pour gouverner, se concertent facilement et s'entendent pour empêcher de gouverner.

Ce mal peut être surmonté, quoique très-difficilement, tant que les oppositions seules se coalisent contre le pouvoir. Mais quand une portion des auxiliaires du pouvoir, quand une fraction des hommes gouvernementaux, poussés par l'amour-propre irrité et l'ambition déçue, se joint à la coalition des hostilités opposantes, alors l'organisation parlementaire est faussée; elle travaille pour la décomposition de l'État au lieu de travailler à son bien-être.

L'esprit de coalition devient dangereux par l'accession d'hommes semblables, qui sont en pareil cas d'autant plus à craindre pour le pouvoir, qu'ils ne peuvent être suspectés de méditer volontairement sa perte, parce que leur caractère et leur position indiquent suffisamment qu'ils ne travaillent pas à mauvaise intention.

Si donc, par des irritations personnelles, certains hommes, ministres, orateurs ou écrivains, essentiellement consacrés à la défense du pouvoir, le quittent pour passer à la coalition, la lutte s'envenime et peut devenir mortelle. La coalition alors est investie du pouvoir, elle prend les rênes du gouvernement, et le résultat de son avènement se fait rarement attendre : le gouvernement s'éteint na-

turellement en ses mains, par suite des dissentions inévitables entre les coalisés.

On en revient alors aux défenseurs de l'ordre. — Mais
souvent leur force, leur foi, leur volonté, sont à bout.
Découragés par l'abandon de leurs anciens amis, ils ont
bien encore une certaine apparence gouvernementale; mais
déjà, au lieu de prendre la coalition au corps pour la domp-
ter, ils travaillent à la désarmer par des concessions réelles, cachées sous une résistance apparente; ils ne cherchent
plus à vaincre, mais à céder assez habilement pour qu'on
ne s'en aperçoive pas. C'est un abâtardissement, sinon
une déviation du système; c'est le gouvernement dégénéré
à l'état d'intrigue.

Ceci fait voir comment les coalitions parlementaires
vicient et faussent le gouvernement représentatif : elles
détruisent et ne remplacent pas.

Sans doute il ne résulte pas toujours de cet état de choses une collision violente, entre le pouvoir royal et la
chambre; mais, parce qu'une collision violente n'est pas
le résultat immédiat de toutes les coalitions, est-ce donc
un motif pour nier leurs immenses dangers, et le dommage incalculable dont elles sont la source pour le pays?
Est-ce donc un motif pour dire que de telles luttes parlementaires sont l'état normal du gouvernement représentatif, et qu'on a tort de s'en alarmer? Que les diverses
prérogatives proposent, discutent, contestent, se heurtent
pacifiquement, puis transigent et se consilient, ce qui doit
toujours être ainsi dans la monarchie constitutionnelle?...

Je suis d'un avis tout opposé; il m'est impossible d'accepter pour l'état normal de la monarchie constitutionnelle cette déplorable parodie, où des esprits irrités croient

pouvoir se transformer en visirs parlementaires d'une
chambre omnipotente, et à ce titre veulent s'établir mai-
res du palais d'une royauté réduite à l'inaction des anciens rois fainéants !... Sans doute, il peut, il doit y avoir
des dissidences, des contestations, des prétentions mutuellement émises par les trois pouvoirs, et conciliées dans
une transaction pacifique pour le bien public. C'est ce qui
aura lieu quand il y aura dans la chambre élective une
majorité sincère, véritable, homogène, mais ce qui ne se
réalisera jamais, tant qu'une coalition disposera du scrutin. On transigera sans doute, de guerre lasse et d'épuise-
ment. Il n'y aura point d'adresse insurrectionnelle d'une
part, il n'y aura point d'ordonnances inconstitutionnelles
de l'autre ; mais on transigera pour arriver à l'impuissance,
non à l'action. Le gouvernement se transformera en une
arène ridicule et bruyante, où de longs débats terminés
affirmativement d'un côté, négativement de l'autre, se com-
penseront et produiront le néant. Ainsi les sessions se per-
dront, ainsi rien ne se fera et ne pourra se faire. Le pays
sera fort heureux que les anxiétés de la session s'appai-
sent, et qu'il n'en soit résulté aucune mauvaise loi : mais
les bonnes lois, où seront-elles ? Les travaux publics, les
progrès moraux et matériels, où seront-ils ? La stabilité
du crédit, du commerce, de la direction gouvernementale,
où se trouvera-t-elle ? Est-ce un état normal que celui qui
met en jeu toutes les forces sociales, non point pour les
additionner et les faire fonctionner d'accord au profit du
pays, mais pour les constituer dans une lutte interminable, qui les anéantit l'une par l'autre et qui ne produit que
l'inaction ? Est-ce là une transaction, une conciliation ?...
Non, c'est un anéantissement. C'est là, cependant, l'œuvre

habituelle des coalitions. — Si cet état déplorable était le
jeu normal du gouvernement représentatif, il faudrait
croire que la monarchie absolue la plus médiocre vaut
encore mieux que ce mécanisme bâtard qui ne ferait de la
liberté qu'une décoration de parade, un tournois de bavardage, un instrument de ruine!...

Or, les coalitions ne peuvent produire que ce résultat.
C'est même à ce but qu'elles tendent, et c'est là ce qui fait
leur éternelle condamnation.

En effet, quand un pouvoir réacteur, violent, passionné,
livré à une faction et voulant sacrifier l'État à cette faction, menace les libertés publiques, on conçoit une coalition parlementaire! — Elle se forme parce que le gouvernement fait un mauvais usage de sa force et de sa puissance ; elle veut affaiblir cette puissance, neutraliser cette
force, et empêcher leurs excès. — Les coalisés ne fussent-
ils pas d'accord sur le système futur, ils sont dans le
cas de légitime défense, et agissent conséquemment. —
Mais quand on reconnaît que le gouvernement n'est ni
violent, ni réacteur, ni menaçant pour la constitution et
les lois ; quand, loin de lui reprocher l'abus de sa force,
on lui reproche au contraire d'être faible, petit, impuissant, les hommes qui se coalisent alors avec les oppositions, pour travailler à l'affaiblir, à le rappetisser, à le
rendre impuissant jusqu'au néant, qui s'efforcent de lui
rendre toute action impossible, décuplent le mal dont
ils se plaignent alors, et les œuvres de la coalition mentent
à ses paroles. Loin de vouloir fortifier le pouvoir, elle n'a
qu'un but : profiter de la faiblesse qu'elle impute à ses
agents, pour les affaiblir de plus en plus, les détruire et
hériter de leurs portefeuilles !

Ce qu'elle veut est facile à comprendre, elle prétend acculer le pouvoir royal dans une impasse, afin de l'obliger, par la nature des choses et par le soin de sa propre existence, à conserver le système, et, en même temps, qu'il soit forcé de changer le cabinet qui doit maintenir ce système.

Enfin, l'adultère union qui se forme ainsi est une tentative désespérée, basée sur une masse de suppositions fausses, de théories impraticables, de sophismes à triple face, qui vicie le régime représentatif si elle peut réussir et si les chambres veulent s'y prêter. L'avenir constitutionnel du pays exige, en pareil cas, que le ministère triomphe et que la coalition succombe ; car, si elle réussissait, les partis hostiles en recevraient un tel encouragement, qu'aucun ministère durable n'est plus possible. On marcherait de coalitions en coalitions ; toutes les combinaisons ministérielles pourraient être essayées ; toutes seraient sûres d'avoir la majorité le premier jour, et de la perdre le lendemain, pour faire place à un nouveau ministère qui aurait le même sort, au moins pendant la session des chambres. — Quelle destinée pour le pays ! ! !

On a vu, dans notre temps, des exemples déplorables de l'effet des coalitions ; on a vu des hommes d'État s'appuyer sur des partis hostiles à leurs propres convictions, pour renverser des rivaux de gloire ou de talent dont ils partageaient les doctrines ; on les a vus qualifier du nom d'amis politiques des hommes pour lesquels ils n'avaient et ne pouvaient avoir aucune sympathie. — En présence de faits aussi tristes à rappeler, il n'est pas sans utilité de poser les véritables bases des amitiés et des liaisons politiques.

En politique, il n'y a d'amis que les hommes qui, ayant des principes communs, des convictions sympathiques, marchent par les mêmes moyens vers un résultat semblable. Cette parfaite conformité de tendances et de but est ce qui constitue cette amitié parlementaire et politique, à laquelle peuvent seuls prétendre ceux qui en comprennent tous les devoirs, et dont les liens réunissent souvent, d'un bout du pays à l'autre, des gens qui ne se sont jamais vus, jamais consultés, qui n'ont eu entr'eux aucun rapport personnel. Quand cette communion de pensée, quand cette solidarité publique de doctrines n'existent pas entre les individus, ils ne sauraient être amis politiques, quelle que fût d'ailleurs l'intimité de leurs relations privées ; et, dans ce cas, s'ils s'allient, ils ne peuvent former qu'une coalition d'intérêts ou de passions : ce n'est plus qu'une détestable camaraderie organisée dans un but d'immorale spéculation.

Transportées au sein même du gouvernement, ces coalitions sont encore plus indignes et plus fatales. Tous les éléments représentatifs s'en trouvent alors viciés, et ce sera miracle si les institutions conservent long-temps quelque vertu. Un pouvoir qui prend l'initiative de ce genre d'arrangements, en offrant des places à des adversaires dont il n'exige aucune abdications de principes, est un pouvoir traître ou imbécile. Une opposition qui accepte ces places sans demander au pouvoir de gouverner avec ses doctrines, est une opposition sans cœur, sans moralité, sans caractère. Ces tolérances réciproques ne sont que des lâchetés auxquelles peuvent seuls descendre les partis qui n'ont plus aucune espèce de considération à perdre.

CHAPITRE XVII.

Des Droits et des Devoirs des majorités parlementaires.

—

Les majorités parlementaires ont de grands droits, de grands pouvoirs. C'est dans la conservation de ces droits, dans le juste exercice de ces pouvoirs, que se trouvent les plus fortes garanties de la paix, de l'ordre, de la liberté. — Mais ces majorités ne sont point absolues, elles n'ont pas des droits sans limites ; car nul pouvoir sur la terre n'est ainsi constitué, si ce n'est le despotisme. — Les majorités parlementaires ont donc des limites à leur puissance, limites morales aussi bien et plus encore que légales. Le respect de ces limites sacrées forme le code des devoirs parlementaires. — Nous allons nous en occuper.

Les droits des majorités parlementaires ne sont ni contestables ni contestés : le plus grand, et tous les autres en découlent, c'est que nulle loi ne puisse être mise à exécution dans l'État, sans avoir été délibérée et votée par les chambres.

Mais suit-il de cette nécessité pour le pouvoir royal, agissant par ministres responsables, d'obtenir l'assentiment des chambres au système du gouvernement, s'en suit-il, dis-je, pour le pouvoir royal, l'obligation de n'avoir aucune volonté qui lui soit propre, aucune action qui lui soit spontanée? Est-il dans l'obligation de n'avoir d'hommes, de système, de plan que ceux qui lui seront imposés par les majorités parlementaires, maîtresses de le forcer à faire, et à faire uniquement ce qu'elles veulent,

comme elles veulent, et par les hommes qu'elles veulent?
Je n'en crois rien ; et, aucun homme de cœur ne voudrait
être roi ou ministre à ces conditions, car à ces conditions,
il est physiquement et moralement impossible de faire le
bonheur du pays.

Voici donc comme je conçois l'action de la monarchie
représentative, en présupposant toujours que la chambre
des députés est le produit d'une élection qui s'arrête dans
les limites prescrites par l'état des lumières, de l'industrie
et de la division des propriétés : car ces trois rapports com-
binés avec les mœurs politiques, résultant des antécédents
historiques de la nation, doivent régler le système électoral, et non pas un vain droit de souveraineté populaire
absolue qui tend inévitablement au suffrage universel.

La discussion publique des affaires dans les chambres,
et la transmission des débats à la nation entière par la
voie de la presse, jettent sur la marche et sur les hommes
de l'administration une lumière si vive, qu'à part même
les décisions coërcitives que peuvent prendre les majorités
parlementaires par leurs votes négatifs, il en résulte pour
le pouvoir royal une nécessité d'intérêt personnel qui absorbe tout autre nécessité et tout autre intérêt : c'est de
ne s'entourer que d'hommes forts, capables et nationaux ;
c'est de prendre des mesures favorables à l'intérêt général
du pays, par cela seul que le pour et le contre de ces mesures seront publiquement débattus et portés à la connaissance de tous. C'est dans cette conséquence inévitable du
gouvernement représentatif que gît sa bonté, bien plus
que dans la régularité mathématique d'un système électoral rigoureusement relatif au nombre et au droit naturel de la population du pays : c'est ce qui explique com-

ment le gouvernement britannique, quoique séculaire-
ment basé sur un système d'élection insoutenable en théorie, et scandaleusement fraudé par la nation elle-même
dans la pratique, comment ce gouvernement, dis-je, a
toujours marché dans un sens national, et a porté même
la protection des intérêts nationaux à un excès dont le
droit des gens extérieur a eu souvent à se plaindre.

C'est là que se trouve la force véritable du gouvernement représentatif; il empêche les usurpations de pouvoir,
le favoritisme, l'arbitraire, les concussions, non pas tant
par des votes impératifs pour l'autorité royale, que par la
nécessité même où cette autorité royale est de ne pas s'exposer à ces votes impératifs. En ce sens, le pouvoir des
chambres doit être, et sera toujours fortement comminatoire. Elles doivent protéger l'intérêt public, bien plus
par ce qu'elles peuvent faire, que par ce qu'elles font en
effet.

Ceci bien compris, le pouvoir royal une fois placé sous
la surveillance des chambres et du pays, entouré des hommes capables et forts, dont il lui est impossible de se passer, averti par toutes les filières administratives qui cor-
respondent à tous les points du territoire, comme la ra-
mification des nerfs correspond à toute la surface des extrémités du corps humain, doit choisir son système d'action, ses mesures administratives, calculer les mesures
législatives commandées par le besoin de mettre en harmonie l'action de cette administration avec les affaires du
pays. Puis, avec la ferme conscience de son droit, présenter aux chambres et son système et ses actes, et ses
hommes, pour obtenir ainsi de la conscience nationale l'ap-

probation qui doit faire sa force légale, et toute la puissance vitale de ses ressorts.

Mais imaginer que le roi et les ministres doivent convoquer les chambres pour leur demander un plan, un système, une direction de gouvernement; soutenir avec d'autres publicistes que le roi doit attendre l'ouverture des chambres et les premiers débats pour former son opinion et son ministère d'après la volonté qu'exprimera la majorité, c'est désorganiser l'État, c'est anéantir le gouvernement, c'est mettre les chambres elle-mêmes dans la presqu'impossibilité d'avoir une majorité.

Pour énoncer d'abord une raison décisive, quoiqu'elle soit d'un ordre secondaire, on conçoit que le pouvoir royal obligé d'attendre la manifestation de la volonté des chambres pour composer en conséquence son ministère, ou réformer le ministère existant, si, entre les sessions la majorité avait abandonné quelques-uns de ses membres, ce pouvoir, dis-je, resterait pendant tout l'intervalle des sessions, incertain, provisoire, indécis. Aucun plan certain ne serait formé, rien ne serait suivi, le provisoire planerait sur tout. Puis, quand à l'ouverture de la session, la majorité aurait manifesté son vœu, et qu'un ministère nouveau serait composé, il lui faudrait se recorder, se préparer, organiser ses travaux, ses projets de lois, en un mot tout l'ensemble de son système intérieur et extérieur; et pendant tout le temps qu'exigeraient ces travaux préparatoires, les chambres resteraient, sans direction elles-mêmes, livrées à tous les dangers de leur initiative, dont tous les partis voudraient s'emparer pour transporter physiquement dans les chambres la force et l'action gouvernementale qui moralement y seraient déjà. — Les sessions se prolongeraient sans résultat. Dans un pareil système, il faudrait rendre les chambres permanentes, sans quoi l'intervalle des sessions serait mort, et les sessions elles-mêmes étoufferaient par surabondance d'irritabilité vitale. — Ce serait un accès de fièvre chaude succédant à un accès de fièvre de langueur. — Or, les chambres permanentes!... On sait où cela conduit. — Venons au fond même de la question.

La monarchie constitutionnelle diffère du système républicain, en plusieurs points, mais en celui-ci surtout : c'est que, dans le système républicain, la nation prétend agir et se gouverner; dans la monarchie constitutionnelle la nation représentée surveille son gouvernement. C'est précisément là qu'est la grande différence des deux systèmes, et l'immense supériorité de la monarchie constitutionnelle.

C'est que tout corps nombreux, tout être politique multiple est beaucoup plus apte à juger la direction gouvernementale, qu'à la créer : c'est qu'une assemblée délibérante aura assez facilement une majorité réelle pour ou contre un système que le gouvernement lui présente; très-difficilement une majorité pour improviser et créer elle-même un système gouvernemental. Et plus l'assemblée sera nombreuse et démocratique, plus sera grande pour elle la difficulté de se faire ainsi une majorité, et d'arriver à un bon résultat.

Tout gouvernement qui, au lieu d'agir comme je l'ai exposé ci-dessus, viendra donc demander humblement aux chambres, un système produit par la majorité, leur demandera précisément ce qu'elles ne peuvent lui donner que mal et difficilement; et par le fait, il abdiquera lui-

même toute force, toute dignité, toute véritable existence
politique.

Une assemblée nombreuse, quand elle est élective, est
un corps perpétuellement mobile, dont les divers membres
n'ont entr'eux qu'une cohésion momentanée, et en quelque sorte accidentelle. Un tel corps est rapidement et fortement impressionnable aux circonstances prédominantes
du moment, et sur un point, sur un fait, sur un intérêt
spécial et désigné, peut bien avoir spontanément une majorité, parce que la grande force de l'opinion publique lui
sert de moteur et de lien pour rassembler en faisceau les
volontés individuelles de ses membres. — Mais un système,
un ensemble, une marche gouvernementale! mais croire
qu'une majorité se formera spontanément, se réunira dans
une direction unique, calculée, constante, au sein d'une
assemblée élective! c'est nourrir un espoir chimérique; là,
toutes les opinions spéculatives les plus opposées, les plus
dissemblables, se croiseront, se heurteront, se tirailleront,
un jour dans un sens, un jour dans un autre, mais ne s'é-
tabliront pas mûrement et solidement comme il le faut
pour enfanter le système d'un grand État. Je dis ceci après
mûre réflexion. Une assemblée élective laissée à elle-même
n'aura jamais de majorité gouvernementale. — Comment
donc pourrait-elle imposer un système et des hommes gouvernementaux à l'autorité royale.

Ceci s'est vu dans les 221. — Ils ont eu cette majorité
spéciale, de circonstance, de passion, qui pouvait renverser le système Polignac. Mais quand ensuite ils se sont
trouvés maîtres du gouvernement, ils n'ont su ni faire,
ni défaire, ni laisser faire; depuis la révision de la charte
jusqu'à la dissolution de la chambre, ils n'ont eu aucun

système gouvernemental : et les représentants de la nouvelle autorité royale en ont pareillement presque toujours
manqué, parce qu'ils attendaient sans cesse que ceux qui
ne pouvaient pas leur en donner, leur en donnassent.

De même pour la chambre élue en 1831. A son début
avait-elle une majorité gouvernementale ? Dès ses premiers
pas elle prouva qu'elle n'en avait pas. Casimir Périer sur-
git au nom de l'autorité royale ; mettant en pratique les
principes que j'ai développés plus haut, il prit enfin les
rênes de l'État, et rassembla dans la chambre une majorité qu'elle renfermait à son insu, et que l'action du pouvoir lui révéla.

Ainsi doit toujours marcher, doit toujours procéder la
monarchie constitutionnelle. Ainsi s'élève, s'agrandit, s'en-
noblit le pouvoir royal sans sortir des limites légales, sans
abaisser les chambres, sans leur ravir leurs priviléges protecteurs de la liberté, mais sans courber sous un fol absolutisme parlementaire la volonté forte que la nation
attend de la couronne, qui sans cela ne serait plus qu'une
nullité, qu'une surcharge, qu'une lourde superfétation
politique dans l'État.

Que l'on combine ensemble les diverses vérités que je
viens de développer, et l'on verra combien la monarchie
constitutionnelle est sage, forte, libérale, coordonnée ; —
unité d'action et de conception ; — force d'exécution ; —
débat public sous les yeux du pays ; — intérêt pour le pouvoir de marcher d'accord avec l'intérêt national. — Que si,
au contraire, on suit le système que prêche l'opposition
démocratique, et qu'elle a qualifié par le titre bâtard de
monarchie républicaine, que trouve-t-on ? Vicissitude,
faiblesse, provisoire dans le pouvoir exécutif ; — trouble,

anarchie, confusion dans le pouvoir législatif; — scission presque inévitable entre les deux, désordre dans l'État, et dépérissement de toutes les sources de la prospérité publique.

Si, de cette discussion générale, nous venons à l'application, nous verrons que le pouvoir royal use de son droit dans une vraie acception, en composant le ministère spontanément et sans demander le concours ou attendre l'avis des chambres; que les chambres usent de leur droit en surveillant le développement du système suivi; que le pays use de ses droits en consacrant la plus continuelle attention à surveiller à la fois les actes des ministres et la régulière vigilance des députés eux-mêmes.

Mais si, dans la chambre, une majorité avait la prétention de dicter au roi un système et de lui imposer des hommes, ce serait à la fois une usurpation et une prétention illusoire pleine de calamités pour la nation, destructive de la monarchie constitutionnelle, et introductrice de la république sous sa forme la plus inconséquente et la plus désastreuse.

Si la majorité a pour premier devoir de respecter la prérogative royale et de ne jamais chercher à empiéter sur les attributions de la couronne, elle a aussi l'obligation, si elle veut être réellement utile au pays, de se montrer sincèrement dévouée au ministère, quand elle a foi dans son système, et de lui témoigner une confiance grave, qui consolide sa position et qui augmente sa force.

Le ministère, en effet, ne pouvant avoir d'action utile que par l'adhésion de la majorité, il ne faut jamais qu'on soit réduit à dire, *il l'aura;* il faut qu'on puisse dire, *il l'a,* ou bien qu'on puisse dire, *il ne l'a pas.*

Il résulte de là que le ministère doit être lié à la majorité, mais aussi que la majorité doit être liée au ministère. Il faut qu'on sache bien qu'on ne peut frapper l'un sans atteindre l'autre. Il n'y a pas de respect humain qui tienne. Il faut que la majorité dise, *je suis ministérielle*, ou bien qu'elle passe à l'opposition.

Toute conduite différente place le pays dans cette position absurde de ne savoir en réalité ni qui le gouverne ni dans quel sens il sera gouverné. Reprocher, en pareil cas, au ministère de ne pas avoir de direction ferme et suivie, c'est lui reprocher précisément le mal dont on le frappe.

Eh, quoi! dira-t-on, vous voulez donc une majorité systématique, décidée à soutenir le ministère, qu'il ait tort ou qu'il ait raison?

Pas du tout : qu'elle le quitte, si elle trouve qu'il a tort; mais tant qu'elle ne l'abandonne pas, taut qu'elle ne devient pas opposante, qu'elle se prononce si hautement pour lui, que sa décision ne puisse être douteuse pour personne.

Il ne faut jamais oublier que les hommes ont généralement les qualités de leurs défauts, et les défauts de leurs qualités. Il en sera toujours ainsi. Il en est de même de toutes choses humaines, et surtout des systèmes de gouvernement. Chacun avec ses avantages a des inconvénients qui en sont inséparables. Hommes ou systèmes, il faut se résigner à supporter leurs inconvénients, si l'on veut jouir de leurs avantages. Courir après la perfection est une utopie absurde. Le proverbe dit que *le mieux est ennemi du bien*, et, dans ce sens, le proverbe a raison.

Je sais qu'il est des gens difficiles à satisfaire. Ils vou-

draient réunir tous les avantages du système ministériel à
tous les avantages qu'ils croient voir dans le système de
l'opposition, mais n'éprouver les inconvénients ni de l'un
ni de l'autre. Je ne suis pas de ces gens-là. Il faut les laisser tant qu'ils voudront courir après leur chimère, et se
bien persuader que, de cette sorte, au lieu d'avoir les
avantages des deux systèmes, il leur sera impossible d'en
réaliser aucun, et qu'ils conduiront le pays à la plus complète anarchie.

Je tiens donc qu'il faut examiner les deux systèmes;
voir quel est celui qui présente la plus grande somme d'a-
vantages et le moins d'inconvénients; bien peser leur but,
leurs moyens, leurs hommes, leur politique, leur morale, leurs chances de durée calme pour le pays; et quand
un mûr examen a prouvé qu'un des deux systèmes, quoiqu'il présente sans doute des inconvénients, comme toutes
les choses humaines, offre néanmoins une beaucoup plus
grande masse d'avantages; que l'autre système, au contraire, présente une masse d'inconvénients et de difficultés
compensés seulement par quelques avantages partiels;
alors c'est un devoir rigoureux de patriotisme et d'honneur de couper court à toute incertitude, de se décider
hardiment, nettement, hautement en faveur du premier :
de ne pas lui porter un appui clandestin, timoré, plein de
honte et de respect humain; mais une généreuse et publique adhésion, sans réticence, sans ambiguité, sans mol-
lesse; si l'on peut atténuer les inconvénients du système,
qu'on le fasse, rien de mieux : mais si on ne le peut pas,
qu'on les supporte, et qu'on n'en soit pas moins attaché
au système, afin que le pays jouisse avec sécurité de ses
avantages.

Il est bien entendu que, dans cet examen, c'est de l'ensemble, du système général, de la marche législative et politique suivie par ce ministère qu'il doit être seulement question.

Quant à se faire une arme contre les ministres de quelques erreurs accidentelles, rien n'est plus injuste et plus puéril qu'une telle tactique. Il ne faut point se faire le défenseur d'office de toutes les pensées, de toutes les paroles, de tous les actes des hommes du pouvoir;—me citera-t-on d'ailleurs un seul homme, dans le monde entier, pour lequel il fût sage de prendre un pareil engagement? Eh! malheureux que nous sommes, lorsqu'en examinant nos propres doctrines, nos opinions, nos actes, il nous est impossible, à moins d'être doué d'un orgueil surhumain, de croire que nous avons toujours eu raison, que nous ne nous sommes jamais trompés, que notre confiance a toujours été bien placée, nous aurions l'inconcevable exigence de ne vouloir pour ministres que des hommes invariables, infaillibles, impeccables, des miracles de perfection créés tout exprès pour subir ensuite le joug dégradant de nos imperfections despotiques !

Venons à l'application.—Il ne s'agit donc pas de dire : Le ministère a eu tort tel jour, il s'est trompé cette fois-là, telle autre il a bien fait, mais il aurait pu mieux faire; et là-dessus, de se laisser aller à des tergiversations pitoyables qui semblent lui ôter l'appui de la majorité, ce qui certainement est doubler et tripler les inconvénients au lieu d'y porter remède. — Il faut comparer le système actif, avec celui que l'opposition défend; il faut suivre toutes les phases de leur lutte; il ne faut pas se laisser mystifier par les adoucissements mielleux et fardés que l'opposition peut employer, dans certaines circonstances, pour ramener à elle les esprits qu'elle a effrayés en se laissant connaître trop franchement d'abord. Non, il faut la voir telle que ses actes l'ont montrée; car c'est ainsi qu'elle est et qu'elle sera toujours, en dépit des vains déguisements politiques dont elle a intérêt à se couvrir; et après, il faut se décider ou pour le ministère, malgré quelques inconvénients, ou pour l'opposition, malgré ses impossibilités anarchiques. Mais qu'on sache bien que tout homme impartial qui se décide après un mûr examen, est aussi indépendant quand sa conscience le fait ministériel, que lorsqu'il se range sous la bannière de l'opposition. Si, au contraire, il ne veut être ni ministériel ni opposant, il n'est point indépendant, il en usurpe le titre; il est nul, il n'est rien, il est un néant politique. La carrière publique ne lui convient pas. Qu'il en sorte donc au plus vite, il y serait un fléau pour son pays, et tôt ou tard une honte pour lui-même.

Ce qui est vrai pour un député, est vrai pour tous. Point de gouvernement sans majorité; point de majorité sans union, sans ensemble, sans système; point d'union, point d'ensemble, point de système, si l'on n'admet franchement aucune marche complète, si l'on veut se réserver le droit de varier sans cesse, afin d'aller où l'on croira ne trouver que des avantages sans inconvénients, moyen infaillible de n'arriver à rien et de détruire tout gouvernement.

CHAPITRE XVIII.

Du Gouvernement des majorités.

—

La nation française a le don merveilleux de se faire de temps à autres des croyances factices, de s'imaginer qu'elle croit certaines rêveries qu'elle ne comprend seulement pas, et que les charlatans du jour lui ont formulées en caté-chisme politique; elle les répète avec un aplomb parfait, et prend en grande pitié les esprits étroits qui ne peuvent pas comme elle planer avec enthousiasme dans la région des chimères. Le fétiche qu'elle adore depuis dix ans, c'est la majorité : son rêve chéri, c'est le gouvernement de la majorité. A dire vrai, si on lui demande où est cette ma-jorité, ce que c'est que cette majorité, à quel signe on la reconnaît, par quel enchantement on pourra lui donner un corps, une ame, de la stabilité, de la durée, de l'unité, de l'expérience en affaires, de l'ordre dans la discussion, des vues de gouvernement; si on lui demande comment une foule électorale éparse dans quatre cent cinquante-neuf arrondissements, sans idées générales, sans points de contact, éprise d'intérêts locaux, excitée et dominée par des intrigues individuelles, connaissant à peine la surface morale des candidats qu'elle élit; si on lui demande, dis-je, comment cette mosaïque d'opinions et de volontés peut donner à la chambre des députés ce qu'elle n'a pas elle-même, c'est-à-dire une majorité durable, certaine, uni-taire, directrice, gouvernementale, la nation, ou du moins la presse qui parle pour elle, vous répond qu'elle ne s'inquiète pas de cela, qu'elle a foi dans le progrès, qu'elle a foi dans ses institutions, qu'elle a foi dans la vérité du gouvernement représentatif, et que si le présent va mal, l'avenir ira certainement à merveille.

Les habiles veulent même hâter sa venue, et pour cela ils proposent un admirable remède aux maux du présent, à la corruption élective et à l'instabilité de la majorité. —Ce remède c'est.... la réforme électorale.

Fort bien! descendez un peu plus bas, doublez le nombre des électeurs pour que la confusion et la mobilité soient plus grandes. Prenez les électeurs dans les régions où la gène et le besoin commencent, afin qu'ils soient plus facilement corruptibles par l'ambition et ses délirantes espérances ; prenez-les dans les régions où il y a moins de fortune et d'éducation, afin qu'ils aient moins de lumières et plus de préjugés ; prenez-les dans les régions où jamais les affaires publiques n'ont été traitées, afin qu'ils aient moins d'expérience des matières de gouvernement. —Puis, livrez les destinées de l'État à la chambre qui naîtra de votre réforme électorale, et vous verrez la moralité, vous verrez la stabilité de votre gouvernement ! Ajoutez à cela que vous êtes sous la loi du renouvellement intégral de la chambre, ce qui, pour peu qu'il vous plaise de retremper les députés à la souveraineté du peuple, vous promet un nouveau genre d'anarchie morale tous les deux ou trois ans.

J'ai déjà dit que l'élection est, par sa nature même, un affaiblissement, une restriction, une négation, au moins partielle, du pouvoir, qu'elle peut fournir des limites, des barrières, des garanties, contre les abus du pouvoir, contre l'arbitraire des gouvernants ; mais, il suit forcé-

ment de là, que précisément le même motif qui rend l'é-
lection efficace comme garantie contre le pouvoir, la rend
essentiellement impuissante à constituer, à créer le pouvoir. Les deux effets contraires ne peuvent pas résulter
simultanément de la même cause. La restriction, la négation du pouvoir ne peut pas lui donner l'être, ne peut
pas créer sa force et sa vie. L'élection, sagement tempérée,
restreint le pouvoir, et lui trace de justes limites. L'élection, imprudemment étendue, restreint tellement l'autorité, qu'elle la détruit. Donc, jamais, dans aucun cas,
l'autorité elle-même ne peut naître de l'élection.

L'élection ne doit donc jamais être souveraine, l'élection ne peut donc jamais créer un pouvoir de gouvernement. Son action, incessante, éternelle, est de mettre la
source de l'autorité dans celui qui doit obéir à l'autorité :
donc, tout gouvernement qui admet une telle origine,
porte la mort dans la moëlle de ses os.

Venons à la preuve : elle ne sera que trop facile.

Du moment que le gouvernement dépend des députés,
et que les députés dépendent des électeurs, il arrive forcément que tout vient d'en bas, et que tous ceux qui veulent obtenir les faveurs du pouvoir, sentent qu'ils ont en
main les moyens de le contraindre. —Faites-moi obtenir
ce que je demande, sinon je vote contre vous, est l'arme
des électeurs contre les députés, et des députés contre le ministère. —On ne l'avouera pas d'abord ouvertement, mais
on s'y conformera dans la pratique. —Et je ne fais aucun
doute, qu'avant long-temps, cette odieuse pratique ne soit
hautement avouée. —Déjà, l'on s'en cache bien peu ! que
l'on suive de l'œil la marche et les ramifications électorales. —On verra que les trois quarts des députés doivent

leur nomination à l'espoir que les principaux chefs des
coteries électorales basent sur leur crédit futur, et que les
députés qui ont rendu le plus de services particuliers dans
leur arrondissement, sont les plus certains de leur réélec-
tion. La nomination d'un sous-préfet, d'un receveur, d'un
substitut, d'un juge de paix, acquiert plus de suffrages
qu'une conduite sincère et courageuse dans le parlement.
—Un bureau de tabac même n'est pas à dédaigner. Que
l'on examine les choix, les faveurs, les places données ou
promises par les ministres, on verra qu'ils font pour les
influences parlementaires, ce que les députés font pour les
électeurs. C'est une bourse politique où la souveraineté
s'escompte deux fois; il faut, inévitablement, que le gouvernement se fasse corrupteur pour ne pas être esclave. —
Et que gagne-t-il à cette corruption?... Quelques misérables instants d'une force passagère qui s'évanouira bientôt devant une corruption plus grande que les ressources
de l'État ne permettront pas de satisfaire. —Si vous n'ac-
cordez pas à mes recommandés les places que je sollicite
pour eux, dit le député au ministre, je ne serai pas réélu.
—Voilà plus qu'il n'en faut pour épuiser un gouvernement. —Que serait-ce donc si par hasard les députés de
chaque série passagère demandaient non-seulement pour
les électeurs, mais encore pour eux-mêmes?... Supposition qui n'est pas absolument improbable.

Le gouvernement par élection a donc ce double vice,
d'abord qu'il nie et détruit l'autorité qu'il prétend fonder,
ensuite qu'il la corrompt dans le pouvoir des gouvernants
et dans l'obéissance des gouvernés;—soumettez un peuple d'anges, d'archanges, de demi-dieux, à cette double
épreuve, il n'y résistera pas.

Mais à part même cette corruption normale du gouvernement par élection, je dis que son impuissance seule suffirait à le détruire. Je ne saurais trop insister sur ce point. L'autorité s'éteint, s'épuise, avorte partout, au cœur comme aux extrémités de l'État, quand on veut follement en chercher la source dans l'élection, ce qui rend la subordination impossible dans les régions morales, en plaçant celui qui doit obéir au-dessus de celui qui doit commander; dans l'ordre politique, c'est mortel.

Pour soutenir l'opinion contraire on s'appuie sur l'autorité de Montesquieu qui a dit : *partout où le peuple est appelé à exprimer ses suffrages, il est admirable dans ses choix.*

Lorsque Montesquieu écrivit ces mots, il avait en vue les républiques grecques qui n'étaient que des aristocraties, et qui avaient par conséquent l'esprit d'unité et de cohésion des aristocraties : aristocraties où les nobles s'appelaient maîtres, et les roturiers, esclaves. Les peuples modernes, en proie à l'individualisme et qui seront toujours plus divisés par l'intérêt particulier, qu'ils ne seront réunis par l'intérêt général, les peuples modernes sont impropres à élire des gouvernants et ils feraient toujours de mauvais choix.

L'immoralité politique est tellement inhérente au gouvernement électif, que le roi peut bien s'en préserver parce qu'il n'est pas électif lui-même, mais qu'il ne peut pas en préserver les pouvoirs électoraux, surtout quand ils veulent franchir les limites de leurs attributions et s'emparer du gouvernement. Mais, alors, de cette invasion du pouvoir électif dans le gouvernement lui-même, naît une instabilité fatale qui menace chaque jour de tout détruire.

Là, le roi peut intervenir; il ne peut pas purifier la cause du mal, mais il peut atténuer ses effets. Les chambres électives, qui se sont succédées depuis 1830, nous ont fait bien du mal au milieu du peu de bien que la royauté les contraignait à nous faire. Mais elles nous auraient fait dix fois plus de mal si la royauté n'avait pas été là, en dehors d'elles, vivant d'une autre force et d'une autre vie qu'elles, pour les arrêter et pour modérer la désorganisation qu'elles appellent progrès!—Ah! si au lieu du roi des Français, petit fils de Henri Quatre et de Louis Douze, nous avions eu cinq directeurs ou un président, pris dans la chambre, où en serions-nous aujourd'hui!

On a fait remarquer que depuis la révolution de juillet, en neuf ans, nous avons eu dix-sept ministères.—Ce rapprochement dit tout. Quand on a dix-sept ministères en neuf ans, on n'a ni gouvernement, ni administration, ni lois méditées, ni projets mûrement conçus, ni moyens suffisants d'exécution, ni ordre dans les faits, ni conséquences coordonnées, ni plan, ni conduite, ni sagesse : on prend dix résolutions contradictoires, toutes mauvaises; on fait sur un acte de législation, dix embrions de projets plus détestables les uns que les autres; on varie sur tout, on n'a de fixité sur rien. La société ressemble à une caravane qui ne sait où planter ses tentes sur un sable mouvant.

Et il faut encore rendre grâce au roi de n'avoir eu que dix-sept ministères en neuf ans : car, si la démocratie avait été libre de pratiquer ses belles maximes; si la volonté royale, si la pensée immuable n'avait pas été là pour contre-balancer les fluctuations parlementaires et pour dire à leurs flots débordés :—vous n'irez pas plus loin, — nous aurions eu cinquante ministères au lieu de dix-sept. Les majorités parlementaires, livrées à elles-mêmes, combien de fois auraient-elles changées chaque année? Que l'on essaie de s'en rendre compte, par les variations qu'elles ont subies malgré tous les efforts qu'on a faits pour les maintenir dans une direction uniforme. La majorité s'est redressée contre le 13 mars d'abord, qui fut obligé de lutter en débutant contre la chambre, et qui donna sa démission, parce qu'il avait été quasi vaincu dans cette première lutte. Le 11 octobre succomba deux fois, et fut dix fois au moment de succomber. Le 22 février ne dut sa courte vie qu'à une série de subterfuges. Le 6 septembre fut tué par une seule boule noire : combien de fois dans ces quelques années la majorité a-t-elle varié, s'est-elle transformée, s'est-elle déplacée, s'est-elle évanouie sous la main qui la cherchait, insaisissable Protée, plus capricieux et plus changeant que le Protée de la fable antique?

Le gouvernement de la majorité est un mot vide de sens. La majorité n'existe pas dans le pays, et n'existera jamais dans la chambre. Une majorité ne peut se former, en quoi que ce soit, qu'après étude préalable, pratique suivie et longue, ayant pour but de confirmer ou de démentir les aperçus acquis par l'étude. Cela est vrai en toute réunion, en toute matière. Croire que quatre cent mille individus séparés, sans études spéciales et sans organisation possible, auront une majorité quelconque sur les premières matières venues que la politique de l'État imposera pour problème à résoudre aux organes du gouvernement, et que cette majorité subite enfantera tous les quatre ou cinq ans une majorité de députés infaillibles, pour guider impérieusement un esclave couronné que l'on aurait placé sur le trône, non pas pour gouverner, mais pour obéir aux caprices de la foule, c'est vraiment un excès de déraison qu'aucun esprit un peu sensé ne saurait partager. Le gouvernement des hommes ne s'improvise pas ainsi. La société ne se règle pas à la course et ne devient pas le prix d'un impromptu perpétuel.

Cela s'est pourtant vu, me dira-t-on, en Angleterre depuis cent cinquante ans. — Je le nie. — En Angleterre, il y a eu majorité, parce qu'il y a eu organisation : organisation, parce qu'il y a eu hiérarchie : hiérarchie, parce qu'il y a eu aristocratie : gouvernement, parce que l'aristocratie a gouverné. L'aristrocratie a gouverné, parce que la couronne et la chambre des communes étaient toutes les deux une émanation de l'organisation aristocratique. La chambre des communes a eu une majorité, parce que la majorité était formée par l'influence de la couronne, des bourgs pourris, et de la clientelle des lords. — Il y a eu majorité, soit; mais elle n'était pas élective !... L'élection n'était qu'un simulacre, une décoration destinée à couvrir le mécanisme réel du gouvernement. Voilà pourquoi l'Angleterre a eu un vrai gouvernement représentatif : un gouvernement représentatif des influences morales, et non pas représentatif du nombre. En France, on a entrepris de faire un gouvernement électif, c'est-à-dire, un gouvernement chargé d'empêcher tout gouvernement réel de naître et de fonctionner, de peur qu'il n'opprime le pays !... Que l'on compare les deux institutions.

Il y a surtout une différence décisive en faveur de l'Angleterre. En Angleterre, la souveraineté du peuple, invoquée par le radicalisme, bat les murs de l'édifice social

par les coups redoublés de son bélier destructeur. Cela se
voit aussi en France, cela se voit toujours et partout.
Partout, ceux qui n'ont pas veulent dépouiller ceux qui
ont. Partout, ceux qui sont en bas veulent précipiter en
bas ceux qui sont en haut, afin de prendre leur place. —
Mais en Angleterre, si la souveraineté du peuple bat en
dehors l'édifice du gouvernement, au moins on n'a pas introduit cette souveraineté folle dans l'intérieur de la cita-
delle, afin qu'elle pût livrer la place aux assiégeants du
dehors. En Angleterre, la pairie et la royauté *sont parce
qu'elles sont;* en Angleterre, la couronne *existe et vit par
son droit.* En Angleterre, on ne voit pas un troupeau de
sophistes persuader au peuple que la royauté est émanée
de l'élection. En Angleterre, la pairie existe et vit par son
droit. En Angleterre, la pairie n'émane pas du caprice d'un
ministère émané lui-même des caprices du scrutin électoral !

En empruntant à l'Angleterre certaines formes de gouvernement, et certaines désignations politiques attribuées
à ces formes, les prétendus hommes politiques de France
ont agi sans discernement, parce qu'ils ont voulu faire
cadrer ces formes avec des réalités toutes différentes. Du
gouvernement représentatif de l'Angleterre, ils n'ont imité
que l'apparence, le semblant, le nom. — Mais en voulant
baser l'édifice constitutionnel sur les maximes brutalement
absurdes de la souveraineté du peuple, que l'Angleterre
a si soigneusement répudiées lors de sa glorieuse révolution de 1688, ils ont ôté aux institutions imitées par eux,
tout caractère monarchique et représentatif. En réalité, si
nous persistons dans le même système, nous n'aurons ni
royauté, ni pairie, ni chambre des communes. Nous au-

rons un corps électoral qui produira une assemblée, qui imposera sa volonté (quand elle pourra réussir à avoir une volonté et à l'exprimer, ce qui sera rare) à un homme que l'on nommera ROI, à des hommes que l'on appellera PAIRS, mais qui n'auront plus les moyens d'exercer les grandes attributions de pouvoir affectées à ces dénominations glorieuses.

Tout se réduira donc aux intrigues des corps électoraux et aux mouvements stratégiques de la chambre élective. De là, sortira un vote; de ce vote, un ministère; de ce ministère, un avortement de pouvoir qui nécessitera de nouvelles intrigues électorales, de nouvelles manœuvres parlementaires, un nouveau vote, un nouveau ministère, et un nouvel avortement.

C'est là où conduit forcément ce que l'on nomme le gouvernement de la majorité. C'est qu'en effet, la majorité est une monnaie qui n'a de valeur que par le balancier qui la frappe. Elle vaut beaucoup ou elle ne vaut rien, selon la force qui la meut. Par elle-même, elle n'est rien : elle appartient à tous et n'appartient à personne; et comme elle n'a pas toujours, le voulût-elle, la résolution et l'ardeur nécessaires pour détruire un ministère nouveau et en enfanter un autre, elle s'abandonne nécessairement au ministère qui se présente, pour voir un peu, à l'essai, ce qu'il pourra faire, et si, par hasard, il fera mieux que ses prédécesseurs. Tous les ministères, à leur début, ont donc la majorité, et cette majorité ne prouve rien.

Nous l'avons vu en France depuis 1830 : tous les ministères ont eu la majorité, tous ont voulu la conserver pour gouverner. Aucun ne l'a pu. Tous les efforts qu'ils ont faits pour la conserver en gouvernant, et pour gou-

verner en la conservant, n'ont abouti qu'à un redoublement d'anarchie morale, de divisions intérieures, et enfin
à un affaiblissement extérieur si complet, qu'il est véritablement effrayant. — C'est que tous ont cherché dans la
chambre élective l'inspiration qui devait les diriger, la
marche nouvelle qui devait réparer tous les maux qu'avait
produits la marche précédente! C'est que tous lui ont demandé la direction énergique, vigoureuse, l'effort immense et décisif dont nous avons besoin pour sortir de la
basse et honteuse stagnation où tous nos intérêts et toutes
nos grandeurs morales sont tombés ; mais la majorité ne
pouvait pas suppléer à la faiblesse ministérielle; la majorité a des instincts confus, des désirs généraux, des sympathies, des répulsions, des espérances, des craintes, voilà
tout. Elle sait à quel résultat elle voudrait être conduite;
mais les moyens, le plan, la direction, le système d'action,
la conception une et complète d'une marche gouvernementale, la majorité ne l'a jamais eue, ne l'aura jamais
et ne donnera jamais à personne ce qu'elle n'a pas elle-
même.

Le ministère ne pouvant, ne voulant et n'osant représenter la volonté du roi, qui serait une et fixe, et qui,
par conséquent, donnerait une direction à l'État (ce qui
est le grand, l'inestimable avantage des gouvernements
monarchiques); et ne pouvant, dans ses neuf têtes, concevoir tout à coup et simultanément un système compacte
et fort, qui d'ailleurs courrait le risque de ne pas être approuvé par les deux ou trois cents têtes de la majorité,
s'est toujours présenté à la chambre, en demandant humblement à la majorité comment elle voudrait que le gou-

vernement fût dirigé. Il a toujours attendu d'elle son impulsion.

Or, la majorité, au lieu de répondre par une solution, a répondu par une interrogation. Pendant que le ministère lui demandait comment elle voulait qu'il gouvernât, la majorité demandait, de son côté, au ministère comment il entendait gouverner; et cette question, mutuellement faite, est restée éternellement sans réponse possible, et le pays est resté privé de tout gouvernement. Voilà notre histoire, voilà le beau idéal du système parlementaire, voilà ce que l'on n'a pas craint de nommer la vérité du gouvernement représentatif!

Quand on veut analyser ce gouvernement à contre-sens, que l'on appelle le gouvernement des majorités, on voit facilement qu'il conduit à l'absurde.

Qu'il me soit permis, pour faire comprendre toute l'inconsistance de ce système, de tracer une comparaison rapide entre ce gouvernement et celui de la charte.

La charte reconnaît un roi qui doit gouverner par des ministres qu'il nomme.

Le gouvernement des majorités y substitue des ministres imposés au roi par la chambre élective, et chargés de gouverner le roi, sous sa direction.

Les ministres du roi de la charte, devaient être responsables devant la chambre.

Les ministres du gouvernement parlementaire sont inévitablement responsables devant le roi fictif que l'on substitue au roi de la charte; et ce roi est obligé d'avoir recours à mille déguisements pour que cette responsabilité ne soit pas vaine, pour ne pas être détrôné moralement par les visirs qu'on lui impose.

Mais ce n'est rien, et pour que la solution devienne tout-à-fait impossible, on a imaginé quelque chose de mieux. On a renversé tout le gouvernement la tête en bas, on a chargé les pieds de penser, la tête de marcher, et les auteurs de ce renversement sont tout étonnés que leur magnifique création ne puisse ni marcher ni penser.

A côté du roi fictif, ils ont placé obligatoirement un roi réel, qu'ils appellent *président du conseil*. — Ce président du conseil, dont la charte ne dit pas un mot, dont elle ne prononce pas seulement le titre, présuppose nécessairement un conseil, nouveau corps gouvernant par majorité et minorité, corps gouvernant dont la charte ne parle pas davantage.

Voilà donc le roi de la charte tout-à-fait supprimé, tout-à-fait éteint. Il est remplacé par deux pouvoirs de l'invention des parlementaires, par un président du conseil, ayant sous ses ordres huit commis, en guise de ministres du roi. Puis, voici comment toute la machine doit fonctionner, pour que le gouvernement parlémentaire s'établisse :

Il faut que le roi fictif de la charte obéisse au roi réel, c'est-à-dire au président du conseil ;

Que le président du conseil obéisse à la majorité du conseil où les affaires se débattent ;

Que le conseil obéisse à la chambre des députés ;

Que la chambre des députés obéisse aux électeurs ;

Que les électeurs obéissent à la presse des journaux et aux trois ou quatre intrigants qui dominent chaque collége, par les menaces ou par les promesses ;

Enfin, il faut que ces intrigants et ces journaux, dominés eux-mêmes par les préjugés des masses confuses qui bourdonnent autour d'eux, obéissent à toutes les passions, à toutes les factions, à toutes les aberrations locales, et fassent de la composition totale de l'assemblée élective, un habit d'arlequin composé de quelques centaines de pièces de toutes couleurs, mal ajustées, mal cousues, ne tenant en rien les unes aux autres : triste vêtement destiné à se déchirer par tous les bouts, pour laisser à nu le squelette du gouvernement parlementaire, épuisé, paralytique, sans jambes, sans bras, sans tête et sans cœur, n'ayant, pour simuler la vie, qu'une parole retentissante et creuse, que tout le monde écoute avec anxiété, et dont cependant tout le monde se moque.

Et si, dans le gouvernement parlementaire, il se trouve —et cela doit être fréquent—que le pouvoir supérieur ne puisse pas, sans se suicider, exécuter l'ordre qui lui est signifié par le pouvoir inférieur auquel on veut qu'il obéisse, alors il faut qu'il trouve une ruse, un détour, une sorte de simulation, pour éluder la nécessité fatale qui lui est imposée; et le jour où cette ressource lui manque, il faut que toute la machine se détraque du haut en bas par la résistance forcée de celui des pouvoirs qui ne pourra ni éluder ni exécuter l'ordre absurde qu'il aura reçu.

Voilà, dans toute sa nudité, le prétendu gouvernement des majorités : ceux qui veulent le faire prévaloir ne proclament pas tout-à-fait le dogme de la souveraineté populaire; mais ce qu'ils nomment la vérité du gouvernement représentatif, mais l'omnipotence du scrutin parlementaire enfantant et détruisant ministère et système de gouvernement, mais tout cet ensemble de despotisme populaire qui tient la royauté sous les pieds et qui ne lui

permet de vivre et d'agir que sous le bon plaisir de l'anarchie électorale, qu'est-ce autre chose, s'il vous plaît, que
la souveraineté du peuple.... abâtardie, j'en conviens;
énervée, je l'avoue; châtrée, je le proclame plus haut que
vous. — Mais parce que vous êtes des eunuques impuissants, en êtes-vous moins oppresseurs de la royauté? Mais
parce que vous ne pouvez rien produire, est-ce un motif
suffisant pour réduire à l'impuissance la providence royale,
qui, sans vous, dirigerait et sauverait le pays? Mais parce
que vous ne pouvez gouverner, est-ce une raison pour
l'empêcher de gouverner elle-même, elle qui le pourrait
et si bien?

Oui, le grand mal de la France, c'est moins les passions
populaires qui attaquent l'ordre social, que les faux principes donnés par vous au gouvernement lui-même. Les
ennemis du dedans sont bien plus dangereux que les ennemis du dehors. — Heureuse Angleterre! ton mal est profond, mais tes médecins sont habiles. — Malheureuse
France! la fièvre superficielle qui brûle tes extrémités
nerveuses, n'a pas des causes organiques bien profondes,
mais tes médecins l'enveniment sous prétexte de la calmer.
Ils t'inoculent la république pour te guérir de la démocratie!

Et ce qu'il y a de tristement remarquable, c'est que les
esprits routiniers qui s'entêtent dans cette voie sans issue,
se vantent d'être les seuls progressifs, lorsque, en réalité,
ils rendent tout progrès impossible; lorsque, au lieu de
reconstituer la force sympathique et morale qui, du sommet de l'État, doit être l'âme et la vitalité de tout gouvernement libre, ils travaillent constamment à dépouiller
la force sociale de ses derniers attributs, de sa dernière

influence, pour transporter, en les éparpillant, tous ces
éléments du pouvoir entre les mille mains éparses d'un
peuple agité, n'ayant plus aucune pensée commune et directrice, flottant entre les incitations des partis et les mauvaises passions de l'ignorance! — C'est ce que ces insensés
appellent *consulter la volonté nationale!*

La persistance de cette opposition étroite dans ses doctrines dissolvantes, n'est point une bonne et salutaire fermeté, mais une opiniâtreté inconséquente. Le progrès ne
peut se trouver dans la dissolution, mais bien au contraire dans la réorganisation de la force sociale, en lui
donnant pour base la puissance magnétique d'une grande
pensée morale qui entraîne sur ses pas la conviction des
masses populaires, et qui en obtienne l'obéissance volontaire, sans laquelle il peut bien y avoir du pouvoir d'un
côté et de la dépendance de l'autre, mais jamais de véritable organisation sociale, jamais de véritable progrès!

Un seul mot, je le sais, réfute tous mes raisonnements.
On me répond : — Ce système de gouvernement est mauvais, c'est possible; il désorganise notre intérieur, il affaiblit l'extérieur, il alarme la propriété, il épuise le commerce, il vicie la législation, il prodigue au dehors notre
sang et notre or, dans des entreprises folles et stériles;
tout cela est possible encore, — mais ce dogme de gouvernement nous plaît; il satisfait notre orgueil, il exalte notre
dignité. Nous trouvons beau de nous gouverner nous-
mêmes, dussions-nous être malheureux. Nous mettons
cette satisfaction d'amour-propre au-dessus du bonheur
lui-même, ou, plutôt, nous sommes si vaniteux, que nous
plaçons notre bonheur suprême dans la satisfaction de notre amour-propre. Pourquoi disputer des goûts? la France

est ainsi; laissez-la faire. Quand cela la fatiguera, probablement elle haussera les épaules, et cette fantasmagorie ridicule s'évanouira toute seule.

Cela est incontestable. S'il vous plaît de construire une échoppe en planches mal jointes, pour vous abriter du soleil brûlant de la canicule et des nuits glacées de l'hiver, plutôt que d'habiter un bon logement, une solide maison, bien couverte par en haut et bien fondée par en bas, parce que vous avez fantaisie d'être vous-même votre architecte, et que vous ne voulez pas d'un édifice que vous n'avez pas bâti de vos mains, je n'ai rien à dire. Habitez donc votre baraque improvisée, jusqu'à ce qu'un coup de vent populaire en disperse les débris sur le sol. — Mais après?... Donnez-moi, je vous prie, l'adresse du nouveau logement où vous porterez vos pénates? — Je crains fort que votre souveraineté ne soit contrainte à coucher à la belle étoile, ou à demander asile à la royauté!!...

Résumons-nous.

Les majorités ont leurs fonctions dans l'état social, mais ce n'est pas la fonction du gouvernement. Leur nature, leur composition s'opposent radicalement à ce qu'on fasse d'elles la base et la source du pouvoir politique.

Variables, incertaines, livrées à tous les déchirements de l'intérêt individuel, elles constituent une espèce de fond mouvant sur lequel rien de stable, de fort, de compacte, ne peut s'édifier. Les majorités sont le produit de l'anarchie des volontés individuelles. —Mais, dira-t-on, que les majorités soient absurdes, illogiques, variables, d'accord; — mais elles sont un *fait*, un fait irrésistible. Il faut donc les accepter et les proclamer.

Étrange logique! —Si un assassin vous met le couteau

sur la gorge, il faut mourir, en dépit de la loi qui défend et punit le meurtre; mais doit-on pour cela déïfier le meurtre?

Supposez que tous les êtres animés se servissent contre l'homme, leur *maître légitime*, de la force brutale que Dieu leur a départie : il est évident que l'homme succomberait. Proclameriez-vous donc pour cela la souveraineté des tigres et des lions? — Voilà cependant le principe des majorités ou de la souveraineté du peuple.

Pour quiconque raisonne, la légitimité de la domination de l'homme sur tous les êtres animés ne repose pas sur un autre principe que la légitimité du pouvoir politique parmi les hommes. — L'un et l'autre ont leur source dans une région beaucoup plus haute que celle du nombre et de la force. — Dieu a mis le pouvoir avec la vie dans certains hommes, comme dans certaines races, comme dans certaines espèces. — Ceci est aussi un *fait* et un fait *providentiel*, contre lequel on peut lutter, mais à la domination duquel on ne pourra jamais se soustraire.

CHAPITRE XIX.

Continuation du même sujet.

On m'a bien mal compris, si l'on pense que dans le chapitre précédent j'ai voulu combattre l'abus que les partis ont fait de nos institutions, ou même les erreurs personnelles des hommes qui ont contribué à ces abus. Tout cela est très-peu de chose à mes yeux. Si c'était là que gît la cause des maux de la France, la France ne serait pas bien malade. Elle aurait une fièvre aigüe, mais passagère : un mal de sa nature assez guérissable.

Notre position est beaucoup plus mauvaise.

L'abus d'une institution peut être réparé. — Il ne faut pour cela que revenir à l'état normal de cette institution.

Les torts personnels des hommes, leurs luttes d'ambition, leurs discords, sont, sans aucun doute, de grands ferments de troubles dans l'ordre parlementaire. — Mais si tout le mal était là, il y aurait remède. Les hommes qui se sont brouillés peuvent se raccommoder. Divisés par rivalités d'ambitions, ils peuvent s'unir par complicité d'ambitions : impuissants à exercer isolément le pouvoir, ils peuvent se réunir pour le partager. Centre droit, centre gauche, peuvent se donner la main. C'est précisément à cette réconciliation des hommes, que s'efforcent de parvenir tous nos utopistes représentatifs. Ils croient, de la meilleure foi du monde, qu'une fois les hommes réconciliés dans la chambre, la machine du gouvernement, remise à des mains habiles, commencerait à fonctionner merveilleusement, et qu'ils entreraient dans l'*Eldorado* parlementaire.

Pour ma part, je n'en crois rien, absolument rien. La machine politique me paraît encore plus discordante que les mécaniciens maladroits et rivaux, qui jusqu'ici ont aidé à la détraquer un peu plus. Mais fussent-ils d'accord, le mécanisme n'en irait pas mieux. Seulement on verrait plus clairement que le désordre vient moins de leur fait, que de la machine elle-même.

Si le peuple français n'avait pas perdu toute intelligence

politique à force de caprices et de vanités ; si, au lieu de se plonger tout vivant dans un océan d'arguties et de sophismes, il voulait renoncer à la polémique étroite et mesquine de ses courtisans libéraux, pour prendre les questions par leur véritable base, par le côté moral, par les grands aspects que le sentiment et l'histoire de l'humanité éclairent de leurs irrésistibles lumières, il verrait que depuis vingt ans toutes les forces intellectuelles des passions et des partis, n'ont eu qu'une seule tendance, — détruire le gouvernement de la royauté et constituer le gouvernement de la démocratie. — En même temps, il apercevrait qu'après mille défaites successives, la royauté est encore la seule autorité qui ait un peu de puissance morale en France, et que la démocratie, au contraire, après mille triomphes célébrés à l'envie par toutes les voix de la tribune et de la presse, devient chaque jour un peu plus dissoute, un peu plus fractionnée, un peu plus impuissante à diriger utilement les affaires du pays ! De sorte que dans toutes les grandes crises qui reviennent par intervalles, le peuple, tout déroyalisé que vous l'avez fait, lève les yeux vers la royauté et la supplie mentalement d'user pour le sauver, de la puissance politique qu'il lui a ôtée. Et lui, ce peuple si démocratique, raille avec amertume et dédain ces grands députés chargés à la fois de tant de pouvoir et de temps d'impuissances ; par amour-propre d'auteur, il est prêt à les défendre s'ils entrent en lutte avec la royauté. Par sentiment de leur impéritie, cause fatale de ses misères, il les accable d'une juste improbation, s'il les considère dans leurs rapports effectifs avec l'état du pays !...

Eh quoi ! vous qui lisez ceci, ce simple rapprochement ne vous ferait pas comprendre l'immense erreur qui vous

domine, et qui vous fait confondre les principes de révolution avec les vrais principes de gouvernement?... Vous
ne voyez pas qu'il n'y a de gouvernement, fort ou faible,
qu'avec la royauté et par la royauté? Que, hors de là, votre mécanisme représentatif est un mensonge qui détruit,
chaque jour un peu plus l'édifice que vous voulez bâtir?
—Où donc prendriez-vous la cause de son impuissance,
si ce n'est en lui? Hors de votre gouvernement représentatif, qui donc lui fait obstacle que lui-même? Quel genre
de pouvoir a-t-il laissé contre lui à la royauté? Que veut-il
encore? L'initiative des lois?... Il l'a. Le refus de concours?... Il l'a. Le vote des lois?... il l'a. La sanction suprème des grandes mesures de gouvernement?... Il l'a,
et vous avez vu que, dans l'affaire du traité américain, il
a mis en question s'il ne laisserait pas protester la signature du roi.—Si donc votre pouvoir électif ne vous gouverne pas, s'il vous dégouverne, s'il s'anarchise, s'il se
dissout, s'il s'embrouille dans les intrigues ambitieuses
qu'il ourdit avec une si déplorable fécondité, à qui donc
peut-il s'en prendre qu'à lui-même?... Et vous, misérable peuple de dupes, à quoi pensez-vous donc d'exciter encore par vos clameurs incessantes le mal dévorant dont
vous vous plaignez !

Ecoutez donc ceci : Souvenez-vous que ce n'est point la
faute des hommes, que ce n'est point l'abus de vos institutions, que ce n'est point même les erreurs des partis ou
la fureur des factions qui causent l'état où la France est
tombée. —La véritable cause de tout ce mal, c'est le dépla-
cement de la souveraineté, c'est votre pitoyable manie de
vouloir confier le gouvernement aux députés que vous
avez élus, qui en sont incapables parce que vous en êtes in-

capables vous-mêmes, et qu'ils représentent très-exacte-
ment votre propre incapacité, sous le point de vue gouvernemental.

Je vous dis ceci d'une manière absolue. Entendons-nous
bien. Je n'attaque point le mode de votre mécanisme électoral, je n'attaque point vos formes représentatives et votre
tribune.

Mais je vous dis que tant que vous soumettrez les matières de gouvernement à la chambre des députés, quelle
que soit votre loi électorale, qu'elle soit restreinte ou
qu'elle soit étendue; quels que soient vos éligibles, quels
que soient vos députés, quels que soient vos ministres,
grands ou petits, hommes de talent ou hommes médiocres,
cela importe très-peu. Vous arriverez toujours au même
point par divers chemins, et jamais vous n'aurez de gouvernement. Les meilleurs électeurs, les meilleurs députés,
les meilleurs ministres que la France puisse fournir par
le meilleur système électoral qu'il se puisse imaginer, ar-
riveront tous à la même impuissance qui frappe aujour-
d'hui vos ministres, vos députés et vos électeurs. — C'est
qu'en réalité le gouvernement n'est pas là, ne peut pas
être là. Tant que la chambre des députés se croira le droit
de faire et de défaire les ministres, vous serez toujours
plongés dans un interminable imbroglio d'intrigues et
d'impuissance. Si à force de luttes, à force de tentatives
et de combinaisons, vous arrivez à une apparence momentanée de ministère et de gouvernement, ce ne sera
qu'une rare et courte exception, qui n'aura pas le temps
de fonctionner pour le bonheur du pays. A peine ce ministère modèle se sera-t-il mis en rapport et en harmonie avec une majorité parlementaire, que, soit dans la

chambre, soit dans le ministère, mille accidents imprévus, soufflés et animés par la presse et la tribune, détruiront l'accord et démantèleront l'édifice. Il faudra modifier le ministère pour plaire aux uns ou aux autres. Une fois modifié, il n'en sera que plus précaire et plus ébranlé. Sur quoi, une nouvelle crise naîtra et tout sera à recommencer. Au lieu de gouverner, au lieu de faire les affaires du pays, il faudra que le pouvoir passe son temps et sa vie, à naître, à se défendre, à mourir, pour renaître ensuite de je ne sais quelle combinaison bâtarde, agoniser et mourir de nouveau. Voilà votre existence normale, voilà votre avenir, voilà votre vérité du gouvernement représentatif.

Vous irez toujours précisément au mal que vous voulez fuir. Ainsi, vous ne vouliez pas de la monarchie aux institutions républicaines de M. de Lafayette? — Et qu'avez-vous donc fait?.... De majorité en majorité, depuis quinze années, grands théoriciens représentatifs, vous êtes tellement descendus vers la démocratie, que vous avez fait vous-mêmes son ouvrage! — Car vous l'avez toujours eue, la majorité, dans ce long intervalle. Ce n'est pas l'opposition de gauche qui a gouverné : c'est vous, prétendus conservateurs! — Avez-vous conservé la royauté?... Vraiment, oui; vous l'avez réduite précisément aux proportions sur lesquelles M. de Cormenin en avait taillé le patron. Vous avez fait une royauté qui ne peut faire un ministre, et qui, par conséquent, depuis le directeur-général jusqu'au garde-champêtre, n'a plus le libre choix d'un seul de ses agents. — C'est à la chambre des députés que tout remonte. C'est elle qui impose les ministres. Les ministres font le reste. Ils partagent les

fonctions publiques entre les adhérents que leur fournit la
chambre. Le roi regarde et règne. — Et vous appelez cela
une monarchie!... Et vous vous étonnez de ne pas être
gouvernés! Et les auteurs de ce désordre s'écrient gravement : Quand sortirons-nous de ce chaos? Quand le pays
sera-t-il gouverné?... JAMAIS.... tant que vous ne recon-
naîtrez pas le gouvernement du roi. JAMAIS, tant que le
ROI n'aura pas le choix libre de ses ministres et de tous
ses agents. JAMAIS, tant que les partis, quels qu'ils soient,
d'une chambre quelle qu'elle puisse être, s'arrogeront le
droit de faire des ministres et de diriger les affaires de
gouvernement. — Prenez-en donc votre parti : souffrez
comme des hommes, ou n'agissez plus comme des enfants.
— Cela dure trop long-temps : le spectacle que vous offrez
à l'Europe scandalisée, devient trop fatal à l'honneur de
la France.

En vérité, vous avez entrepris une grande œuvre! Vous
voulez simplement donner un démenti à Dieu et aux hommes! Vous voulez faire ce qui jamais n'a pu être fait, depuis que le monde est sorti des mains du Créateur. Vous
voulez faire gouverner la société par la démocratie. Vous
voulez donner tout pouvoir à ceux qui doivent obéir;
vous voulez imposer l'obéissance à ceux qui doivent commander. Vous voulez mettre la république sur le trône, et
le trône dans les bourgs-pourris de vos colléges électoraux.
Vous voulez faire de la démocratie le *parce que* du gouvernement; et vous oubliez que, même dans les républiques jusqu'à présent connues, la démocratie a été le *quoique* de la société; que l'aristocratie en a toujours eu la
la direction, quelquefois occulte, et plus souvent encore,
avouée!... J'entends : Vous avez, dans vos doctes veilles,

trouvé le moyen d'inventer une démocratie aristocratique, et une aristocratie démocratique. Vous êtes plus malades que je ne croyais.

Par vos maximes insensées, par ce charlatanisme maudit qui, de proche en proche, descend jusqu'aux extrémités du corps social, pour persuader à la nation qu'elle doit se gouverner elle-même, toutes les imaginations ardentes sont promptement convaincues que le pouvoir et la fortune sont à l'enchère, et qu'il ne faut qu'un peu d'intelligence, beaucoup de hardiesse et d'intrigues pour que chacun puisse y porter la main et y faire lui-même sa part. L'intrigant de grande ville ou de village manipule les électeurs; les électeurs manipulent le député; le député manipule le ministère; le ministère ouvre la main et distribue pour récompense toutes les places de l'État, toutes les faveurs du budjet. Et comme tout le monde veut parvenir à son tour, comme le moyen en est facile, comme il n'exige ni étude, ni travail, ni capital, ni vertu, vous avez à la fois, sur toute l'étendue du pays, des concurrents par milliers qui dressent leurs regards ardents de convoitise et d'espérance, vers les avenues de la grandeur et de la richesse que le mécanisme du gouvernement les excite chaque jour à envahir. C'est une attraction corruptrice qui descend de la capitale et qui remonte des provinces. La chambre des députés, du moment qu'elle est le centre du gouvernement, la fabrique des ministères, la source par conséquent de toute fortune, de tout crédit, de toute fonction, est le cœur où la corruption universelle remonte et redescend, par les veines et par les artères de votre vie sociale pervertie, jusque dans son essence même. C'est la destruction représentative exercée sur la royauté, qui détruit en France les mœurs publiques. C'est la destruction représentative exercée sur la royauté, qui détruit en France toute vertu civile. C'est la destruction représentative exercée sur la royauté, qui détruit en France toute vertu politique. Donnez des maximes et des institutions semblables aux peuples les plus austères, les plus vertueux, les plus patriotes, vous les aurez bientôt corrompus. Les Spartiates eux-mêmes n'y auraient pas résisté dix ans.

Encore un coup, voulez-vous guérir?... Rendez à la royauté son indépendance. Faites des lois, ne gouvernez plus. Faites des lois, ne faites plus des ministères. Faites des lois, ne faites plus semblant de faire un roi, pour vous faire rois vous-mêmes. — Le jour où le gouvernement de la France remontera vers la couronne, le jour où la couronne gouvernera le pays, vous aurez un gouvernement. Sinon, non. Vos ministères, vos coalitions, vos députés, vos électeurs, toute cette myriade mesquine de souverains illusoires, passeront et repasseront sans cesse sur les tréteaux représentatifs, comme ces coryphées de théâtre, qu'on fait sortir par une coulisse et rentrer en scène par une coulisse opposée, pour figurer une armée et un peuple. — Tout cela mensonge ou fiction. — Il n'y a là ni peuple ni armée, pas plus que vous n'avez et n'aurez jamais de gouvernement au palais Bourbon.

Sous l'empereur, le gouvernement était aux Tuileries ou à Saint-Cloud.

Maintenant, il doit être aux Tuileries ou à Neuilly.

LIVRE XII.

DES PRÉJUGÉS DU GOUVERNEMENT REPRÉSENTATIF.

═══════════

CHAPITRE PREMIER.

Des Préjugés du Gouvernement représentatif.

—

Chaque genre de gouvernement a ses préjugés. La monarchie absolue avait les siens, qu'elle prenait pour des principes. La monarchie constitutionnelle a les siens qu'on a baptisés du titre pompeux d'axiomes du gouvernement représentatif.

Ces prétendus axiomes sont tout simplement des conséquences rigoureusement tirées de principes très-faux en eux-mêmes, ou bien encore des imitations servilement maladroites de quelques usages anglais, compensés en Angleterre par d'autres institutions et par des mœurs que nous n'avons pas.

C'est à ces prétendus axiomes représentatifs, infusés sous la restauration dans beaucoup d'esprits, et considérablement aggravés depuis la révolution de juillet par le progrès démocratique de nos institutions fondamentales, que nous devons l'état d'atonie du gouvernement, le changement fréquent du ministère, le désordre de l'administration, le fractionnement croissant de la chambre élective, l'état confus et désorganisé des colléges électoraux, en un mot, toute cette vaste instabilité qui dessèche en France les germes nombreux de la prospérité publique.

Cet état d'incertitude, ce problème qu'il faut à chaque instant résoudre, pour recommencer, six mois après, à le résoudre encore, et peut-être dans un autre sens, empêche tout véritable progrès. Quel ministère avons-nous? Quel plan suivra-t-il? Où sera la majorité, à droite, à gauche, au centre? Quel système politique adoptera-t-on? Quelle législation commerciale dans l'intérieur? Quelle alliance, quelle diplomatie au-dehors? Sur tout cela, rien de décidé, rien de rationnel, rien de connu. La vie publique de la France est toujours à l'état d'éventualité. —Nous vivons sous l'empire de l'imprévu. —Eh! mon Dieu, tous ces graves intérêts dépendent souvent de ce que certains hommes d'État se sont donné la main, de ce que certains autres se sont brouillés ou réconciliés. La solution, toujours incertaine en tout, dépend des intrigues, grandes ou petites, dont la trame s'ourdit et se brise alternativement sur tous les bancs de la chambre des députés. —Et si, au centre, au sommet, au faîte du gouvernement, il y a une grande, forte, généreuse, puissante pensée, il faut, pour la plus grande gloire du système représentatif, que cette pensée de direction et de vie se taise, se cadenasse, s'étouffe dans une inaction forcée, jusqu'à ce que le résultat accidentellement heureux de quelques-unes des intrigues parlementaires, lui donne la permission de se montrer au grand jour, et de se réaliser. —Mais encore, si après qu'une grande et bonne pensée sera émanée du gouvernement, avec le passeport bien et dûment obtenu de l'omnipotence parlementaire, cette omnipotence vient à s'impressionner d'un nouveau caprice, si une nouvelle intrigue change le chiffre des coalitions et déplace la majorité, adieu tout espoir et toute direction certaine, adieu l'achèvement du système commencé.... car un des axiomes du gouvernement parlementaire est que tout ministère qui perd la majorité doit se retirer, que le système de la majorité doit prévaloir, et comme la majorité n'a pas, et n'aura jamais de système à elle, il s'ensuit rigoureusement qu'elle les détruira tous les uns après les autres, et que le système représentatif ainsi entendu aboutit forcément au néant gouvernemental le plus complet.

Eh bien ! c'est contre les préjugés représentatifs, que depuis 1830 j'ai eu la témérité d'élever seul la voix. Cette mission, que je me suis dès-lors imposée, je vais la poursuivre aujourd'hui. Je démontrerai rigoureusement toute l'immense fausseté du système parlementaire tel qu'on l'entend depuis notre dernière révolution. Je ferai voir comment, par ce républicanisme bâtard et honteux, le pouvoir royal étant sans cesse dépouillé des moyens d'action dont il devrait être investi, et la chambre élective étant perpétuellement investie d'une puissance qu'elle ne peut exercer, nous nous enfonçons de plus en plus dans un labyrinthe sans issue, où le gouvernement est chaque jour rendu plus impossible par les conditions qui lui sont imposées : de sorte que ses ennemis ne sont pas en dehors de lui, ils sont en lui-même. Ce ne sont pas les obstacles extérieurs qui l'arrêtent, ce sont ses contre-sens intérieurs qui détruisent à la fois ses forces et sa volonté.

Pour parvenir à mon but j'attaquerai les axiomes les plus chers, les plus sacramentels de l'école représentative,

axiomes ridicules et faux, source inépuisable et funeste de
l'instabilité du gouvernement et de l'anarchie des esprits
en France. Je m'attends, à la suite d'une pareille œuvre,
à être regardé comme un absolutiste, un esprit rétrograde, qui méconnaît les principes sacrés du gouvernement représentatif. Mais je ne m'effraie pas pour si peu,
et fussé-je seul de mon avis, je le développerai avec autant de sang froid et de persistance que si j'étais accueilli
par l'approbation universelle. Combien de gens me blâmaient en 1830, qui m'ont approuvé en 1833! Combien
me blâmaient encore en 1833, et m'ont approuvé plus
tard! Combien encore me blâmeront aujourd'hui, et m'ap-
prouveront dans quelques années !... La vérité a le temps
d'attendre. L'homme seul passe, mais les hommes restent,
et la vérité tôt ou tard mûrit pour eux.

Les préjugés du gouvernement représentatif sont les
ennemis les plus dangereux de la monarchie constitutionnelle ; ils sont dangereux par leur nombre, par leur faux
semblant de libéralisme, par l'insidieuse flatterie qu'ils
exercent sur les vanités populaires, auxquelles ils attri-
buent toute l'influence politique dans l'État. C'est la république masquée en monarchie; c'est la république se
faisant royaliste pour détruire la royauté; c'est la république se couvrant d'un vernis dynastique pour établir
des règles légales, au moyen desquelles, non-seulement
la dynastie, mais, bien plus, une royauté même viagère
ne saurait subsister et s'établir forte et durable; c'est la
république détruisant l'ordre social lui-même, rétablis-
sant la souveraineté individuelle, brisant toute la force
morale du lien social, et fractionnant tellement les influences politiques, qu'il ne serait plus possible de trouver

une pensée collective et commune pour servir de point d'appui à un gouvernement quelconque, quelque forme qu'on voulût lui donner en le construisant de tous ces débris épars.

Ce n'est donc pas l'affaire d'un jour, que de détruire toutes ces mauvaises et pernicieuses doctrines; il faut pour cela du temps, de la patience et du travail. C'est une œuvre politique que je commence et à laquelle j'espère que je ne manquerai pas.

Le gouvernement représentatif a des principes qu'il faut respecter et suivre.

A ces principes, l'école révolutionnaire a substitué des erreurs démocratiques, dont les conséquences inévitables empêchent la monarchie constitutionnelle de fonctionner utilement pour le pays.

Pour bien distinguer les principes représentatifs et les préjugés qui ont usurpé leur place, il faut savoir d'abord bien nettement ce qu'on entend par le mot représentatif lui-même. — Qu'est-ce donc qu'un gouvernement représentatif?

L'école révolutionnaire répond franchement à cette question. Voici sa réponse :

La souveraineté est dans le peuple. Pour que le gouvernement soit légitime, il faut donc qu'il soit la représentation du peuple. C'est donc au peuple à choisir, à élire les pouvoirs qui doivent le représenter. Les pouvoirs ainsi constitués par le peuple, les pouvoirs auxquels il a délégué par élection la représentation de sa souveraineté, sont, jusqu'à ce qu'il les révoque, le gouvernement représentatif.

Cela est clair et précis. Si on admet le principe, la conséquence est juste.

Maintenant, qu'arrive-t-il quand les disciples de l'école révolutionnaire, les partisans de la souveraineté du peuple, se trouvent obligés d'agir parlementairement dans le cercle tracé par la monarchie constitutionnelle?

Il arrive que, pour eux, la chambre des députés étant seule élective, émanant seule du peuple, ou d'une portion de ce peuple, qui est censée agir électoralement au nom de tout le reste, il arrive, dis-je, qu'aux yeux des disciples de l'école révolutionnaire, la chambre des députés est la représentation nationale; que, par conséquent, elle porte en elle la vertu représentative, la force représentative du gouvernement; et que lorsque, avec l'approbation renouvelée des électeurs, elle a prononcé sur une question politique, la royauté et la pairie, qui ne sont point électives, et par conséquent qui ne sont point représentatives, doivent se soumettre humblement à la volonté de la chambre des députés, qui est la représentation du pays.

Dans ce système, si on l'admet, je conviens que la chambre des députés est le pouvoir prépondérant; on pourrait même dire le pouvoir unique. Je conviens que dans ce système le gouvernement est tout entier dans cette chambre. Je conviens que lorsqu'elle veut que le roi change de ministres et de système, le roi doit obéir à ses ordres. Quant à la pairie, n'en parlons pas; on sent que dans ce système, c'est une véritable dérision.

L'école doctrinaire n'admet point ces principes de l'école révolutionnaire. Elle reconnaît que la volonté, individuelle ou générale n'est point souveraine; que la volonté individuelle ou générale ne peut être ni déléguée, ni représentée. Par conséquent, ses disciples ne peuvent admettre que le gouvernement représentatif consiste dans la représentation de cette volonté souveraine déléguée par élection à une chambre des députés. A leurs yeux, comme aux miens, le prétendu principe d'où résulterait pour la chambre élective cette force virtuelle qui constituerait l'essence du gouvernement représentatif, ne peut donc être qu'un préjugé anti-constitutionnel; je dirai même anti-social. Avec ce système, il n'y a de possible que le gouvernement républicain, plus démocratique même qu'il n'ait jamais existé à aucune époque de l'histoire.

Entre les doctrinaires et moi, il y a seulement cette différence, qu'après avoir nié les principes révolutionnaires, ils en admettent les conséquences dans la pratique parlementaire; tandis que moi, après avoir nié les principes, je repousse également les conséquences.

J'ai déjà réfuté les principes révolutionnaires de la souveraineté du peuple et de la représentation nationale qui en émanerait par élection. Cette théorie qui, du premier pas, détruit la monarchie constitutionnelle, en supprimant virtuellement la pairie et la royauté, est d'ailleurs repoussée par l'école doctrinaire, tout autant que par moi. Mais par quelle déviation de raisonnement, en partant comme moi de la négation de ces principes monstrueux, l'école doctrinaire admet-elle leur conséquence logique, qui est l'omnipotence de la chambre élective? Et comment ce préjugé funeste lui paraît-il le principe du gouvernement représentatif?

C'est que cette portion de l'école conservatrice admet, comme principes représentatifs, les préjugés qui en usurpent la place; elle confond l'exception révolutionnaire avec l'organisation constitutionnelle qui doit lui succéder. Que l'on me permette une observation sur ce point. La charte établit trois pouvoirs composant le gouvernement représentatif, et non pas un seul pouvoir électif, traînant en esclave les deux autres pouvoirs, enchaînés au triomphe des classes moyennes, comme ces rois vaincus dont les consuls romains ornaient la pompe de leur entrée triomphale dans la citée républicaine ; la charte, même celle de 1830, tout en affaiblissant les moyens d'action et de durée de cette trinité gouvernementale, en a cependant conservé le principe sacramentel. Il importe fort peu que l'on ait soutenu des doctrines contraires avant, pendant, après la révolution. Ces doctrines, à quelque époque, à quelques noms, à quelque événement qu'on les rattache, n'en sont pas moins inconstitutionnelles et fausses ; et si l'on citait les 221, je répondrais que leur démarche fut un grand fait révolutionnaire, légitimé par la nécessité de résister à l'action contre-révolutionnaire, mais non pas un acte constitutionnel du régime représentatif ; je répondrais que l'on confond le fait exceptionnel avec le régime normal auquel il déroge ; je répondrais que le glaive avec lequel on se défend contre une agression imminente est aussi une défense légitime, et ne devient pas pour cela un des moyens légaux de la législation civile et criminelle ; je répondrais enfin, qu'un acte révolutionnaire, accompli en cas de légitime défense par les 221 pour arrêter la contre-révolution, ne peut servir de base, de modèle, de type, à la marche régulière et calme d'un pouvoir qui veut fonctionner pacifiquement dans les règles constitutionnelles tracées par la charte même.

Et que l'on me permette de suivre ma comparaison pour

rendre ma pensée plus claire. L'épée, le pistolet, sont un moyen de défense légitime contre une agression soudaine, que l'effet protecteur des lois n'a pas les moyens de prévenir ou de repousser. Mais l'épée, le pistolet, ne deviennent pas pour cela un moyen légal de se faire justice à soi-même. La loi, qui en tolère l'emploi quand il est absolument indispensable, n'autorise pas à s'en servir ensuite dans le cours régulier des choses. Il en est de même de l'acte révolutionnaire des 221 : seulement ceux qui l'ont exécuté n'en ont pas compris la portée, et ont fait de la révolution en croyant faire de la monarchie constitutionnelle. Les faits l'ont promptement démontré.

La chambre des députés n'est pas constitutionnellement la représentation de la France, elle n'en est qu'une portion, et comme telle, elle n'a ni le droit ni la capacité d'absorber le gouvernement du pays. On peut bien, sous l'empire des préjugés représentatifs, lui livrer le gouvernement, elle peut bien l'accepter, mais elle ne peut pas l'exercer ; et alors, elle empêche la royauté de gouverner, sans pouvoir gouverner à sa place. Voyons maintenant le résultat inévitable de cette confusion.

Tout le monde, en France, déplore l'état de nullité et de stagnation des ministères et de la chambre. Les partis l'interprètent chacun à sa guise, et jettent le blâme les uns sur les ministres, les autres sur les députés. Quant à moi, je suis beaucoup plus tolérant, car je pense que les députés et les ministres sont fort innocents de ce résultat ; qu'il leur est absolument impossible de l'empêcher tant que nous serons sous l'empire des préjugés représentatifs, et que l'on changerait tous les ministres ainsi que les quatre cent cinquante-neuf députés pour un autre personnel

ministériel ou électif, sans en être plus avancé. Bien au
contraire, si l'on admet un instant la possibilité de ce
changement total, si les électeurs étaient convoqués pour
faire des choix tout nouveaux, et qu'à ces quatre cent cinquante-neuf débutants, on demandât un nouveau ministère et une nouvelle marchè gouvernementale, on arriverait au néant complet de tout gouvernement et de toute
direction.

Mais, sans aller aussi loin, que l'on voie combien la
confusion augmente dans la souveraineté électorale. Car,
on nous répète sans cesse, pour excuser le chaos de la
chambre élective, que nos mœurs parlementaires ne sont
pas encore établies, qu'il faut leur laisser le temps de se
constituer, de se former, de se faire des traditions gouvernementales. Cela serait vrai, sans doute, si nous étions
dans une bonne voie, où nous n'eussions qu'à marcher pour
arriver au but. On marcherait lentement, je ne demande
pas mieux, mais enfin on atteindrait le but. Mais comme
nous sommes dans une mauvaise voie, plus nous avan-
çons, plus la confusion parlementaire augmente, plus les
colléges électoraux s'éparpillent en fractions qui se coalisent ensuite, non point par opinion politique, mais par
réunion de coteries, d'inimitiés locales, d'ambitions et
d'intérêts particuliers. Il est impossible de ne pas être
frappé de cette évidence. Chaque année la chambre élective est moins systématisée, moins active, moins régu-
larisée dans sa vie morale, moins propre à donner au gouvernement une impulsion dans un sens ou dans un autre?
Chaque année, l'éparpillement des colléges électoraux
augmente. Chaque année, les coalitions d'opinions opposées deviennent plus fréquentes, ainsi que ces misérables

combinaisons qui jettent la majorité numérique sur des candidats antipathiques aux opinions des électeurs mêmes qui les nomment! Que représentent en effet certains députés élus par la coalition de quatre opinions dissidentes, par les légitimistes, par le tiers-parti, par les républicains et par l'opposition dynastique? Où devons-nous être conduits par cette progression croissante de l'anarchie électorale?... Est-ce sur ce progrès que l'on compte pour former les mœurs parlementaires du pays?... Eh! mon Dieu, nos mœurs publiques deviennent chaque jour moins parlementaires dans le sens où on l'entend. Je ne sais dans quelle région fantastique se promènent les idées des hommes de notre temps, mais certainement ils ne voient pas les faits les plus évidents qui s'accomplissent sous leurs yeux!

Dans un pareil système, l'inaction de la chambre des députés est une chose parfaitement compréhensible. On a raison de s'en plaindre, mais on a tort de s'en étonner.

La chambre subit la loi de la fausse position où les préjugés représentatifs l'ont placée. En la chargeant de gouverner le gouvernement, on lui a imposé une tâche impossible : si elle échoue dans ce beau travail, ce n'est pas sa faute; elle s'y fait de son mieux; elle essaie tous les ans, tous les ans elle succombe sous le faix, tous les ans elle recommence pour succomber encore; puis, quand elle est épuisée, haletante, à non plus, elle s'engourdit et s'endort jusqu'au moment où elle se sépare : encore n'est-ce pas ce qu'elle fait de plus mal.

Il faut donc aimer la monarchie constitutionnelle et la liberté, et détester au plus haut degré les préjugés représentatifs. Ce n'est donc pas une guerre d'un jour qu'on doit leur déclarer, c'est une campagne longue et sérieuse qu'il faut faire contre ces rapsodies politiques dont le malheur des temps a fait des axiomes souverains.

Ils sont, en effet, la cause de tous nos maux.

La première condition qui caractérise un état social bien ordonné, un état social digne du nom sacré de liberté, c'est d'être constitué de telle sorte, que les lois soient bien faites, et qu'elles soient bien exécutées.

Or, les préjugés représentatifs qui paralysent notre monarchie constitutionnelle, la font fonctionner de telle manière que nos lois ne peuvent jamais être faites en temps opportun, et que, presque toujours, elles sont faites après que le mal qu'elles devraient prévenir a produit les plus grands inconvénients, lorsque, parfois même, il est devenu irréparable, comme la loi des sucres qui est venue secourir les colonies et le commerce quand leur ruine était à peu près consommée ; et, dans l'ordre politique, les lois de septembre, qui sont arrivées deux ans après les événements qu'elles auraient dû prévenir, ce qui a été cause qu'elles ont été éludées, et qu'elles sont enfin comme si elles n'existaient pas.

Les préjugés représentatifs ne se bornent pas à empêcher que les lois soient faites en temps opportun, ils les rendent ensuite obscures, incomplètes et faussées par l'antagonisme des intérêts individuels qui s'y disputent la préférence ; et, enfin, ils ont grand soin que ces lois, faites en temps inopportun et mal faites, soient le plus inexactement exécutées qu'il est possible. C'est ce que je prouverai dans cet examen, et j'en concluerai qu'avec une telle marche politique, le véritable progrès, la véritable liberté, sont choses impossibles, et que tout bon citoyen doit travailler avec ardeur à détruire les funestes préjugés qui entravent ainsi les progrès réels dans notre pays.

--------◉--------

CHAPITRE II.

De l'Ouverture des Sessions.

—

Le gouvernement représentatif est étrangement opprimé par ses propres préjugés. On dit que la majorité de la chambre élective est le grand ressort, la source du mouvement vital du gouvernement, et, depuis nombre d'années, nous voyons cette majorité se chercher elle-même et ne se trouver pas. Le gouvernement représentatif se promène tout décontenancé de bancs en bancs, de coteries en coteries, de scrutin en scrutin, et cette majorité souveraine n'apparaît nulle part. Quelque bonne envie que la couronne eût conçue de se faire l'esclave débonnaire et complaisante du pouvoir électif, il lui est impossible d'obéir à un maître qui ne sait, ne veut et ne peut commander.

C'est ainsi que les exagérations de l'esprit de système se détruisent elles-mêmes. Si on n'avait reconnu à la chambre élective que la juste part d'influence qu'elle doit avoir; si, au lieu de s'approprier théoriquement une initiative gouvernementale à laquelle elle ne peut rien entendre, elle s'était bornée à exercer utilement et sérieusement le contrôle et la surveillance qui lui appartiennent sur les actes du pouvoir; si elle avait laissé au pouvoir toute latitude de se mouvoir, selon ses propres inspirations, dans le cercle tracé par la charte, les choses n'en seraient pas venues où elles sont. — Mais on a fait tout le contraire, la France en porte la peine, et c'est justice.

Nous avons un trône héréditaire, une pairie inamovible, une chambre élective quinquennale, qui n'a jamais assez de force, cette jeune et faible ambitieuse, pour vivre les cinq années d'existence que la charte lui accorde, et c'est à ce pouvoir passager, accidentel, fractionné, décousu, sans tradition, sans passé et sans avenir au-delà de ses trois ou quatre ans de durée; à ce pouvoir, composé de citoyens isolément élus par des arrondissements sans rapports entr'eux et sans aucune vie politique, que l'on veut subordonner les deux pouvoirs graves et sérieux qui, par leur constitution organique, sont bien plus spécialement instruits de toutes les choses du gouvernement!

La session s'ouvre; à l'instant, il faut que les pairs désertent leur palais et viennent au palais des députés attendre la visite dont le roi, lui-même, est obligé de prendre l'initiative. Il faut que la majesté royale, au risque des pistolets et des machines infernales, descende des Tuileries et vienne saluer constitutionnellement les maîtres que la démocratie lui envoie; il faut que le roi les harangue, qu'il leur soumette ses vues, comme un commis à ses chefs. Alors ceux-ci, dans une adresse secrètement méditée et publiquement débattue, signifient au trône leurs propres intentions, auxquelles il est constitutionnellement obligé de se soumettre; car s'il se trouve dans l'adresse un mot, une phrase, une volonté qui improuve le système et les ministres de la royauté, à l'instant ministres et système doivent être changés!... Et en face de cette perspective, annuellement renouvelée, vous vous étonnez, ô le plus excellent des peuples crédules, vous

vous étonnez que le gouvernement n'ait ni véritables ministres, ni véritable système? Eh! dites-moi, je vous prie,
où voulez-vous qu'il les trouve? Où voulez-vous qu'il
trouve les bases d'un édifice stable, lorsque à chaque instant la plus mobile des volontés, la volonté d'une assemblée sans pensée collective et sans animation morale, peut
détruire toutes les conceptions méditées et tous les projets
commencés?...

Voilà trois préjugés représentatifs qui paralysent, dès
sa source même, l'action du gouvernement, en faussant
et dénaturant les rapports des trois puissances qui le composent :

1º On force la pairie à s'incliner devant la chambre des
députés, et la royauté à s'incliner devant les deux chambres ;

2º On oblige le roi à faire à ces deux chambres un
prospectus de gouvernement, qui déconsidère la royauté
si ce programme est insignifiant, qui la compromet et la
rend esclave s'il est significatif ;

3º Enfin, on donne à la chambre élective le droit de
haranguer à son tour la majesté royale, et on attribue à
cette harangue, décorée du nom d'adresse, une force virtuelle si colossale, que jusqu'à ce que la chambre ait parlé,
tout reste en suspens et en attente ; et que si elle émet une
volonté contraire à celle de la couronne, tout l'État de-
meure compromis et pantelant devant une révolution imminente, devant une convulsion sociale qui, pour achever
de tout perdre, peut se renouveler tous les ans !...

Et l'on appelle cela une monarchie!...

Analysons un peu les conséquences inévitables de cette
hiérarchie renversée, de ce gouvernement à rebours, de

cette pyramide que l'on veut contraindre à se tenir droite
et debout appuyée sur son sommet.

Je dis d'abord que, dans l'ordre constitutionnel, voilà
trois grandes démarches, la visite d'honneur faite à la
chambre élective par le roi, le discours du trône et l'a-
dresse de la chambre, qui ne peuvent servir à rien, qui
ne peuvent qu'embarrasser les ressorts du gouvernement,
sans pouvoir jamais contribuer à les mettre d'accord s'ils
étaient en dissidence; qui peuvent, au contraire, occasioner mille nouvelles intrigues dissolvantes et mille nouveaux ferments de dissidence. Je dis, enfin, qu'en mettant
tout au mieux, c'est encore, sans aucune utilité, le moyen
de consommer le temps le plus précieux de la session des
chambres, d'empêcher les lois d'être bien faites et faites
en temps opportun.

Le gouvernement représentatif, au lieu d'être, comme
on le fait, un grand charlatanisme déclamatoire et théâ-
tral, devrait avoir pour but de régler les affaires du pays,
utilement et promptement.

Supposons que la chambre élective arrivant à Paris, et
se réunissant dans son palais le lendemain, ainsi que la
chambre des pairs dans le sien, à l'instant les travaux
de la session commençassent; que les ministres du roi, libres du joug des intrigues qui tendent, non pas à faire
les affaires, mais à créer ou à disjoindre une majorité
chargée ensuite de gouverner, eussent préparé dans l'intervalle des sessions les projets de lois nécessités par les
circonstances; qu'ils les portassent immédiatement aux
chambres; que les chambres en commençassent immédiatement l'examen, pour les discuter ensuite, et voter cons-
ciencieusement après, en quoi ce genre de gouvernement

représentatif serait-il inférieur à ce spectacle bruyant dont
on fait sonner si haut la discordante et stérile harmonie?
Est-ce que les chambres ne seraient pas libres et capables
de discuter les lois qui leur seraient soumises, avec autant de raison et d'aptitude que lorsqu'elles ont préalablement passé un mois ou deux à déclamer des généralités,
à ourdir des intrigues, à irriter tous les amours-propres,
à exciter toutes les ambitions personnelles, à réchauffer
tous les vieux levains de discordes passées? A quoi servent, je le demande, et ces luttes pour la commission de
l'adresse, et ces débats secrets de l'adresse, et ces débats
publics, et tout ce fracas intempestif et passionné qui
fournit à tous les partis des moyens de troubles et d'ardentes espérances?

A manifester la majorité, me répondra-t-on; à manifester la volonté de la chambre; à manifester la règle et
la direction que cette volonté doit imposer et fixer au gouvernement.

C'est bien cela : tout ce drame n'est propre qu'à transporter le gouvernement dans la chambre, au lieu de la
laisser, libre, paisible, studieuse, accomplir sa mission
véritable, qui est la discussion des lois, l'examen des actes du gouvernement comparés aux intérêts du pays et
aux règles de la charte, pour les y ramener s'ils s'écar-
taient de ces deux grandes bases de la politique constitutionnelle.

Eh bien! je réponds que c'est là précisément le mal, le
mal immense, l'usurpation fatale qui détruit la véritable
force de la chambre en la déplaçant, en dénaturant son
emploi, en l'excitant à essayer de gouverner, ce qui lui
est impossible et l'empêche de surveiller utilement le gou-

vernement qu'elle paralyse. — Je réponds que ce n'est pas
dans les déclamations générales, dans ces formules systématiques consacrées par des coalitions hétérogènes et par
leurs scrutins moralement falsifiés, que la majorité élective peut et doit se manifester. Ce n'est point pour cela
que la charte l'a autorisée et que les électeurs l'ont nommée; c'est pour concourir à la confection des lois, au vote
de l'impôt, à la régularité des comptes, à tout ce qui caractérise la vie organique de l'État. On veut, dit-on, connaître ce que pense la majorité de la chambre élective....
Eh bien! on le connaîtra par les votes spéciaux qu'elle
émettra sur toutes les lois, sur tous les projets financiers,
politiques, industriels, qui lui seront soumis. Pourquoi
donc a-t-on peur du gouvernement? Quel besoin a-t-on,
avant tout travail, avant tout examen, d'improviser préalablement une impossible majorité, qui se bat dans le vide,
qui discute lorsque rien n'est en discussion, qui perd dans
une longue et creuse préface la force et le travail qu'elle
devrait réserver pour l'examen et le vote des lois? N'est-
on pas certain que le gouvernement ne peut rien faire sans
le soumettre à la chambre? Une seule loi peut-elle être exécutée sans avoir été votée par la majorité? Qu'a-t-on donc
besoin de perdre un grand mois à mettre en émoi toutes les
passions, toutes les ambitions, pour rédiger un manifeste
qui fasse reconnaître la force d'une majorité que personne
ne conteste, et qui pourra se faire reconnaître quand elle
le voudra, tous les jours et dans tous les votes de la session ?

Mais encore, cette solennelle adresse, ce manifeste signifié au trône en représailles de son discours, n'a pas
même le mérite de constituer et de maintenir la majorité.

Bien au contraire, il met en jeu tous les éléments qui tendent à la dissoudre et qui la dissolvent effectivement.

A presque toutes les sessions, une majorité assez forte a voté l'adresse, a approuvé le ministère dans ses actes passés, lui a promis appui pour la continuation future de son système. Eh bien! cela a-t-il donné à cette majorité le moyen de rester compacte, de maintenir le ministère? Combien de fois ne l'avons-nous pas vu tomber et changer malgré cette adresse solennelle qui l'avait approuvé?... Et sait-on pourquoi? C'est que cette adresse, manifestant et consacrant la souveraineté élective, transporte le gouvernement dans la chambre; et comme la chambre est essentiellement incapable de l'exercer, dans ses efforts impuissants pour y parvenir elle tue le ministère qui l'a entre les mains.

Tout ce fracas déclamatoire est donc sans utilité, plein de dangers, fécond en ébranlements, inévitablement destiné à retarder les travaux de la chambre, à entraver l'action du gouvernement, à fausser ses rouages, et je défie qui que ce soit de m'y faire voir un seul avantage pour compenser tant de maux!

Tout cela n'est propre qu'à noyer l'action gouvernementale, à l'étouffer, à l'asphixier sous un océan de bavardages. Ce n'est plus un gouvernement, c'est une longue avocasserie, un déluge de paroles sans conclusions, d'intrigues sans dénoûment, de mouvement sans action, une véritable parodie qui expose la liberté au dégoût des peuples, dont les masses mécontentes seront ainsi conduites à regretter un pouvoir énergique, et à le reconstituer plus fort peut-être qu'il ne faudrait, plutôt que de voir gaspiller leur avenir, leur vie, leur prospérité, en proie à l'interminable faconde d'un tas de discoureurs ambitieux.

Conclusion. — Le roi devrait réunir aux Tuileries ou au Louvre la chambre des pairs et la chambre des députés, au commencement de chaque session.

Leur exposer sommairement ce qui a été fait par son gouvernement dans l'intervalle des sessions.

Quant au travail de la session qui s'ouvre, s'en référer simplement aux projets que ses ministres soumettraient aux chambres.

Les chambres devraient se retirer, chacune dans son palais, et commencer, dès le lendemain, leurs travaux législatifs, en recevant communication immédiate des projets de lois présentés par les ministres, pour les élaborer dans les bureaux, les discuter publiquement à la tribune, les approuver ensuite ou les rejeter après une délibération consciencieuse.

L'empire de leur majorité s'exercerait ainsi constitutionnellement, utilement, promptement, sans bavardages généraux ; car il ne serait pas mal de supprimer les discours écrits et les discussions générales qui ne servent à rien, et de se borner à discuter immédiatement le texte même des projets de lois.

Ainsi, toutes choses seraient remises à leur place, les sessions seraient de moitié plus courtes, feraient plus d'ouvrage et de meilleur ouvrage.

Que perdrions-nous à cela ?.... Quelques déclamations solennelles et quelques préjugés représentatifs humiliants pour la majesté royale !..... Perdre ainsi, c'est gagner.

CHAPITRE III.

De la Nomination du Président de la Chambre des Députés.

—

Tous les pouvoirs de l'État, en conservant chacun leur indépendance relativement à leurs fonctions légales et constitutionnelles, doivent être hiérarchiquement au-dessous de la royauté, tenant d'elle une partie de leur organisation, de leur vie réglementaire; attachés, en un mot, à la royauté par un lien qui ne laisse dans la machine gouvernementale aucune lacune, aucune lézarde par où l'anarchie puisse s'introduire et disjoindre l'édifice social.

Ainsi, c'était une grande et bonne pensée que celle qui donnait à la couronne le choix du président de la chambre des députés, sur une liste de candidats présentés par la chambre elle-même. Ainsi, la chambre conservait son droit, puisque le président était nécessairement pris parmi ses élus; puisque, hors les cinq qu'elle avait présentés, le roi ne pouvait en choisir aucun autre. Le président nommé par le roi était donc aussi l'élu de la chambre; il offrait à la confiance publique la double consécration de l'approbation royale et de l'approbation élective; il conservait sa haute position, son entière indépendance; et cependant, alors, le fauteuil du président n'aurait pas osé, n'aurait pas pu faire concurrence au trône, jusque dans une sorte de discours d'ouverture, ainsi que nous en avons entendu prononcer. Le président aurait su qu'il n'était pas une sorte de roi improvisé, chef et général de 459 rois électifs chargés d'imposer au trône des conditions *sine quâ non* de gouvernement et d'action, dans le choix de ses ministres, dans la portée de son système, dans ses alliances, dans sa vie politique tout entière; alors le président de la chambre se serait souvenu que, comme tous les Français, il devait s'incliner respectueusement devant la majesté royale dont il aurait tenu son titre; devant cette grande personnification du pays, dont l'éclat et la force doivent faire respecter la France au dehors par tous les peuples de l'Europe et du monde. Alors le président de la chambre aurait été haut placé, sans doute, mais au-dessous du trône, et ce président, présenté par la chambre et choisi par le roi, aurait été un tout autre homme que celui nommé souverainement et directement président par la chambre seule; on aurait vu s'éteindre les ferments d'indépendance fausse et capricieuse au moyen desquels certains hommes, dangereux par leurs qualités mêmes, ont désuni, ont dissout, ont anarchisé toutes les majorités successives de la chambre; les ont éparpillées au moment qu'elles tendaient à se réunir; ont inventé et mis au monde, pour le plus grand affaiblissement du pouvoir, ces partis innombrables qui ne sont pas des partis, qui ne sont pas des factions, qui ne sont pas une majorité, qui ne sont pas même des minorités, qui ne sont rien enfin, et qui détruisent tout; semblables à ces mauvais rêves qui nous poursuivent quand la fièvre nous brûle le sang, et qui nous environnent de fantômes sans cesse menaçants et toujours insaisissables ! Et l'une des plus grandes causes du malaise dont l'instabilité parlementaire accable la France, n'aurait pas pesé sur notre malheureux pays.

Le premier préjugé du gouvernement représentatif,

celui qui mine et détruit la royauté, celui par le cratère
duquel s'exhalent tous les autres, c'est que la chambre
élective est, en théorie officielle, un pouvoir égal au trône;
en pratique et en point de fait, un pouvoir infiniment
supérieur au trône, un pouvoir, le seul réel et efficace, devant lequel tout pouvoir doit s'incliner et céder. Dès-lors
on comprend que le trône n'est plus qu'un semblant de
pouvoir, un pouvoir neutre, un pouvoir nul, un pouvoir
qui n'est plus un pouvoir; une sorte de ministère inamovible, chargé de nommer au nom de la chambre élective
les ministres voulus par elle, pour exécuter le système
imposé par elle; système qu'elle ne sait elle-même ni trouver ni formuler, ce qui plonge l'État dans l'oscillation et
l'instabilité où nous le voyons!

Dans ce fatal système, il est tout naturel que le président de la chambre élective, ce nouveau roi, ce roi réel
posé en face du roi reconnu par l'étiquette et la diplomatie, n'ait aucun lien de subordination, de dépendance envers la couronne. Il ne faut pas qu'il soit nommé par
elle; bien au contraire, il faut qu'il soit nommé contre
elle, pour être une sorte de représentation vivante que la
démocratie improvise et renouvelle chaque année en dehors de la royauté!...

Car le choix direct et absolu du président, est une séparation complète, qui isole la chambre du pouvoir royal,
qui la place complètement en dehors de l'action royale,
qui lui ôte jusqu'à la plus légère teinte de déférence hiérarchique envers la royauté. Ce fait rompt la liaison morale du pouvoir royal et du pouvoir électif. La pairie est
liée à la royauté qui la nomme; la magistrature, cette
grande providence de l'ordre civil, tout inamovible qu'elle

soit, est liée à la royauté qui l'institue, et au nom de laquelle elle distribue au peuple le pain de la justice, cet aliment nécessaire dont l'ordre social ne pourrait être privé un instant, sans tomber dans la confusion et la barbarie. Tout le reste de l'organisation civile et militaire découle de la royauté. — La chambre élective seule se place en dehors de l'ensemble universel; elle se constitue par elle-même, elle élève un trône électif dans son enceinte, elle décerne le plus grand honneur qu'un citoyen puisse recevoir, — c'est son président lui-même qui l'a proclamé; — et la voilà, puissance suprême, dictant par son scrutin des arrêts auxquels il faut que tout le gouvernement obéisse; faisant pour elle-même un réglement que nulle puissance n'a droit de sanctionner ou de réviser; en un mot, n'ayant aucun lien quelconque avec le reste du gouvernement, qu'elle met sous ses pieds.

Je laisse les partisans de la souveraineté du peuple se féliciter de cette excentricité fatale. Ils apprendront, peut-être trop tôt, ce qu'elle vaut et les fruits qu'elle porte.

La charte de 1830 l'a ainsi décidé. Je m'incline devant elle et je lui obéis; mais ma raison ne peut méconnaître les principes éternels de la société, parce que, dans un moment d'irréflexion et d'entraînement, on les a oubliés. Il ne dépend ni des hommes, ni des lois, ni des constitutions, de changer la nature des choses. Ce qui a été décrété, proclamé, constitutionnellement établi, existe sans doute, mais en voilà les fruits amers. C'est l'ouvrage d'autres; ce n'est pas le mien, car, seul en France, je me suis opposé à la révision de la charte alors qu'il en était encore temps!

Mais si l'on ne peut remédier à ce mal, causé par une imprudente précipitation, du moins on peut ne pas l'aggraver encore en se laissant dominer dans la confection des lois nouvelles, dans la consécration d'usages nouveaux, de règles nouvelles, par le même esprit d'égarement qui a fait faire tant de fautes en 1830, lorsqu'on a révisé la charte. Tout en respectant cette révision, il ne faut pas en outrer les conséquences, il ne faut pas se laisser guider dans la pratique par les préjugés qui nous ont égarés en théorie. C'est là le but où je tends, c'est le but que je cherche, c'est le but que je voudrais indiquer, et il n'est pas d'obstacles, de dégoûts ou de calomnies qui puissent ralentir ou décourager mes efforts pour y parvenir.

CHAPITRE IV.

De l'Adresse.

Il y a, en France, 459 arrondissements électoraux. Chacun nomme un député.

Ces députés, pris généralement dans la classe moyenne, c'est-à-dire, dans la classe utile, occupée, industrieuse, dans le barreau, dans le commerce, dans la propriété foncière, partent pour Paris, quand le roi les y appelle, après une élection générale.

Ils arrivent dominés principalement par deux idées : —par l'esprit de localité et par l'esprit de retour dans leurs foyers, dans leurs cabinets, dans leurs bureaux, dans leurs terres : *animo reditus.* Leur genre d'existence leur en fait un besoin, une loi, une nécessité.

Ils arrivent, ne connaissant l'état des affaires publiques
que par le retentissement menteur, contradictoire, passionné des journaux de la capitale; n'ayant que des idées
superficielles de la situation politique du pays; ne sachant,
quant aux intérêts matériels, à très-peu d'exceptions près,
que ce qui touche leur localité.

Au surplus, nulle tradition, nulle connexité, nulle idée
collective et commune qui réunisse en un tout compacte et
régulier ces quatre cent cinquante-neuf fractions électives, qui, le jour de leur arrivée à Paris, calculent avec
effroi la longueur de leur séjour, disposées à repartir en
toute hâte pour leur province, le lendemain du jour que
le budjet aura été voté.

Eh bien! que demande-t-on à cette confusion élective
le lendemain de son arrivée à Paris?

On lui demande ceci :

Voulez-vous maintenir ce ministère, ou voulez-vous
qu'on en nomme un autre?

Voulez-vous qu'on suive tel système politique de gouvernement, ou bien qu'on suive un système opposé?

Voyons, usez de votre initiative gouvernementale; chan-
gez ou maintenez le gouvernement; faites la paix ou la
guerre, la répression ou l'impunité; prononcez *à priori*,
sans expérience, là, à l'instant, sans retard, sur ce vaste
ensemble que vous ne connaissez pas, vous qui ne vous
connaissez pas encore vous-mêmes, et qui vous rencon-
trerez ici, pêle-mêle, avec trois ou quatre cents collègues que vous n'avez jamais vus, jamais étudiés, jamais pratiqués, dont vous ne savez, par conséquent, ni la
portée d'esprit, ni les intentions, ni les vues !

Débutez dans la carrière par un grand acte solennel,

et tracez à la royauté la route qu'elle doit suivre ; imposez-
lui les ministres qu'elle doit employer.

Voilà ce que c'est que l'Adresse et l'initiative gouvernementale dont elle investit la chambre élective.

Certes, s'il était possible aux fanatiques partisans de
l'omnipotence parlementaire d'examiner cette position des
choses avec un peu de sang-froid ; s'ils voulaient enfin
consentir à voir le monde tel qu'il est, au lieu de s'exalter
dans les utopies idéales dont leur esprit est enivré, ils seraient obligé de convenir que cette manière d'entendre et
de pratiquer le gouvernement représentatif, est le comble
de la démence, la destruction de toute politique prudente
et sage, le moyen de tenir le gouvernement de l'État dans
une instabilité perpétuelle, et de jeter les poids au hasard
dans le bon ou dans le mauvais côté de la balance ; ils seraient forcés de convenir que jamais un père de famille,
doué d'un esprit ordinaire et d'une médiocre raison, ne
consentirait à suivre un pareil plan pour la direction de
ses affaires ; qu'enfin, un pays qui aurait l'étrange prétention d'être ainsi gouverné, et qui se plaindrait ensuite de
ne pas être gouverné ou de l'être mal, unirait l'injustice
à la déraison, en reprochant à la royauté le mal dont il
serait lui-même la déplorable cause !

Je viens de montrer combien une assemblée nouvelle-
ment élue est impropre à résoudre les questions qu'on lui
pose dans la rédaction de l'adresse ; voyons si une assemblée ayant déjà fonctionné une, deux ou trois années, est
dans des conditions beaucoup meilleures à cet égard. Or
donc, la session finit ordinairement au mois d'août ; elle
recommence en janvier suivant. Le ministère a ces six
mois pour se livrer à ses investigations générales, pour

examiner l'état économique, commercial, administratif
du pays, et pour préparer les projets de loi qu'il doit
présenter à l'ouverture des chambres.—Les députés, au
contraire, ont ces six mois pour se reposer, pour soigner
leurs affaires particulières, leur commerce, leurs propriétés. Ils quittent Paris, ils s'éloignent de la concentration
des intérêts généraux de la politique, de la diplomatie, des
finances nationales; ils sortent de la sphère gouvernementale pour rentrer dans le domaine de la famille. —Et certes, ils en ont besoin moralement, physiquement, finan-
cièrement.

Et voilà que le jour où, après cet intermède de six mois
de relâche, ils arrivent à Paris, étrangers à tout ce qui s'est
fait dans leur absence, on les prie poliment de consigner
dans leur adresse la volonté qu'ils ont de chasser ou de
conserver les ministres du roi, et s'ils les chassent, de mettre à la porte, tout à la fois, tout le travail, tous les projets de lois, tout le résultat d'une longue enquête gouvernementale de six mois, sans rien lire, sans rien discuter,
sans rien examiner?—Si les ministres n'avaient rien fait
dans ces six mois, s'ils se présentaient les mains vides
à la chambre, on leur reprocherait leur paresse, on leur
rirait au nez avec mépris, on les traiterait comme de misérables parodistes d'une charge qu'ils n'essaient pas seulement d'exercer. —Ils arrivent avec un travail immense
tout préparé, et vous leur dites : — Attendez; avant de
vouloir rien examiner de tout ce travail, nous voulons
voir s'il ne nous convient pas mieux de vous mettre à la
porte, vous et tout ce que vous avez fait.

Et je n'exagère rien, c'est bien là la discussion de l'a-
dresse. En voici la preuve :

Aussitôt la chambre constituée, les ministres apportent des projets de lois nombreux, très-importants. — Ils disent à la chambre : — Vous n'avez pas de séance publique jusqu'à ce que la commission de l'adresse ait fini la rédaction de son projet. D'ici là, si vous nommez les commissions chargées d'examiner les divers projets de lois, elles auront tout loisir et toute liberté d'esprit pour élaborer ces projets, et aussitôt que la discussion de l'adresse sera finie, la chambre aura de l'ouvrage prêt et pourra commencer la discussion publique des projets de lois.

Cela paraît raisonnable, juste, conforme à l'intérêt public.

Aussi la prépondérance élective s'y est refusée jusqu'à présent, et voilà comment son refus a été motivé :

« Par l'adresse, la chambre a le droit de renverser les ministres. Si elle les renverse, les projets de lois qu'ils ont préparés les suivront dans leur chute. Ce sera le nouveau cabinet, formé par la nouvelle majorité, qui devra reprendre le gouvernement et l'administration en sous œuvre, pour son compte, sous sa responsabilité et probablement dans une voie opposée. »

« Donc la chambre ne peut ni ne doit examiner aucun projet de loi avant que l'adresse n'ait été votée ; car ce serait du temps et du travail employés sans objet, ou bien on pourrait croire que la chambre, examinant le travail préparé par le ministère, se dessaisît du droit qu'elle a de le renverser et d'en former un autre (1). »

Voilà. — Et tout travail est ajourné, et tous les projets

---

(1) Ceci n'est point une simple hypothèse; le fait s'est passé en 1837, lorsque M. Duchatel était ministre du commerce.

de lois préparés sont non avenus. S'occuper des intérêts
du pays ! S'occuper de savoir si les projets de lois sont
bons ou mauvais pour le pays !... Fi donc ! quelle mi-
sère !... Il vaut bien mieux jouer à qui sera ministre et
faire passer la royauté sous les fourches caudines de la
souveraineté populaire, sauf à rester ensuite deux ou trois
mois les bras croisés, en face d'un nouveau ministère
qu'on aura improvisé par coalition, et qui n'aura aucun
travail préparé ni préparable !

Ainsi toutes les affaires économiques, industrielles, politiques, se trouvent arrêtées chaque année ; aucune bonne
réforme, aucune amélioration calculée, aucune législation
suivie et coordonnée n'est possible. Nous aurions dix
Sully, autant de Colbert, que nous n'en resterions pas
moins dans cette stagnation, dans ce décousu, qui porte
un si grand préjudice à la prospérité, au bien-être, au travail de la classe laborieuse tout entière.

La chambre élective, donc, a pour règle de commencer
tous les ans sa session par deux actes extra-législatifs, la
nomination de son président, la rédaction de l'adresse en
réponse au discours du trône.

Ces deux actes ont pour but de manifester, l'un l'isolement absolu de la chambre, l'autre sa suprématie sur le
pouvoir royal. — Sous ce double point de vue, ces deux
actes sont un premier point d'arrêt dans la marche des affaires, une première entrave à l'organisation régulière
du gouvernement et de l'administration.

En effet, après la nomination du président, que fait la
chambre ? — Elle vote une adresse. — Pourquoi cette adresse ?
Pour en faire une question de cabinet. Pourquoi une question de cabinet ?... Pour savoir si elle obligera le roi de

renvoyer ses ministres et si elle lui en imposera d'autres
en remplacement.

Voilà la base, le début, le point de départ de la session.

J'en ai fait déjà remarquer le contre-sens politique dans
mon ouvrage sur *le Gouvernement du Roi*. Il est énorme,
il est monstrueux. —Je me borne à en examiner le côté
pratique. Car, grâce à Dieu et aux parlementaires, non-
seulement le gouvernement, mais l'administration aussi
est tombée dans la chambre élective.

Un mois se passe, qu'a fait la chambre depuis qu'elle
est assemblée? —Rien ordinairement. Par les ébauches de
volontés qu'elle a essayé de formuler, elle a incliné vers
deux politiques opposées; par les débats qu'elle a envenimés,
elle a changé le système de conciliation en scandales et
en querelles; par l'adresse insignifiante qu'elle a rédigée,
elle a réduit au néant la prétendue direction qu'un parti
veut lui attribuer sur le reste du gouvernement; par la
discussion de cette adresse, elle est sur-le-champ tombée
dans l'excès opposé; car si habituellement le projet d'a-
dresse n'exclut rien, ne prescrit rien, ne blâme rien, n'approuve rien, ne conseille même rien, la discussion de l'a-
dresse, au contraire, envenime tout dans l'intérieur, et
compromet tout dans nos rapports avec l'étranger.

Il me serait malheureusement trop facile de prouver
jusqu'à l'évidence ces déplorables vérités, et en face d'un
pareil spectacle, ne devrait-on pas conclure qu'il aurait
cent fois mieux valu que les chambres commençassent
sérieusement, dès les premiers jours, l'examen des lois
utiles, nécessaires au pays, que de perdre un mois à secouer les bases du pouvoir, à lézarder l'édifice du gouvernement, à rédiger une inexplicable et insignifiante adresse,

à compromettre léur dignité par des querelles scandaleu-
ses; enfin, à mettre sous les yeux de l'Europe entière, le
tableau de leurs irrésolutions intérieures, le tableau des
obstacles financiers et politiques qui gênent et rendraient
dangereuse pour nous l'action armée du pays hors de ses
frontières?

Et toutes ces variations en sens opposé, quelle en est la
cause? La cause en est que le ministère tremble devant la
seule idée qu'une majorité de coalition puisse un instant se
former contre lui, et que, pour obéir au préjugé représentatif, il ne soit obligé de se retirer. Alors, pour éviter
qu'une majorité de coalition se forme contre lui, le gouvernement est contraint à faire, lui aussi, une majorité
de coalition et d'intrigue : c'est ce préjugé, si profondément enraciné dans une foule d'esprits raisonnables, qui
domine toute la situation, qui la fausse, et qui faussera
toutes les situations possibles, tant qu'on ne rompra pas
en face avec cette exigence absurde de l'usurpation parlementaire : c'est de là que viennent toutes les manœuvres
stratégiques, toutes les intrigues, toutes les mobilités qui
épuisent la force réelle du gouvernement, pour lui procurer, tant bien que mal, quelques boules blanches de
plus, même sur des questions en elles-mêmes peu décisives.

Eh bien! je dis, moi, que lorsqu'une nation permet à
ses députés et à ses ministres de livrer son sort à une telle
déraison, à une telle inconséquence, à une telle instabilité; quand elle permet que tout le travail de son gouvernement, préparé pour elle pendant six mois, puisse être
mis à néant par ceux qu'elle a délégués pour l'examiner,
sauf à recommencer par un cabinet nouveau, inconnu,

n'ayant rien de prêt, dont la création n'a qu'un but, celui
de détruire le ministère du roi, et d'y substituer le ministère de la prépondérance élective; quand elle permet
que, pour arriver à ce misérable but, on dévoile publiquement ses affaires les plus intimes, oubliant que le
secret est l'âme des affaires, que par conséquent la publicité c'est leur mort, — je dis qu'une nation qui autorise
un tel bouleversement d'idées et de raison, n'a plus le droit
de se plaindre si elle n'est ni gouvernée ni administrée.

C'est elle qui le veut ainsi : qu'elle souffre et se
taise; elle n'a que ce qu'elle mérite. Elle livre son sort à
tous les ambitieux, les ambitieux disposent de son sort :
ils font leur métier. Pourquoi la nation ne fait-elle pas
son devoir? Pourquoi ne nomme-t-elle pas des députés qui
respectent la prérogative royale, au lieu de l'envahir? —
Alors elle sera gouvernée, libre et heureuse.

CHAPITRE V.

De la Prépondérance accordée à la Chambre élective.

La royauté dans la monarchie représentative!... Voilà
ce que les partisans des préjugés représentatifs n'ont jamais compris, et ce que je vais tâcher de leur expliquer.

Dans la monarchie selon la charte, la représentation
nationale à laquelle appartient le gouvernement est double.

Pour la *législation*, la représentation nationale, c'est le
roi, la chambre des pairs et la chambre des députés.

Pour l'*exécution*, la représentation nationale, c'est le roi, LE ROI SEUL.

Lors donc qu'il s'agit de faire une loi, les trois pouvoirs représentatifs sont consultés. S'ils approuvent le projet, la représentation nationale dit *je veux* par son triple organe, et le projet devient loi.

Et puisqu'il faut l'approbation des trois pouvoirs législatifs pour que la volonté de la représentation nationale se prononce affirmativement, lorsqu'un ou deux de ces pouvoirs refusent leur approbation, la représentation nationale dit *je ne veux pas*; le projet de loi meurt et disparaît jusqu'à la session suivante, où il peut être reproduit.

Quant à l'exécution, la représentation nationale tout entière repose dans la royauté. — C'est violer la charte, c'est fausser le gouvernement représentatif, que vouloir, à l'aide d'un refus de concours législatif, neutraliser ou enchaîner la prérogative du roi dans l'exercice du pouvoir exécutif que la charte défère à lui seul.

Voilà toute la monarchie représentative.

Mais l'école doctrinaire ne la comprend pas ainsi, et voici le travestissement démocratique qu'elle lui fait subir.

Quand les trois pouvoirs sont unanimes pour vouloir affirmativement une loi, point de difficultés.

Mais pour repousser un projet de loi, les trois pouvoirs ne peuvent jamais être unanimes; car le projet de loi, la mesure législative quelconque qui est en discussion, émane d'un des trois pouvoirs, et celui des trois pouvoirs qui la propose en vertu de son initiative, se prononce par cela seul affirmativement.

Voilà où commence la difficulté.

Que faut-il faire, donc, quand un des pouvoirs représentatifs dit *oui*, et qu'un autre pouvoir représentatif dit *non* ?

Le bon sens et la charte répondent, qu'alors la mesure législative est constitutionnellement repoussée ; que ce n'est point un dérangement éprouvé par le gouvernement constitutionnel ; que c'est, au contraire, le jeu naturel du mécanisme représentatif ; qu'il n'y a ni coup d'état, ni refus de concours à invoquer ; qu'il faut continuer à marcher constitutionnellement, attendre le moment où la discussion s'ouvrira dans une autre session, si le projet de loi est présenté de nouveau ; et qu'il ne deviendra loi que lorsqu'il aura été voté librement par les trois pouvoirs ; sinon, non.

Mais l'école révolutionnaire et l'école doctrinaire, d'accord en cela, ne se contentent pas de cette solution ; elles prétendent que, pour la négation comme pour l'affirmation, il faut nécessairement ramener les trois pouvoirs représentatifs à l'unité ; que, sans cela, l'un disant *oui*, l'autre disant *non*, le gouvernement ne pourrait marcher, et resterait paralysé dans une indécision éternelle. Or, pour ramener les trois pouvoirs à l'unité, il faut nécessairement faire prévaloir la volonté d'un des trois pouvoirs sur la volonté des deux autres. — Alors, l'école doctrinaire examine gravement auquel des trois pouvoirs il convient de donner cette prépondérance, qui, en réalité, n'est autre chose que l'omnipotence, l'absolutisme le plus évident, la destruction des deux autres pouvoirs.

Alors l'école doctrinaire se décide en faveur de la chambre des députés, parce que, dit-elle, cette chambre émanant de l'élection, elle représente plus directement le pays.

En conséquence, elle veut accorder à cette assemblée le
droit d'imposer au roi le choix de ses agents et celui de
les destituer par le seul effet de ses propres votes.

Voilà le système entier dans toute sa hideuse nudité.
Examinons-le froidement.

Voyons d'abord ce qui concerne la puissance législative. Nous verrons ensuite ce qui concerne le choix des
agents exécutifs de la couronne.

Lorsque sur une matière législative importante, il y a
dissentiment entre les pouvoirs représentatifs pour terminer ce dissentiment, faut-il investir un de ces pouvoirs
d'une prépondérance décisive, qui oblige les autres pouvoirs dissidents à lui céder? — 1ʳᵉ question.

S'il faut investir un des pouvoirs représentatifs de cette
prépondérance, est-ce la chambre élective qu'il faut doter
de l'omnipotence législative? — 2ᵐᵉ question.

Je résous d'abord la première négativement. — Non, en
cas de dissidence entre les pouvoirs représentatifs sur une
matière législative, il ne faut investir aucun de ces pouvoirs d'une prépondérance décisive sur les deux autres.

Il ne le faut pas, car ce serait détruire de fond en comble la constitution. Elle exige l'assentiment des trois pouvoirs pour prononcer une solution affirmative : donc,
constitutionnellement, le refus d'un seul pouvoir suffit
pour qu'il n'y ait pas solution affirmative, et, par conséquent, pour que la solution négative soit la conséquence
légitime du mécanisme représentatif.

D'après la constitution, l'unité négative, l'unanimité
pour le refus législatif, ne peut et ne doit jamais exister,
car toute mesure rejetée par un des pouvoirs a été nécessairement proposée par un autre pouvoir. — Il y a donc

toujours, en cas de refus, affirmation d'un côté, négation
de l'autre. C'est la loi fondamentale, c'est la charte, c'est
la constitution, c'est la monarchie représentative qui le
veut ainsi. Exiger pour le refus l'unanimité des trois
pouvoirs, serait un non-sens destructeur de tout l'édifice
constitutionnel ; car, si les trois pouvoirs étaient unanimes
pour ne pas vouloir une mesure législative, il serait bien
impossible qu'elle fût rejetée par un de ces pouvoirs, puisqu'elle ne serait présentée par aucun d'eux.

L'unanimité, obtenue au moyen de la prépondérance
accordée au vote affirmatif d'un des pouvoirs sur le vote
négatif des autres, est donc un mensonge : c'est une solution négative frauduleusement masquée en solution affirmative ; c'est l'omnipotence d'un des pouvoirs, et la destruction virtuelle des deux autres. Loin d'être le salut du
gouvernement représentatif, c'est son anéantissement.

Mais, dit-on, si le dissentiment se prolonge, le gouvernement sera paralysé dans sa marche. — Pas le moins du
monde. Au contraire, il poursuivra sa marche très-cons-
titutionnellement. La mesure proposée sera très-constitu-
tionnellement rejetée, jusqu'à ce qu'elle réunisse l'assentiment des trois pouvoirs représentatifs. Si jamais elle ne
les réunit, jamais elle ne sera loi, parce que la représentation nationale n'aura pas voulu qu'elle devînt loi. Ainsi
le veut le véritable gouvernement représentatif.

On a eu le triste courage de dire qu'une telle doctrine
réduirait la chambre des députés à un simple rôle consultatif !....

Mais il n'en est rien : son vote reste tout aussi efficace
que celui de la pairie et de la royauté. On ne pourra faire
une loi sans son consentement. Son consentement reste

toujours obligatoire, nécessaire, indispensable pour faire
la loi. C'est donc une absurdité de dire qu'on lui ôte son
caractère représentatif pour n'en faire qu'une assemblée
consultative.

Mais si l'on adoptait, au contraire, la doctrine que je
combats, c'est la pairie et la royauté qui ne seraient plus
que de simples pouvoirs consultatifs!... Quand la chambre
des députés voudrait faire une loi, elle consulterait la
pairie et la royauté, et si celles-ci n'accordaient pas leur
consentement, la chambre des députés s'en passerait, me-
nacerait de refuser son concours, et tout serait dit.

Mais, fait-on observer, ce n'est que pour les cas extrêmes seulement qu'on admet cette prépondérance de la
chambre élective.

Pour les cas extrêmes!... Que signifie ce mot? Constitutionnellement, il n'a pas de sens défini ni définissable :
le droit constitutionnel est, ou il n'est pas. Si la chambre
des députés a ce droit dans un cas extrême, elle l'a dans
tous les cas possibles, sauf à n'en faire usage que quand
elle le jugera convenable, ce qui n'a pas besoin d'être dit,
car il est bien clair qu'elle ne s'en servira pas quand elle
ne voudra pas s'en servir.

Cette doctrine ne signifie donc que ceci : — Toutes les
fois que la chambre des députés croira ne devoir tenir aucun compte du vote de la pairie et de la puissance législative de la couronne, elle en a le droit. Sa seule et propre
appréciation décidera les cas où elle fera usage de ce droit.
Elle sera omnipotente, absolue, souveraine, en droit, toutes
les fois qu'il lui conviendra de l'être en fait. Qu'importe
qu'on lui soutienne que le cas extrême où on lui accorde
l'omnipotence n'est pas arrivé, si elle juge le contraire !

Une fois qu'on aura détruit la barrière constitutionnelle posée par la charte pour empêcher un des pouvoirs représentatifs d'opprimer l'indépendance des deux autres, quelle limite restera-t-il pour arrêter ce pouvoir prépondérant? Aucune.

Ceci nous conduit à l'examen de la seconde question.

En supposant qu'il fallût donner la prépondérance législative à l'un des pouvoirs représentatifs (ce que je nie formellement par les raisons qu'on vient de lire), est-ce la chambre des députés qu'il faudrait investir de cette prépondérance?

Ici, je réponds NON, avec une conviction plus profonde encore s'il est possible. — La chambre des députés est le dernier de tous les pouvoirs auquel il faudrait accorder ce droit suprème. Si on en investissait la pairie ou la royauté, il serait certainement aussi inconstitutionnel, mais il n'aurait pas, à beaucoup près, les mêmes dangers pour l'État. — C'est ce que nous allons prouver.

Ce ne serait pas à la chambre des députés, parce qu'elle a, moins que la couronne, les moyens de faire un bon usage de cette prépondérance.

Ce ne serait pas à la chambre des députés, parce que ses passions et sa nature l'exposeraient bien plus fréquemment à en faire un mauvais usage.

Moins de bien et plus de mal, moins de direction en haut et plus d'anarchie en bas, moins de force gouvernementale et un plus mauvais usage de cette force, moins de décision dans les affaires et de plus mauvaises décisions, tout à la fois moins de pouvoir et moins de liberté dans l'État : — voilà ce qui résulterait de l'omnipotence législative de la chambre des députés.

Pour motiver cette prépondérance on s'est borné, il faut l'avouer, à un bien chétif argument!... La prépondérance doit être accordée, a-t-on dit, à la chambre des députés, non pas qu'elle soit le seul pouvoir représentatif, mais parce que, émanant de l'élection, elle représente plus directement le pays!...

S'il était vrai que l'élection fût l'élément virtuel, efficace, direct de la représentation, toutes les théories républicaines seraient vraies, tous les principes monarchiques et constitutionnels seraient faux! — Si la représentation émanait de l'élection, la doctrine du mandat serait vraie. Le député étant le représentant de l'électeur, serait tenu d'obéir à ce mandat donné par le représenté au représentant. En même temps, toute l'immense portion de la population qui n'exerce pas les droits électoraux ne serait pas représentée. La royauté et la pairie, malgré la courtoisie avec laquelle on veut bien encore leur reconnaître un certain caractère représentatif, pourvu qu'elles consentent à être moins représentatives que la chambre des députés, ne seraient point en réalité des pouvoirs représentatifs. Et la preuve en est, ainsi que je l'ai démontré, qu'on les ferait descendre à un rôle purement consultatif, puisque la décision prépondérante serait accordée à la chambre élective au détriment des deux autres pouvoirs.

Ainsi paraît de plus en plus flagrant le sophisme de l'école doctrinaire, qui nie la souveraineté du peuple en théorie, et qui en admet les conséquences dans la pratique; qui reconnaît en théorie le caractère représentatif de la pairie et de la royauté, et qui l'anéantit dans la pratique; qui conteste la théorie du mandat électoral, et qui l'admet dans la pratique; qui prétend laisser à la couronne

une large et belle part dans le gouvernement, et qui l'en
dépouille dans la pratique ; qui, en un mot, croit avoir
fait un roi, et qui ne s'aperçoit pas qu'elle a seulement défait un gouvernement ; puis, avec ses débris, elle veut construire pour y renfermer le pouvoir royal, une espèce de
cage, comme celle où Louis XI avait enfermé le cardinal
de la Balue, qui ne pouvait s'y tenir ni assis, ni debout,
ni couché. Telle est aujourd'hui la vie politique que l'on
propose à la couronne !...

Cette royauté, que la providence seule a faite pour le
salut de la France, a besoin d'être autrement défendue,
autrement comprise.

Il n'est pas vrai que la chambre des députés émanant
de l'élection, représente plus directement la nation que les
autres pouvoirs. — La représentation gouvernementale ne
dépend pas de la volonté, de la représentation d'une volonté, d'une délégation de volonté, et par conséquent, l'é-
lection peut en être quelquefois le véhicule, mais elle n'en
est pas la cause efficiente. La représentation d'un intérêt
ou d'un principe dépend de l'analogie qui existe entr'eux
et le pouvoir chargé de les représenter : élu ou non, cela
n'y change rien. — La royauté héréditaire, précisément
parce qu'elle n'est pas élective, représente tous les intérêts
nationaux auxquels cette hérédité sert de garantie, de
consécration, de protection ; elle représente la direction
stable qui assure leur bien-être, la durée qui leur est indispensable ; elle est dans sa fixité le gage de la sécurité
générale, la garantie de l'unité nationale, le ciment éternel qui lie les parties de l'édifice social, et qui arrête les
efforts que la démocratie a tentés, tente et tentera toujours,
pour l'ébranler et le dissoudre. C'est précisément parce

qu'elle n'est pas élective qu'elle est représentative. — La
royauté élective ne représenterait rien. Ce serait le plus
anti-social, le plus anti-représentatif de tous les contre-
sens.

C'est donc une grande erreur de dire que la chambre
des députés est plus directement représentative, parce
qu'elle émane de l'élection. — Ce principe théorique n'est
qu'une fausse abstraction, mise en vogue par l'école révolutionnaire, et que la philosophie sociale des doctrinaires n'aurait pas dû admettre. Pour savoir ce que la chambre des députés représente, il faut l'examiner dans le mode
de sa création organique, dans sa composition nécessaire,
dans les intérêts qui vibrent en elle, dans les conceptions
qui doivent en résulter, et dans le genre de moyens qu'elle
doit tendre constamment à adopter pour les réaliser.

Et alors, on verra que, dans la chambre des députés,
il y a bien peu d'éléments gouvernementaux, bien peu de
représentation gouvernementale; on verra que ce peu de
représentation gouvernementale s'y trouve en même temps
faussé, anarchisé, paralysé par une foule d'éléments anti-
gouvernementaux, qui, par l'état tout nouveau de notre
organisation actuelle dans le monde politique, y sont trop
fortement représentés.

Et c'est cependant à une assemblée pareille que l'on
veut accorder, en outre du vote et de l'initiative qu'elle
exerce déjà, la prépondérance politique, qui soumettrait
infailliblement à ses volontés toute la direction du gouvernement de l'État!... Et on ne voit pas que, faute d'a-
voir elle-même aucun système, aucune direction, aucune
majorité politique possible, elle a déjà paralysé le peu de
force et de direction gouvernementale qui avait survécu à

la révolution ! Et on essaie de fermer les yeux à l'affaiblissement successif de cette chambre élective, qui devient
d'autant moins gouvernementale en fait, qu'elle acquiert
plus de prérogative en droit?.. De sorte que, d'année en
année, d'élections en élections, elle s'éteint peu à peu et
semble vouloir s'éclipser entièrement!... Nous avons trois
pouvoirs : un pouvoir représentatif héréditaire; l'autre,
qui devrait l'être, mais qui, dans son inamovibilité,
trouve au moins une garantie de direction et d'unité; un
troisième, tout passager, tout mobile, tout fractionné,
venant aujourd'hui pour repartir demain, se dissoudre
ensuite, et faire place à une nouvelle improvisation électorale. Et c'est à ce dernier que l'on parle de demander
l'unité, la fixité, la direction politique; en un mot,
c'est à ce dernier que l'on veut donner la prépondérance
législative, politique, gouvernementale..... parce qu'il est
électif?... Eh! c'est pour cela même qu'il en est incapable ! Sans doute il est représentatif ce pouvoir, mais c'est
de tout autre chose que de la direction et l'unité qu'il est représentatif! On lui demande précisément ce qui lui manque, et certes il ne pourra le donner.—Il nous l'ôterait
bien plutôt si nous l'avions déjà !...

La prépondérance législative jointe à l'initiative, c'est
le gouvernement. Si la chambre des députés n'était pas
investie de l'initiative, la prépondérance accordée à son
vote, en réalité ne serait que négative : ce serait de l'opposition invincible, voilà tout : mais jointe à l'initiative,
c'est le gouvernement tout entier, le gouvernement définitif, accordé au corps qui n'est pas capable de l'exercer,
et entre les mains duquel le gouvernement doit nécessairement devenir nul ou despotique.

Car, qu'on le remarque bien, pour prouver que le gouvernement doit appartenir à la chambre des députés, il ne suffit pas de dire qu'elle est directement représentative, parce qu'elle émane de l'élection. — Ce qu'il faut examiner, c'est de quoi elle est représentative, de quelle force elle est l'organe, de quels moyens elle peut se servir pour la mise en action de cette force.

Or, elle est représentative de ce qu'il y a à la fois de plus superficiel et de plus exigeant, de ce qu'il y a de plus mobile et de plus impérieux, de ce qu'il y a de plus faible comme direction, de ce qu'il y a de plus fort comme empêchement.

Elle est représentative du fractionnement croissant de la société, de l'individualisme mis en action, de l'esprit de jalousie et de dénigrement exercé par les positions médiocres contre les positions principales.

Cela ne peut être autrement, et cela était bon pendant un temps. Jusqu'à 1789 le tiers-état était moralement annulé. L'action du gouvernement était exorbitante, parce qu'elle était sans contrôle et sans barrières légales régulièrement organisées. De là, esprit légitime de lutte, de combat, de conquête, de triomphe, de la part de la classe moyenne, pour borner le pouvoir du gouvernement, pour poser des limites à son action, pour lui rendre l'arbitraire impossible, pour garantir à l'individu sa sécurité contre l'action du pouvoir gouvernemental.

Mais une fois ce triomphe obtenu, une fois ces garanties conquises, la scène a changé; le pouvoir gouvernemental s'est trouvé trop dépouillé, l'action des individus s'est trouvée trop forte : elle avait outrepassé son but; au lieu de l'y ramener, on la pousse plus loin encore. Après avoir conquis la liberté, vouloir la conquérir encore, c'est conquérir l'anarchie. Or, voilà malheureusement ce qu'on fait aujourd'hui, sous prétexte de travailler au triomphe de la classe moyenne.

La chambre élective, issue de cette classe moyenne, représente toujours cet ancien mouvement de lutte et de conquête, qui n'est plus aujourd'hui qu'un esprit de détérioration du gouvernement, au profit de l'usurpation toujours croissante de l'individualisme contre le pouvoir social. Mettre la prépondérance législative, jointe à l'initiative, entre les mains d'une assemblée qui représente nécessairement la tendance anti-gouvernementale des préjugés qui survivent à la cause réelle de la révolution, c'est organiser une révolution permanente, une impossibilité de gouvernement; c'est le contre-sens le plus complet qu'il soit possible d'imaginer.

C'est ce qui me fit éprouver une si douloureuse impression lorsqu'il fut question pour la première fois, du triomphe de la classe moyenne. — Hélas! personne plus que moi ne reconnaît la légitimité de ce triomphe en tout ce qui touche les garanties conquises pour les individus contre les abus du pouvoir royal; mais je n'admettrai jamais qu'il soit prudent, pour empêcher l'abus, d'enchaîner l'action elle-même. Que la classe moyenne, mauvaise et fausse expression que j'emploie, parce qu'elle est reçue et qu'on la comprend tout inexacte qu'elle est, ait de justes garanties contre le pouvoir royal, soit; mais qu'elle n'usurpe pas le pouvoir royal lui-même, qu'elle ne se fasse pas roi: la couronne ne peut tenir sur son front, le sceptre ne peut être porté par ses mille mains; elle peut, elle doit établir une sage limite à l'action du gouvernement, ou plutôt elle n'a

qu'à faire respecter les limites établies par la charte; mais
elle ne peut se faire gouvernement elle-même, sans détruire la charte et toutes ses garanties. Je le répète : après
avoir conquis la liberté, c'est l'impuissance et l'anarchie
du gouvernement qu'elle conquerrait en continuant la
lutte pour triompher encore : triste et déplorable triomphe, si jamais elle l'obtenait!

La chambre des députés est donc représentative des limites que doit rencontrer l'action du pouvoir; mais elle
n'est pas représentative des principes du pouvoir, des tendances gouvernementales, de l'unité et de la direction sociale. Elle est, par sa nature même, une limite de l'action
royale, et non pas une action limitée par le pouvoir royal.
—C'est pourquoi l'école doctrinaire détruit tout gouvernement possible, et fait du gouvernement à rebours.

C'est donc un système insensé que d'infatuer les classes
moyennes de leur prétendue infaillibilité gouvernementale, que de les délier ainsi de toute hiérarchie morale,
de toute déférence envers la couronne, et de vouloir en
même temps imposer un système d'intimidation légale aux
usurpations individuelles révoltées contre le pouvoir royal!
Qui ne comprend que c'est anéantir toute l'animation morale du système qu'on voudrait établir?

Et, chose étonnante! ceux qui détruisent le pouvoir et
le mécanisme constitutionnel, pour transporter le gouvernement dans la chambre représentative d'une tout autre
tendance, m'accusent d'être un esprit raide et absolu; de
ne pas comprendre que la monarchie constitutionnelle est
un gouvernement de transaction entre les divers intérêts
sociaux, entre les pouvoirs représentatifs qui leur servent
d'organes!... Il semble qu'un esprit de vertige pousse à

chaque instant les promoteurs de la démocratie parlementaire à s'accabler eux-mêmes sous le poids de leurs propres allégations !

Qui ne comprend, en effet, que c'est pour arriver à la
possibilité d'une transaction sage et gouvernementale,
qu'il ne faut pas donner la prépondérance à la chambre
élective? Croyez-vous qu'une transaction interviendrait
jamais dans un procès, si vous autorisiez un des plaideurs
à se faire juge dans sa propre cause et à prononcer en sa
faveur? Si l'égalité législative est maintenue entre la couronne et la chambre des députés, aucun des pouvoirs ne
dominant l'autre, ils sentiront, et l'expérience le leur
fera comprendre quand le moment sera venu, qu'une transaction modérée est le seul moyen de terminer le conflit.
Mais si l'on donne à la chambre des députés le droit de
faire prévaloir nécessairement son opinion, ne voit-on pas
que c'est la porter à ne vouloir transiger jamais? C'est
l'office du serpent tentateur que l'on remplit en pareil cas,
car on fournit à la chambre les moyens d'accomplir l'u-
surpation à laquelle elle n'est malheureusement que trop
disposée : et il ne faut pas s'étonner ensuite si elle en
fait usage.

CHAPITRE VI.

De l'Usurpation du pouvoir exécutif de la Couronne par le refus de Concours de la Chambre.

—

J'ai démontré dans les chapitres précédents combien étaient inconstitutionnelles et dangereuses les tentatives d'usurpation parlementaire qui tendent à dépouiller la couronne de sa part de puissance législative, pour transporter cette puissance tout entière à la chambre des députés.

Voyons maintenant ce qui concerne le pouvoir exécutif, que la charte attribue à la couronne seule, et que la doctrine du refus de concours lui enlèverait complètement.

Considérons l'ensemble du système.

Dans tout gouvernement, il faut une influence directrice. Cette influence directrice constitue précisément le gouvernement. Comment faut-il s'y prendre pour qu'elle soit directrice sans être absolue?

C'est ici que la sagesse de la charte de 1814 était admirable.

Pour que la couronne ne fût pas absolue, elle ne lui avait donné que le tiers de la puissance législative, réservant ainsi aux chambres les moyens d'établir une barrière infranchissable à l'arbitraire.

Pour que la couronne fût directrice, la charte lui avait donné l'initiative, et le pouvoir exécutif entier.

Or, par l'initiative, la couronne donnait seule la direction. Par l'exécution, elle avait un moyen d'influence qui

complétait entre ses mains l'impulsion nécessaire pour
faire marcher la machine; ces deux leviers donnaient à la
royauté le gouvernail et la force motrice. Avec ces deux
attributions, la couronne n'avait pas besoin d'une prépondérance législative dont les abus auraient pu être dangereux : elle pouvait et devait aplanir facilement, avec
un peu d'habileté, les empêchements que la lutte parlementaire doit nécessairement élever sur les pas du gouvernement, quand les partis abusent de la tribune et du
scrutin.

Ainsi donc, on avait dans la législation une barrière
sûre contre l'absolutisme éventuel de la couronne, et dans
la prérogative d'initiative et d'exécution, on avait laissé
assez d'influence à la couronne pour que la direction du
gouvernement ne pût être paralysée.

Telle était alors la charte.

Lorsque la révolution eut triomphé, l'équilibre monarchique fut détruit. L'initiative fut attribuée aux chambres, ce qui, joint à l'abaissement du cens et à l'abolition
de l'hérédité de la pairie, créa tout-à-coup une nouvelle
sorte de gouvernement, sans exemple dans le monde, et
tout autre que la charte de 1814.

Je ne blâme ni ne justifie;—je raconte.—Quant au
fond des choses, mon opinion est connue.—Je l'ai imprimée en 1830, quand les foudres de juillet grondaient
encore. Alors, seul, absolument seul dans le parti libéral,
j'ai osé blâmer cette démolition gouvernementale; seul,
j'ai osé en prédire les conséquences. C'est de tous les souvenirs de ma vie celui dont ma conscience me rend le
meilleur témoignage, et que je ne changerais pour aucun
autre !!

Maintenant, en l'état actuel des choses, il est évident
que plus la couronne a perdu de moyens d'influence pour
diriger le gouvernement, plus il est urgent de lui conserver au moins ceux que la charte de 1830 lui a laissés. La
couronne a perdu l'initiative, car, du moment que la chambre l'exerce, cette initiative, comme moyen de direction,
est paralysée entre les mains de la couronne, et s'équilibre comme la puissance législative elle-même;—mais elle
a conservé la puissance exécutive.—Si maintenant le refus de concours, après avoir détruit la part de puissance
législative de la royauté, frappe de néant sa puissance exécutive elle-même, n'est-il pas évident que la royauté
n'existera plus et que le gouvernement tout entier lui sera
arraché?...

La première base de la puissance exécutive, c'est le
choix des agents supérieurs qu'elle emploie, le choix des
ministres.

Or, ce choix des ministres, on prétend que la majorité
a le droit de l'imposer; on prétend qu'il ne suffit même
pas que le roi les choisisse dans cette majorité; on prétend
qu'il faut qu'il prenne dans cette majorité les hommes désignés par elle comme les plus capables.

Suivons bien l'enchaînement de ces idées;—voyons-en
les conséquences.

Si les ministres ne sont pas ceux que veut la majorité,
on en conclut qu'elle a le droit de refuser son concours,
afin de contraindre le roi à prendre pour ministres les
hommes que la chambre lui désigne. — Le mot *désigne* est
très-poli, mais il est faux : c'est *impose*, qu'il faudrait
dire pour être exact.

Sur quel motif constitutionnel la chambre peut-elle appuyer cette doctrine?

Sur la charte?—La charte n'en dit pas un mot. Elle dit tout le contraire.

Sur la nécessité de garantir les libertés publiques contre les attaques qu'un mauvais ministère pourrait essayer contre elles?—Ceci vaut la peine d'être discuté.

Pour agir contre les libertés publiques, il faut deux choses : ou que les ministres proposent aux chambres des lois contraires aux droits constitutionnels des citoyens, ou que, dans l'exécution des lois qui déjà garantissent ces droits, ils violent et détruisent ce que leur devoir est de conserver avec respect.

Si les ministres présentent aux chambres des mesures législatives inconstitutionnelles ou mauvaises, les chambres ont le droit de les rejeter.—Ainsi donc, point de danger de ce côté.

Si les ministres, par l'exécution infidèle des lois existantes, violent les garanties des libertés publiques, la presse, la tribune sont là; les chambres ont le droit d'accuser légalement les ministres et d'arrêter ainsi leurs usurpations.—Point de danger sérieux à craindre de ce côté pas plus que du précédent, car il est bien plus facile d'accuser un ministre que de désorganiser l'État en refusant le budget, par exemple.

Sans sortir de la charte, la chambre élective a donc le moyen de paralyser le mauvais vouloir législatif ou exécutif du ministère. Elle n'a pas besoin pour cela de prononcer un refus de concours; et il y a cette grande différence entre ces deux moyens, que le rejet d'une mauvaise loi, la punition d'une violation ministérielle aux lois exis-

tantes, sont des faits basés sur des motifs précis, discuta-
bles, constitutionnels ; tandis qu'un refus de concours vague, général, absolu, est à la fois inconstitutionnel et arbitraire : car pour détruire le ministère lui-même, on
repousserait en bloc le mal et le bien, l'usage légitime et
l'abus du pouvoir !.... Au lieu de punir le ministère coupable, c'est l'État, c'est la nation elle-même, que le refus
de concours frappe dans ses intérêts les plus vitaux !...

Le refus de concours, dirigé contre l'existence personnelle du ministère, est donc l'absolutisme le plus complet, l'article 14 retourné au profit de la chambre élective, l'anéantissement de tout libre arbitre de la couronne
pour le choix des agents de la puissance exécutive, par
conséquent la destruction de ce dernier et indispensable
attribut de la royauté.

Pour se justifier, l'école doctrinaire a recours à une
fantasmagorie, tellement idéale, tellement illusoire, que
vraiment c'est pitié de voir des gens d'esprit faire usage
de pareils arguments !

Sans doute, disent les adeptes, dans les voies ordinaires
la chambre peut empêcher le ministère de faire une mauvaise loi ou de violer les lois existantes. Il n'est pas besoin pour cela de prononcer un refus de concours général
contre les agents de la couronne. — Mais ne peut-on pas
concevoir certaines circonstances où le ministère, sans
faire de mauvaises lois et sans violer les lois existantes,
suivrait un système funeste de gouvernement qui compro-
mettrait l'État et la liberté ?

J'avoue que ceci me paraît fort difficile à concevoir.
Tout gouvernement se composant de lois et d'exécution de
lois, je ne comprends guère comment on peut perdre un

État sans mauvaises lois et sans mauvaise exécution des lois : je ne conçois pas un système mauvais dans son ensemble et assez mauvais pour compromettre l'État, et que cependant il ne serait possible de trouver mauvais et attaquable spécialement et légalement dans aucune de ses parties. Lors même que ce phénomène pourrait se présenter une fois en mille ans, est-ce, je le demande, une raison suffisante pour en faire le prétexte de la théorie normale du refus de concours ? Du refus de concours, que chaque parti violent voudra appliquer toutes les fois que ses prétentions seront repoussées ? Est-ce pour des cas extrèmes, tellement rares de leur nature qu'ils en sont presqu'impossibles, qu'il faut organiser une désorganisation presque habituelle des voies régulières du gouvernement ? Je le demande, y a-t-il du bon sens, de la raison d'État, dans une pareille manière de procéder ?

Mais encore, cette hypothèse quasi-impossible supposerait même une condition que je ne puis admettre; c'est qu'en cas de dissentiment entre la chambre élective et la couronne pour le choix des agents de la puissance exécutive, ce serait nécessairement la couronne qui aurait tort et le pouvoir électif qui aurait raison !... Or, c'est un contre-sens complet, c'est l'absurdité introduite, immense et flagrante, dans l'essence même de la constitution, dans le texte et dans l'esprit de la charte. — Car, s'il était vrai, en cas de conflit, de dissidence entre la couronne et la chambre pour le choix des agents du pouvoir exécutif, que ce fût la couronne qui eût nécessairement tort, comment se ferait-il que la charte attribuât à la couronne le pouvoir exécutif et le choix de ses agents ? Comment, entre deux autorités constitutionnelles, dont l'une serait faillible pour ce choix et l'autre infaillible, serait-ce à l'autorité faillible que la charte attribuerait le droit constitutionnel de choisir les ministres? Et comment serait-ce l'autorité infaillible qui, n'étant pas revêtue par la charte du droit de choisir les agents exécutifs, serait réduite à envahir indirectement ensuite ce droit qu'on aurait dû lui attribuer directement?...

Dira-t-on que la couronne aurait le droit de dissoudre la chambre? Mais cela ne résout rien, puisqu'il lui faudrait obéir à la chambre qui serait ensuite élue, parce que, dit-on, elle représente directement le pays... Or, voilà l'absurde, car la seconde chambre, la troisième chambre, la quatrième chambre qui seraient élues, constitutionnellement n'auraient pas plus de droits que la chambre qu'on aurait dissoute : pas plus que la première, elles ne tiendraient de la charte ni l'omnipotence législative, ni le pouvoir exécutif.

Donc, les défenseurs de cette doctrine devraient être plus francs, plus conséquents à eux-mêmes : ils devraient réformer encore la charte, effacer ces mots : *Le roi nomme les ministres*, et les remplacer par ceux-ci : *Les ministres sont nommés au scrutin par la chambre des députés*. Nous aurons alors un trône entouré d'institutions républicaines, et tout sera fini.

Rentrons dans le vrai. Par cela seul que la charte attribue au roi la nomination des ministres, par cela seul elle établit en principe que la couronne, par son intérêt, par sa position, par sa charge même, est plus capable que la chambre élective de bien choisir les ministres. En cas de conflit, en cas de dissidence sur le personnel du ministère, la présomption légale et constitutionnelle est donc en faveur de la couronne, non en faveur de la chambre. Par conséquent, jamais cette dissidence ne peut établir le droit constitutionnel du refus de concours.... Et qu'y aurait-il d'ailleurs de plus impossible en politique, qu'un pouvoir exécutif qui n'aurait pas le choix de ses agents, et qui serait obligé d'exécuter, par des agents dont le choix lui serait ravi, des mesures dont il n'aurait pas voulu prendre l'initiative!... On appelle cela un pouvoir, un trône, une royauté?... Qu'on se taise, de grâce; c'est trop que de vouloir joindre l'ironie à la spoliation !

Mais voici encore une conséquence admirable du droit que s'arrogerait ainsi la chambre élective, d'imposer son système et ses ministres à la couronne : c'est que toute responsabilité du ministère deviendrait impossible.

Effectivement, si nous respectons la charte, et que les ministres soient nommés librement par le roi pour exécuter le système gouvernemental de la couronne, sous le contrôle des chambres et à la charge d'obtenir d'elles l'approbation de leurs actes, la chambre peut dire : — « Ces » ministres n'ont pas entièrement ma confiance, ces mi- » nistres exécutent un système qui présente tel ou tel dan- » ger. Nous en avertissons la couronne et le pays : nous » ne voulons pas refuser de remplir nos fonctions légis- » latives pour désorganiser l'État; mais ces ministres qui » fléchissent sous la volonté royale, ces ministres qui, au » lieu de donner leur démission, exécutent un système » que leur conscience devrait blâmer et repousser, nous » les arrêterons à chaque pas illégal et inconstitutionnel » qu'ils voudront faire pour l'exécution de ce système; et » si nous ne parvenons pas ainsi à les maintenir dans la

» voie du bien, nous les accuserons et nous les punirons
» aussitôt qu'ils commettront le mal. »

Voilà la charte, voilà la monarchie constitutionnelle,
voilà la vraie responsabilité ministérielle qui en est la
sanction !

Mais si, au lieu de cela, la chambre impose au roi ses
ministres; si elle lui impose les hommes et le système de
sa majorité à *priori*, de quel front viendra-t-elle ensuite
rendre le pouvoir exécutif responsable dans ses hommes
et dans son système? Quoi ! la majorité incriminerait les
choix de la majorité? La majorité condamnerait le système imposé par la majorité? Et ne voit-on pas que pour
que le ministère soit responsable devant la chambre, il
faut nécessairement qu'il ne soit pas imposé par elle?

Dira-t-on qu'elle rendra les ministres choisis par elle
responsables, uniquement dans le cas où ils n'auraient pas
fidèlement exécuté ses ordres et son système?... Belle ressource, admirable faux-fuyant, qui détruirait jusqu'au
dernier simulacre de la royauté ! Car si les ministres
choisis par la chambre n'avaient de responsabilité envers
elle que pour l'inexécution de ses volontés, il est bien évident qu'il ne resterait même plus à la couronne le plus
léger semblant de pouvoir exécutif !...

Dira-t-on que ce sera la nouvelle majorité d'une nouvelle chambre qui accusera les ministres de la majorité de
la précédente chambre?.... Beau conflit d'absolutisme
qu'elles exerceraient l'une sur l'autre, au détriment du
pouvoir royal successivement enfoncé dans son anéantissement inconstitutionnel !...

Osez donc regarder en face votre système d'anarchie
représentative, et pâlissez en le regardant, hommes dog-

matiques, égarés par vos passions, et qui prétendez encore
vous parer du beau titre de conservateurs!... Souvenez-
vous du dernier avis que je vous donne en finissant cet
exposé : C'est que si jamais il était vrai qu'une dissidence
profonde, réelle, fût établie entre la couronne et la chambre, ce n'est pas un vote de scrutin qui résoudrait la difficulté. Vous l'avez vu sous Charles X. La dissidence se
traduit alors en faits, non en paroles. Une révolution ne
s'accomplit pas constitutionnellement, une constitution
ne se maintient pas par des mesures révolutionnaires :
les deux ordres d'idées sont incompatibles. Vous auriez
beau organiser une partie d'échecs régulière et mathématique, la nature humaine briserait votre échiquier factice
et reviendrait à la réalité.

Il faut donc calculer le mécanisme gouvernemental
pour la marche habituelle et régulière des choses, et non
pas organiser le désordre en permanence législative, pour
éviter un accident éventuel de désordres révolutionnaires
qui, malgré vos combinaisons fictives, s'accompliraient
une seconde fois si une dissidence réelle existait entre deux
pouvoirs fondamentaux de l'État.

Il me reste un dernier argument à combattre pour réfuter entièrement la doctrine du refus de concours.

Qu'importe, s'est-on écrié, que vous contestiez théoriquement à la chambre des députés le droit du refus de
concours? Ne l'a-t-elle pas en fait? Pouvez-vous l'empêcher d'en user? Ne lui avez-vous pas reconnu la liberté
de la tribune, de la parole, du vote? Comment ferez-vous
pour l'empêcher de s'en servir ainsi qu'elle le voudra?...
Réduisez-la donc au mutisme, à la servilité, à l'état passif
où elle languissait sous la constitution impériale; mais

accorder la parole et la liberté aux hommes assemblés, et
vouloir les empêcher d'en faire usage, c'est un non-sens !

Quoi ! parce que des hommes délégués par leurs concitoyens pour agir législativement dans les limites établies
par la charte, peuvent franchir ces limites sans que nous
ayons un moyen coërcitif de les en empêcher, il s'ensuit
qu'ils en ont le droit? De ce qu'ils peuvent parler et voter
librement, il s'ensuit qu'il n'y a plus de limites morales
à leur parole et à leur vote? Et par cela seul que l'abus
de leur droit serait irrépressible, cet abus deviendrait légitime et constitutionnel?

C'est là une doctrine fausse et immorale ; s'il est vrai
qu'il n'y ait pas de droit contre le droit, il est bien plus
vrai encore qu'il n'y a pas de droit contre le devoir. La
souveraineté absolue elle-même, si elle existait sur la terre,
aurait des limites morales, des devoirs qu'elle ne pourrait
violer légitimement. — Or, le premier devoir de la chambre des députés, c'est de savoir que la charte ne lui a pas
donné le droit de détruire, directement ni indirectement,
les attributions constitutionnelles de la couronne; que la
charte lui a donné le tiers de la puissance législative, et
non pas toute la puissance législative; que la charte lui a
donné le droit de rejeter toute proposition de la royauté
qui lui paraîtrait mauvaise, mais non pas de refuser ce
qui est bon en soi, utile, indispensable au gouvernement
et à la patrie, afin de dépouiller la couronne de tous les
droits qui lui sont assurés par la charte, et de la contraindre par famine à subir une omnipotence législative que la
charte n'a pas accordée à la chambre des députés.

Si donc, pour se procurer cette omnipotence législative
qui ne lui appartient pas, et pour faire triompher sa vo-

lonté malgré la pairie et la royauté, la chambre des députés refusait à la royauté représentative les moyens utiles, bons, indispensables, de gouvernement, elle ferait de ses droits un usage inconstitutionnel; et quoiqu'il n'y eût aucune force légale au monde qui pût l'empêcher de voter ainsi, il n'en est pas moins vrai que, constitutionnellement, elle n'en a pas le droit; et si des circonstances impérieuses la poussaient dans cette voie, alors elle sortirait de l'état gouvernemental pour entrer dans l'état révolutionnaire.

CHAPITRE VII.

Le Ministère doit-il se retirer quand il perd la majorité?

—

Le titre seul de ce chapitre paraîtra, je n'en doute pas, une question fort singulière à l'école parlementaire. Cependant il n'en est pas de plus sérieuse; il n'est pas un seul point de politique constitutionnelle plus important, plus délicat, plus difficile à résoudre que celui-là, ni de plus dangereux, de plus révolutionnaire, de plus anarchique, si on le résout mal.

Examinons d'abord les deux termes de la question, car elle suppose deux choses assez douteuses : d'abord que la majorité soit une, compacte, arrêtée, systématique; ensuite, que de son côté le ministère soit un, compacte, uniforme aussi, dans une pensée commune et complète.

Si nous admettons l'existence de ces deux corps politiques, compactes, systématiques, agissant l'un et l'autre

dans une direction fixe, et agissant en sens opposé l'un de
l'autre, oh! alors, il est parfaitement clair qu'il y a scission complète, incompatibilité entière, impossibilité de
marcher ensemble; il est très-évident qu'il faut alors que
le ministère se retire devant la majorité, ou que la chambre soit dissoute.

Mais ce cas extrême, ce rêve normal des prétentions
parlementaires, se présente-t-il souvent? Peut-il même
se présenter? Et quand il se présente, peut-il se résoudre
sans occasioner une révolution? Voilà ce qu'il faut examiner, non pas en restant dans des généralités idéales,
mais en prenant pour point de départ la France et les faits
tels qu'ils sont aujourd'hui sous nos yeux. — Et s'il est
vrai, comme je vais le démontrer, que cette hypothèse soit
infiniment rare dans l'ordre habituel des choses; s'il est
vrai que dans les cas très-rares et exceptionnels où elle
peut se présenter, elle soit de nature à conduire l'État au
bord d'une révolution, est-il prudent et convenable de
faire de cette idée, de cette théorie inapplicable, une menace incessante qui suspende à toute minute l'action du
gouvernement, et qui paralyse, je ne dis pas un ministère,
mais tous les ministères possibles.

On dit : Si le ministère perd la majorité, il doit se retirer;—mais d'abord, qu'est-ce que la majorité? qu'est-ce
que perdre la majorité?

La majorité est un être fictif, qui se compose momentanément d'une quantité numérique de suffrages. Mais
comme les questions sont diverses, comme tel député qui
sur une question vote avec le ministère, peut tout-à-l'heure,
sur une autre question, voter contre lui, il est visible que
non-seulement la majorité est mobile dans le sens de ses

décisions; mais que, de plus, elle est encore mobile dans le personnel des députés qui la composent.

Je sais bien que les théoriciens représentatifs parlent toujours de la majorité, comme si elle était un être un, compacte, fixe, durable; mais cela n'est pas, cela ne peut être, surtout en France. Il ne faut pas raisonner sur une pareille base, ou bien on arrivera à des conséquences si fausses, que tous les jours elles seront démenties par les faits.

Lorsque l'on dit donc, le ministère a perdu la majorité, on ne dit rien, si ce n'est que sur une question, sur une discussion spéciale, le ministère et la majorité momentanée de la chambre n'ont pas eu le même avis. — Mais sur une autre question tout aussi importante, le ministère et la chambre peuvent être d'accord demain. Sur cette question même qui les divise, ils pourront s'entendre plus tard, transiger et se réunir dans la session suivante. Quelle nécessité y a-t-il donc de déclarer à l'instant que la rupture est irrémédiable, et qu'il faut, au risque de troubler tout le pays dans ses relations intérieures et extérieures, changer de système et de ministère?... Ignore-t-on donc que cette mobilité du pouvoir est le plus grnd fléau d'un pays, d'un vaste pays comme la France? Que le changement du ministère et le contre-coup d'incertitude qui réagit à l'instant sur tous les hommes et sur toutes les choses de l'administration, arrètent tout progrès, tout développement, toute sécurité?

Ce n'est donc qu'à la dernière extrémité, lorsqu'il serait démontré que la majorité de la chambre a un système à elle, bien positif, bien certain, bien opposé à celui du ministère, que la question pourr⁻ⁱ être sérieusement dé-

battue. Mais parce que sur une question, même importante, le scrutin se prononcerait contre le ministère, ce
n'est pas à mes yeux une raison suffisante pour que le
ministère se retirât. Il faut porter alors le débat devant la
pairie. Si l'affaire n'est pas de nature à suivre cette voie,
on la renvoie à un nouvel examen dans la session suivante : ainsi l'on a fait pour le traité américain, et la difficulté s'est aplanie. Pourquoi donc se presser d'ébranler
l'État en changeant les ministères du roi lorsque rien ne
le nécessite? Si le ministère perd la majorité sur un point,
eh bien, il doit tâcher de la reconquérir : il doit profiter
des points sur lesquels il a conservé la majorité, afin d'y
prendre son appui; il doit réfléchir lui-même, mûrir la
question, voir s'il ne s'est pas trompé. Dans le cas où il se
serait trompé, il doit le reconnaître franchement, en mettant l'intérêt du pays au-dessus de son amour-propre.
Mais, je le répète, le ministère ne doit jamais se retirer
du gouvernement, tant que le gouvernement lui est possible, fût-il même hérissé de difficultés et de dégoûts. Or,
le gouvernement lui est toujours possible, tant que l'échec
de majorité qu'il éprouve au scrutin ne lui en ôte pas les
ressorts, et il y a très-peu de questions, infiniment peu
de questions, à l'occasion desquelles un refus de la majorité ôte au ministère les moyens de gouvernement. — Il
n'y a pas tous les jours un refus d'impôt, des 221 : ce
sont des cas prodigieusement rares, des cas très-exception-
nels, sur lesquels on ne peut pas, fort heureusement pour
nous, baser une politique normale et d'une application
usuelle.

Maintenant que nous voilà bien pénétrés de ces principes, passons des majorités accidentelles, mais conscien-

cieuses, provenant de ce qu'une question spéciale réunit contre le ministère des députés qui votent pour lui sur d'autres points, passons, dis-je, de ces majorités acciden-telles, mais consciencieuses, aux majorités conspirées par une coalition de députés, qui, quoique appartenant à des opinions contraires, se réunissent dans le but avoué de renverser le ministère, sauf à se mettre le lendemain dans l'impossibilité absolue de s'entendre ensemble pour un nouveau système, et de nouveaux ministres destinés à exécuter ce système. Eh bien, dans ce cas, qui est malheu-reusement très-fréquent, je dis que cette majorité de coa-lition est un mensonge et un crime constitutionnel : je dis que les ministres qui se retirent devant une majorité de ce genre deviennent criminels eux-mêmes, qu'ils déser-tent la royauté, qu'ils trahissent la prérogative de la cou-ronne et les intérêts les plus sacrés du pays, puisque, pour se mettre à l'abri des haines conjurées contre eux, ils li-vrent le gouvernement entre les mains d'un fantôme par-lementaire anarchiquement impuissant. Je dis qu'en un cas pareil le ministère doit porter sa part de la croix et suivre la royauté au calvaire;—je dis qu'il commet une lâcheté d'esprit, sinon de cœur, en courbant le front de-vant une majorité qui n'est autre chose qu'une coalition d'apostasies conjurées contre la prérogative royale; devant une majorité fausse, assez coupable pour vouloir détruire ce qu'elle ne peut remplacer, sans autre but que d'ôter au roi le choix de ses ministres, droit qu'il tient de la charte elle-même.

En une pareille situation, que doivent faire les minis-tres du roi?—Selon moi, le voici :

Ils doivent aborder hautement la difficulté, déclarer

qu'ils ne se retireront pas devant une telle majorité, et faire voir au pays que cette tentative d'usurpation parlementaire déplace nécessairement la responsabilité, et la fait peser sur la coalition inconsciencieuse qui réussirait à entraver l'administration d'un pouvoir qu'elle n'a pas les moyens d'exercer elle-même.

Ainsi, pour rendre cette idée bien sensible à tous les esprits par un exemple, supposons que pour renverser le ministère, supposons que deux fractions opposées de la chambre se coalisent afin de voter contre les fonds secrets nécessaires à la police du royaume; qu'elles parviennent, à la misérable majorité de quelques voix, à faire réduire les fonds de manière à les rendre insuffisants pour les besoins politiques auxquels ils doivent satisfaire; eh bien, à mon avis, le ministère devrait bien se garder de se retirer devant une pareille décision; il devrait en laisser la responsabilité à la coalition. Si pendant le cours de l'année les fonds secrets étaient insuffisants par l'effet du refus de la chambre, et que quelque malheur en fût le résultat, le ministère devrait revenir dans la session suivante, et du haut de la tribune, faire comprendre à la France que les malheurs arrivés ne sont point le fait du pouvoir, mais le résultat du vote hostile de la chambre elle-même; que le ministère avait demandé les fonds nécessaires, mais qu'en les refusant par un esprit de coalition entre deux fractions qui le lendemain n'auraient pu s'entendre pour gouverner, la chambre des députés a elle-même désorganisé cette partie du service. Voilà comment il faudrait parler à la France, au lieu de courber lâchement la tête devant les conjurations parlementaires hostiles à la prérogative royale. Et si la voix qui parlerait ainsi était un peu forte et sévère, la France l'entendrait, la France la comprendrait. — Ou bien encore, si les malheurs occasionés par le refus de la chambre étaient d'une nature trop grave, le ministère devrait prendre sur lui de dépasser les fonds votés, engager franchement sa responsabilité pour le service de la couronne et de la France, et venir ensuite demander à la face du pays un bill d'indemnité éclatant et solennel, que ne pourraient refuser, sans se perdre et sans se flétrir, ceux-là mêmes qui l'auraient rendu nécessaire.

Et sait-on ce qui arriverait, si l'on savait d'une manière bien positive et bien nette que le ministère a pour principe arrêté de ne jamais se retirer devant une majorité de coalition? C'est qu'il n'y aurait plus de majorités de coalition, car elles n'ont jamais d'autre but que de produire une crise, afin d'obliger le ministère à se retirer. Alors, au lieu de faire des débats parlementaires une question de personnes, on en ferait une question de choses; au lieu de faire des coalitions d'opinions opposées, chaque opinion ferait sa route dans ses voies propres; la discussion deviendrait sincère et ses résultats deviendraient réels : alors, au lieu de faire des intrigues, on ferait les affaires du pays, et je crois que cela vaudrait beaucoup mieux.

Mais tant que l'on saura que le ministère, en vertu des préjugés représentatifs, est disposé à se retirer devant une majorité de coalition, nous vivrons sous l'empire incessant des coalitions, c'est-à-dire sous l'empire du mensonge représentatif officiellement constaté. Est-il possible de donner aux intrigues de tous les partis, de toutes les factions, un aliment plus ardent et plus fécond?

Ici, l'on va me dire : — Mais si la majorité de coalition

va jusqu'à vous refuser le budget, comment ferez-vous
pour lui résister? Force alors sera bien au ministère de se
retirer, à la royauté de courber le front, et de subir le
joug de l'omnipotence parlementaire.

A cela, je ne manque pas de réponses, et des plus péremptoires.

D'abord, le cas est tellement extrême, qu'il est absurde
et qu'il est presque impossible. Une majorité de coalition
pourra se former pour quelques questions spéciales peu
importantes, et sur lesquelles elle aura l'espoir de faire
illusion au pays; — mais rejeter le budget! refuser l'impôt!... c'est un de ces actes extrêmes, et tellement extrêmes, qu'ils en deviennent nécessairement criminels ou sublimes. —Or, une coalition ne va pas jusque-là. Ce crime
et cette vertu seraient également au-dessus d'elle. Il faut,
pour de si grands mouvements politiques, de grandes et
véritables causes, de grandes et véritables passions. Or,
une majorité de coalition est toujours une misérable et
inconsciencieuse petitesse, car elle est un mensonge vivant!

Après cette explication donnée, j'ajoute que, selon moi,
la chambre élective n'a point le droit de rejeter le budget;
elle en a la faculté légale, mais le droit, elle ne l'a pas,
parce que, s'il est vrai de dire qu'il n'y a pas de *droit
contre de droit*, à plus forte raison il est vrai de dire que
nul ne peut moralement faire de son droit un usage que
son devoir lui défend; et cette fameuse maxime serait bien
plus vraie, si on la rédigeait ainsi : *Il n'y a pas de droit
contre le devoir.* —Ceci est une haute matière philosophi-
que et politique à la fois; et il est prouvé pour moi que la
chambre des députés n'a point le droit de rejeter le budget,

et que ce prétendu droit n'est qu'un préjugé représentatif absurde et impraticable.

Enfin, et je termine par cette considération qui, pour tout esprit vraiment politique, tranchera la difficulté : — C'est que le refus de l'impôt, le rejet du budjet par une majorité de coalition, est une révolution certaine, et que l'on ne peut régler constitutionnellement ; car si la royauté se soumettait au refus du budjet, elle tomberait dans la fange, elle passerait sous les fourches caudines : toute vivante, elle mourrait, et la coalition n'aurait le lendemain qu'à se disputer ses dépouilles. Comment, en effet, une coalition d'opinions opposées pourrait-elle faire un ministère homogène pour servir la royauté vaincue ?... Si, au contraire, la royauté persistait et voulait percevoir le budjet quoiqu'il n'eût pas été constitutionnellement voté, alors révolution encore, soit au profit de la royauté, soit contre elle, mais très-certainement révolution inévitable.

Laissons donc de côté ce prétendu droit de refuser le budjet. Ce n'est qu'une forfanterie révolutionnaire, une parade comminatoire sans réalisation possible. Une dissolution complète de l'État accompagnerait ou précéderait une telle détermination ; car pour qu'elle fût prise, il faudrait que l'un ou l'autre de nos grands pouvoirs politiques eût perdu toute règle et tout sentiment du devoir. Or, pour que les grands pouvoirs politiques en fussent venus à ce point de décomposition, en quel état faudrait-il donc que la société elle-même fût tombée ?...

CHAPITRE VIII.

**La Majorité souveraine est la maladie, le supplice
et la mort de tous les Ministères. — De là,
l'impossibilité du Gouvernement.**

—

Ce n'est pas toujours un moyen de force pour la monarchie, que d'avoir la majorité dans la chambre élective ;
il faut savoir à quel prix cette majorité est obtenue, à
quelles conditions on la conserve, à quel usage on l'emploie. — Souvent, il est des majorités obtenues et conser-
vées à de telles conditions, que loin d'être une force, un
point d'appui pour la royauté, elles en sont la destruction
et la ruine.

Je pose d'abord un principe, un principe fondamental :
— C'est que toute majorité élective omnipotente, ap-
puyât-elle momentanément les ministres et les actes du
gouvernement du roi, n'en est pas moins la ruine de la
monarchie. — Elle est même plus que la ruine de la royauté,
elle en est la complète négation.

Avoir la majorité !... Eh ! mon Dieu, il n'y a rien de
plus facile ! On n'a, suivant les axiomes parlementaires,
qu'à regarder la majorité élective comme la représentation directe du pays ; on n'a qu'à suivre le système de la
majorité ; on n'a qu'à présenter à la majorité les lois que
veut la majorité, et alors on a la majorité. Cela est fort
simple.

Mais qu'arrive-t-il alors ?... C'est que dans ce système
ce n'est pas le ministère qui a la majorité, c'est la majorité qui a le ministère ; et alors il n'y a plus de monar-

chie, plus de roi, plus de pairs, automates passifs que la démocratie parlementaire consentirait bien à faire marcher à sa fantaisie, mais auxquels elle ne voudrait laisser ni animation, ni libre arbitre personnel !

Or, dans la monarchie représentative véritablement digne de ce nom, il faut que le ministère du roi ait la majorité; mais il ne faut pas, il ne faut jamais que la majorité ait le ministère du roi, — ou bien, il n'y a plus de roi.

Si la majorité fait défaut au ministère du roi sur un point essentiel, de deux choses l'une : ou cette majorité repousse une proposition du ministère, ou bien elle veut imposer au ministère une proposition qu'il repousse.

Dans le premier cas, le ministère doit renoncer momentanément à la proposition repoussée par la majorité, — et examiner ensuite froidement la question. Si après mûre réflexion, il trouve que la chambre a eu raison, il se range à son avis. Si, au contraire, il persiste dans le sien, il revient à la charge dans la session suivante; il laisse aux esprits le temps de se calmer, d'étudier la question sous toutes ses faces. Il laisse la discussion libre de la presse, à laquelle il doit prendre part par ses écrivains, éclairer le pays, et il plaide une seconde fois devant la chambre élective elle-même une cause qu'il doit finir par gagner s'il a réellement raison.

Si la majorité élective veut imposer aux ministres du roi une proposition qu'ils repoussent, alors ils doivent en appeler à la pairie; et si la pairie elle-même leur faisait défaut, s'il fallait qu'une crise si grave fût enfantée par des événements au-dessus de la prudence ordinaire, alors est-ce donc pour n'en jamais faire usage que la charte a donné à la couronne le droit d'accorder ou de refuser sa sanction aux volontés des deux autres pouvoirs?

Voilà les véritables doctrines gouvernementales et constitutionnelles. Voilà comment on évite ces changements perpétuels de ministère qui désorganisent tout et qui ne permettent aucun progrès réel ; voilà comment on éteindra dans la chambre élective l'esprit d'intrigue, d'égoïsme, d'individualité, qui la fractionne, qui l'éparpille, qui la dissout moralement. — Mais soutenir, au contraire, que le souffle de la majorité élective, ce souffle si changeant et si capricieux, suffit pour abattre et relever un ministère, ce serait vouloir que l'édifice social fût perpétuellement ébranlé ; ce serait préparer à la patrie un avenir mobile et sombre, où le souffle parlementaire se transformerait nécessairement en tempête révolutionnaire.

Si donc, au lieu de suivre la marche rationnelle que je viens d'indiquer, on poursuit l'impossible chimère du gouvernement des majorités, on arrivera fatalement à la désorganisation et à l'anarchie, — la majorité souveraine sera la maladie, le supplice et la mort de tous les ministères ; elle leur rendra le gouvernement impossible, car ce qu'elle évitera surtout, ce sera d'agir. — Une chambre élective est facilement capable de toutes les négations que l'on voudra. Toutes les fois donc que, même par de mauvais arguments, on cherchera une majorité dans la chambre élective, pour ne pas vouloir, ne pas agir, ne pas prendre une détermination entraînant après elle une entreprise d'un aspect grave et dangereux, on aura cette majorité. Si, par exemple, on ne veut pas la guerre, on aura la majorité, quand même on aurait tort. Ce n'est pas cela qui doit embarrasser.

Mais une fois ce vote négatif contre la guerre, obtenu, aura-t-on un levier de gouvernement propre à maintenir la monarchie, à pacifier ou à réprimer les partis, à protéger et à développer les intérêts moraux et matériels?... La paix sera-t-elle conservée par les moyens employés, et laissera-t-elle au pays l'honneur et la sécurité politiques dans ses relations avec les peuples étrangers?

Je déclare sincèrement que je ne puis le croire : cela ne me paraît pas possible, car l'ordre à l'intérieur et la paix et la considération au dehors ne peuvent être maintenus que par un gouvernement digne et fort, ce que l'on n'aura jamais sous l'empire de la majorité bavarde et impuissante d'une assemblée élective.

La question intérieure domine tout.

Ayez un gouvernement stable, régulier, juste et fort, et je vous garantis que vous aurez la paix au dehors.

Faites, au contraire, toutes les fortifications, toutes les flottes, toutes les armées que vous voudrez, — tant que le gouvernement intérieur ne sera pas organisé, tant que le pays se dévorera lui-même par le principe parlementaire qu'on veut lui donner pour moyen d'action, on fera très-peu de cas de ses armées, de ses flottes et de ses fortifications. — On n'aura pas la guerre, sans doute, si on ne la déclare pas, mais on n'aura pas la paix non plus. — Un pays placé dans cette situation restera dans l'isolement; il sera, pour les nations étrangères, un théâtre étrange et ridicule, où quelques ambitieux voudront exploiter une monarchie à leur profit en l'empêchant de s'établir.

Avec ce que l'on a nommé si faussement la vérité du gouvernement représentatif, avec la souveraineté de la chambre élective, avec le principe du gouvernement des majorités, y a-t-il une monarchie, un gouvernement possibles? — Non, avec de tels principes, avec une telle marche, il n'y a pas de gouvernement possible. L'exemple de la France, depuis 1830, est là pour le prouver.

Les ministères qui se sont succédés, ont tous succombé à la tâche. Tous, ils ont eu la majorité. Tous, ils ont voulu organiser le gouvernement par cette majorité. Tous, disons-le franchement, ils ont été, à divers degrés, composés d'hommes à talent, parmi lesquels nous devons reconnaître qu'il n'en était pas un seul qui ne voulût le bien du pays. — Beaucoup d'entr'eux ont obtenu de grands succès, et cependant, après tous ces succès, tous ces efforts, regardez à quel excès d'anarchie la France est tombée au dedans, à quel excès de faiblesse elle est tombée au dehors! Cela ne vous montre-t-il pas qu'il y a quelque chose d'essentiellement vicieux dans ce système?

Sans doute, les coalitions des partis hostiles ont beaucoup accéléré le mal. — Mais ces coalitions elles-mêmes ont été le fruit du principe insensé que l'on a donné à ce gouvernement prétendu, par lequel on veut dominer le pouvoir royal!

Si tous les ministères avaient pu gouverner le pays au nom du pouvoir royal, au lieu de demander le gouvernement à la majorité souveraine, qui n'y entend rien et qui n'y entendra jamais rien, nous ne serions pas tombés dans l'abîme sans issue où nous sommes. — Ce n'est point par la majorité que les divers ministères ont vécu. Au contraire, je le répète, c'est par leur majorité qu'ils sont morts. C'est là la maladie, le supplice, la mort inévitable de tous les ministères, et par conséquent la cause organique qui fait que, sous ce système, nous n'aurons jamais de gouvernement.

Du moment que le roi ne gouverne plus et que la chambre gouverne, la majorité qui soutient un ministère en le dominant, le tue nécessairement de trois manières.

D'abord, elle épuise ses forces de corps et d'esprit, parce qu'il est obligé d'employer à acquérir, à conserver, à entretenir la majorité, tout le temps, tous les efforts intellectuels qu'il devrait consacrer à gouverner l'État. Le pays s'efface tout autant que la couronne devant la majorité. C'est à la majorité seule qu'il faut plaire. Quelques voix de plus ou de moins suffisent à changer le système du gouvernement; avant de songer à exécuter habilement le système, il faut d'abord songer à s'assurer les voix souveraines sans lesquelles il n'est rien.

Non-seulement, pour s'attacher cette majorité mobile, le ministère emploie en démarches, en intrigues, en faveurs, en bavardages, tout le temps et le travail qu'il devrait consacrer à l'État; mais cela ne suffit pas : il faut que le peu de mesures réelles qu'il parviendra à étudier, à rédiger, à mettre en état dans le peu de temps qui lui reste, soient marquées au cachet de la mosaïque parlementaire. Elles deviennent une macédoine à l'image de la majorité. Rien n'est conçu d'un jet, rien n'est accompli avec unité. Tel article serait excellent, mais il ferait perdre vingt voix sur tel ou tel banc : on le supprime. Cet article-ci est une pièce de rapport, il obscurcit, il défigure le reste; il est conçu dans un autre ordre d'idées : n'importe, il plaît à quinze ou vingt souverains assis sur un autre banc. Donc, il faut l'inscrire en lettres brillantes dans la mesure ministérielle. Ainsi le gouvernement re-

nonce au bien, subit le mal pour trouver grâce devant le
scrutin. Et quelquefois, comme malgré cet anéantissement
du pouvoir, il ne peut se résoudre à faire sa mesure aussi
mauvaise qu'il le faudrait pour avoir la majorité, il ne la
présente pas du tout, il la renvoie à la session suivante,
espérant que, d'ici-là, quelque bon génie applanira ces
obstacles. En attendant, le pays s'en passe.

En outre de ces deux glaives acérés, au moyen desquels
la majorité immole paternellement son ministère favori,
il a encore dans cette majorité une cause de ruine inévitable. C'est qu'après l'avoir réduit à gouverner et à administrer d'une manière déplorable, après avoir rejeté ou
défiguré ses projets, après lui avoir ôté les moyens de
présenter les conceptions nouvelles qu'elle réclame pour
la France, la chambre s'indigne tout-à-coup de ces résultats funestes, elle les lui reproche avec amertume. Que
veut-on que fasse un pauvre ministère en pareille circonstance? Aura-t-il l'audace de dire à la chambre que le mal
vient d'elle, et que s'il eût été libre, il aurait cent fois
mieux gouverné? C'est bien l'avis du ministère, et franchement c'est aussi le mien. Mais s'il osait manquer à ce
point à la chambre souveraine, elle le briserait comme
verre pour lui apprendre à douter de son infaillibilité.
—Au reste, il a beau se faire très-humble valet de la grandeur parlementaire, c'est inévitablement par là qu'il doit
finir. Il faut bien que la chambre s'en prenne à quelqu'un
du mauvais état du gouvernement, et l'on n'espère pas
sans doute qu'elle se condamne elle-même.

Les meilleurs ministères que nous ayons eus depuis la
révolution, sont ceux qui ont lutté le plus heureusement
contre la souveraineté parlementaire, et qui lui ont arra-

ché ou escamoté un peu de gouvernement. Alors, grâce à
l'habileté royale, grâce au dévoûment du ministère, on a
tiré un peu la France de l'ornière et l'on a fait quelque
chose. Mais comme, cependant, on était toujours obligé
de céder du terrain, de ministère en ministère l'autorité
royale perdait toujours; la puissance parlementaire enva-
hissait d'autant, et malgré les améliorations obtenues à
grand peine, il devenait toujours de plus en plus difficile
d'en accomplir de nouvelles. Malgré la prospérité apparente, en restant dans cette voie, il fallait donc sombrer
tôt ou tard dans l'anarchie. —Cependant on avait du temps
par devers soi, et on aurait pu en profiter pour s'affran-
chir. — Mais les coalitions n'ont pas voulu nous laisser
cette espérance : hérissées de leurs ambitions ardentes,
elles ont excité les prétentions parlementaires toutes à la
fois, contre la royauté défendue; alors le gouvernement,
saisi par les mille grappins de ces forbans politiques, s'est
vu subitement garrotter dans tous ses membres; réduit à
l'impossibilité de remplir sa charge, voyant ses meilleures
propositions rejetées précisément parce qu'elles étaient
bonnes, le pouvoir royal s'est affaissé sans vie sous ce *nec
plus ultrà* de la perfection parlementaire. C'est très-certainement le beau idéal du genre,

Ceci n'est pas un épisode accidentel. C'est le jeu logique du prétendu gouvernement représentatif. C'est sa vérité. Arrivé au dernier terme de ses prétentions, il butte
contre l'impossible, et célèbre sa gloire au milieu de son
néant.

CHAPITRE IX.

Des Questions de Cabinet.

—

Les questions de cabinet sont, comme on l'a vu par ce qui précède, le plus grand fléau que la démocratie parlementaire puisse infliger à la monarchie constitutionnelle.

En effet, une question de cabinet, résolue dans un sens favorable au gouvernement, ne fortifie point le ministère du roi, ne lui donne aucun moyen d'imprimer à l'administration du pays une marche décisive que les partis opposants n'oseront plus interrompre : le mal ne porte donc pas avec lui son remède, ou du moins sa compensation. Les questions de cabinet ont ceci de particulier, que, résolues contre le gouvernement, elles le tuent ; résolues en en sa faveur, elles ne lui servent à peu près à rien, et le laissent, après le succès, aussi faible et souvent plus faible qu'auparavant.

Si la question de cabinet est résolue contre le gouvernement, la royauté passe sous les fourches caudines, le ministère du roi tombe pour faire place au ministère de la chambre, toutes les ambitions parlementaires en émoi s'ameutent pour partager les dépouilles. On s'entend, tant bien que mal ; on donne des espérances à ceux qui ne peuvent avoir un portefeuille ; ces espérances ne peuvent se réaliser que par la chute d'un des nouveaux ministres qu'on installe ; c'est une trahison réciproque que chacun des nouveaux ministres organise contre ses collègues, au profit éventuel des amis ou des complices qui attendent leur tour en préparant une nouvelle crise de cabinet. C'est dans cet heureux état de choses, c'est au milieu de ce touchant accord, qu'il faut improviser un nouveau système, pour remplacer celui du cabinet renversé, et une nouvelle direction pour le personnel administratif de tout le pays?.. Que l'on juge comme l'administration et le pays s'en trouvent bien !

Supposons, au contraire, que la question de cabinet soit résolue en faveur du gouvernement : la condescendance qu'il a témoignée en se soumettant à l'omnipotence élective, enhardit celle-ci au lieu de la décourager. C'est une partie à refaire, voilà tout. Les intrigants se disent : notre droit est reconnu, nous serons plus heureux une autre fois à en faire usage, recommençons. — Et ils recommencent. — Une question de cabinet en enfante une seconde, comme l'abîme appelle l'abîme. Quand le pouvoir ne vit que par la condescendance des partis, il ne vit pas : c'est tout au plus s'il végète, et il doit promptement s'étioler, si même il ne périt !

Le propre d'une assemblée élective, dans une monarchie qu'on appelle représentative, et qui n'est plus digne de ce nom quand l'élection la domine au lieu de lui servir de complément, c'est de coaliser perpétuellement tous les partis pour porter au pouvoir les hommes qu'ils sentent les plus incapables de l'exercer d'une manière durable et ferme, parce qu'ainsi ils ont l'espoir de les renverser plus facilement pour prendre leur place et gouverner à leur tour... Tout ministère qui dure, qui a de la suite dans les idées, de la volonté personnelle, des vues d'avenir, est par cela seul en butte à toutes les hostilités parlementaires, parce que sa durée ferme la porte à tous les ambitieux qui veulent parvenir. C'est à cause de l'infériorité

même des hommes qu'on les pousse aux affaires, espérant
à l'ouverture de la session en avoir meilleur marché que
d'un ministère fort et compacte. C'est pour le tuer plus facilement qu'on fait naître un cabinet faible et à peine
viable.

Et dans un pareil état de choses, on s'étonne de l'impuissance qui frappe le gouvernement?... Est-ce qu'il y
a un gouvernement possible dans le monde à de telles conditions?

S'il existe dans le pays des hommes éminents par
l'esprit et surtout par la volonté, ils s'écarteront d'eux-
mêmes des affaires pour ne pas être obligés d'y supporter
le joug des impuissances parlementaires, qui leur lieraient
les pieds et les mains, et leur reprocheraient ensuite de ne
pouvoir ni marcher ni agir; c'est qu'ils ne voudraient pas,
eux hommes de cœur et d'intelligence, être obligés d'abdiquer leur intelligence et leur cœur, pour se soumettre
au hasard changeant des intrigues d'une assemblée con-
fuse, sans cœur et sans intelligence suprêmes, et devenir
ainsi responsables des malheurs dont ils n'auraient été que
les instruments; c'est que des hommes éminents et forts,
quand ils se sentent grands dans le fond de l'âme, quand
ils ont la conscience de leur vitalité morale, ne consentent
jamais à se châtrer de leurs propres mains, pour se mettre
au niveau des eunuques enfantés par l'anarchie électorale;
c'est que, lorsqu'ils commencent aujourd'hui un plan d'o-
pérations grand et fortement combiné, ils ne veulent pas
que, demain, un harmonieux fabricateur de discours
vienne terminer leur carrière, leur reprocher à titre de
mal un bien qu'il ne comprend pas, et trompant la foule
abusée, leur arracher des mains leurs plans et leur ave-

nir, mutiler les uns et détruire l'autre, pour les jeter en
pâture aux malédictions populaires !

Les républiques proprement dites sont cent fois moins
anarchiques que ces fausses monarchies représentatives,
parce que le peuple s'y sentant plus directement maître,
s'y sent aussi plus directement compromis, et que la ter-
reur de l'avenir l'arrête quelquefois au bord du précipice :
responsable lui-même de son sort, son intérêt le force à
comprendre son impuissance morale. De là vient que dans
toutes les anciennes républiques on trouve toujours quelque forte institution aristocratique, barrière devant laquelle la souveraineté populaire, absolue en droit, s'in-
clinait en réalité, et dont elle supportait, quoiqu'à contre
cœur, l'empire salutaire. Or, cette ressource, cette grande
et dernière ressource, manque tout-à-fait dans les fausses
monarchies représentatives, où l'élection domine tout,
et trouble tout, parce qu'elle veut diriger tout. C'est ici
que la théorie des classes moyennes apparaît dans toute
sa déplorable vanité. Le peuple de Rome supportait le
patriciat héréditaire. Les classes moyennes de nos fausses
monarchies représentatives n'en veulent pas. Le peuple
de Rome, ce peuple de la république gigantesque qui n'a
laissé de si beaux souvenirs que par l'esprit de suite et
d'ordre de ses familles sénatoriales et consulaires, permettait à Scipion Nasica de lui dire en pleine assemblée
du forum : — *Tacete, quœso, Quirites; plus enim, ego
quam vos, quid reipublicœ expediat, intelligo !* — « Ro-
« mains, je vous prie de vous taire : je sais mieux que
« vous ce qui convient à la république. »

Et le peuple romain se tut, et il écouta, et il obéit.

La souveraineté de la chambre élective et les questions

de cabinet, qui en sont la conséquence, ne permettent pas tant de sagesse aux peuples de nos jours.

Dans un faux gouvernement représentatif, où les institutions électives absorbent la direction, l'initiative, la consécration de tous les actes gouvernementaux, la fluctuation de la mer orageuse de la démocratie envahit tout, fait taire toutes les vues de l'expérience, de la sagesse, toute l'autorité morale des traditions et de la raison publique, pour y substituer l'opinion du jour, du moment, du quart d'heure; le triomphe de l'intrigue d'aujourd'hui détruite par l'intrigue de demain, qui, elle-même, a déjà sa ruine préparée dans l'intrigue du jour suivant!

Tout se décide à des majorités de demi-voix, une voix, deux voix; l'absence d'un député retenu par la cause la plus futile peut emporter à droite ou à gauche le sort de tout un peuple. Le repos, la fortune du pays sont donc à la merci de peu de chose! Un rhume décide ou empêche les mesures financières les plus graves, une migraine peut décider ou de la paix ou de la guerre; l'avenir du pays, enfin, dépend de trois ou quatre députés retenus loin de la chambre par des circonstances impérieuses, ou revenus à propos pour prendre part au vote!

Un pareil état de choses exclut évidemment toute direction, toute suite, toute entreprise ayant quelque grandeur et quelque avenir.

Je le répète, les questions de cabinet sont la destruction de la monarchie constitutionnelle; c'est une négation complète de la royauté, c'est la suppression du pouvoir royal. Que la chambre approuve ou rejette les lois présentées, un ministre du roi doit rester ministre tant que le roi veut le conserver, et tant que le gouvernement lui est possible selon sa conscience. Si les lois rejetées par la chambre sont mauvaises, le ministère doit y renoncer et rester. Si les lois rejetées par la chambre sont bonnes, le ministère doit laisser la chambre porter devant la nation la responsabilité du rejet, et il doit rester au pouvoir pour revenir à la charge dans la session suivante. Pourquoi se retirerait-il ? Pour que trois mois après le nouveau ministère tombât devant une nouvelle question de cabinet?... Belle avance !

Non, non! il faut rester ferme au gouvernail de l'État, et quand les intrigants connaîtront bien cette détermination, quand ils la sauront inflexible, invariable, il n'y aura plus de coalition, il n'y aura plus de question de cabinet; ils y renonceront, parce qu'ils n'auront plus l'espoir de tuer le ministère pour hériter de ses dépouilles. La chambre fera son métier, qui est d'approuver les bonnes lois et de repousser les mauvaises; et elle laissera le roi faire le sien, qui est de choisir les ministres pour gouverner l'État selon les règles de la constitution. Mais tant que la chambre voudra gouverner, elle restera ce que nous la voyons : omnipotente pour détruire, impuissante pour diriger et pour créer. — La décomposition gouvernementale s'accroîtrait chaque jour, et le mal serait si grand, que le prétendu gouvernement représentatif y périrait, et n'aurait pour épitaphe gravée sur sa tombe, que les malédictions du peuple qu'il aurait trompé.

CHAPITRE X.

De l'Initiative parlementaire.

—

L'impuissance morale de la chambre élective, en matière de gouvernement, et le manque de direction sociale qui en résulte, s'accroîtront de jour en jour, chaque fois qu'un faux principe attribuera la suprématie à l'élément populaire du gouvernement. Les électeurs et les élus feront alors le mal de la situation politique, mais ils n'en seront pas les vrais coupables : la racine du mal, en pareil cas, est dans la fausse opinion, devenue générale et absolue, que la direction gouvernementale doit émaner de la chambre élective, qui elle-même doit être dirigée par les électeurs, qui eux-mêmes ne sont que les truchements provisoires du reste du peuple. — Or, tant que l'amour-propre national cherchera dans cette hiérarchie, successivement décroissante, la direction gouvernementale, l'initiative du progrès social, l'organisation définitive de la société, le pays n'aura ni direction gouvernementale, ni progrès social, ni organisation stable. Je reconnais bien que la force populaire doit être employée comme élément essentiel du progrès et de l'organisation, mais j'affirme qu'elle ne peut jamais en dicter la direction ni en prendre l'initiative.

Certes, lorsqu'en France, après la révolution de juillet, on a révisé la charte et donné à la chambre l'initiative des lois, on a fait un grand mal et l'on a détérioré sensiblement la constitution du pays, non pas exclusivement

considérée dans son ensemble théorique, mais considérée
dans ses rapports avec les mœurs réelles de la nation. Pour
moi, cela ne fait aucun doute; c'est une des plus claires
vérités qu'il y ait sous le ciel. Mais ce mal, tout grand
qu'il est, ne serait rien encore, et s'effacerait graduellement sous la marche du temps, s'il se bornait à l'effet
matériel des changements effectués dans la charte. — En
effet, quel mal, par exemple, a fait par elle-même l'initiative donnée à la chambre des députés?... Rien, à peu
près. Cette vaniteuse, mesquine, impuissante initiative,
n'est qu'un contre-sens improductif et bavard d'où certainement ne sortira jamais aucune loi importante, ni bonne
ni mauvaise! C'est, dans toute la force du terme, la mon-
tagne qui accouche d'une souris.

Ce n'est donc pas sous ce point de vue étroit que j'examine l'initiative attribuée à nos députés. C'est un jouet
d'enfant dont ils s'amusent. Je suis fort disposé à le leur
laisser.

Mais l'ensemble des changements effectués dans la charte
a eu pour but et pour effet de persuader à la nation que
par cela seul que la souveraineté résidait en elle, la direction gouvernementale devait émaner d'elle; que, par conséquent, la chambre des députés devait avoir, non-seulement l'initiative législative, mais encore l'initiative et la
direction gouvernementales; que le roi, pouvoir impuissant, n'était là que pour nommer les hommes imposés par
la chambre, et faire exécuter par eux les ordres de la
chambre; que, par conséquent, toute direction qui n'émanerait pas de cette source, serait usurpatrice et fausse,
d'où il suivait forcément que la pairie n'était rien, et que
la royauté n'était qu'un mensonge.

Casimir Périer comprit promptement la faute que l'on avait commise. Il se garda bien, en effet, de dire à la chambre nouvelle : — Nous ne savons pas comment il faut gouverner la France; donnez-nous vos ordres, nous les suivrons. — Mais il lui dit : — Voici comment nous voulons gouverner la France, voici la route dans laquelle nous lui donnerons l'ordre intérieur et la paix extérieure. A nous la direction, à vous la surveillance; à nous la conception, à vous l'examen; à nous l'action, à vous l'approbation ou le refus : si vous nous refusez votre concours, nous quitterons le pouvoir; mais si nous y restons, le pouvoir dirigera la France dans cette voie d'ordre et de liberté : là, et jamais ailleurs.

Cela rétablit la machine gouvernementale dans son véritable équilibre : l'initiative et la direction venant du pouvoir, qui seul a les moyens de les exercer avec succès et discernement; la surveillance et l'examen émanant de la chambre élective, qui est aussi propre à les exercer, qu'elle est incapable de tracer elle-même la direction intérieure et extérieure de l'État.

Mais, comme je viens de le dire, la chambre des députés céda plutôt à l'entraînement des circonstances et au magnétisme de l'homme, qu'à la perception claire et complète des véritables doctrines constitutionnelles. En dedans d'elle a toujours survécu la prétention intime de sa suprématie sur le pouvoir royal, doctrine profondément dissolvante, que l'opposition a simultanément et successivement entretenue avec autant de soin que le feu sacré de Vesta.

C'est qu'il y a non-seulement dans les individus, mais encore et surtout dans l'esprit de corps, une vanité secrète toujours persistante, et qu'on a constante tentation de re-

garder comme un sentiment de dignité : on écoute toujours favorablement ceux qui flattent cette faiblesse de
l'orgueil. De là est venue, en grande partie, la faveur que
l'opposition, malgré ses fautes, a conservée dans une partie
du pays. C'est que la chambre, non satisfaite de marcher
à l'égal du pouvoir royal dans une autre partie du gouvernement, trouverait encore doux et glorieux, pour son
amour-propre, de prédominer le pouvoir royal même dans
la part de gouvernement qui lui appartient.

Ce n'est là de la part de nos députés ni patriotisme ni
indépendance, c'est amour-propre et usurpation. C'est invasion dans la direction gouvernementale qui ne leur appartient pas et qu'ils sont incapables d'exercer, qu'ils affai-
blissent dans les mains de la couronne au grand détriment
de la puissance nationale, sans pouvoir se l'attribuer à
eux-mêmes. Ajoutez à cela que l'exemple de la divagation
parlementaire se reflétant dans la nation, l'anarchie morale fait partout de rapides progrès; car personne ne se
croit anarchique; ceux-là même qui émettent les principes les plus destructifs de l'action régulière et normale
du pouvoir, s'imaginent faire la chose la plus simple et la
plus constitutionnelle. Ils détruisent pièce à pièce la prérogative royale en croyant lui être tout dévoués, et sont
tout étonnés ensuite que l'ordre ne se rétablisse pas dans
l'État, que le gouvernement ne prenne pas une marche
assurée et décisive, quand à tout pas ils l'entravent, ils
l'arrêtent, ils le bâillonnent !

On me dira que tout ne va pas si mal que je le dis;
que la paix est partout, que le travail est productif, que
les fonds publics sont en hausse permanente, qu'un tel
état social présente donc des gages suffisants de stabilité.

A Dieu ne plaise que je veuille jouer le rôle d'un alarmiste, et que je veuille, pour le plaisir de médire, décrier le bon sens et l'intelligence de mon pays !... Cependant, cette prospérité apparente n'en est pas pour moi une preuve bien convaincante. Le corps social, comme le corps humain, a en lui des facultés organiques qui fonctionnent indépendamment de sa raison, de sa volonté morale. Rien n'empêche qu'on ait une tête folle, et cependant un estomac qui digère parfaitement, des poumons qui respirent bien, un système artériel et nerveux qui porte la vie dans les extrémités, un système musculaire vigoureux et capable de soulever de grands fardeaux. Telle est en réalité la nation française, comme corps social. Pourvu qu'elle n'ait à supporter ni guerre civile, ni guerre étrangère, son système organique marche et fonctionne passablement, son sol produit, son industrie travaille, ses fonds publics montent, ses spectacles sont pleins et ses salles de bal débordent. — Mais hélas ! en quoi tout cela prouve-t-il son bon sens, sa tenue morale, son respect du pouvoir, l'équilibre constitutionnel des corps politiques qui le composent? En quoi tout cela garantit-il sa direction gouvernementale et la stabilité de son avenir?... Non, non, ne flattez pas la nation française, ne lui donnez pas des éloges qu'elle ne mérite pas, et qu'elle ne comprendrait même pas. Elle est trop convaincue de sa sagesse pour n'être pas un peu folle. Elle se croit trop les moyens de se gouverner elle-même, pour s'assujettir à un respect consciencieux de son gouvernement. Sa valeur, sa générosité, son courage, son activité, sa loyauté sont sans bornes. Elle serait trop heureuse, si le ciel y avait joint une égale dose de bon sens et de modération !

Il est donc utile de montrer le peu de valeur de l'initiative parlementaire et la faute que l'on a faite en l'accordant à l'assemblée élective.

CHAPITRE XI.

Continuation du même sujet.

Quelques personnes trouveront peut-être que j'attache une importance bien étrange à savoir qui, de la couronne ou de la chambre élective, doit avoir l'initiative, l'impulsion, la spontanéité de la direction gouvernementale, puisqu'en définitive l'assentiment de la couronne et celui de la chambre élective sont indispensables à toute mesure gouvernementale; qu'importe, diront-elles, que l'impulsion primitive vienne de l'une ou de l'autre? N'est-ce pas une subtilité, une dispute de mots? La couronne n'est-elle pas dans tous les cas obligée de se conformer aux volontés de la chambre?

Si l'on prend la peine de suivre un instant, on comprendra la différence des deux hypothèses. L'infini les sépare.

Le gouvernement, être central et immobile, constitue une enquête permanente et sans interruption d'un bout du royaume à l'autre. Partout, tous les jours, à toute heure, revient vers lui une statistique morale, civile, criminelle, administrative, judiciaire, militaire.

Non-seulement chaque rapport spécial lui fait connaître l'état des 86 préfectures, de toutes les principales mairies, de toutes les cours royales, de toutes les divisions

militaires, les décisions des jurés, les réclamations et les
demandes des chambres de commerce, le tableau compa-
ratif des populations, des troubles ou de la tranquillité
intérieure, du progrès des arts, du développement de tous
les établissements publics de banque, de charité, de reli-
gion, de travail, mais encore, il a pardevers lui tous les
documents du passé, tous les travaux préparatoires des
lois existantes, tous les travaux préparatoires des projets
de lois qui n'ont pu être accomplis. Il sait les motifs qui
les faisaient désirés, il sait les obstacles qui les ont em-
pêchés. Pour lui, les révolutions elles-mêmes ne font pas
solution de continuité. Un gouvernement meurt, un nouveau gouvernement lui succède; mais celui-ci absorbe et
continue en lui toute la vie morale, financière, administrative du gouvernement défunt; et comme ce gouvernement défunt a, par ces lois, par ces travaux, par ces actes,
modifié, créé, constitué une foule d'intérêts qui sont toujours vivaces et continus dans la nation, il faut à la direction légale qui lui succède la connaissance de tous ces
antécédents, de tous ces faits, de tous ces actes administratifs; le gouvernement nouveau, dans ses archives, trouve
tous ces éléments indispensables à l'initiative et à la direction.

Voilà les rapports du gouvernement avec la vie intérieure de l'État; il la touche par tous les points; il est en
contact avec elle par tous ses pores; il ne peut en être dis-
joint une minute.

Si nous examinons la vie extérieure de l'État, c'est-à-
dire ses rapports avec les puissances étrangères, la situation du gouvernement est la même. Lui seul a le secret
de toutes les négociations actuelles, de toutes les négocia-

tions passées, de tous les traités anciens ou nouveaux. Lui seul connaît toutes les prétentions secrètes et rivales; lui seul a dans ses archives et dans sa correspondance journalière le détail exact et précis de tous les rapports de la France avec l'étranger.

Voilà les éléments que possède le pouvoir pour exercer l'initiative législative, gouvernementale et sociale, dans l'État et au-dehors.

Voyons maintenant la situation comparative de la chambre élective.

Cette chambre, corps formé de quatre cent cinquante têtes, est le produit d'une élection générale et fractionnée qui envoie à Paris des députés élus dans des arrondissements séparés; l'un vient de Lesparre, l'autre de Périgueux, un troisième de Brest, un quatrième d'Arras. La plupart ne se connaissent pas, n'ont eu aucun rapport, peu ou point d'études spéciales; pour chacun la vie publique n'est qu'un accident improvisé sans antécédent et sans liaison. Pendant qu'ils donnent à grand peine trois, quatre ou six mois de l'année aux travaux de la chambre, ils conservent une grande part de leur attention pour leurs affaires particulières, et aussitôt la session finie, ils désertent pour revenir à leur étude, à leur comptoir ou à leur champ. Les uns seront députés pour une session, les autres pour deux. Ceux-ci ont fait partie des chambres précédentes, ceux-là n'en ont pas fait partie. Ils partent, ils arrivent, ils s'assemblent dans un vaste local, et parce qu'ils sont réunis dans une seule assemblée, on en conclut qu'ils forment un être collectif, ayant unité, volonté et direction communes. Mais les trois-quarts du temps, c'est une pure supposition. Nous allons voir comment elle se réalise.

Il est question de savoir quelle unité morale, quel ensemble, quelles connaissances possède cet être mutiple que vous nommez CHAMBRE, pour exercer l'initiative et dire au pouvoir : — Je veux que tu prennes telle mesure, je veux que tu fasses telle loi, je veux que tu suives telle direction ; je sais qu'elle est bonne, utile, favorable à tout le pays !

Quel ensemble !... Aucun. Chaque député n'a évidemment que sa volonté propre, à peine l'assentiment de quelques amis, dans son bureau ou dans sa coterie. De quelque manière que vous vous y preniez, c'est toujours, non pas la chambre, mais un député, trois ou quatre députés réunis si vous voulez, qui exerceront l'initiative.

Quelles connaissances ?... Aucune qui soit générale, liée, déduite de l'état général du pays. Documents administratifs, documents militaires, judiciaires, civils, financiers ; statistique de toutes les faces civiles, criminelles, commerciales du pays ; appréciation des antécédents gouvernementaux, rapports diplomatiques, souvenirs du passé, dépôts longuement consultés des archives de toutes sortes, éléments de calcul pour l'éventualité des lois, connaissance des obstacles qui ont trompé l'espérance des législateurs précédents, tous ces mille éléments de conception et de direction que possède le gouvernement, être impérissable et sans interruption, le député n'en a aucun, ne peut suppléer à aucun, et n'a dans ses collègues que des auxiliaires épars, chacun courant après ses propres pensées, et qui ne peuvent lui en fournir aucun. Pour les connaissances diplomatiques et pour les détails financiers, c'est encore pire. C'est la même ignorance et un plus grand isolement.

La chambre élective peut donc représenter dans son ensemble les besoins, les intérêts, les sentiments du pays, sans qu'il y ait cohésion intime entre ses membres pour former une direction, une impulsion, une initiative générale. Chacun de ses membres peut être capable de juger une portion des projets que soumettra le gouvernement à la chambre, sans qu'aucun d'eux soit capable d'enfanter, de concevoir, de rédiger la totalité d'un projet, d'une mesure qui doit régler non pas un seul point, mais tous les points de la matière ; qui doit convenir non pas à un département mais à tous les départements. Que si chaque député manque des éléments nécessaires pour la bonne conception d'un simple projet de loi, à combien plus forte raison ne manque-t-il pas de cette grande généralité d'idées nécessaires pour enfanter la direction politique de l'État lui-même, son organisation, son impulsion dans la voie du progrès social ?... Mais cette chambre qui n'a pas et ne peut avoir unité collective pour créer, pour diriger, peut avoir au contraire unité collective pour examiner, surveiller, contrôler les projets du gouvernement. Et pourquoi? C'est que le pouvoir lui fournit lui-même la direction gouvernementale vers laquelle les 450 volontés et capacités électives convergent alors, trouvent un point de réunion commune, un centre de cohésion et d'investigation. Chaque député examinant, selon ses connaissances spéciales, l'œuvre directrice du gouvernement, l'ensemble de tous ces jugements partiels forme le jugement commun de la chambre. Mais le jugement multiple et séparé des quatre cent cinquante députés, ne peut fournir à aucun d'en-

tr'eux les éléments d'initiative, de conception, de connaissances antérieures qui lui manquent, parce qu'ils manquent à tous.

On comprend donc facilement pourquoi, dans leur concours au gouvernement, le pouvoir doit apporter l'initiative et la direction ; la chambre des députés la surveillance
et le contrôle. — Hors de là, la chambre usurpe : les électeurs n'ont pu lui donner ni mandat ni capacité pour imposer au pouvoir une direction gouvernementale qu'eux-
mêmes sont encore plus incapables de concevoir et de prescrire avec connaissance de cause ; car évidemment ils sont
encore plus dépourvus d'ensemble, de cohésion et de connaissances publiques que les députés.

On conçoit que ceci s'applique bien plus à la direction
constante et générale de l'État, qu'à tel ou tel projet de
loi partiel. Cette chétive et mesquine initiative m'importe
fort peu. Je l'ai déjà dit : il n'en sortira jamais ni grand
mal ni grand bien. Le plus grand mal, c'est la perte de
temps qui en résulte, les discussions oiseuses, les bavardages insignifiants, et la déconsidération de la chambre.
Mais si elle veut se déconsidérer, qui donc a le droit de
l'en empêcher ?.... En cela, elle est complètement souveraine.

Mais le grand point, le point essentiel, c'est que la nation et la chambre comprennent bien que toutes les sou-
verainetés du monde ne leur donneront jamais, je ne dis
pas le droit, mais la capacité de *gouverner le gouvernement*. Je me suis servi de cette expression, il y a déjà plusieurs années, et je la répète aujourd'hui, fermement cor-
roboré par l'expérience dans le sentiment que j'avais alors.
Par le seul effet de l'opinion, par le seul mécanisme de la

publicité qui met en lumière toutes les capacités sociales
et politiques, d'échelons en échelons, elles seront poussées
au pouvoir, et le gouvernement, en définitive, en sera
toujours composé. S'il ne devient pas meilleur, c'est que
la nation n'aura pas d'éléments meilleurs pour le former.
Mais quand une fois il est formé, c'est à lui de diriger,
de concevoir, de donner à la machine sociale l'initiative
du mouvement et de la vie. Que les députés interviennent
alors pour éviter que le pouvoir, oubliant son origine, se
fasse à lui-même un intérêt distinct et séparé de la nation,
pour le contenir dans les limites constitutionnelles, pour
l'arrêter dans les empiètements qu'il pourrait éprouver la
tentation de commettre, pour le recruter de notabilités
nouvelles, de nouveaux talents que les débats parlementaires pourront produire au grand jour : voilà la véritable œuvre de liberté, la véritable œuvre du développement
humanitaire et du progrès social ! Voilà le système constitutionnel tel que l'ont toujours conçu les véritables hommes d'État ! Voilà le système où la nation unanime reviendra tôt ou tard, à moins qu'elle ne veuille se déclarer enfin indigne de la liberté qu'elle a su conquérir et qu'elle
ne saurait pas comprendre.

Et non-seulement ces grandes vérités militent contre
l'initiative gouvernementale de la chambre, mais elles devraient encore la guérir de cette rage d'amendements improvisés, que la fécondité de ses membres adjoint aux projets du gouvernement. Là, encore, le défaut d'unité, de
vue commune, d'ensemble, se fait sentir d'une manière
déplorable. C'est le même vice qui détériore l'initiative des
chambres. Alors ce vice détériore et dégrade, par l'action
intempestive de la chambre, l'initiative même du gouver-

nement. Ses projets avaient un système, un but. Les amendements épars, improvisés, décousus, nouvelle sorte d'initiative exercée par la chambre, font du résultat un véritable gâchis qui n'a ni tête ni queue. Rien n'est absurde
comme ces lois faites à coups d'amendements. Elles deviennent presque aussi mauvaises que si elles étaient primitivement émanées de la chambre elle-même.

Contre ces tristes vérités, l'opposition ne manque pas
de phrases déclamatoires. Mais, ou qu'elle s'avoue pour
républicaine, ou qu'elle se prétende dynastique, ceci importe peu. Ce n'est pas moi qu'elle trompera jamais sur
la véritable tendance de ses doctrines. Qu'elle marche franchement au mal, ou qu'elle se masque sous des couleurs
plus spécieuses, elle ne me dérobera, ni une seule de ses
pensées, ni une seule de leurs funestes conséquences. Ce
n'est pas, en effet, d'avoir écrit quelques fausses maximes
et quelques accusations calomnieuses sur quatre feuilles
de papier, que je lui fais un reproche inexorable. Ce que
je lui reproche, c'est de porter au fond de toutes ses doctrines politiques un virus dissolvant, destructif de tout
pouvoir, invocateur de toutes passions ardentes et abusi-
ves; c'est cette fausse souveraineté qu'elle fait toujours
agir de bas en haut, pour ôter au pouvoir ses moyens
d'action, et les remettre aux mains de la multitude; c'est
cet acharnement à réveiller des préjugés haineux, pour
exciter les ressentiments populaires contre des noms propres, sans tenir compte des actes et des services rendus;
c'est cet emploi de tous les moyens, de toutes les illusions,
de toutes les calomnies, pour précipiter du pouvoir des
hommes qu'elle ne pourrait y remplacer, sans être obligée
de renier à l'instant toutes les maximes politiques dont

elle se serait fait des armes contre eux. Ce sont, enfin, ces préjugés délétères qu'elle a répandus dans toute la France, par la presse, par la tribune, par toutes ses démarches ; égarant ainsi des populations crédules, qui s'imaginent concourir à une œuvre de progrès et de liberté, quand elles ne concourent, par le fait, qu'à une œuvre de chaos et de désorganisation !

Son crime, c'est d'avoir troublé les esprits, de telle sorte que la partie même constitutionnelle de la chambre est impressionnée de ses erreurs, et n'a plus de foi vive et tenace dans les vrais principes de la liberté. Et maintenant nous avons une chambre élective qui, certainement, veut la monarchie constitutionnelle et la dynastie, et qui ne sait plus comment elle doit obéir, ni comment elle doit résister; en quoi elle doit influencer, en quoi elle doit suivre! Sorte d'automate politique, dont les ressorts sont sans harmonie, et qui a perdu le feu sacré qui devait l'animer !...

Pour avoir une direction plus unitaire et plus directrice, on a eu recours souvent, depuis quelques années, à de nouvelles élections générales, ridicule et nouvelle preuve de la mobilité française, parodie fatigante pour les électeurs eux-mêmes qui ne savent plus, au milieu de tous ces mouvements, ce qu'ils veulent et ce qu'on leur demande !... C'est doubler le mal au lieu d'y remédier, et le résultat des élections a toujours été plus décousu, plus incohérent, plus dépourvu de système que la chambre qui a précédé.

Il faut bien se garder de croire, en effet, que c'est l'incapacité personnelle des députés qui a mis ainsi en relief les défauts de l'initiative. Non, c'est au contraire l'usage de l'initiative qui vicie la chambre, et la rend incapable. C'est ce mauvais instrument qui, usant ses forces et les tournant dans une direction inhabile, la rend impuissante à remplir sa mission sociale. Si l'on veut bien y réfléchir, on verra que l'initiative de la chambre est un véritable piége où va se prendre l'inexpérience de nos apprentis-législateurs. L'initiative promet d'accélérer le progrès, on s'y précipite, mais elle ne vous donne en place qu'un brouillard, un fantôme; elle embrouille le mouvement social et le retarde. Elle consume le temps, le talent, la force pour rien. Elle ne fait pas que la chambre soit capable d'agir, mais elle empêche d'agir le gouvernement. Sur cent fois que la chambre des députés fera usage de son initiative, voici à peu près le résultat que l'on obtiendra : quatre-vingt-dix avortements, huit mauvaises propositions, deux propositions passables, qui ne produiront pas le quart du progrès qui aurait été effectué si l'on avait laissé les choses suivre leur marche naturelle.

Cependant, malgré les avertissements réitérés donnés par l'expérience, on persiste à attacher un grand prix à cette impuissante initiative. Quand une fois, en France, on est engoué d'une erreur, on y tient jusqu'au dernier morceau; on ne la lâche que lorsqu'il n'en reste plus pièce. Il en sera de cela comme de cette belle rage qu'on avait d'exclure le roi lui-même de son gouvernement, de le chasser du cabinet, de l'exclure du conseil de ses ministres. Aujourd'hui beaucoup de gens ont honte de cette extravagance. Il en sera un jour de même de l'initiative des chambres. Mais, en attendant, nous ferons bien des sottises, et nous perdrons un temps bien précieux.

Mais, non contents d'avoir dérangé l'équilibre et l'ac-

tion de la machine constitutionnelle, nos grand hommes
veulent achever leur ouvrage. De ce qu'ils ont l'initiative,
ils en concluent qu'ils ont le droit d'enquête dans l'État,
hors de la chambre, partout, sans l'assentiment des autres pouvoirs de la charte, même contre leur volonté s'ils
s'y opposaient. Ainsi, une usurpation en appelle une autre ; et quand le char est une fois incliné dans l'ornière,
il tend sans cesse à s'y enfoncer davantage. Mais on n'a-
vait jamais pensé, jusqu'à ce moment, que ce fût un moyen
de le redresser. Voilà cependant ce qui se passe sous nos
yeux. De ce que le pouvoir de notre chambre élective dé-
borde évidemment tous les autres, depuis la révolution de
juillet ; de ce qu'elle va et vient sans savoir ce qu'elle fait
dans une carrière trop large pour elle, à peu près comme
les ouvriers de Lyon, après leur victoire, erraient tout
ébahis dans la ville qu'ils avaient conquise, sans pouvoir
suppléer à la direction légale qu'ils avaient détruite ; de ce
que les systèmes et les hommes manquent à la fois aux
besoins de notre transformation politique, on conclut qu'il
faut augmenter encore le pouvoir de la chambre élective,
élargir sa carrière, mettre le gouvernement en état de suspicion légitime devant elle, et faire une prompte destruction d'hommes et de systèmes, afin de désorganiser un peu
plus fort notre pauvre pays.

Voilà donc le déplorable effet de l'initiative !... La chambre pourrait utilement employer son temps aux travaux
dont elle est capable ; l'initiative la jette sur ceux dont elle
est incapable ; et, quand elle lui a fait abandonner sa capacité pour son incapacité, elle la jette en dehors de l'enceinte législative, pour aller demander illégalement aux

populations ahuries des règles de conduite, des éléments
de lois, et des plaintes contre le gouvernement !...,

CHAPITRE XII.

Du Droit d'Enquête attribué à la Chambre élective.

—

La chambre des députés a le droit d'initiative. Ce droit,
dit-on, enfante le droit d'enquête? — Pourquoi? Comment?
Le voici :

La chambre des députés n'ayant ni rapports administratifs, ni diplomatiques, ni financiers; n'ayant ni la tradition des affaires qu'elle n'a pas faites, ni les archives
des bureaux qu'elle n'a point dirigés, ni les connaissances
générales, ni les connaissances spéciales du ministère sur
chaque matière dont elle veut faire le sujet d'un projet de
loi, il faut bien qu'elle y supplée d'une manière quelconque. Elle a recours à l'enquête. Elle a basé son droit d'initiative sur sa capacité de créer les lois. Maintenant elle
base son droit d'enquête sur son incapacité. C'est parce
qu'elle n'est pas capable de concevoir, de régler, de rédiger, d'inventer ses projets de loi, qu'il lui faut bien en
chercher quelque part les premiers éléments qui lui manquent. Elle veut donc requérir, à son de trompe, tous les
citoyens qui auront des éléments de loi sur tel ou tel sujet,
de les lui apporter au plus vite. Elle se réunira en commission pour recevoir tous ces renseignements improvisés,
dictés par la passion ou par l'intérêt du moment; elle les
combinera ensuite selon les vues ambitieuses des partis

parlementaires qui voudront achever entièrement d'étouffer la prérogative royale, et l'impromptu qui sortira de
cet imbroglio tourmenté, ce sera le merveilleux enfant de
l'initiative ! — On me dira qu'aucun législateur habile n'a
procédé ainsi dans le monde; on me citera Moïse, Lycurgue, Solon, Numa, Pierre-le-Grand... Napoléon !.. Même,
à la rigueur, la Constituante et la Convention. Tout cela
pouvait être fort beau jadis. Mais aujourd'hui nous avons
changé la nature humaine. Tout doit aller de bas en haut,
et quand nous avons poussé quelqu'un en haut parce que
nous l'avons cru digne d'y être, il doit obéir à ceux qui
sont restés en bas.

Et comme les députés sont desireux d'exercer leur droit
d'initiative sur toutes sortes de sujets, et comme ils ont à
peu près sur tous les mêmes éléments d'initiative, c'est-à-
dire qu'ils en manquent sur tous, il en résulte que ce droit
enfante également pour tous, et par la même raison, le
droit d'enquête. Chaque fois qu'il plaira à l'un des élus,
de faire son projet de loi, l'enquête y relative doit suivre
immédiatement, sous peine de voir tomber en désuétude
cette grande conquête de la liberté. Il faut absolument que
la France soit sillonnée d'enquêtes en tous les sens, et
quand on aura bien remué ainsi le sol, le commerce et
toutes les existences, nous verrons comme tout sera bien
réglé, comme le progrès s'accomplira facilement tout seul !

Mais comment d'abord appellerait-on cette enquête?
Elle n'est point administrative, bien évidemment. Elle
n'est ni parlementaire, ni législative; qu'est-elle donc? Si,
comme on l'a dit, la chambre, en la constituant, a fait
usage de sa souveraineté, ce ne serait donc qu'un acte de
nouvelle espèce, que la chambre prétendrait faussement

exercer par délégation de la souveraineté du peuple. —
Logiquement parlant, il n'y a guère moyen de tirer une
autre conséquence; et je ferai voir plus loin les conséquences qui découlent de celle-là.

Mais, a-t-on dit, cette enquête est tout simplement législative, parlementaire. — Donner ce titre à une enquête pareille, c'est simplement une usurpation de plus.

Un acte législatif doit être revêtu des formes de la législation. Un acte parlementaire doit porter le sceau du
parlement. Or, il n'y a de législatif que ce qui est sanc-
tionné par les trois pouvoirs. Il n'y a de parlement que
dans la réunion des trois pouvoirs. Donc, en vertu de son
droit d'initiative, que la chambre des députés fît une proposition d'enquête; que cette proposition, agréée dans les
formes réglementaires, fût portée à la chambre des pairs;
que là elle fût agréée de nouveau régulièrement; qu'enfin,
revêtue de l'approbation des deux chambres, elle fût com-
plétée par la sanction du roi, alors, certes, le résultat serait une enquête législative, une enquête parlementaire.
—Le roi nommerait ses commissaires, la chambre des
pairs les siens, la chambre des députés les siens, et la
commission d'enquête parlementaire réunie, siégerait légalement, sans usurpation ni doute. Pour arriver à ce
but, il n'était nécessaire de créer aucune nouvelle forme.
La proposition d'enquête serait devenue loi comme toutes
les propositions possibles faites en vertu de l'initiative des
députés. — Mais ce serait trop simple, trop régulier, trop
légal. On a jugé plus convenable de faire un coup d'État
populaire pour consacrer un précédent riche d'avenir,
ainsi que les républicains se sont donné le soin superflu
de nous l'expliquer.

Une telle enquête n'est donc ni législative ni parlementaire; il ne faut donc pas lui donner ces titres, ce serait les profaner.—C'est tout simplement un acte de souveraineté populaire sans délégation.

Et que l'on ne croie pas que ce soit sans raison, purement par vaine et argutieuse formalité, que la proposition d'enquête devrait être revêtue de la sanction des trois pouvoirs, pour être réellement une enquête parlementaire. Je vais en faire comprendre les graves, les irréfutables motifs.

D'abord, l'action d'une enquête pouvant être exercée sur toute espèce de matière, sur toute espèce d'intérêt, sur toute espèce de personnes, dans toute espèce de circonstances, en temps de paix, en temps agités, en temps de guerre ou de convulsion civile; les contre-coups immédiats d'une enquête peuvent avoir de très-graves effets, selon les moments où elle serait entreprise, selon les objets et les personnes qu'elle mettrait en lutte. Il ne faut pas un grand effort d'imagination pour concevoir telle disposition dans les esprits, où ils sont si rapidement impressionnables, qu'une enquête pût leur fournir les occasions d'un choc ou d'une lutte; il ne faut pas grand effort d'imagination pour concevoir des circonstances où il serait éminemment impolitique et dangereux de se livrer à une enquête sur certain sujet; si jamais un parti imprudent et hardi avait la majorité momentanée dans la chambre, ou si une résolution dangereuse était surprise à une majorité irrationnelle, serait-il prudent de laisser à un seul des trois pouvoirs, sans consulter les autres, sans même tenir aucun compte de leur refus, le droit de se lancer dans des opérations de ce genre, qui pourraient troubler le pays et compromettre l'État? Non, sans doute. C'est dans des matières générales de ce genre, plus qu'en aucune autre peut-être, que les formes légales doivent être suivies. Le concours des trois pouvoirs n'est pas trop pour peser, pour balancer de si grands intérêts. Laisser à un seul pouvoir, au plus mobile, au plus agité, au plus naturellement usurpateur, le droit de décider et d'exécuter une enquête à lui seul, ce serait la plus impardonnable des imprudences.

Voyez d'ailleurs la conséquence morale, car c'est toujours le côté moral des objets qu'il faut regarder en législation. Avec une enquête réellement parlementaire, ordonnée et faite par les trois pouvoirs du parlement, point de lutte, point d'antagonisme, pas d'envahissement de l'un sur l'autre; point de faveur populaire quêtée pour celui-ci au détriment de celui-là; point de collision possible, collision qui dans un cas donné pourrait aller jusqu'au ridicule, si la chambre des pairs ordonnait au même instant une enquête sur le même sujet. Mais si, au contraire, la chambre des députés décide et fait l'enquête à elle seule, par je ne sais quel pouvoir divin qui n'est ni administratif, ni législatif, ni parlementaire, ni exécutif, ni judiciaire, il arrive qu'elle met le reste du gouvernement en état de suspicion devant le peuple. C'est comme si elle disait au peuple : — Ils vous délaissent, et moi je vous appelle, moi je vous consulte, moi je veux soulager vos maux dont ils n'ont ni cure ni pitié! — Croit-on que ce soit un bon moyen de recommander au peuple la pairie et la royauté?

Mais, dira-t-on, le ministère à lui tout seul a cependant décidé et fait des enquêtes. Pourquoi la chambre des députés n'en pourrait-elle faire autant?

Il y a bien des raisons pour cette différence. Mais d'ailleurs, je ne me fais pas le défenseur des enquêtes ordonnées par les ministres. Jamais je ne les ai approuvées; jamais je ne les ai jugées utiles, non pas parce qu'elles n'étaient point faites devant la chambre des députés, mais parce qu'elles excitaient des ferments de discordes, de désordres, entre les divers intérêts inégalement influents, sans donner au pouvoir ni les moyens ni les principes nécessaires pour trouver solution à ces luttes intestines et pour rétablir l'équilibre.

Je n'approuve donc point les enquêtes administratives; je voudrais qu'il y eût très-rarement des enquêtes. Ecoutez ceci : — Toute enquête, sauf en matière judiciaire, accuse l'insuffisance du pouvoir qui la fait. Quand on a de l'expérience, de la capacité, du tact, l'instinct qui gouverne et dirige les affaires humaines, on a déjà mûri par soi-même ses idées, on a consulté les événements, les choses, les calculs de la science et de l'administration. Alors on décide, et l'on ne s'enquiert pas. Quiconque ne se sent pas capable de décider, n'est pas fait pour être législateur, et ne doit pas se charger de gouverner les hommes. Tenez cela pour certain.

Mais quoique je n'approuve pas les enquêtes administratives, néanmoins la qualité même du pouvoir exécutif fait que, sans usurpation constitutionnelle, il peut les accomplir. C'est alors comme pouvoir exécutif que la couronne agit et consulte, non comme pouvoir législatif; et c'est, au contraire, parce que la chambre des députés est pouvoir législatif pour un tiers seulement, qu'elle ne peut à elle seule agir en cette qualité. En quelle qualité donc agirait-elle dans les enquêtes, elle qui n'en a pas d'autre?

Il faudrait donc qu'il y eût très-rarement des enquêtes; et quand il y en aurait, elles devraient être parlementaires, c'est-à-dire ordonnées par la couronne et les deux chambres.

On a encore fait une réponse à mes raisonnements. — La voici :

La chambre des députés, a-t-on dit, peut ne rien ordonner, ne rien prescrire. Elle peut nommer une commission, et engager toute la France à venir porter à cette commission toutes les plaintes qu'on peut avoir à formuler contre le gouvernement, sur le sujet qu'elle veut examiner; elle sait, à n'en pas douter, que les esprits irrités, amateurs de nouveautés et de changements, ceux encore qui auront des ressentiments à faire valoir contre d'autres qu'ils croient, à tort ou à raison, être plus favorisés, ne manqueront pas à l'appel. Mais si ceux qui sont inculpés veulent ne pas s'y présenter, rien ne les y force. Ils pourront rester chez eux, sauf à ne plus oser se montrer ensuite nulle part, stigmatisés qu'ils auront été par la médisance, qui envenime les vérités les plus simples, et par la calomnie qui, à défaut de vérité, invente.

En effet, rien n'est plus juste!... Mais à part cette explication que je ne me donnerai pas la peine de réfuter, ne sent-on pas que l'argument principal que j'ai fait valoir plus haut reste dans toute sa force? — Concevons le droit d'enquête dans quelque grande circonstance, sur quelque sujet important pour les partis, croit-on que la chambre des députés, en se dessinant, en formant une commission d'enquête pour recevoir les déclarations exté-

rieures et individuelles de tel ou tel parti, de telle ou telle
opinion en France, ne ferait pas à leurs passions un appel
qui serait nécessairement entendu? Ne sent-on pas qu'un
tel appel est pire, cent fois pire qu'un ordre? — Qu'importe
que la chambre des députés commande ou non, si, sortant de son caractère législatif, elle se place sur une es-
trade, appelle et se fait obéir? N'est-ce pas le même résultat? N'est-ce pas la même violation formelle de la constitution et des lois, par ceux qui devraient donner l'exemple de les respecter?

En effet, si la chambre des députés, à elle seule, a le
droit de faire une enquête, elle le peut également sur tous
les objets. Ainsi, dans un moment de guerre malheureuse
ou de troubles civils, elle pourrait faire une enquête pour
savoir si tel général sert ou non fidèlement, si les préfets
agissent avec fermeté, si l'administration a fait les pré-
paratifs convenables, si les lois ordinaires suffisent ou s'il
en faut de nouvelles, etc., etc., etc. Voyez alors la chambre appeler les dénonciateurs devant elle, former des commissions d'enquête pour les entendre, afin de recueillir,
dirait-elle, les éléments qui lui serviraient à exercer son
initiative relativement aux lois, ou qui lui fourniraient
les moyens d'exercer son droit d'accusation contre les ministres. Concevez-vous, maintenant, comment cette double combinaison lui livrerait l'État tout entier, tremblant
sous sa terrible dictature? Elle vous dirait cependant alors,
comme aujourd'hui : Je ne force pas les gens à venir déposer devant moi, viendra qui voudra!... Excuse dérisoire! En attendant, les passions seraient allumées, elles
se précipiteraient en foule à ce prétoire populaire, et le
gouvernement, dans leur dépendance, n'aurait plus ni ga-

rantie ni pouvoir : toutes les règles, toutes les juridictions seraient confondues dans le chaos !...

On se plaint que l'équilibre des pouvoirs se rompt, que
la chambre des députés est le seul pouvoir effectif, que la
pairie s'éclipse, et que la royauté, comme un astre pâli,
semble incliner à l'horison. Et pourquoi donc, dès-lors,
vous, partisans de la monarchie constitutionnelle, qui
voulez que la chambre des députés puisse garder un frein
à ses usurpations éventuelles, l'excitez-vous à faire usage
de son initiative, arme essentielle à toute usurpation politique, et du droit d'enquête, complément physique de
cette faculté fatale? Quoi! vous vous plaignez que l'équilibre est compromis, et vous achevez de le détruire! Et
cette initiative populaire, si terrible pour renverser, qu'elle
a détruit tout ce qu'elle a touché jusques à nos jours, si impuissante pour fonder, qu'elle n'a rien établi ni conservé
de ce qui est fondé sur la terre, vous la choyez, vous la
caressez, vous la courtisez, comme un instrument de réforme et de progrès! Et qu'a-t-elle derrière elle pour la
soutenir?... la souveraineté du peuple! — Qu'a-t-elle devant elle pour lui résister?... le *veto* royal! — Voilà ce qui
vous rassure sans doute!... Ah! vous avez donc oublié
combien il est facile à une assemblée populaire de repousser
l'initiative royale, et combien il est difficile à un roi de
repousser l'initiative d'une assemblée!... Si c'est ainsi que
vous cherchez l'équilibre, souvenez-vous que vous ne le
trouverez jamais!

CHAPITRE XIII.

Continuation du même sujet.

—

S'il y a un principe social et politique incontestable, je crois que c'est celui-ci : — c'est que tout ce qui touche aux intérêts généraux de l'État, et n'est point dévolu spécialement aux attributions particulières d'un de ses pouvoirs, ne peut être effectué que par la loi, ne ressort que des décisions de la loi.

Or, une enquête publique, sur les intérêts publics, par un des pouvoirs publics, est chose qui touche les affaires générales de l'État, ou bien il n'y en a jamais eu. De plus, on ne me montrera, je pense, aucun article de la charte qui accorde un pareil droit à la chambre des députés. D'où je conclus qu'elle ne l'a pas, et que le droit d'enquête est complètement législatif, appartient à la loi, c'est-à-dire, aux trois pouvoirs qui font la loi, non à aucun d'eux en particulier.

On a cité à l'appui de ce prétendu droit, l'enquête faite il y a quelques années sur le déficit d'un caissier des finances! Mais, de bonne foi, n'est-ce pas étrangement abuser des mots? Qu'y a-t-il de commun entre la simple vérification d'un fait isolé, qui se rattachait invinciblement au budget et par conséquent aux travaux de la chambre, et une investigation générale par voie d'enquête sur tout l'état financier, agricole et commercial de la France, investigation toute spontanée, toute extérieure, toute volontaire?—Dans le premier cas, la chambre suivait simple-

ment le cours de ses travaux ; dans celui de l'enquête générale, elle en sortirait brusquement pour faire irruption
dans le pays, pour citer à son tribunal les commerçants,
les agriculteurs, les industriels et les financiers.... En
quoi cela se ressemble-t-il ?

Quant à l'enquête administrative j'ai déjà fait ressortir
en quoi elle diffère de l'enquête législative. Comme elle
n'est qu'un acte d'administration, et que l'administration
est tout entière entre les mains du pouvoir exécutif, les
autres corps de l'État n'ont rien à y voir, pas plus qu'ils
ne pourraient régler ce qui se fait dans les bureaux administratifs. Cependant, je le répète, moins on fera d'enquêtes administratives, mieux on fera. La voie à suivre,
large, légale, impartiale et officielle, c'est l'enquête parlementaire, votée et faite par les trois pouvoirs qui constituent le parlement.

Que les députés en prennent l'initiative, cela leur est
libre, mais qu'à eux seuls ils la proposent, la votent, et
l'exécutent, c'est très-certainement la plus flagrante usurpation. La charte n'autorise rien de pareil.

Les partisans de l'enquête ont encore un argument, le
voici. La chambre des députés n'est-elle pas libre de faire
son réglement à sa fantaisie, de statuer ce qu'il lui plaît
sur ces actes intérieurs ? De faire dans son sein tant de
commissions qu'elle voudra, de leur donner le nom qu'elle
voudra, et les fonctions qu'elle voudra ? — Eh bien les enquêtes ne sont qu'une pure affaire de réglement intérieur,
une innocente manière de régler l'emploi de son temps, et
d'étudier l'économie. Voudrait-on lui refuser cette occasion de perfectionner son éducation pendant le temps
qu'elle n'a rien de mieux à faire ?

Certes, je suis trop partisan du progrès des lumières pour m'opposer aux moyens d'études dont je conviens que les députés peuvent avoir besoin. Mais il me semble qu'on abuse des mots, quand on représente une enquête publique sur l'un des intérêts généraux de la France, une enquête où les députés appelleraient les finances, l'agriculture, l'industrie et le commerce de la France, comme une affaire de réglement intérieur, une pure division de leurs travaux particuliers. A ce compte je ne connais rien qui ne puisse y être englobé; et si la chambre des députés formait une commission devant laquelle elle appellerait les intérêts contentieux, les subordonnés administratifs, les employés des ponts-et-chaussées, les magistrats eux-mêmes, dirait-elle que c'est une simple mesure de son réglement? J'admets que les appelés ne fussent point obligés de se rendre à l'invitation de la chambre des députés, cela changerait-il donc la nature de l'acte sous le point de vue qu'il serait, non une action de la chambre des députés sur elle-même, mais bien une action de la chambre des députés sur les corps extérieurs qui doivent rester en dehors de ses attributions? On a dit : tout citoyen, s'il le veut, peut faire une enquête; donc la chambre des députés le peut aussi. Et moi, je dis tout le contraire : tout citoyen le pourrait, que la chambre des députés ne le pourrait pas, parce que, comme chambre, comme corps législatif, elle a d'autres règles et d'autres devoirs à respecter; parce qu'elle a une influence dont elle ne doit pas abuser hors de la légalité; parce qu'elle a beau vouloir se défaire momentanément de sa qualité législative, les esprits ne sont pas accoutumés à faire, et ne peuvent pas faire cette distinction, et le poids de son influence froissera dans le contact tous les liens de hiérarchie qui attachent à l'État les citoyens que l'enquête appellerait devant elle. Quant à moi, je sais bien que si j'étais ministre de la couronne et que les trois pouvoirs fissent une véritable enquête parlementaire sur un sujet de leur compétence, tous mes subordonnés videraient entre les mains de la commission d'enquête tous leurs cartons depuis le premier jusqu'au dernier.

Mais si une chambre des députés, de sa seule autorité, faisait une enquête publique, et qu'elle appelât mes employés, comme sa commission d'enquête n'en aurait nul droit, pas un seul ne s'y rendrait, ou celui qui s'y rendrait serait immédiatement destitué. Ils en seraient d'avance avertis, ils agiraient ensuite à leur fantaisie. Et si j'étais roi, dans toute l'administration de France il en serait ainsi. Que si, dans ses travaux habituels, la chambre désirait des pièces, des documents, ce serait bien différent, ils seraient à sa disposition dans la limite imposée par l'intérêt de l'État. Mais du moment que seule elle voudrait se constituer un pouvoir d'enquête publique que la loi ne lui donne pas, et qui appartient au parlement entier, je regarde que ce serait un droit et un devoir pour tout citoyen de s'y refuser. Nul ne doit donner les mains à laisser établir un précédent qui viole la constitution de l'État.

On nous cite l'Angleterre, et l'on nous dit : A Londres, la chambre des communes procède ainsi. Mais la position de la monarchie anglaise date-t-elle de quelques années comme la nôtre? Est-elle mise chaque jour en question? Les partis qui se disputent le pouvoir ne respectent-ils pas au moins la couronne? Y a-t-il là un intérêt spécial qui prédomine tous les autres, et devant lequel tous les autres

doivent céder? Que n'allez-vous en Amérique aussi pour
vous mettre un peu plus à l'aise? Que venez-vous comparer des mœurs si complètement différentes? Et d'ailleurs,
n'y a-t-il pas autre chose de différent que les mœurs, entre l'Angleterre et la France, et ne savez-vous pas que les
chambres anglaises, quoique portant à peu près les
mêmes désignations que les nôtres, ont une tout autre
complexion, un tout autre organisme, une vitalité toute
différente?

Si je voulais faire ici de l'érudition, certes, cela me serait bien facile : je pourrais vous faire voir par mille
exemples, que les communes et la pairie anglaise, outre
qu'elles sont comme les nôtres partie du pouvoir législatif,
ont encore une existence individuelle de corps, existence
traditionnelle, mal définie, réglée par usage ou transaction, qui leur attribue différents droits ou priviléges particuliers dont elles se servent à ce titre, et non point
comme partie du corps législatif. Nos chambres, au contraire, n'ont que leur existence régulière, normale, en
quelque sorte métaphysique. Vouloir transporter une
ou plusieurs de ces irrégularités anglaises chez nous, c'est
une imprudence tout-à-fait irrationnelle. Toutes les fois
que, par cette imprudence, on augmentera les pouvoirs
déjà trop ascendants de notre chambre des communes, ou
pour mieux dire ce qui nous en tient lieu, on attirera sur
nous un double danger, parce qu'en France, la chambre
des députés est presque sans contrepoids, surtout depuis
la destruction de l'hérédité de la pairie; au lieu qu'en Angleterre une pairie influente, estimée, enracinée dans une
forte clientelle, a jusqu'à présent servi de balancier à ce
jeu périlleux. Mais si la pairie et la royauté anglaises se

trouvaient désenchantées et affaiblies à la fois de force et
de prestige comme chez nous; si ce respect des Anglais
pour la royauté déjà vieille de la vieille Angleterre et pour
ses traditions parlementaires, si toutes ces garanties, dis-je,
se trouvaient tout-à-coup réduites au nivellement misérable où elles sont tombées en France, croit-on que les
Anglais, au moins ceux qui ne sont pas imbus des folies
du radicalisme, les vrais, les constitutionnels, les parlementaires anglais, seraient bien rassurés sur l'avenir de
leur patrie, et qu'ils s'empressassent d'attacher encore
quelques poutres aux machines qui battent l'édifice? Non,
certes. Mais chez nous, c'est autre chose. Royauté, pairie,
magistrature, tout est neuf ou recrépit, tout n'a que des
garanties d'hier dont des épreuves récentes attestent mal
la solidité, et on s'empresse de réclamer de nouveaux droits,
de nouveaux priviléges, une action isolée et prédomi-
nante pour la chambre des députés, qui déjà rassemble
en elle toute la force vitale de la France, et qui n'affaiblit
l'État, mal organisée qu'elle est, que parce qu'elle n'a pas le
quart de la sagesse et de la force morale qu'il lui faudrait
pour faire bon usage de la force légale qu'elle a déjà!...

Résumons cette discussion.

En votant des enquêtes, les chambres électives ont obéi
à ce préjugé qui tend à faire croire à la nation que c'est
dans la consultation perpétuelle des intérêts privés, mis
en regard les uns des autres, que le pouvoir public peut
trouver la solution générale des grands problêmes économiques et politiques qu'il doit résoudre. De là est venue
la mode des enquêtes. Si l'on énumérait toutes les circonstances où l'opposition dite libérale a réclamé des enquêtes
depuis la révolution, on verrait que le gouvernement, s'il

l'avait écoutée, se serait évanoui, aurait disparu, pour faire place à une enquête parlementaire universelle et permanente.

Je ne partage pas cet enthousiasme pour les enquêtes. Le gouvernement, lui, par son administration et par la publicité qui régit nos mœurs, a sous la main tous les éléments de direction législative. Là doit être la véritable consultation ; là doit naître la véritable décision. Toute véritable enquête doit s'opérer sous le crâne d'un ministre homme de génie, en tête à tête avec ses pensées, et cherchant dans leur filiation logique la direction législative qu'il doit imprimer à l'économie du pays, après l'avoir fait sanctionner par les chambres. Ainsi, un peu plus tôt, un peu plus tard, s'opéreront les réformes économiques et politiques. Mais imaginer qu'en mettant toutes les hostilités en présence, on pacifiera les intérêts ; qu'en mettant toutes les contradictions en contact, on en fera sortir un système unitaire et décisif ; qu'en fournissant aux exigences locales une occasion de se manifester, on enfantera une législation nationale par le conflit de tous ces contresens, c'est, en vérité, ce qui ne saurait entrer dans mon esprit. Ce que je vois très-clairement dans cette manière de procéder, c'est la déclaration que le pouvoir ferait de son ignorance, et l'abdication de la direction de l'État, qu'il se reconnaîtrait incapable d'effectuer. — Mauvais moyen d'inspirer la confiance ; immanquable moyen de tout ébaucher et de ne rien finir.

C'est vainement qu'on invoque la prérogative de la chambre des députés. — La charte, dit-on, ne lui a-t-elle pas accordé l'initiative des lois ? Peut-elle exercer cette initiative sur les matières administratives, judiciaires, finan-

cières, économiques, sans se procurer, par voie d'enquête,
les renseignements qui lui manquent?... Non, sans doute :
donc, s'est-on écrié, la charte, en lui donnant le droit
d'initiative, lui a nécessairement donné le droit d'enquête.
Le droit d'enquête est implicitement renfermé dans la prérogative de la chambre.—Et les avocats ont, à l'appui de
ce beau raisonnement, découvert une vieille maxime du
droit romain, qui dit : « Lorqu'une juridiction est accor-
» dée, sont accordés en même temps tous les moyens sans
» lesquels cette juridiction ne pourrait être exercée. »

On est tout contrit, tout attristé, de voir de grandes
questions sociales et politiques ainsi rapetissées, ainsi dé-
formées.

Je laisse d'abord la maxime du droit romain pour ce
qu'elle vaut. Je n'ai pas l'habitude de décider les grandes
questions du droit politique par des maximes de droit civil. Il ne s'agit ici ni de juridiction ni de tribunaux. Ne,
confondons point des matières d'ordres si distincts.

Quand la charte a accordé l'initiative aux chambres, il
est certain qu'elle n'y a mis aucune exception. Mais la nature des choses, et les principes mêmes qui séparent et ba-
lancent nos pouvoirs publics, se sont chargés de ce soin
pour elle.

Effectivement, il résulte de tout notre système gouvernemental que, quoique le droit d'initiative des chambres
soit malheureusement absolu et général, il est une foule
de matières où elles ne doivent pas l'exercer, parce qu'elles
ne le peuvent pas utilement, parce qu'elles n'en ont pas
les moyens, parce qu'elles n'en ont pas la capacité.

Que, dans une grande crise politique, la chambre, pour
donner de l'action au gouvernement, prenne l'initiative

d'une loi politique, exigée par les nécessités évidentes et généralement senties du pays, cela se conçoit. Cela a certainement de grands dangers, mais cela peut avoir, dans des circonstances fort rares, aussi une grande utilité. Tout dépend du bon emploi, de l'à-propos de la mesure, et là il n'est nullement besoin d'enquête. S'il était besoin d'enquête, ce serait parce que l'utilité de la mesure ne serait ni évidente, ni généralement sentie. Alors je ferais contre cette enquête les mêmes objections, et plus fortes encore, que contre tout autre.

Que sur des sujets tout spéciaux et sans portée générale, les députés fassent usage de l'initiative, cela se conçoit encore.

Mais que sur des matières générales, administratives, financières, sur une décision qui se rattache au vaste ensemble de la statistique administrative et gouvernementale du pays, statistique que la chambre ne connaît pas, dont la chambre n'a pas les documents, dont la chambre n'a ni les traditions, ni l'habitude, ni l'intelligence, elle aille faire usage de son initiative, voilà qui est abusif et absurde; voilà le moyen de tout embrouiller, de tout confondre, d'ôter à la législation tout unité, tout ensemble, toute direction.

Et que, pour appuyer cet étrange non-sens, on vienne prétendre que la chambre a le droit d'usurper les prérogatives du pouvoir exécutif, et de convoquer devant elle l'administration du pays, ainsi que tous les citoyens, pour se procurer les renseignements qui lui manquent, et que très-certainement elle n'obtiendra pas par cette voie, voilà qui devient le comble du sophisme et de la dérision.

On vous a donné le droit d'initiative, et sur tel sujet

vous vous sentez incapable de l'exercer?.. Eh bien! ne
l'exercez pas. Restez dans les bornes de vos attributions et
de vos capacités. Ne violentez pas, ne faussez pas l'équilibre des pouvoirs publics pour arriver à un but que vous
ne sauriez atteindre.

Il me semble entendre un propriétaire qui dirait : —
On m'a donné une belle et féconde terre. Mais je suis incapable de l'exploiter, si je ne prends les oseraies de mon
voisin de gauche, les échalas de mon voisin de droite, les
bois merrains de mon voisin du sud, les fourrages et les
bestiaux de mon voisin du nord : et comme, en me donnant cette terre, on n'a pas voulu qu'elle restât inféconde
entre mes mains, il est évident qu'on m'a donné implicitement tout ce dont j'ai besoin pour l'exploiter. Donc, je
puis en toute conscience prendre à mes voisins tous les
moyens d'exploitation qui me manquent !...

Voulez-vous un autre exemple qui rendra la chose plus
sensible? Supposez qu'il passe par la tête des hommes parlementaires de prendre l'initiative de la présentation du
budjet par exemple, de la loi financière tout entière. D'après la charte, ils le peuvent, car, comme je l'ai déjà reconnu, la charte accorde aux chambres le droit d'initiative sans exception ni limites. L'art. 15 de la charte, qui
institue cette initiative, ajoutant que toute loi d'impôt
doit être votée d'abord par la chambre des députés, loin
de faire obstacle à cette initiative, y serait un prétexte de
plus, prétexte dont au reste elle n'aurait pas besoin pour
être dans son droit rigoureux.

Eh bien, je le demande, quel serait l'homme doué d'un
peu de sens politique, qui oserait soutenir que l'usage de
ce droit donne à la chambre celui de convoquer devant

elle toutes les administrations du pays, toutes les directions, tous les bureaux ministériels, tous les employés, toutes les comptabilités, pour se faire donner tous les documents qui lui seraient indispensables pour combiner tant bien que mal sa proposition de budget?.. Ici, l'usurpation tournerait évidemment à l'absurde.

Que faut-il conclure de là?... Il faut en conclure que, quoique les réformateurs de la charte aient donné à la chambre, par suite des préjugés représentatifs, le droit d'initiative sans exception, il y a dans la nature même des choses gouvernementales des limites que la chambre ne doit ni ne peut franchir, et que lorsque, par l'effet de ces limites, elle se trouve dans l'incapacité d'exercer utilement l'initiative, alors elle ne doit pas l'exercer, et doit bien se garder surtout de s'en faire un prétexte pour usurper les prérogatives du pouvoir exécutif.

Voilà ce que les chambres électives devraient sentir. Mais le fatal préjugé représentatif de l'orgueil parlementaire s'y oppose, et quand cet orgueil, qui semble s'être incrusté dans le fauteuil présidental, est une fois mis en jeu, les meilleurs esprits de la chambre sont frappés de vertiges, et comme entraînés par une sorte d'hallucination.

----------◆----------

CHAPITRE XIV.

Conclusion.

—

Dans notre monarchie, telle qu'elle est actuellement constituée, l'influence démocratique domine tout le gouvernement et s'infiltre partout, parce que la réforme de nos institutions s'est faite trop rapidement dans ce sens ; parce que l'élément démocratique s'est introduit trop despotiquement dans nos pouvoirs publics, poussé par les écarts d'une opinion politique faussement surexcitée, en dépit des mœurs et des intérêts conservateurs du pays.

En ôtant au roi l'initiative exclusive des lois, et la nomination du président de la chambre des députés parmi des candidats présentés par elle ; en ôtant à la pairie l'hérédité ; en abaissant le cens électoral, et en basant cet abaissement sur un prétendu progrès démocratique qui doit augmenter le nombre des électeurs par des abaissements nouveaux plus ou moins éloignés ; en accoutumant, dans la pratique, la chambre des députés à se croire l'initiative de la direction gouvernementale et l'omnipotence réelle ; en supprimant, dans les détails, bien d'autres moyens d'action indispensables à l'autorité conservatrice et directrice de la royauté, on a donné à l'élément démocratique une influence excentrique, terrible, dissolvante, dont il se sert contre la France, hélas ! et contre lui-même par contre-coup.

C'est là la seule cause de tous les maux de notre pays, et la source du gouvernement à rebours sous lequel nous vivons.

Dès l'instant où le ministère, en vertu *des préjugés du gouvernement représentatif*, prend son origine, non dans la volonté du roi, mais dans la volonté mobile de la majorité élective, le roi n'est plus rien, car par le refus de concours on lui enlève, à la fois, sa part de la puissance législative et le pouvoir exécutif dont la charte l'a seul investi.

La chambre élective formant les ministères par la majorité numérique de ses votes, la chambre des pairs est toujours à la discrétion des revirements de partis qui composent et décomposent la majorité de la chambre des députés ; car la pairie, privée de l'hérédité, ne peut se recruter que par *les fournées de pairs* périodiquement improvisées par les ministres, qui sont eux-mêmes portés au pouvoir par la prépondérance élective. C'est donc, en réalité, la chambre des députés qui nomme la chambre des pairs.

Le gouvernement représentatif devient, dès-lors, un gouvernement négatif, une machine qui doit souvent s'arrêter, qui empêche le mal et qui empêche le bien ; qui épargne, dit-on, à la société les grandes secousses, mais qui multiplie les petites.

Or, un gouvernement qui ne fonctionne pas dans les moments de calme, d'ordre et de repos, est un gouvernement miné intérieurement par le vice de sa propre organisation. Vainement il épargne à la société les grandes crises, s'il multiplie les petites secousses : tant de petites crises, qui se touchent, qui se succèdent presque sans interruption et qui arrêtent souvent la machine, forment en masse une crise permanente, perpétuelle, immense ; un état de négation, de malaise, d'impuissance qui affaiblit l'ordre social cent fois plus qu'une secousse violente et passagère, dont on pourrait finir une fois pour toutes. Ce n'est pas une fièvre violente, si l'on veut ; c'est une phthisie politique qui tue plus lentement, mais plus sûrement. Une machine gouvernementale qui, par sa nature, doit souvent s'arrêter, ne peut convenir à une société qui ne s'arrête jamais, qui ne peut jamais s'arrêter, et qui ne peut mettre dans son action vitale les fréquentes interruptions qu'il plaît à la machine prétendue représentative d'improviser à toute minute! Comment voudrait-on que les intérêts matériels se rassurassent réellement, quand ils ont ces secousses multipliées qui arrêtent souvent la machine gouvernementale?.. Ceux qui connaissent comme nous par la pratique les intérêts industriels et commerciaux, savent que rien au monde ne leur est plus fatal, rien au monde ne peut leur inspirer une plus juste épouvante, qu'un gouvernement négatif, qui ne peut fonctionner dans les moments d'ordre et de repos; c'est-à-dire, qui ne peut pas gouverner. — Car, se battre contre l'insurrection et la vaincre, ce n'est pas gouverner; c'est écarter l'obstacle qui veut tuer le gouvernement. Mais si après avoir écarté l'obstacle extérieur, le gouvernement se devient obstacle à lui-même, et s'arrête par le jeu extérieur de ses ressorts, à quoi est-il bon? Vous avez combattu, vous avez vaincu, vous avez conquis le droit de vous paralyser de vos propres mains. — N'est-ce pas une illustre victoire? N'est-ce pas une conquête bien profitable à la société?...

Au reste, ce que je dis là, n'est pas la critique du gouvernement représentatif, mais celle de la fantasmagorie que les préjugés révolutionnaires y ont substituée. — Le gouvernement représentatif exige une royauté, une pairie, une chambre élective. — Or, à l'heure qu'il est, la royauté et la pairie sont niées. La chambre élective est tout, et c'est pour cela que tout est impossible; ce n'est là qu'un gouvernement électif, et non pas un gouvernement représentatif.

C'est aujourd'hui une conviction passée dans tous les esprits, un fait devenu une vérité populaire, que le pays n'est jamais moins gouverné que pendant le temps de la réunion des chambres; ce qui n'empêche pas les théoriciens de faire grand fracas du gouvernement de la chambre élective.

A peine la chambre des députés est-elle constituée, qu'elle absorbe tous les instants des ministres. Les rouages de la grande machine administrative sont aussitôt suspendus. L'expédition des affaires s'allanguit immédiatement, les liens hiérarchiques des supérieurs et des subordonnés se relâchent. Les chefs n'ont plus le temps de commander; les inférieurs n'ont plus la volonté d'obéir, parce qu'ils connaissent l'instabilité ministérielle.

Et au profit de qui, s'il vous plaît, cette absorption faite par la chambre des députés, des forces ministérielles? Est-ce au profit des intérêts législatifs, commerciaux, industriels du pays? Est-ce pour améliorer nos codes, corriger nos lois de douanes, organiser le mouvement industriel? Si cela était, on pourrait excuser jusqu'à un certain point cette suspension prolongée de l'action administrative. Mais il n'en est pas ainsi.

D'abord on commence, et ceci est l'indispensable corollaire de la discussion de l'adresse, par lancer des fusées oratoires contre les ministres. Les députés, véritables Astolphes parlementaires font le tour du monde sans trouver la célèbre fiole qui contient leur raison. On reconstruit sur des phrases creuses la nationalité polonaise. Puis, si on est parvenu à renverser le cabinet, ou à lui rendre le gouvernement si difficile, qu'il soit contraint de se retirer, on se frotte les mains, et l'on s'endort sur son fauteuil législatif, ou bien encore, on va prendre l'air des champs pour se délasser des fatigues de la représentation.

Est-il possible d'imaginer quelque chose de plus con-

traire à la raison, que la remise du pouvoir aux mains
d'une assemblée qui en fait un tel usage, et qui, par sa
nature même, ne peut jamais s'en servir utilement? —Tel
est cependant le résultat des *préjugés représentatifs* qui ont
dominé la France, mais qui, je l'espère du moins, vont
en s'affaiblissant chaque jour. —A cette situation, il n'y a
qu'un seul remède; il est tout entier dans l'opinion publique elle-même. Il faut que le *dix-huit brumaire de la pensée*
s'accomplisse, formidable et tout puissant, contre les chimères révolutionnaires, contre les prétentions dissolvantes
qui feraient de la royauté constitutionnelle une république
bâtarde, plus honteuse par son impuissance que redouta-
ble dans son existence d'un jour, pour la France qui la
renie. C'est la France elle-même qui doit déchirer les sophismes politiques qui détruisent sa force et sa puissance,
avant qu'ils ne soient transformés en désordres irréparables. Alors, la chambre des députés reviendra à ses fonctions de contrôle, de garantie. Elle coopérera, pour son
tiers, à l'action législative; elle surveillera, sans l'usurper, l'action gouvernementale, et le pays lui devra une
large part de sa prospérité; tandis que si elle persévérait
dans la voie fatale où le sophisme l'a poussée, le pays lui
devrait sa ruine, parce que tout pouvoir qui sort des limites que sa nature lui assigne, devient anti-social et destructeur.

FIN DU DEUXIÈME VOLUME.

TABLE ET SOMMAIRES

DES LIVRES ET CHAPITRES.

———————◉———————

DE LA SOCIÉTÉ, DU GOUVERNEMENT, ET DE L'ADMINISTRATION.

————

TOME DEUXIÈME.

————

Livre IX. — Des Fonctions et des Prérogatives de la Royauté dans le Gouvernement des trois Pouvoirs.

		PAG.
Chap. Ier.	— De l'esprit dynastique et de l'esprit de nationalité..	7
Chap. II.	— Continuation du même sujet....................	18
Chap. III.	— Des apanages.....................................	26
Chap. IV.	— De l'inviolabilité royale	29
Chap. V.	— De l'axiome prétendu : *Le Roi règne et ne gouverne pas*....................................	32
Chap. VI.	— Le Roi ne peut mal faire, *ne veut pas dire, le Roi ne doit rien faire*.......................	39

424)

PAG.

Chap. VII. — De la nomination des ministres et de la présidence du conseil................... 54

Chap. VIII. — Dans la monarchie constitutionnelle de France, la prépondérance doit appartenir à la couronne..................... 65

Chap. IX. — De l'importance des prérogatives de la couronne................. 71

Chap. X. — Du *veto*..................... 75

Chap. XI. — Du droit de paix et de guerre.......... 77

Chap. XII. — Du droit de grâce..................... 82

Chap. XIII. — Le droit d'amnistie est une dépendance du droit de grâce, et, en conséquence, il appartient au roi seul. — Il peut l'exercer avant jugement..................... 83

Chap. XIV. — De l'opportunité et de la forme d'une amnistie..................... 99

Livre X, — De la Pairie.

Chap. Ier. — La pairie est-elle un privilége.......... 105
Chap. II. — De l'hérédité de la pairie.......... 109
Chap. III. — De la pairie viagère.......... 130
Chap. IV. — De la pairie catégorique.......... 140
Chap. V. — De la pairie élective.......... 143
Chap. VI. — Des services rendus à la France par la pairie de la restauration..................... 151

Chap. VII. — Des services rendus à la France par la pairie actuelle..................... 155

Chap. VIII. — Faut-il accepter la suppression de l'hérédité de la pairie comme un fait irrévocable..... 164

Livre XI, — De la Chambre des Deputes.

Chap. 1er. — Du cens électoral. — Principes généraux... 169

CHAP. II. — Avantages du cens électoral basé sur la propriété 173

CHAP. III. — Du système de l'adjonction des capacités.... 180

CHAP. IV. — De l'impôt comme indice de la propriété..... 189

CHAP. V. — Du cens d'éligibilité...................... 196

CHAP. VI. — Des candidatures........................ 199

CHAP. VII. — Des professions de foi électorales............ 211

CHAP. VIII. — Des réunions préparatoires d'électeurs et des
comités électoraux............ 212

CHAP. IX. — Des coalitions électorales................... 216

CHAP. X. — De l'influence de l'administration sur les
élections 219

CHAP. XI. — De l'élection des fonctionnaires publics à la
députation 226

CHAP. XII. — Du Droit que peut avoir le gouvernement
d'obliger certains fonctionnaires publics à
opter entre leur place et la députation...... 233

CHAP. XIII. — Du mandat impératif..................... 236

CHAP. XIV. — De la réforme électorale................... 240

CHAP. XV. — Des réunions de députés en dehors de la
chambre 255

CHAP. XVI. — Des coalitions parlementaires.............. 256

CHAP. XVII. — Du droit et des devoirs des majorités parlementaires 263

CHAP. XVIII — Du gouvernement des majorités................. 275

CHAP. XIX. — Continuation du même sujet................ 392

Livre XII. — DES PRÉJUGÉS DU GOUVERNEMENT
REPRÉSENTATIF.

CHAP. Ier. — Des préjugés du gouvernement représentatif. 301

CHAP. II. — De l'ouverture des sessions................ 313

CHAP. III. — De la nomination du président de la chambre
des députés................................. 321

426)

PAG.

CHAP. IV. — De l'adresse 325

CHAP. V. — De la prépondérance accordée à la chambre
élective.................. 333

CHAP. VI. — De l'usurpation du pouvoir exécutif de la couronne par le refus de concours de la cham-
bre. 348

CHAP. VII. — Le ministère doit-il se retirer quand il perd
la majorité ?.. 359

CHAP. VIII. — La majorité souveraine est la maladie, le supplice et la mort de tous les ministères. —
De là, l'impossibilité du gouvernement 368

CHAP. IX. — Des questions de cabinet............................ 376

CHAP. X. — De l'initiative parlementaire....................... 382

CHAP. XI. — Continuation du même sujet........................ 387

CHAP. XII. — Du droit d'enquête attribué à la chambre
élective... 398

CHAP. XIII. — Continuation du même sujet.................... 407

CHAP. XIV. — Conclusion. 417

www.ingramcontent.com/pod-product-compliance
Lightning Source LLC
Chambersburg PA
CBHW050739030726
47505CB00002B/327